한국 산문선

1

우렛소리

이규보 외

한국 산문선

이종묵·장유승 편역

1

우렛소리

이규보 외

민음사

조선 초에 정도전은 "해달별은 하늘의 글이고, 산천초목은 땅의 글이며, 시서예악은 사람의 글이다."라고 말했다. 해와 달과 별이 있어 하늘은 빛나고, 산천과 초목이 있어 대지는 화려한 것처럼, 시서와 예악의 인문(人文)이 있기에 사람은 천지 사이에서 빛나는 존재로 살아간다. 글은 사람에게 해와 달과 별이요 산천과 초목이다.

인문은 문화이자 문명이다. 글이 있어 문화가 빛나고, 글이 있어 문명이 이루어진다. 우리는 글로 인재를 뽑고, 글하는 선비가 나라를 이끈 문화의 나라, 문명의 터전이었다. 시대마다 그 시대의 인문이 글 속에서 찬연히 빛났다. 글로 자신의 위의를 지켰고, 세계에서 문명국의 대접을 받았다.

글로 빛나던 선인들의 인문 전통은 명맥이 끊긴 지 오래다. 자랑스럽게 읽던 명문은 한문의 쓰임새가 사라지면서 소통이 끊긴 죽은 글로 변했다. 오래도록 한문 산문은 동아시아 공통의 문장으로 행세했다. 말을 전혀 못해도 필담으로 얼마든지 깊은 대화가 오갈 수 있었다. 국경과 언어 장벽을 넘어선 소통이 이 한문을 끈으로 이루어졌다. 이제 그 전통이 단절되었다 하여 해와 달과 별처럼 빛나고, 산천과 초목인 양 인문 세계를 꾸미던 명문의 전통을 없던 일로 밀쳐 둘 수 있을까?

한문으로 쓰인 문장은 오늘날 독자에게는 암호문처럼 어렵다. 그러나 그 안에 담긴 인문 정신의 가치는 현대라도 보석처럼 빛난다. 그 같은 보석을 길 막힌 가시덤불 속에 그냥 묻어 둘 수만은 없다. 이에 막힌 길을 새로 내고 역할을 나눠, '글의 나라' 인문 왕국이 성취해 낸 우리 옛글의 찬연한 무늬를 세상에 알리려 한다.

삼국 시대로부터 20세기에 이르는 장구한 시간을 씨줄로 걸고, 각 시대를 빛냈던 문장가의 아름다운 글을 날줄로 엮었다. 각 시대의 명문장을 선택하여 쉬운 우리말로 옮기고 풀이 글을 덧붙였다. 이렇게 만나는 옛글은 더 이상 낡은 글이 아니다. 오히려 까맣게 잊고 있던 자신과 느닷없이 대면하는 느낌이 들 만큼 새롭다.

상우천고(尙友千古)라고 했다. 천고를 벗으로 삼는다는 말이다. 한 시대를 살면서 마음 나눌 벗 한 사람이 없어, 답답한 끝에 뱉은 말이다. 조선 후기 장혼은 "백근 나가는 묵직한 물건은 보통 사람이 감당하기 어렵겠지만, 다섯 수레의 책은 돌돌 말면 가슴속에 넣고 심장 안에 쌓아 둘 수 있으며, 이를 잘 쓰면 대자연의 이치를 깨달아 우주를 가득 채우리라."라고 했다. 글에서 멀어진 독자들과 다섯 수레에 실린 성찬을 조금씩 덜어 먹으며 상우천고의 위안과 통찰을 함께 누리고 싶다.

책 엮는 일을 2010년부터 시작해 꼬박 여덟 해 이상 시간이 걸렸다. 여섯 명의 옮긴이가 세 팀으로 나뉘어 신라에서 조선 말기까지 모두 아홉 권으로 담아냈다. 먼저 방대한 우리 고전 중에서 사유의 깊이와 너비가 드러나 지성사에서 논의되고 현대인에게 생각거리를 제공하는 글을 선정했다. 각종 문체를 망라하되 형식성이 강하거나 가독성이 떨어지는 글은 배제했으며 내용의 다양성을 확보하고자 했다. 부드러우면서도 분명하게 읽히도록 우리말로 옮기고, 작품의 이해를 돕는 간결한 해설을 붙였다. 더불어 권두의 해제로 각 시대 문장의 흐름을 조감해 볼 수 있도록 했다.

조선 초 서거정의 『동문선』 이후 전 시대를 망라한 이만한 규모의 산문 선집은 처음 기획되는 일이다. 글마다 한 시대의 풍경과 사유가 담기는 것을 작업의 과정 내내 느꼈다. 작업을 마치면서 빠뜨린 구슬의 탄식이 없을 수 없다. 그래도 일천 년을 훌쩍 넘긴 한문 산문의 역사를 이렇게 한 필의 비단으로 엮어 주욱 펼쳐 놓고 보니 감회가 없지 않다. 대방의 질정을 청한다.

2017년 11월

안대회, 이종묵, 정민, 이현일, 이홍식, 장유승 함께 씀

우리 산문사의 고동과 출항
신라와 고려 시대

우리 역사에서 본격적인 한문 산문 작품이 등장하는 것은 5세기 무렵이다. 삼국이 국가 체제를 정비하면서 나라의 위업을 알리는 글이 등장했다. 지금 전하는 것 중에는 「광개토왕릉비(廣開土王陵碑)」(414년), 진흥왕 순수비라고 불리는 「창녕비(昌寧碑)」(561년), 「마운령비(摩雲嶺碑)」와 「황초령비(黃草嶺碑)」(568년), 비슷한 시기의 「북한산비(北漢山碑)」, 「사택지적비(砂宅智積碑)」(654년) 등이 알려져 있다. 그러나 글이 온전하지 않은 데다 난해하며, 더욱이 글을 지은 사람이 누구인지도 밝혀지지 않아 부득이 이 책에서는 다루지 못했다.

중국, 일본 등과의 대외 관계 문서 및 국내 정치 관련 문서도 이 무렵에 출현하는데 그중 일부가 김부식(金富軾)의 『삼국사기(三國史記)』에 인용되어 전한다. 이 책에서는 설총(薛聰)과 녹진(祿眞) 등의 글을 뽑아서 보인다. 김부식의 필치로 윤색된 것이 분명하겠지만, 이른 시기 문인의 글에 담긴 생각을 알려 준다는 점에서 의미가 크다.

전통 시대의 문장은 글쓴이 개인의 이름을 후세에 길이 전하는 불후의 사업이지만 그에 앞서 정치 행위와 연결된 공적 성격이 무척 강하다. 임금에게 충언의 글을 올리고 올바른 인재 등용의 방안을 제시하기도 한다. 조선 전기의 문인 주세붕(周世鵬)이 임강수(任强首)를 두고 신라 시대에 문장으로 홀로 일컬어졌다고 했지만 아쉽게도 전하는 글이 보이지 않는다.

설총의 부친 원효(元曉)는 의상(義湘)과 함께 우리나라 불교 역사에 새로운 장을 열었다. 특히 원효는 『금강경(金剛經)』, 『열반경(涅槃經)』, 『법화경(法華經)』 등 여러 불경과 이를 풀이한 책에 많은 서문을 지었는데 모두 깊이가 있다. 이 책은 원효의 글에서부터 시작한다. 혜초(慧超)의 『왕오천축국전(往五天竺國傳)』이 기행 문학의 첫 장을 열었다고 할 만하지만, 시가 중심이므로 여기에서는 다루지 않는다.

우리 문학사에서 본격적인 문인은 최치원(崔致遠)으로부터 시작한다. 김윤식(金允植)은 신라의 임강수, 설총, 최치원이 우리 문장의 비조가 되었다고 했는데, 그의 주장은 조선 시대 이래의 통설이다. 최치원의 글은 대부분 당(唐)의 관리로서 정무를 담당하면서 지은 공용 문자로 채워져 있다. 그의 글은 『문선(文選)』을 배운 결과 사언(四言)과 육언(六言)을 기본적인 율조로 삼는 변려문(騈儷文)으로 제작되어 수사와 조탁에 바탕한 화려함을 읽을 수 있다.

고려의 문장은 김부식, 임춘(林椿), 이인로(李仁老), 이규보(李奎報), 유승단(俞升旦) 등에 이르러 화려한 문운(文運)이 전개되었다. 특히 김부식이 『삼국사기』 열전(列傳)에서 보여 준 우아한 고문(古文)의 세계가 주목된다. 김부식에 이르러 부화(浮華)한 변려문을 벗어나 간명함을 특징으로 하는 고문을 본격적으로 구사한 것으로 평가된다. 관각(館閣)의 문자는 변려문을 구사했지만, 『삼국사기』에 실려 있는 「온달전(溫達傳)」은 근세의 문인 김택영(金澤榮)이 우리나라 최고의 고문 작품으로 칭송했다.

김부식의 뒤를 이어 무인 집권 시기 임춘, 이인로, 이규보 등이 등장했다. 이들은 사(辭)와 부(賦), 명(銘)과 잠(箴) 등 운문에 가까운 문체에서부터 서(書), 기(記), 서(序), 발(跋), 설(說), 논(論), 전(傳) 등 본격적인 산문 문체를 두루 구사했다. 공용 문자에서는 변려문이 힘을 잃지 않았지만 개인적인 영역의 글은 고문에 가깝다고 할 만하다. 사물을 의인화하고 희작적 성격이 농후한 가전(假傳), 자신의 삶을 타자의 시각으로 기술한 자전(自傳)이 이 시기에 새로이 나타났다. 또 문학이 무엇인가를 두고 진지하게 고민한 결과를 담은 비평적 글쓰기도 등장했다.

특히 이규보는 창의적인 사고를 담은 다채로운 양식의 글쓰기를 시도했다. 그 성과는 우리 문학사에서 높이 기려질 만하다. 우리 문장의 역사에서 설(說), 논(論), 전(傳), 발(跋) 등의 문체가 그에게서 시작되었으며 유(喩), 대(對) 등 어느 문체로 귀속하기 어려운 자유로운 형식의 글도 볼 수 있다. 이규보의 글은 사물에 대한 깊이 있는 관찰과 사유를 바탕으로 참신한 내용을 담고 있는데, 자신을 돌아보고 세태를 풍자하는 뜻을 담은 것도 많다. 이 책의 제목으로 삼은 「우렛소리」 역시 그러한 글이다.

세계 제국 원(元)의 통제를 받던 시기, 우리 문인들은 넓은 세계와 소통하면서 새로운 학문과 문학을 개진했다. 안축(安軸), 최해(崔瀣), 이제현(李齊賢), 이곡(李穀), 이색(李穡) 등이 가장 높은 봉우리를 점했다. 이들은 원과의 외교에 필요한 문장 및 원으로 오가는 문인을 전송하는 문장을 다수 남겼다. 원과의 교섭 속에 넓은 세계로 나아가고자 하는 선비의 큰 뜻과 함께 '동인(東人)'에 대한 자각이 일어나는 것이 이 시기 문장의 중요한 내용적 특징이다. 이와 함께 성리학의 유입에 힘입어 국가와 사회, 인간의 문제를 예리한 시각으로 바라보고 개성적인 문체에 담아내려는 시도가 나타나는 것도 주목할 만한 현상이다.

특히 이제현은 김부식과 함께 고려를 대표하는 고문의 작가로 일컬어졌다. 심지어 김택영은 조선 3000년 역사를 통틀어 제일의 대가라고 평가했다. 이곡은 불합리한 제도와 파탄에 이른 민생을 때로는 직설적으로 때로는 우회적으로 비판하고 풍자함으로써 유자의 글쓰기가 무엇인지 보여 주었다. 이색은 주소(註疏)와 어록(語錄)의 기미가 있다는 비판을 받기도 했지만 스스로 이제현의 후계자를 자처했고, 훗날 이제현, 이곡과 함께 고문을 창도했다는 기림을 받았다. 한 시대의 대문장가로 조선 시대의 수많은 문인들에게 큰 영향을 미쳤으며, 유가와 불가를 넘나드는 폭넓은 사유를 펼쳐 보였다. 비슷한 시기 백문보(白文寶), 이달충(李達衷), 정추(鄭樞) 등도 개성적인 글쓰기를 선보인 녹록지 않은 작가다.

고려 말의 이름난 문인은 대부분 이색의 문하에서 나왔다. 정몽주(鄭夢周), 이존오(李存吾), 이숭인(李崇仁), 길재(吉再)의 문장은 그들의 절의만큼이나 높다랗다. 강렬한 비판의 언사를 쏟아 내는가 하면 맑고 담박한 운치를 담기도 했다. 고려 말에 관직에 올라 조선 초기까지 활동한 이첨(李詹), 정이오(鄭以吾) 등도 시대를 증언하고 세상을 성찰한 명편을 남겼다.

통일 신라에서 고려 말에 이르기까지 우리나라 문장의 역사는 불교 문자의 비중이 매우 크다. 신라의 원효에 이어 고려의 계응(戒膺), 천인(天因), 무외(無畏), 일연(一然), 충지(沖止), 식영암(息影庵) 등 문학적 능력을 갖춘 고승이 등장하여 불교의 이치를 설파하거나 불경의 유통과 관련된 글, 사찰과 탑 등 불교 유적을 증언한 글을 많이 남겼다. 조선에서 보기 어려운 불교 문학의 가장 높은 수준을 여기에서 확인할 수 있다. 특히 일연이 민간의 설화를 한문으로 기록한『삼국유사』는 역사 자료를 넘어 한국 문학사의 큰 성취로 평가된다. 물론 김부식, 임춘, 권적(權適), 이제현, 이색 등 고려를 대표하는 유자들 역시 불교를 숭상하고 승려와 적극 교유했기에 불교와 관련한 명편을 많이 제작했다. 유교와 불교의 이치를 함께 고민한 결과 새로운 글쓰기가 나타났다고 하겠다.

이러한 성황이 있었기에 최치원 이래 충렬왕 때까지의 시문을 선발한 최해의 『동인지문(東人之文)』이 등장했고, 조선이 수성기(守成期)에 접어들 무렵인 성종 때 방대한 규모의 『동문선(東文選)』을 편찬하여 이른 시기의 작품을 수습했다. 고대로부터 고려 말에 이르기까지 수많은 대가들이 등장했지만, 당대에 편집된 문집이 제대로 전해진 것은 극소수에 불과하다. 전하는 문집도 『동문선』에 실린 것을 수습하여 후대에 엮은 것이 많다. 이 점에서 고려 말까지의 문장의 역사는 『동문선』이 가장 중요하다. 이 책에서는 이를 중심으로 하되 문집에 실린 것이나 별본으로 전하는 문헌도 적절히 이용했다.

차례

이규보 李奎報

원효 元曉

617~686년

신라의 고승으로 속성은 설씨(薛氏), 아명은 서당(誓幢) 또는 신당(新幢)이며, 원효는 법명(法名)이다. 『금강삼매경론(金剛三昧經論)』, 『대승기신론소(大乘起信論疏)』 등 불경을 풀이한 많은 저술을 남겼고, 일심(一心), 화쟁(和爭), 무애(無㝵) 등의 사상을 개진한 것으로 알려져 있다. 『동문선(東文選)』에 그가 편찬한 여러 저술의 서문이 실려 있다. 우리나라 역사에서 본격적인 한문 문장을 남긴 첫 번째 작가이다.

분별 없는 깨달음 　　金剛三昧經論序

한마음의 근원은 있음(有)과 없음(無)을 떠나서 홀로 깨끗하고, 삼공(三空)의 바다는 참됨(眞)과 속됨(俗)을 아울러서 맑다. 맑게 둘을 아울렀지만 하나가 아니고, 홀로 깨끗하여 주변(邊)에서 벗어나 있지만 가운데(中)가 아니다. 가운데가 아니면서 주변에서 벗어나 있기 때문에 있음이 아닌 법(法)이지만 없음에 머물지 않고, 없음이 아닌 상(相)이지만 있음에 머물지 않는다.

하나가 아니면서 둘을 아우르기 때문에 참되지 않은 일이지만 속된 적이 없고, 속되지 않은 이치이지만 참된 적이 없다. 둘을 아우르되 하나가 아니기 때문에 그 속된 본성이 모두 이루어지고, 속세에 물든 염(染)과 속세를 벗어난 정(淨)의 형상을 모두 갖추었다. 주변에서 벗어나 있지만 가운데가 아니기 때문에 있음과 없음의 법이 모두 이루어지고, 옳음(是)과 그름(非)의 의(義)가 모두 통한다. 부서짐(破)도 없고 부서지지 않음도 없으며, 이루어짐(立)도 없고 이루어지지 않음도 없으니, 이치가 없으면서도 지극한 이치가 있고, 그렇지 않으면서도 정말 그러한 것이라 할 수 있다. 이것이 이 경전의 주된 뜻이라 하겠다.

참으로 그렇지 않으면서 그렇기 때문에 설법하는 말이 초탈의 경지에 묘하게 합치되고, 이치가 없으면서도 이치가 지극하기 때문에 전달하는

핵심이 속세를 초월한다. 부서지지 않는 것이 없기 때문에 이름을 금강
삼매(金剛三昧)라 하고, 이루어지지 않는 것이 없기 때문에 이름을 섭대
승경(攝大乘經)이라 하며, 일체의 의종(義宗)이 이 두 가지에서 벗어나지
않기 때문에 또한 이들을 무량의종(無量義宗)이라 한다. 일단 한 가지 항
목을 제목으로 붙였기 때문에 『금강삼매경(金剛三昧經)』이라고 한다.

해설

원효는 공(空)의 이치를 설파한 불경 『금강삼매경』에 주석을 달아 『금강
삼매경론』을 저술했다. 이 글은 그 서문에 해당한다. 원효 사상의 핵심
인 일심(一心)과 중도(中道)를 집약한 글이다. 유(有)와 무(無), 진(眞)과 속
(俗)을 하나로 아우른다는 용수(龍首)의 사상을 더욱 발전시킨 논의로
평가된다.

사변적인 내용이라 정확히 이해하기 어렵지만, 하나와 둘, 있음과 없
음, 참됨과 속됨, 중간과 주변, 오염과 정결, 부서짐과 온전함, 이루어짐과
무너짐, 지극한 이치(至理)와 없는 이치(無理) 등 상대적인 개념과 가치를
분별하지 말고 아울러야 한다는 뜻으로 보면 될 듯하다.

설총

薛聰

655년~?

자는 총지(聰智)다. 신라 시대의 고승 원효와 태종 무열왕의 딸 요석 공주(瑤石公主) 사이에서 태어났다. 그의 출생에 대해서는 『삼국유사(三國遺事)』에 자세하다. 원효가 거리를 누비며 "누가 자루 없는 도끼를 주겠는가. 내가 하늘 받칠 기둥감을 찍으리라."라는 노래를 불렀다. 이 소식을 들은 무열왕이 궁궐의 관리를 보내 그를 데려오게 하자, 원효는 일부러 물에 빠져 옷을 적셨다. 관리는 그를 요석궁(瑤石宮)으로 데려가 옷을 말리며 쉬게 했는데, 이때 원효가 요석 공주와 동침하여 설총을 잉태했다.

설총은 어려서부터 경전과 사서를 널리 통달했으며 우리말로 경전을 풀이하여 학생을 가르쳤다. 당나라에 유학했다는 설이 있으나 사실 여부를 확인할 수 없다. 우리나라 유학(儒學)의 시조로 추앙받아 1022년(현종 13년) 홍유후(弘儒侯)에 봉해지고 문묘에 배향되었다.

꽃의 왕을
경계하는 글

諷王書

신은 다음과 같은 이야기를 들었습니다.

옛날에 화왕(花王, 모란(牧丹))이 처음 세상에 나타나자 꽃향기 가득한 동산에 심고 푸른 장막으로 주위를 둘러쌌습니다. 늦봄이 되자 곱게 피어 온갖 꽃을 능가할 정도로 유독 빼어났습니다. 그러자 여기저기에서 곱고 어린 꽃의 정령들이 모두 찾아와 화왕을 뵈었습니다.

그런데 느닷없이 한 아리따운 아가씨가 나타났습니다. 얼굴은 곱고 치아는 희었으며, 화장은 선명하고 옷차림은 아름다웠습니다. 사뿐사뿐 어여쁘게 앞으로 와서는 이렇게 말했습니다.

"저는 눈처럼 흰 백사장을 밟고 거울처럼 맑은 바다를 바라보며 봄비를 맞아 깨끗이 목욕하고, 맑은 바람을 쏘이며 유유자적하고 있습니다. 저의 이름은 장미라 하옵니다. 대왕의 덕이 훌륭하다는 말을 듣고 향기로운 휘장 속에서 잠자리를 모시려 하는데, 대왕께서는 허락하시겠습니까?"

그런데 또 어떤 사내가 베옷에 가죽띠를 차고 흰머리로 지팡이를 짚은 채 절름거리며 구부정하게 걸어오더니 이렇게 말했습니다.

"저는 도성 밖의 큰길가에 살고 있습니다. 아래로 드넓은 들판을 굽어보고 위로는 높이 솟은 산을 바라보며 살고 있습니다. 저의 이름은 백두옹(白頭翁)이라 하옵니다. 제 생각으로는 기름진 쌀과 고기로 배를 채우고 차와 술로 정신을 맑게 하더라도 상자 속에는 기운을 차리게 해 주는 좋은 약과 독을 제거해 주는 영사(靈砂)가 있어야 합니다. 그러므로 옛말에 '명주실과 삼실이 있더라도 갈과 사초를 버리지 말라. 모든 군자는 부족할 때를 대비해야 한다.'라고 하였습니다. 모르겠습니다만 대왕께서는 생각이 있으신지요?"

어떤 사람이 말했습니다.

"두 사람이 왔는데 누구를 선택하고 누구를 버리시겠습니까?"

화왕이 말했습니다.

"저 사내의 말도 일리는 있지만 아리따운 아가씨는 만나기 어려우니 어찌하면 좋겠는가?"

그러자 사내가 앞으로 나와 말했습니다.

"저는 대왕께서 총명하고 의리를 아시는 분이라 생각하고 왔는데, 이제 보니 아닙니다. 임금 중에는 간사하고 아첨하는 자를 가까이하지 않고 바르고 곧은 사람을 싫어하지 않는 사람이 드물었습니다. 이 때문에 맹가(孟軻, 맹자)는 불우하게 일생을 마쳤고, 풍당(馮唐)은 말단 관리로 늙고 말았습니다. 예로부터 그러하였으니 제가 어찌하겠습니까?"

그러자 화왕이 말했습니다.

"내가 잘못했소. 내가 잘못했소."

해설

현재 전하는 설총의 유일한 글이다. 5월의 어느 날, 기이한 이야기를 해 달라는 신문왕(神文王)의 부탁으로 지은 것이다. 『삼국사기』에 실려 전한

26

다. 『동문선』 등에도 수록되었다.

이 글은 꽃을 의인화한 우언(寓言)으로, 세 종류의 꽃이 등장한다. 첫째는 화왕 모란이다. 모란은 부귀영화의 상징이며, 꽃의 왕이라 일컬어질 정도로 화려한 꽃이다. 이 글에서도 모란은 꽃 나라의 왕으로 나온다. 둘째는 장미이다. 이 글에서 장미는 아리따운 아가씨로 묘사된다. 장미는 향기와 자태를 뽐내며 화왕을 유혹하는데, 바닷가 백사장에 있다고 하였으므로 지금 볼 수 있는 장미보다는 해당화에 가까울 듯하다. 그리고 마지막으로 등장하는 꽃은 백두옹, 즉 할미꽃이다. 흰 털로 덮인 열매의 모습이 할머니의 흰머리와 같아 이런 이름이 붙었다. 이 글에서 할미꽃은 바른말을 하는 사내의 모습이다.

사내는 화왕에게 충고한다. 좋은 음식을 먹고 마시는 사람이라도 만일을 위해 보약과 해독제를 준비해 두어야 한다. 나라의 임금은 쾌락과 안일에 빠지는 경우를 대비해 그를 바로잡아 줄 강직한 신하를 곁에 두어야 한다는 말이다.

화왕은 두 사람을 놓고 누구를 선택할지 고민한다. 사내의 말이 옳은 줄 알면서도 여인을 선뜻 포기하지 못한다. 그 모습을 본 사내는 실망해 화왕을 꾸짖는다. 예로부터 나라의 임금은 으레 간사하고 아첨하는 자를 가까이하고 바르고 곧은 사람을 멀리했다는 것이다. 이 때문에 맹자와 풍당 같은 어진 이들도 뜻을 펴지 못했는데, 화왕도 마찬가지라는 비난이다. 화왕은 잘못을 시인한다.

화왕은 다름아닌 신문왕을 비유한다. 신문왕은 이야기를 듣자 정색을 하고 훗날의 경계로 삼겠다 하며, 설총을 높은 관직에 임명했다.

녹진

祿眞

?~?

신라 헌덕왕 때의 관원이다. 일길찬(一吉飡) 수봉(秀奉)
의 아들이다. 23세에 관직에 올라 818년(헌덕왕 10년)
에 집사부(執事部)의 시랑(侍郎)이 되었다. 이때 김충
공(金忠恭)에게 인사 정책의 요점을 제시하는 글을 올
렸다. 822년 왕위 계승에 불만을 품고 반란을 일으킨
김헌창(金憲昌)의 난을 진압하여 대아찬(大阿飡)에 임명
되었으나 사양하고 나아가지 않았다.

인사의 원칙　　　　上角干金忠恭書

저 녹진이 말씀드립니다. 상대등(上大等)께서 집무실에 앉아 내직과 외직의 후보자를 정하고 퇴근했다가 감기에 걸리셨다고 들었습니다. 나라에서 가장 뛰어난 의원을 불러 진맥했더니, 병이 심장에 있으므로 용치탕(龍齒湯)을 복용해야 한다고 하기에 결국 스무하루 동안 휴가를 얻어 두문불출하며 손님도 만나지 않고 계신다고 합니다. 제가 가서 만나 뵈려 했으나 문지기가 막았습니다. 상공께서 병으로 손님을 사절한다는 것은 저도 알고 있습니다. 하지만 꼭 한 말씀 올려 답답한 마음을 달래 드리고자 합니다.

　제가 듣기로는 몸이 편찮으시다고 하는데, 아침 일찍 출근하고 늦게 퇴근하느라 바람을 맞고 이슬에 젖어 몸을 상하고 편안히 지내지 못해 그런 것이 아니겠습니까? 그렇다면 공의 병은 약을 쓸 필요도 없고 침을 쓸 필요도 없습니다. 지극히 고명한 논의로 한 번에 깨뜨릴 수 있습니다. 공은 들어 보시겠습니까?

　목수가 집을 지을 때, 큰 목재로는 들보와 기둥을 만들고 작은 목재로는 서까래를 만들며, 눕힐 것은 눕히고 세울 것은 세워 각기 제자리에 놓은 뒤에야 큰 집을 완성하는 법입니다. 옛날 어진 재상이 정치를 하는 것도 무엇이 다르겠습니까? 큰 재주를 지닌 자는 높은 자리에 두고 작은 재주를 가진 자는 사소한 일을 맡겼습니다. 내직으로 여섯 부서의 장관과 수많은 실무 관원, 외직으로는 관찰사, 군수, 현령에 이르기까지 조정에는 빈자리가 없고 그 자리에는 적임자 아닌 사람이 없도록 해서, 상하가 안정되고 뛰어난 자와 모자란 자를 분별한 다음에야 바른 정치를 이루었습니다.

그런데 지금은 그렇지 않습니다. 사적인 일에 연연하느라 공적인 일을 돌보지 않고, 사람을 위해 관직을 고르고 있습니다. 아끼는 사람은 재주가 없어도 구름처럼 높은 지위에 올리려 하고, 미워하는 사람은 능력이 있어도 구렁텅이에 빠뜨립니다. 취사선택을 할 때는 마음이 혼란하고 시시비비를 가릴 때는 생각이 어지럽습니다. 이러니 나랏일만 혼탁해질 뿐 아니라 나랏일을 하는 사람도 고생스럽고 병에 걸리는 것입니다.

그러니 이렇게 하셔야 합니다. 벼슬을 맡아서는 청렴하고 결백하며, 일을 하면서는 신중하고 공경해야 합니다. 뇌물이 들어오는 문은 막고 청탁을 받는 허물은 멀리해야 합니다. 승진과 좌천은 어리석음과 현명함을 따지고, 임명과 해고는 사랑과 미움으로 하지 않아야 합니다. 대저울처럼 균형을 잡아 경중(輕重)을 왜곡하지 않고 목수의 먹줄처럼 곧게 해서 곡직(曲直)을 속이지 않아야 합니다.

이렇게 하신다면 정치가 조화로워 국가가 화평해질 것입니다. 그러면 날마다 공손홍(公孫洪)처럼 동각(東閣)을 열고 조참(曹參)처럼 술자리를 마련해서 친구들과 담소하며 즐길 수 있을 것입니다. 구차하게 약을 복용하느라 세월을 허비하고 일을 망칠 필요가 있겠습니까?

해설

각간(角干) 김충공(金忠恭, ?~835년)은 신라의 왕족으로 원성왕(元聖王)의 손자이자 민애왕(閔哀王)의 아버지다. 헌덕왕(憲德王)과 흥덕왕(興德王)은 그의 아우다. 헌덕왕과 흥덕왕 때 집사부 시중(侍中)과 상대등을 역임하며 수십 년 동안 정권을 장악했다. 이 무렵 녹진이 올바른 인사를 위해 그에게 올린 간언이 『동문선』에 수록되어 있다. 그런데 이와 거의 같은 내용이 『삼국사기』의 「녹진열전」에 실려 있다. 녹진과 김충공의 대화로 되어 있는데 문장 자체는 김부식의 것이라 보아야 할 것이다. 녹진의 글이 조선 초기 『동문선』을 편찬할 무렵까지 따로 전했을 가능성은 거의 없으니, 후대에 상소문의 형식으로 재편된 것이라 하겠다. 그럼에도 이른 시기 상소문의 성격을 살펴보기에는 충분한 가치가 있다.

김충공은 복잡한 인사 행정을 처리하다가 병이 생겨 집에서 쉬고 있었다. 관원의 임면을 결정하는 인사 행정은 국가적으로 지극히 중요한 사안이며, 개인의 이해가 달린 첨예한 문제이기도 하다. 담당자로서는 고려해야 할 점이 많다. 때문에 김충공은 골머리를 앓다가 병이 생기는 지경에 이른 것이다. 김충공의 부하 관원이었던 녹진은 보다 못해 이 글을 올렸다.

인사 행정은 복잡한 듯하지만 사실은 그렇지 않다. 크고 작은 여러 가지 재목을 제자리에 사용해서 큰 집을 짓는 것처럼, 사람들의 능력을 헤아려 적재적소에 배치하는 것이 인사의 원칙이다. 인사 담당자의 개인적인 이해와 감정에 따라 결정되는 인사는 국가에 해악일 뿐 아니라 결국 개인에게도 불행이다. 녹진은 김충공에게 이러한 원칙을 상기시켜 주며 인사 행정의 공정성을 요구했던 것이다.

崔致遠

최치원

857년~?

본관은 경주(慶州), 자는 고운(孤雲)·해운(海雲)이다. 12세에 당나라로 유학을 떠나 18세에 빈공과(賓貢科)에 합격했다. 이후 중국 각지를 다니며 관직 생활을 하다가 879년 황소(黃巢)의 난이 일어나자 회남 절도사(淮南節度使) 고변(高騈)의 종사관(從事官)으로 활약하면서 명성을 떨쳤다. 885년 신라로 돌아와 한림학사 등을 지내며 많은 시문을 지었지만, 육두품 출신이라는 신분적 한계와 신라 말의 사회 혼란으로 뜻을 펴지 못하고 지방관으로 전전하다가 결국 40세 무렵 관직을 버리고 가야산(伽倻山)에 은거했다. 말년의 행적은 분명하지 않다. 1021년(고려 현종 12년) 문창후(文昌侯)에 봉해졌고, 조선 시대에도 전국 각지의 서원에 제향되었다.

당나라에서 신라로 귀국한 직후 시문을 정리하여 헌강왕에게 올렸고 그 목록이 「계원필경집서(桂苑筆耕集序)」에 남아 있다. 『계원필경집(桂苑筆耕集)』은 일실되었다가 19세기 서유구(徐有榘)가 홍석주(洪奭周)의 집안에 전하던 구본(舊本)을 교정하여 간행하였다. 귀국 후의 시문은 따로 정리되지 못하다가 1926년 『동문선』 등에 수록된 작품을 수습하여 『고운집(孤雲集)』으로 간행했다.

황소를 토벌하는 격문

檄黃巢書

광명(廣明) 2년(881년) 칠월 여드렛날, 제도도통검교태위(諸道都統檢校太尉)가 황소(黃巢)에게 알리노라.

바른 길을 지키며 상도를 따르는 것을 도(道)라 하고 위험을 만나 변고를 다스리는 것을 권(權)이라 한다. 지혜로운 자는 시세에 순응하여 성공하고, 어리석은 자는 이치를 거슬러 패망한다. 그러므로 백 년 인생에서 죽고 사는 것을 기약하기 어려우나, 인간 만사는 마음에 달려 있으므로 옳고 그름을 분별할 수 있다. 이제 우리는 천자의 군사로 공명정대한 정벌을 나서는 것이지 사사로운 싸움을 하는 것이 아니며, 군정(軍政)은 은혜를 우선하고 토벌을 뒤로한다. 장차 수도를 회복하기에 앞서 우선 신뢰를 주고자 하니, 좋은 말로 할 때 공경히 받들어 간사한 짓을 멈추도록 해라.

너는 본시 먼 시골 백성으로 갑자기 억센 도적이 되어 우연히 시세를 타고 감히 강상(綱常)을 어지럽히더니, 종국에는 불측한 마음을 품고 무엄하게 제위(帝位)를 노려 도성을 침범하고 궁궐을 더럽혔다. 이미 죄가 하늘까지 닿을 지경이니 반드시 패망하고야 말 것이다. 아, 요순시대에도 묘족(苗族)과 호족(扈族)은 복종하지 않았으니, 불량하고 무뢰한 무리요, 불의하고 불충한 것들이다. 너희 같은 무리들이 하는 짓이 어느 시대인들 없겠는가. 멀리는 유요(劉曜)와 왕돈(王敦)이 진나라를 엿보았고, 가까이는 안녹산(安祿山)과 주자(朱泚)가 황실을 괴롭혔다. 저들은 모두 병권을 장악하거나 중임을 맡았으니, 호령만 하면 우레처럼 빠르고 번개같이 달렸으며 시끄럽게 떠들면 안개가 덮이고 이내가 낀 듯했다. 그런데도 잠시 간특한 꾀를 부렸을 뿐 끝내는 더러운 종자가 섬멸되고 말았다. 태양이 환하게 떠서 요망한 기운을 그대로 두지 않았으며 하늘의 그물이 높이 펼쳐져 반드시 흉악한 무리를 없애고야 말았다.

하물며 너는 미천한 평민으로 태어나 밭두렁 사이에서 일어나 방화와 약탈을 좋은 일로 알며 살인과 상해를 급한 일로 생각하니, 헤아릴 수 없을 만큼 큰 죄만 있고 속죄를 할 만한 조그마한 선행도 없다. 천하 사람들이 모두 백일하에 죽이고자 생각할 뿐 아니라 땅속의 귀신들도 벌써 암암리에 없애고자 의논하고 있다. 비록 잠깐 기운을 빌려 숨을 쉬고 있지만 벌써 정신은 죽고 넋은 빠졌을 것이다.

무릇 사람의 일이란 스스로 아는 것이 제일이다. 나는 함부로 말하지 않으니, 너는 잘 들어 보아라. 요즈음 나라는 덕이 깊어 허물을 덮어 주며, 은혜를 중시하여 결점을 따지지 않는다. 그래서 너에게 병권을 주고 너에게 지방을 맡겼거늘, 너는 오히려 짐새와 같은 독을 품고 악행을 거두지 않았다. 움직였다 하면 사람을 물어뜯으니 하는 짓이 모두 주인 보고 짖는 개와 같았다. 드디어 네놈이 교화를 저버리고 군사로 궁궐을 포위하니 벼슬아치들은 위태로운 길로 달아나고 임금의 행차는 먼 지방으로 떠나게 되었다. 그런데도 일찌감치 덕과 의리로 돌아오지 않고서 유독 완악한 짓만 일삼았다. 성상께서 너에게 죄를 용서하는 은혜를 베푸셨으나 너는 나라의 은혜를 배반하는 죄만 지은 것이다. 반드시 얼마 안 가서 죽고 망하게 될 것이니 어찌 하늘이 무섭지 않느냐. 하물며 천자의 자리는 네가 물어볼 이유도 없거니와 대궐이 어찌 너 같은 자가 편히 쉴 곳이랴. 너의 뜻을 모르겠다. 끝내 어떻게 하려는 것이냐.

너는 듣지 못했느냐.『도덕경(道德經)』에 "회오리바람은 아침 내내 불지 않고 소나기는 하루 종일 내리지 않는다."라 하였다. 천지도 오래갈 수 없거늘 하물며 인간이랴. 또 듣지 못했느냐.『춘추전(春秋傳)』에 "하늘이 착하지 않은 자를 잠시 도와주는 것은 복을 내려 주는 것이 아니라 그 악행이 쌓이게 하여 벌을 내리려는 것이다."라 하였다. 지금 너는 간악함을 감추고 사나움을 숨기며, 악이 쌓이고 재앙이 가득한데도 위험을 편안히 여기고 미혹에 빠져 돌이킬 줄 모른다. 이른바 제비가 천막 위에 둥지를 지어 놓고도 방자하게 활개 치며, 물고기가 솥 속에서 펄떡이지만 곧 삶기는 꼴을 보는 격이다.

우리는 뛰어난 전략으로 여러 군대를 규합하여 날랜 장수가 구름같이 날아들고 용맹스러운 군사들이 빗발치듯 모였다. 높은 깃대 큰 깃발은 남쪽 변방의 바람에 펄럭이고 전함과 누선은 오강(吳江)의 물결을 가로막았다. 진(晉)나라 도 태위(陶太尉)처럼 적을 부수는 데 날래고 수나라 양 사공(揚司空)처럼 엄숙하여 신이라 부를 만하니, 널리 천하를 돌아보고 거침없이 만 리를 횡행할 수 있다. 치열한 불꽃을 놓아 기러기 털을 태우는 격이요, 태산(泰山)을 번쩍 들어 새알을 누르는 것과 무엇이 다르랴. 바야흐로 가을의 신 금신(金神)이 깃발을 인도하고 강물의 신 수백(水伯)이 군사를 환영하고 있다. 가을바람은 형벌의 위엄을 도와주고 새벽이슬은 혼잡한 기운을 씻어 주니, 물결이 잔잔하여 길은 곧장 열려 있다. 석두성(石頭城)에서 뱃줄을 풀어 놓으면 손권(孫權)이 후군(後軍)이 될 것이요, 현산(峴山)에서 돛을 내리면 두예(杜預) 같은 장수가 선봉을 설 것이라. 도성을 수복하는 것은 열흘이나 한 달 내의 일이리라.

다만 살리기를 좋아하고 죽이기를 싫어하는 것은 상제(上帝)의 깊고 어진 덕이요, 법을 굽혀서라도 은혜를 베푸는 것이 조정의 아름다운 법이다. 나라의 도적을 토벌하는 자는 사사로운 분노를 품지 않아야 하고, 길을 잃고 헤매는 자를 타이르는 방법은 직언을 하는 것이다. 내가 한 장 편지를 날려 보내 너를 거꾸로 매달린 것처럼 다급한 처지에서 벗어나게 해 주려고 하니, 너는 고집부리지 말고 기미 살피는 일을 일찌감치 배워, 스스로 계책을 잘 세우고 잘못을 고치도록 해라. 만일 땅을 떼어 받아 나라를 세우고 가업을 계승하며, 몸과 머리가 두 동강 나는 것을 면하고 공명 세우기를 원한다면, 겉으로만 가까운 척하는 자들의 말을 믿지 말아야 후손에게 부귀영화를 전할 수 있을 것이다. 이는 아녀자의 알 바가 아니요, 실로 대장부의 일이니, 의심하지 말고 빨리 회답해야 할 것이다.

나는 황제의 명령을 받아 강물에 대고 맹세한다. 말이 한번 떨어지면 곧바로 응할 것이니, 많은 은혜를 베풀었는데 깊은 원망을 품어서는 아니 될 것이다. 만약 도당이 이끄는 대로 미쳐 날뛰며 취한 잠에서 깨어나지 못하고, 마치 사마귀가 수레바퀴에 항거하듯 고집만 부리려 들면 곰을 잡고 표범을 잡는 우리 군사가 한번에 박멸할 것이니, 까마귀가 모이고 올빼미가 늘어선 것 같은 너희 무리는 사방으로 흩어져 도망갈 것이다. 몸은 날쌘 도끼에 기름이 될 것이요, 뼈는 병사들의 수레에 가루가 될 것이요, 처자는 잡혀 죽고 친족은 주벌을 받을 것이다. 배를 불태울 때를 당하면 배꼽을 물어뜯으며 후회해도 늦는다. 너는 모름지기 진퇴를 헤아리고 선악을 분별해라. 배반하여 멸망하는 것이 어찌 귀순하여 부귀영화를 누리는 것만 하겠느냐. 다만 너희들이 바라는 것은 반드시 이루어질 것이니 장부의 바른길을 힘써 찾아 당장 표범처럼 변하기

를 기약할 것이요, 어리석은 생각을 고집하여 여우같은 의심을 갖지 않
도록 해라.

아무개는 고하노라.

해설

881년 7월 8일, 최치원이 황소의 난을 토벌하기 위해 출정한 고변의 종
사관으로서 지은 격문이다. 격문은 군대에서 쓰이는 문서의 하나로, 전
투를 앞두고 선포하는 글이다. 아군에게는 전투의 정당성을 강조하고 사
기를 진작하는 한편, 적에게는 공포와 의심을 일으키려는 의도에서 짓는
것이다. 이 글은 고변의 입장에서 황소에게 말하는 내용으로 되어 있다.

황소는 본디 소금 상인 출신으로 막대한 부를 쌓았으나 정권에 불만
을 품고 농민들을 규합해 반란을 일으켰다. 황소의 반란군은 승승장구
해 낙양(洛陽)을 엿보았으나 여의치 않아 남쪽으로 향했는데, 이때 고변
이 이끄는 군사와 일전을 앞두게 되었다. 이 글은 이러한 상황에서 황소
에게 보낸 격문이다. 한편으로는 황소에게 보내는 강경한 경고의 메시지
이면서도, 다른 한편으로는 그를 회유해 투항을 권고함으로써 피 흘리
지 않고 전쟁을 끝내려는 의도가 담겨 있다.

황소가 이 격문을 읽다가 "천하 사람들이 모두 백일하에 죽이고자 생
각할 뿐 아니라 땅속의 귀신들도 벌써 암암리에 없애고자 의논하고 있
다."라는 대목에 이르러 놀란 나머지 말 위에서 떨어졌다는 일화가 전한
다. 이 글로 인해 최치원의 문명이 중국 전역에 널리 알려지게 되었다.

죽은 병사들을 애도하며   寒食祭陣亡將士

아, 슬프다.

인생에 끝이 있다는 점은 예나 지금이나 한탄스럽지만

이름을 영원히 전하려면 충의(忠義)를 우선해야 하는 법.

너희들은

활을 당기느라 몸을 고달프게 하고

적진을 뚫느라 힘을 다하였다.

곰처럼 사나운 병사 틈에서 기세를 떨치다가

황새처럼 늘어선 대열 앞에서 제 몸을 잊었다.

창과 방패를 들고 용맹을 떨쳤으니,

침상에서 죽는 수치를 면하였다.

지금은

들판의 풀이 푸른빛을 띠고

숲속의 꾀꼬리가 곱게 운다.

아득한 강물은 부질없이 한을 남긴 채 끝없이 흘러가는데

황폐한 무덤 속 혼령에게 지각이 있는 줄 누가 알겠는가.

내가 생각하는 것은 옛 공로요,

내가 슬퍼하는 것은 좋은 시절이다.

간소한 술과 안주를 차려서

저승으로 가는 길을 위로한다.

모두들

두회(杜回) 같은 적과 맞서 싸우길 생각하고

온서(溫序)처럼 돌아갈 생각은 하지 말라.

능히 큰 뜻을 이루게 된다면

이를 저승의 도움이라 하리라.

해설

이 글을 지은 시기는 명확하지 않으나, 『계원필경집』에 실려 있는 점으로 미루어 저자가 고변의 종사관으로 활약하던 무렵에 지은 것만은 분명하다. 저자가 고변의 명령에 따라 황소의 난에서 전사한 군사들을 애도하기 위한 글이 아닌가 한다.

사람은 누구나 죽지만 충의로 세운 이름은 영원히 전한다고 하며 장사들의 죽음이 헛되지 않음을 강조했다. 변함없는 자연과 덧없이 죽어 간 장사들을 대비하며 잠시 감상적인 애도에 빠졌다가, 죽은 뒤까지 충성을 다한 두회와 적에게 항복한 온서를 대비하여 마무리했다. 전사한 장사들을 향해 발언하는 형식으로 되어 있으나 사실상 살아남은 장사들의 사기를 진작하는 데 초점이 맞추어져 있다. 『동문선』에도 실려 있다.

김부식

金富軾

1075~1151년

본관은 경주(慶州), 자는 입지(立之), 호는 뇌천(雷川)이다. 신라 무열왕(武烈王)의 후손으로 알려져 있다. 1096년(고려 숙종 1년) 과거에 급제한 이래 주로 한림원(翰林院) 등에서 문한(文翰)의 업무에 종사하며 국왕에게 경서(經書)와 사서(史書)를 강론했다. 1130년(인종 8년) 정당문학(政堂文學)에 올라 국권을 장악했으며, 1135년 묘청(妙淸)이 서경(西京)에서 반란을 일으키자 직접 군사를 거느리고 가서 진압했다. 그 공로로 문하시중(門下侍中)에 올라 윤언이(尹彦頤), 한유충(韓惟忠) 등 자신에게 적대적인 세력을 조정에서 몰아냈다. 그러나 이들이 조정으로 복귀한 뒤 지지 기반을 잠식당해 결국 정치에서 물러났다. 이후『삼국사기』의 편찬에 착수하여 1145년 50권으로 완성했다.

문집『은대집(銀臺集)』이 있었다고 하지만 전하지 않는다.『동문선』등의 선집에 다수의 글이 남아 있다. 창강(滄江) 김택영(金澤榮)의『여한십가문초(麗韓十家文鈔)』에 고려의 문인으로 이제현(李齊賢)과 함께 수록되었다.

『삼국사기』를 올리며

進三國史記表

신 김부식은 아룁니다. 옛날 여러 나라는 각기 사관(史官)을 두고 사실을 기록했습니다. 그러므로 맹자(孟子)가 말하기를 "진(晉)나라의 『승(乘)』과 초나라의 『도올(檮杌)』과 노나라의 『춘추(春秋)』는 하나이다."라 하였습니다. 우리 해동의 삼국은 장구한 세월을 보냈으니, 그 사실을 책에 기록해야 마땅합니다. 그리하여 늙은 신에게 명령하여 편집하도록 하셨는데, 스스로를 돌아보니 부족하여 어찌할 줄 모르겠습니다. 참으로 황공하고 두려운 마음으로 머리를 조아립니다.

삼가 생각건대 성상 폐하께서는 요(堯)임금의 문사(文思)를 타고났으며, 우(禹)임금의 근검을 체득하여 정사를 보는 여가에 지난 역사를 널리 보시고 이렇게 말씀하셨습니다.

"오늘날 학사 대부 가운데 오경(五經)과 제자(諸子)의 서적, 진(秦)과 한(漢) 이후 역대의 역사에 두루 통달하여 자세히 말하는 자가 있지만 우리나라의 일에 대해서는 도리어 그 시말을 전혀 모르니 몹시 한탄스럽다. 더구나 신라, 고구려, 백제는 나라를 세워 솥발처럼 나란히 서서 중국과 예의로 교류했으므로 범엽(范曄)의 『후한서(後漢書)』와 송기(宋祁)의 『당서(唐書)』에 모두 열전으로 실려 있다. 하지만 중국 안의 일은 자세하고 밖은 소략한 법이라 자세히 수록하지는 않았다. 또 우리의 옛 기록은 문장이 서투르고 사적도 빠뜨려 임금의 선악, 신하의 충역, 국가의 안위, 백성의 치란을 모두 드러내어 권면과 경계를 남기지 못했다. 그러니 재주와 학문과 식견을 모두 갖춘 인재를 찾아 일가(一家)의 역사를 완성하고 영원히 전해 해와 별처럼 빛나게 해야 할 것이다."

신 같은 자는 본디 뛰어난 재주도 없고 깊은 학식도 없습니다. 노년에 이르러서는 날마다 혼미해져 부지런히 글을 읽어도 책을 덮으면 곧 잊어버리며 붓을 잡아도 힘이 없어 종이를 앞에 두고도 쓰지 못합니다. 신의 학술이 이와 같이 부족하고 지난 일에 대해서는 저와 같이 무지하기에 정신과 힘을 다하여 겨우 책을 완성했습니다. 하지만 볼만한 것이 없어 그저 부끄러울 따름입니다.

삼가 바라건대 성상 폐하께서는 의욕만으로 재단한 신을 양해하시고 함부로 책을 만든 죄를 용서하소서. 비록 명산(名山)에 보관하기에는 부족하지만 간장 항아리 덮개로 쓰지는 마소서. 구구한 어리석은 뜻은 하늘의 태양 같은 성상께서 비추어 주실 것입니다.

해설

이 글은 1145년(고려 인종 23년) 편찬한 『삼국사기』와 함께 인종에게 올린 것이다. 제목에 붙은 표(表)는 본디 황제에게 올리는 글이며, 왕에게 올리는 글은 전(箋)이라 한다. 고려가 황제의 국가로 자처했기 때문으로 보기도 한다. 그 당시 중원을 지배한 금나라 황제에게 올린 것이라는 설도 있지만, 중국의 역사에 대해서는 자세히 알면서도 우리나라의 일을 모르는 사람들을 위해 책을 편찬하도록 했다는 내용으로 보아 인종에게 올린 것으로 보는 것이 온당하다. 표나 전은 대개 사륙문(四六文)의 형식을 따르는데, 이 글 역시 그러하다.

당시 우리나라의 역사를 기록한 책은 중국의 역사서를 제외하면 삼국 시대에 편찬된 각국의 기록에 불과했다. 중국의 역사서는 중국 밖의 일에 대해서는 자세히 기록하지 않았으며, 우리나라의 옛 기록은 문장이 서투를 뿐 아니라 빠진 것이 많아 귀감으로 삼기에 부족했다. 그리하여 김부식은 그의 말대로 정신과 힘을 다해 이 책을 편찬한 것이다. 재주와 학식이 부족하다며 시종일관 겸손한 태도를 보이고 있지만, 후세에 남길 만한 자국의 역사를 정리했다는 자부심이 엿보인다.

혜음사를 새로
짓고서

惠陰寺新創記

봉성현(峰城縣) 남쪽 이십 리쯤에 작은 사찰 하나가 있었다. 무너진 지이미 오래인데 그곳 사람들은 여전히 그 땅을 석사동(石寺洞)이라 부른다. 동남쪽의 모든 고을에서 개성으로 가는 사람과 위쪽 지방에서 강을따라 아래로 내려오는 사람은 모두 이곳을 통과해야 하므로 사람들이어깨를 부딪치고 말발굽이 닿을 정도로 바삐 오가는 행렬이 끊이지 않는다.

그러나 산이 깊고 초목이 무성하여 범과 이리가 떼지어 살면서 편하고 이로운 곳이라 여기고, 숨어서 엿보다가 때때로 나타나 해를 입힌다. 그뿐만 아니라 도적의 무리도 이곳이 으슥하여 숨기 쉽고 사람들이 두려워하여 약탈하기 편하다고 여기고, 여기에 와 살면서 간악한 짓을 한다. 양방향으로 다니는 사람들이 주저하며 감히 나아가지 못하고 서로주의를 주어 행인을 모으고 무기를 소지한 뒤에야 지나간다. 그런데도죽음을 면치 못하는 사람들이 한 해에도 백 명이 넘는다.

선왕(先王) 예종(睿宗)께서 왕위에 오르신 지 십오 년 되는 기해년(1119년) 팔월에 근신(近臣) 소천(少千)이 왕명을 받들고 남쪽 지방에 다녀왔다. 임금께서 이번에 길을 떠나면서 백성의 고통에 대해 들은 것이있는지 하문하시기에 이러한 사실을 아뢰었더니, 임금께서 측은하게 여기고 "어떻게 하면 해로운 것을 제거하여 사람들을 편안케 하겠느냐?"라고 말씀하셨다. 그러자 소천이 아뢰었다.

"전하께서 신의 말을 들어 주신다면 신에게 한 가지 계책이 있습니다. 국가의 재정이나 백성의 힘을 들이지도 않고서 그저 승려들을 모집하여 무너진 절을 새로 세워 사람들을 모으고, 또 그 곁에 집을 지어 일 없는 백성을 살게 한다면, 짐승과 도적의 해가 저절로 사라지고 길 가는 고생이 해결될 것입니다."

임금께서 "좋다. 네가 해 보아라."라 하셨다. 그리하여 소천은 공무를 수행하러 묘향산(妙香山)의 절에 가서 사람들에게 말했다.

"봉성현에 큰 폐해가 있지만 임금께서 차마 토목 공사를 일으켜 백성을 고생시키지 못하고 있소. 옛 승려들은 곤란을 당한 사람을 보면 두려워하지 않고 도와주었는데, 누가 나를 따라 그곳에 일하러 가겠소?"

그러자 절의 주지 혜관(惠觀)이 기꺼이 그 뜻을 따르기로 하고 그의 제자 백 명도 가겠노라 했다. 혜관은 늙어서 직접 가지는 못하고, 부지런하고 솜씨 있는 증여(證如) 등 열여섯 명을 뽑아 식량을 주어 보냈다. 이들은 십일월에 그곳에 도착하여 초가를 짓고 머물렀다. 임금께서 승려 응제(應濟)에게 명령하여 그 일을 담당하게 하고, 그의 제자 민청(敏淸)에게 돕게 하니, 연장을 준비하고 재목과 기와를 모았다. 경자년(1120년) 이월에 공사를 시작하여 임인년(1122년) 봄 이월에 공사를 마치니, 법당과 요사채, 부엌, 창고에 이르기까지 모두 제자리를 잡았다. 또 임금께서 남쪽으로 행차하시면 한 번쯤 이곳으로 와서 머물지 모르니 대비해야 한다고 생각하여 별원(別院) 한 곳을 따로 지었는데 그곳 역시 아름다워 볼만하였다. 지금 임금(인종)께서 즉위하여 절 이름을 혜음사(惠陰寺)라 사액(賜額)하셨다.

아, 깊은 숲이 절로 변하고 두려운 길이 평탄한 길로 바뀌었으니, 그 이로움이 크지 않은가. 또 예전에는 곡식을 쌓아 두었다가 빌려주고 그 이자로 죽을 쑤어 길 가는 사람에게 베푸는 제도가 있었는데, 지금은 거의 폐지되었다. 소천이 이 일을 영원히 지속하고자 하니, 그 정성에 감동한 사람들의 시주가 이어졌다. 임금께서도 들으시고 제법 후하게 시주하셨다. 왕비 임씨(任氏)도 듣고 기뻐하며 "그곳에서 베푸는 모든 일은 내가 맡겠다."라고 하시고, 떨어져 가는 곡식을 보태고 잃어버린 기물을 채워 주셨다. 그러한 다음에야 모든 일이 완비되었다. 어떤 이가 말했다.

"맹자의 말에 따르면, 요임금 때 홍수가 나자 우(禹)에게 다스리게 하여 사람을 해치는 새와 짐승이 사라지게 만든 뒤에 사람이 평지에서 살 수 있게 되었다. 익(益)에게 숲과 못에 불을 지르게 하니 새와 짐승이 달아나 숨었으며, 주공(周公)이 무왕(武王)을 도와 범, 표범, 물소, 코끼리를 멀리 쫓아 보내자 천하 사람들이 몹시 기뻐하였다. 춘추 시대 정(鄭)나라에 도둑이 많아 환부(萑苻)의 못에서 사람을 약탈하자 대숙(大叔)이 그들을 제거하였고, 한나라 때 발해(渤海) 백성이 굶주린 나머지 황지(潢池)에서 반란을 일으키자 공수(龔遂)가 진정시켰다. 이 밖에 도적을 소탕하여 역사에 이름을 남긴 사람이 없는 시대가 없다. 그렇다면 짐승을 쫓아내고 도둑을 제거하는 것도 벼슬아치의 임무라 하겠다.

소천은 하급 관리이며 웅제와 민청은 승려이니, 이는 장자(莊子)가 '벼슬아치가 자기 직책을 다하고 사람들은 자기 일을 걱정해야 어지러워지지 않는다.'라고 한 예에 해당한다. 굳이 기록하여 후세에 이야기해야 하겠는가. 또 불가의 말에 따르면 보시는 무주상(無住相)보다 귀한 것이 없고, 장자도 '남에게 보시하고서 잊지 않으면 진정한 보시가 아니다.'라고 했으니, 구구한 작은 은혜를 기록할 필요는 없을 듯하다."

나는 이렇게 말했다.

"그렇지 않다. 당(唐) 정원(貞元) 말엽 여름에 큰 홍수가 나서 사람과 동물이 동쪽으로 나뭇조각처럼 떠내려가자 어떤 승려가 딱하게 여기고 물에 빠진 사람을 구해 주어 수천 명을 살렸는데 유몽득(劉夢得)이 이 일을 기록했다. 송나라 희령(熙寧) 연간에 진술고(陳述古)가 항주(杭州)를 맡아 다스리면서 백성에게 고생스러운 일이 무엇인지 물었더니 모두들 우물이 수리되지 않아 백성이 물을 먹지 못한다고 하였다. 그가 승려 중문(仲文)과 자규(子珪)에게 명령하여 그 일을 해결했는데, 소자첨(蘇子瞻)이 이 일을 기록했다. 군자는 남이 잘한 일에 대해 말하는 것을 이처럼 즐거워하는 법이다. 어찌 그만둘 수 있겠는가.

또 사람이 선행을 하고서 스스로 잊어버리는 것은 괜찮지만 전하는 사람이 없다면 어떻게 선행을 권장하겠는가. 불경에서 이런 말은 일일이 거론할 수 없다. 당나라 승려 대병(代病)이 여덟 번이나 시식도량(施食道場)을 설치했는데 통혜 선사(通慧禪師)가 승려의 전기에 수록했다. 유가의 서적에도 이러한 내용이 있으니, 『예기(禮記)』에 '위(衛)나라 공숙문자(公叔文子)가 죽을 쑤어서 나라의 굶주린 사람들에게 주었으니 은혜롭지 아니한가.'라 하였다. 그렇다면 이 일은 또 기록하지 않을 수 없는 것이다."

소천은 성이 이씨(李氏)이다. 아버지 이성(李晟)은 문장을 잘 지어 과거에 급제하여 좌습유(左拾遺) 지제고(知制誥)를 역임하고 세상을 떠났다. 소천은 칠품 벼슬을 지냈는데 공무를 보는 여가에 부지런히 부처를 섬겼다. 지금은 삼베옷을 입고 채소를 먹으며 스스로 거사(居士)라 일컫는다. 그의 부지런한 행실을 임금께서 아셨으므로 이와 같은 업적을 세운 것이다.

응제는 일을 주관한 기간이 오래되지 않았고, 민청이 그를 이어 완성을 보았으니 유능하다 하겠다. 그가 밑천으로 삼은 것은 모두 임금께서 하사한 것과 여러 사람이 보시한 것이다. 그 명목을 뒷면에 자세히 기록한다. 갑자년(1144년) 봄 이월에 기록한다.

해설

고려 인종 때 혜음사를 재건한 경위를 기록한 글이다. 고려 시대 남경(지금의 서울)에서 개성으로 가는 길목에 자리한 봉성현(지금의 경기도 파주)에 혜음령이라는 고개가 있었다. 이곳은 교통의 요지이지만 사나운 짐승이 많이 살고 있었으며 도적의 소굴이기도 해서 한 해에도 백여 명이 지나다가 목숨을 잃었다. 이소천이 이 문제를 해결하고자 인종에게 이곳에 있던 혜음사를 다시 건립하자고 제안했다. 예로부터 사찰은 종교적인 기능 외에도 여행자의 안전을 보장하고 편의를 제공하는 한편 백성을 구제하는 등 많은 역할을 수행했기 때문이다.

사찰을 세우기 위해서는 많은 비용과 인력이 필요하지만, 이소천은 승려들의 힘을 빌려 임무를 완수하고자 했다. 그는 묘향산으로 가서 공사를 도울 승려들을 모집해 공사에 착수했다. 이 과정에서 국왕과 왕비가 많은 재물을 시주해서 사찰의 재정을 넉넉하게 했음은 물론이다. 김부식은 어려움에 처한 백성을 위해 헌신한 승려들의 사례를 거론하며 혜음사를 재건하고 백성을 구제한 이소천의 업적을 칭송하고, 이를 후세에 알리고자 했다.

김후직의 간언 　　　　　　　　　金后稷傳

김후직(金后稷)은 지증왕(智證王)의 증손이다. 진평 대왕을 섬겨 이찬(伊飡)이 되었다가 병부령(兵部令)으로 옮겼다. 대왕이 사냥을 좋아하자 김후직이 간언하였다.

"옛날의 임금은 하루에도 만 가지 업무를 보면서 깊이 생각하고 멀리 염려했습니다. 좌우에 바른 이를 두고서 바른말을 받아들이며 부지런히 힘쓰고 감히 편안히 지내지 않았습니다. 그런 까닭에 덕스러운 정치는 아름다웠고 나라를 보전할 수 있었습니다. 지금 전하께서는 날마다 불한당과 사냥꾼을 데리고 매와 개를 놓아 꿩이며 토끼를 쫓아 산야를 뛰어다니며 그칠 줄을 모릅니다. 노자(老子)는 '말을 달려 사냥을 하면 사람의 마음을 미치게 한다.'라고 말했고, 『서경(書經)』에서는 '안으로 여색에 빠지거나 밖으로 사냥에 빠지거나, 이 중에서 한 가지라도 하면 망하지 않는 이가 없다.'라고 했습니다. 이로 본다면 안으로는 마음을 방탕하게 하고 밖으로는 나라를 망치는 것이니, 반성하지 않으면 안 됩니다. 전하께서는 유념하소서."

왕이 따르지 않아 다시 간절히 간언하였지만 들어주지 않았다. 그 후 김후직이 병들어 죽게 되자 세 아들에게 말하였다.

"내가 신하가 되어 임금의 잘못을 바로잡지 못했다. 대왕께서 놀기를 그치지 않으니 나라가 망할까 두렵다. 이것이 내 근심거리다. 죽어서라도 반드시 임금을 깨우칠 생각이니, 반드시 내 뼈를 대왕이 사냥을 다니는 길가에 묻도록 하라."

아들들이 모두 그 말을 따랐다.

훗날 왕이 사냥을 나갔는데, 도중에 멀리에서 소리가 들렸다. 마치 "가지 마소서."라 하는 듯했다. 왕이 돌아보고 물었다.

"소리가 어디에서 나느냐?"

모시는 자가 고했다.

"저쪽 이찬 김후직의 무덤입니다."

마침내 김후직이 죽을 때 한 말을 아뢰었다. 대왕이 눈물을 줄줄 흘리면서 말했다.

"선생은 충성스러운 간언을 죽어서도 잊지 않으니, 나를 지극히 사랑하는구나. 만약 끝내 고치지 않는다면 죽어서 무슨 낯으로 보겠는가?"

드디어 죽을 때까지 다시는 사냥을 하지 않았다.

해설

사마천(司馬遷)의 『사기(史記)』가 역사뿐만 아니라 문장의 모범이었던 것처럼 김부식의 『삼국사기』 역시 그의 탁월한 문장을 보여 준다. 김택영의 『여한십가문초』에는 「김거칠부전(金居柒夫傳)」, 「온달전(溫達傳)」, 「백결선생전(百結先生傳)」 등 세 편을 뽑았다.

이 글은 시간(屍諫)의 전통을 따른 것이다. 시간은 죽은 몸으로 올리는 간언이다. 위(衛)나라의 사추(史鰌)가 영공(靈公)에게 간신을 물리치고 충신을 등용하도록 간언했지만 뜻을 이루지 못하고 병사했다. 눈을 감을 즈음에 아들에게 자신의 시신을 북당(北堂)에 두고 장례를 치르지 말라고 했다. 나중에 조문을 온 영공이 그 사연을 듣고 간언을 받아들여 위나라가 잘 다스려졌다는 고사에서 비롯된 것이다.

임금에게 올리는 간언의 글로 모범이 될 만한 것으로 평가되어 『동문선』에서는 김후직의 간언 부분만을 떼어 「진평왕에게 올리는 글(上眞平王書)」이라는 제목으로 실었다. 4자구 위주의 간결한 문체를 바탕으로 『도덕경』과 『서경』을 논거로 제시하는 등 고문(古文)의 작법을 충실히 따르고 있다. 또 이 글은 조선 후기 영사악부(詠史樂府)에서 「무덤으로 간언하다(墓諫)」, 「왕이여 가지 마소서(王毋去)」 등으로 다루어졌다.

바보 온달의 일생

溫達傳

온달(溫達)은 고구려 평강왕(平岡王) 때 사람이다. 얼굴이 못나 우습게 생겼으나 마음은 깨끗했다. 집이 몹시 가난했기에 항상 밥을 구걸하여 어머니를 봉양했다. 다 떨어진 옷을 입고 해진 신발을 신고서 거리를 다녔는데 당시 사람들이 그를 가리켜 바보 온달이라고 했다. 평강왕의 어린 딸이 자주 울자 왕이 장난삼아 말했다.

"너는 항상 울어서 내 귀를 시끄럽게 하는구나. 자라서는 사대부의 아내가 되지 못할 것이 분명하니, 바보 온달에게 시집보내야겠다."

왕은 늘 이렇게 말했다. 딸이 열여섯 살이 되어 상부(上部)의 고 씨(高氏)에게 시집보내려 하자, 공주가 대답했다.

"대왕께서는 반드시 저를 온달의 아내로 삼겠다고 말씀하셨습니다. 그런데 이제 무슨 까닭으로 전에 하신 말씀을 바꾸십니까? 평범한 사람도 식언(食言)하지 않으려 하는데 하물며 지존의 자리에 계신 분은 어떻겠습니까? 예로부터 임금은 농담이 없다고 하였으니, 지금 대왕의 명령은 잘못된 것입니다. 저는 감히 그 말씀을 따를 수 없습니다."

왕이 화가 나서 말했다.

"네가 내 말을 듣지 않으면 내 딸이 아니다. 어찌 함께 살겠는가? 네가 가고 싶은 데로 가라."

그리하여 공주는 보물 팔찌 수십 개를 팔에 차고서 홀로 궁궐을 나섰다. 길에서 만난 사람에게 온달의 집을 물어 그의 집으로 갔다. 눈먼 늙은 어머니를 보고서 가까이 다가가 절하고는 아들이 있는 곳을 물었다. 그러자 늙은 어머니가 말했다.

"내 아들은 가난하고 누추하여 귀인이 가까이할 사람이 못 되오. 지금 당신의 냄새를 맡아 보니 향기가 보통이 아니고 당신의 손을 만져 보니 솜처럼 부드럽소. 천하의 귀인이 틀림없소. 누구에게 속아서 여기에 온 것이오? 내 아들은 배고픔을 견디지 못해 느릅나무 껍질을 벗기러 숲에 가서 한참 동안 돌아오지 않고 있소."

공주가 나가서 산 아래에 이르러 느릅나무 껍질을 짊어지고 오는 온달을 보았다. 공주가 그에게 마음속의 생각을 말했더니 온달이 발끈 성내며 말했다.

"이곳은 어린 여자가 다닐 만한 곳이 아니니 당신은 필시 사람이 아니라 여우 귀신일 것이오. 나에게 다가오지 마시오."

마침내 돌아보지도 않고 가 버렸다. 공주는 홀로 돌아와 사립문 밑에서 자고 이튿날 아침에 다시 들어가 모자에게 사정을 죄다 이야기했다. 온달이 머뭇거리며 결정하지 못하자 어머니가 말했다.

"내 자식은 너무 누추하여 귀인의 배필이 되기 부족하고, 우리 집은 너무 가난하여 귀인이 살기에 마땅치 않습니다."

공주가 대답했다.

"옛사람의 말에 한 말의 곡식도 찧어서 같이 먹을 수 있고 한 자의 자투리 베도 바느질해서 옷을 지을 수 있다고 했습니다. 마음을 같이한다면 어찌 꼭 부귀해진 다음에야 함께 살 수 있겠습니까?"

그러고는 금팔찌를 팔아 밭과 집, 노비, 소, 말, 그릇 등을 사서 살림

살이에 필요한 것들을 모두 갖추었다. 처음 말을 살 때 공주가 온달에게 말했다.

"부디 장사꾼의 말은 사지 말고, 병들고 여위어 버림받은 나라의 말을 골라 사도록 하십시오."

온달이 그 말대로 했더니 공주가 부지런히 먹이고 길러 말이 날로 살찌고 튼튼해졌다.

고구려는 삼월 사흗날이면 낙랑의 언덕에서 사냥을 하고, 그곳에서 잡은 멧돼지와 사슴으로 하늘과 산천의 신에게 제사를 지냈다. 그날이 되어 왕이 사냥을 나서자 신하들과 오부(五部)의 군사들이 모두 따라갔다. 이때 온달은 집에서 기른 말을 타고 따라나섰는데 항상 앞에서 달렸으며 잡은 짐승도 누구보다 많았다. 왕이 불러서 이름을 물어보고는 놀라고 기이하게 여겼다.

당시 후주(後周)의 무제(武帝)가 군사를 일으켜 요동(遼東)으로 쳐들어왔는데, 왕이 군사를 거느리고 이산(肄山)의 벌판에서 맞아 싸웠다. 온달이 선봉에 서서 치열하게 싸우고 수십 명의 목을 베자 군사들이 승세를 타고 공격하여 큰 승리를 거두었다. 논공행상을 할 때 모두가 온달을 으뜸으로 여겼으므로 왕이 가상하게 여겨 감탄하며 말했다.

"이 사람이야말로 내 사위다."

왕은 예의를 갖추어 온달을 맞이하고 벼슬을 내려 대형(大兄, 제7위의 벼슬)으로 삼았다. 이때부터 총애가 더욱 깊어지고 위세가 갈수록 성대해졌다.

양강왕(陽岡王)이 즉위하자 온달이 아뢰었다.

"신라가 한강 이북의 우리 땅을 빼앗아 군현(郡縣)으로 삼았는데 백성들이 애통해하며 부모의 나라를 잊지 못하고 있습니다. 대왕께서 신을 어리석다 여기지 않으시고 군사를 주신다면 한번 가서 반드시 우리 땅을 되찾겠습니다."

왕이 허락하자 온달이 떠나며 맹세했다.

"계립현(鷄立峴, 조령 동북쪽의 하늘재)과 죽령(竹嶺) 서쪽 땅이 우리 것이 되기 전에는 돌아오지 않겠습니다."

마침내 출정하여 신라 군사와 아단성(阿旦城) 아래에서 싸우다가 어디선가 날아온 화살에 맞아 길에서 죽었다. 장사를 지내려 했으나 관이 움직이려 하지 않으므로 공주가 와서 관을 어루만지며 말했다.

"죽고 사는 것은 결정되었습니다. 아, 돌아가소서."

마침내 관이 움직여 장사 지냈다. 대왕이 이 이야기를 듣고 비통해했다.

해설

『삼국사기』 열전 가운데서도 가장 뛰어나다고 일컬어지는 글이다. 김택영은 이 글을 두고 『전국책(戰國策)』이나 『사기(史記)』에 섞어 두어도 구분하지 못할 것이라 하면서 고려의 문장 중 제일이라 평가했다.

이 글은 사건 전개가 간략하고 인물 묘사가 세밀하다는 점에서 서사체의 모범을 보여 준다. 평강 공주와 온달 어머니의 말을 길게 인용하여 인물의 성격을 잘 드러냈다. 궁에서 나올 때 팔꿈치에 보석을 묶고 나왔다는 대목 역시 전개가 압축적이며 평강 공주의 치밀한 성격을 함께 짐작하게 한다. 어디선가 날아온 화살에 맞아 최후를 맞는다는 것은 영웅의 운명적 죽음으로 읽힌다. 마지막 대목에서 뜻한 바를 이루지 못한 온달의 통한을 위로하는 장면으로 종결한 것도 비장미가 돋보인다.

551년 고구려가 빼앗긴 죽령 이북 지역을 수복하는 과정을 잘 보여주는 사료로도 평가되는 글이다. 역사학계에서 아단성(阿旦城)은 온달성을 표기한 것으로 추정되는 을아단성(乙阿旦城)으로 보고 있는데, 단양의 영춘면에 있다. 한강의 아차산이라 주장하는 학자도 있다.

박제상 이야기   朴堤上傳

박제상(朴堤上)[모말(毛末)이라고도 한다.]은 시조 혁거세(赫居世)의 후손이 며, 파사(婆娑) 이사금(尼師今)의 오대손이다. 할아버지는 아도(阿道) 갈문 왕(葛文王), 아버지는 파진찬 물품(勿品)이다.

박제상은 출사하여 삽량주간(歃良州干)이 되었다. 앞서 실성왕(實聖王) 원년 임인(402년)에 왜국과 강화를 맺었는데, 왜왕이 내물왕의 아들 미 사흔(未斯欣)을 볼모로 삼고자 했다. 왕은 내물왕이 자신을 고구려에 볼 모로 보낸 일을 원망하여 그의 아들에게 분풀이할 생각에 거절하지 않 고 미사흔을 보냈다. 또 실성왕 11년 임자(412년)에 고구려 또한 미사흔 의 형 복호(卜好)를 볼모로 삼고자 하니 대왕은 복호를 보냈다.

눌지왕(訥祗王)이 즉위하자 변설에 뛰어난 선비를 구하여 두 아우를 신라로 데려오고자 했다. 수주촌간(水酒村干) 벌보말(伐寶靺), 일리촌간(一 利村干) 구리내(仇里迺), 이이촌간(利伊村干) 파로(波老) 세 사람이 어질고 지혜롭다는 말을 듣고 그들을 불러서 물었다.

"내 동생 둘이 왜국과 고구려의 볼모가 되어 여러 해가 지나도록 돌아 오지 못하고 있소. 형제간이라 그리운 마음을 가눌 수 없으니, 살아 돌 아오게 했으면 좋겠는데 어찌하면 되겠소?"

그러자 세 사람이 입을 모아 대답했다.

"신들이 듣기로 삽량주간 박제상이 용감하며 지모가 있다고 하니, 전하의 근심을 풀어 드릴 수 있을 것입니다."

그러자 박제상을 앞으로 불러 세 신하의 말을 일러 주며 가 달라고 부탁했다. 박제상이 대답했다.

"신이 비록 어리석고 불초하나 감히 공경히 명을 받들지 않을 수 있겠습니까."

마침내 예를 갖추어 고구려에 들어가 왕에게 말했다.

"신이 듣건대 이웃 나라와 교제하는 방도는 성실과 신의뿐이라고 하였습니다. 볼모를 교환하는 것은 춘추 시대 다섯 제후만도 못한 짓이니, 참으로 말세의 일입니다. 지금 우리 임금의 사랑하는 아우가 여기 있은 지십 년이 다 되어 갑니다. 우리 임금은 '할미새가 들판에서 호들갑 떨듯, 급할 때는 형제들이 서로 돕는 법'이라 한 『시경(詩經)』의 뜻을 오랫동안 잊지 못하고 있습니다. 만약 호의를 베풀어 돌려보내 주신다면 대왕께는 소 아홉 마리에서 털 하나가 빠지는 정도로 하찮은 일이겠지만, 우리 임금이 대왕께 감사하는 마음은 이루 헤아릴 수 없을 것입니다. 왕께서는 유념하소서."

왕이 알겠다고 하고 함께 돌아가도록 허락했다. 박제상이 귀국하자 대왕이 기뻐하고 위로하며 말했다.

"내가 두 아우를 두 팔처럼 생각했는데, 이제 한쪽 팔만 찾았으니 어찌하면 좋겠는가."

그러자 박제상이 대답했다.

"신이 비록 재주는 없으나 이미 나라에 몸을 바쳤으니 끝까지 명을 욕되게 하지 않겠습니다. 하지만 고구려는 대국이요, 왕도 어진 임금입니다. 이 때문에 신이 한마디 말로 깨우칠 수 있었습니다. 그러나 왜인은 말로 달랠 수 없으니 속임수를 써야 왕자를 돌아오게 할 수 있습니다. 신이 저 나라에 가거든 나라를 배반했다고 논죄하여 저 나라 사람들이 소문을 듣게 하소서."

그러고는 죽음을 맹세하고 처자도 만나지 않은 채 율포(栗浦, 울산 외곽의 포구)로 가서 배를 타고 왜국으로 향했다. 그의 아내가 이야기를 듣고 포구로 달려가서 배를 바라보고 대성통곡하면서 잘 다녀오라고 했다.

박제상이 돌아보고 말했다.

"나는 왕명을 받고 적국으로 들어가니 당신은 나를 다시 볼 것이라 기대하지 말게."

마침내 곧장 왜국으로 들어가서 배반하고 온 사람처럼 행동했지만 왜왕이 의심했다. 이전에 왜국으로 들어온 백제 사람이 신라와 고구려가 왜국을 침범할 것이라 참소했다. 왜왕은 마침내 병사를 보내 신라 국경 밖에서 순찰을 돌게 했다. 마침 고구려가 침범하여 순찰하던 왜군을 모두 사로잡거나 죽였으므로 왜왕은 백제 사람의 말을 사실로 믿었다. 또 신라 왕이 미사흔과 박제상의 가족을 가두었다는 말을 듣고 박제상이 정말로 배반하고 왔다고 생각하게 되었다. 그리하여 군사를 보내 신라를 습격하기로 하였다. 박제상과 미사흔을 함께 장수로 임명하는 한편 길잡이로 삼고, 출발하여 바다 가운데 있는 산도(山島, 쓰시마)에 도착했다.

왜국의 장수들이 몰래 의논하여 신라를 멸망시킨 뒤에 박제상과 미사흔의 처자를 잡아오기로 했다. 박제상이 이 일을 알고 미사흔과 배를 타고 놀며 고기와 오리를 잡는 척하였다. 왜인이 이를 보고는 다른 마음이 없다고 여겨 기뻐했다. 그러자 박제상은 미사흔에게 몰래 본국으로 돌아가라고 권유했다. 미사흔이 말했다.

"제가 장군을 아버지처럼 모셨는데 어찌 혼자 돌아가겠습니까?"

박제상이 말했다.

"만약 두 사람이 함께 떠나면 계획대로 되지 못할까 두렵습니다."

미사흔은 박제상의 목을 껴안고 울며 작별하고 돌아갔다. 박제상은 홀로 방에서 자다가 늦게 일어났다. 미사흔을 멀리 가게 하려는 것이었다. 사람들이 물었다.

"장군께서는 어찌 늦게 일어나십니까?"

"어제 배를 탔더니 노곤해서 일찍 일어나지 못했다."

그가 밖으로 나오자 사람들은 미사흔이 도망한 것을 알고 마침내 박제상을 포박하고 배를 풀어 추격했으나 마침 안개가 짙어 보이지 않았다.

박제상을 왜왕이 있는 곳으로 돌려보내자 목도(木島)로 유배 보냈다가 얼마 뒤 사람을 시켜 장작에 불을 질러 몸을 태운 다음 목을 베었다.

대왕이 이 소식을 듣고 애통해하며 대아찬을 추증하고 가족에게 후하게 사례했다. 그리고 미사흔으로 하여금 박제상의 둘째 딸을 맞아 아내로 삼게 하여 보답했다. 앞서 미사흔이 돌아올 적에 왕은 육부(六部)에 명령하여 멀리 나가 맞이하게 하고, 만나서는 손을 잡고 눈물을 흘렸다. 형제들이 술자리를 마련하고 마음껏 즐기자 왕은 직접 노래와 춤을 지어 자기 뜻을 담았는데, 지금 향악의 「우식곡(憂息曲)」이 이것이다.

해설

이 글은 『삼국사기』 열전에 실려 있다. 『삼국유사』에 김제상이라는 이름으로 같은 이야기가 실려 있으며, 『일본서기』에도 이와 비슷한 기록이 남아 있다.

눌지왕의 두 아우가 각각 고구려와 왜국에 볼모로 가게 된 이유는 신라의 국내 정세와 관계가 있다. 내물왕이 세상을 떠나자 실성왕이 왕위에 올랐다. 당시 내물왕의 자식들이 너무 어렸기에 실성왕을 왕으로 세운 것이다. 실성왕은 내물왕의 자식들을 눈엣가시로 여겨 복호는 고구려에, 미사흔은 왜국에 볼모로 보내고, 기회를 보아 눌지왕까지 제거하고자 했다. 그러나 눌지왕은 실성왕을 제거하고 왕위에 올랐으며 두 아우의 귀국을 적극 추진했다. 박제상은 눌지왕의 명을 받아 고구려로 들어가 왕을 설득하여 복호를 데리고 돌아왔다. 이어 왜국으로 건너가서는 속임수를 써서 미사흔을 돌려보냈지만 자신은 죽음을 맞이했다.

눌지왕은 「우식곡」을 지어 미사흔이 돌아온 기쁨을 노래했다. 이 사건은 김종직(金宗直)이 「동도악부(東都樂府)」에서 재현한 이래, 이익(李瀷), 오광운(吳光運), 이광사(李匡師) 등 많은 문인들이 영사악부(詠史樂府)에 담아 노래했다.

권적
權適

1094~1146년

본관은 안동(安東), 자는 득정(得正)이다. 19세에 지공거(知貢擧) 오연총(吳延寵)이 주관한 과거에 급제하고, 송나라에 유학하여 그곳에서도 과거에 급제했다. 1117년 귀국하여 내외의 요직을 두루 역임했다. 불교에 심취해 청평산(淸平山) 문수사(文殊寺)에서 수행하던 이자현(李資玄, 1061~1125년)과 교유했으며, 홍건적의 난이 일어났을 때는 승병(僧兵)을 지휘하기도 했다. 길창군(吉昌君)에 봉해졌고, 시호는 원정(原靖)이다. 『동문선』에 다수의 시문이 실려 있다. 『보한집(補閑集)』에 그가 영남 관찰사 재직 중 지은 시구가 실려 있어, 시에 뛰어났던 것으로 짐작된다.

지리산 수정사의 유래

智異山水精社記

사람이 살아온 지 오래지만, 한없는 소박함을 잃고 끝없는 욕심을 좇느라 죽을 때까지 골몰하며 빠져나올 줄 모르기는 천하 사람들이 모두 마찬가지이다. 여기 어떤 사람이 있어 부귀를 썩은 흙처럼 여기고 공명을 헌신짝처럼 버렸다고 하자. 혼자 조용히 있는 것을 좋아하여 식은 재처럼 싸늘한 마음과 말라비틀어진 육신으로 해탈하는 방법을 찾으면서, "내 생각만 하면 그만이지 어찌 남을 생각하랴."라고 한다면, 자신에게는 좋겠지만 위대한 것은 아니다. 저러한 천하 사람들을 불쌍하게 여기고 이른바 해탈하는 방도를 구하여 스스로 터득한 뒤, 남들과 함께하고자 끝까지 물러나지 않기로 기약하여, 집 밖으로 나가지 않고서도 두 가지 이익을 모두 얻는 것은 오직 위대한 선비라야 가능하다. 이것이 수정사(水精社)를 만든 이유이다.

　이 결사의 주인은 이름이 진억(津億)이고 속성은 이씨(李氏)이다. 아버지 성(晟)은 비서감(秘書監)을 지냈고 어머니 전씨(全氏)는 용궁군부인(龍宮郡夫人)이다. 여덟 살부터 육식을 끊고 열한 살에 출가해 현화사(玄化寺)에 들어가 혜덕 왕사(慧德王師)에게 수업하고, 스물여섯 살에 우수한 성적으로 승과(僧科)에 합격했다. 학문과 덕행이 날로 진보하여 대중의 추앙을 받았다. 그러나 성품이 속세의 일을 좋아하지 않아 동문의 승려 혜약(慧

約) 등과 한탄하며 "출가한 사람은 한번 해탈하기를 기약할 뿐이다. 이를 핑계로 높은 명성과 많은 이익을 바라는 것이 어찌 본심이겠느냐?"라 말했다.

이때부터 먼 곳으로 떠날 뜻을 품고 명산에서 청정한 결사를 맺어 동림(東林)과 서호(西湖)의 유풍을 따르고자 했다. 그러나 적당한 장소를 찾기 어려웠는데 지리산에 오대사(五臺寺)라는 버려진 절이 있다는 말을 들었다. 지리산은 우리나라의 큰 산으로 매우 높고 커서 천하에 짝이 없으며, 오대사는 산의 남쪽에 자리 잡고 있는데 그 산이 다섯 겹으로 솟았다가 내려앉았다 하는 모습이 돈대를 쌓아 놓은 것처럼 성대하여 절의 이름으로 삼은 것이었다. 천 겹의 봉우리가 사방을 두르고 백 곳의 골짜기가 한데 모여 있어, 마치 신선이나 성인이 그 속에 숨어 있는 듯했다. 보는 사람들이 저도 모르게 눈이 어지럽고 마음이 취했다.

예전에 대각 국사(大覺國師, 의천(義天))가 남쪽으로 유람하다가 이곳에 와서 주위를 둘러보고는 "이곳은 큰 법이 머무를 곳이다."라 하였다. 대사가 이 말을 듣고 용감히 가서 좋은 자리를 찾아 그곳에 머물러 터를 닦고자 하였다. 해인사(海印寺)의 주지 승통(僧統) 익승(翼乘)과 공배사(功倍寺)의 주지 승록(僧錄) 영석(瑩碩)이 사재를 대거 희사하여 그 비용을 보탰다. 종실과 정승에서부터 명망 있는 관리들과 사찰의 고승, 그리고 불도를 믿는 일반 남녀에 이르기까지 결사에 들어오고자 하는 사람이 무려 삼천 명이나 되었다. 승려 담웅(曇雄)과 지웅(至雄)이 시주할 사람을 모집하고, 순현(順賢)은 몸소 장인을 거느리고 연장을 잡고서 공사를 서둘러 마쳤다.

대략 건물은 서른여섯 칸인데 법당과 요사채가 깨끗하게 정돈되어 초연히 정토에 사는 듯한 생각이 들었다. 수좌(首座) 법연(法延)은 무량수

불(無量壽佛) 하나를 주조하여 안치하고, 승통 익승(翼乘)은 석탑(石塔) 하나를 세웠으며, 선사(禪師) 영성(永誠)은 인쇄한 대장경을 봉안했다. 생활하고 도를 닦는 데 필요한 도구가 남김없이 준비되어 늙은 사람은 편안히 거처할 곳이 생기고 병든 사람은 요양할 곳이 생겼다.

모인 중생들은 엄숙하게 잘못을 꾸짖고 온화하게 선행을 칭찬하며 서로 격려하여 밤낮으로 힘써 서방 정토에 함께 가기를 기약했다. 사원(社院)에 거처하는 은자나 노승은 일상의 법규에 구애받지 않고 불경을 읽고 염불을 하거나 참선하며 지혜를 닦으며 마음대로 지내게 했다.

결사에 들어온 모든 사람은 생사를 따지지 않고 죽간(竹簡)에 이름을 새기고, 보름에 한 번씩 『점찰업보경(占察業報經)』의 내용대로 죽간을 뽑아 목륜(木輪)에 던져서 선악의 업보를 점쳤다. 이렇게 얻은 선보(善報)와 악보(惡報)를 두 개의 함에 나누어 담았다. 악보에 떨어진 사람은 모인 대중들이 대신 참회한 다음, 다시 목륜에 던져서 선보를 얻고서야 그만두었다. 또 처음에는 선보를 얻더라도 나중에 악보로 떨어질 것을 염려하여, 해마다 한 번씩 더 목륜에 던져서 점을 치되 악보로 떨어지면 처음처럼 다시 대신 참회했다. 운집한 대중과 함께 해탈하여 미래의 세계에도 꺼지지 않는 법의 등불을 전하려는 것이다. 이것이 바로 앞서 집 밖으로 나가지 않더라도 두 가지 이익을 모두 얻는다고 한 것이다. 대사는 수정(水精) 하나를 구하여 무량수불 앞에 매달아 밝은 믿음을 표시하고, 이것을 결사의 이름으로 삼았다.

송 선화(宣和) 5년 계묘(1123년) 칠월에 착공하고 건염(建炎) 3년 기유(1129년) 시월에 준공하여, 사흘간 낙성법회(落成法會)를 열고 엄천사(嚴川寺)의 수좌 성선(性宣)을 초청하여 불경을 강설했다. 임금께서는 동남해 안찰부사 기거사인 지제고(東南海按察副使起居舍人知制誥) 윤언이(尹彦

頤)를 시켜 분향하게 하고, 은 이백 냥을 하사하여 가상한 뜻을 표하셨다. 이로부터 원근에서 귀의하는 승려와 백성이 몰려드니, 성대한 불법의 교화가 근세 이래로 없던 일이었다.

대사는 결사의 일을 완수하자 대중과 상의하고 조정에 요청하여 규칙을 정했다. 지금부터는 덕을 이루어 사원에 거주하는 사람이 돌아가며 사주가 되고 삼 년마다 교대하며 감히 이를 어기지 않도록 했으니, 오래 지속하려는 방도였다. 소흥(紹興) 7년 정사년(1137년)에 대사가 글을 올려 청원했다.

"출가하기가 어려운 것이 아니라 도를 실천하기가 어려우며, 도를 실천하기가 어려운 것이 아니라 때를 만나기가 어렵습니다. 진억 등은 다행히 조정이 맑고 변방이 무사하여 대도(大道)를 넓히는 때를 만나 편안한 거처를 구해 청정한 불법을 닦을 수 있었습니다. 옛적에 혜원(慧遠)이 결사한 지 육백 년이 지나서야 성상(省常)이 나타났고, 성상이 결사한 지 백사십여 년 만에 지금의 수정사가 일어났으니, 때를 만나기가 어려운 것이 이와 같습니다. 그리고 동림의 모임에서는 팽성(彭城)의 유도민(劉道民)이 맹세하는 글을 지었고, 서호의 모임에서는 광평(廣平)의 송백(宋白)이 비명(碑銘)을 지었습니다. 지금 결사의 성대함이 동림이나 서호와 시대는 다르지만 실상은 같습니다. 유신(儒臣)에게 명하시어 그 전말을 기록하여 영원히 전하게 하신다면, 이 또한 성상의 조정에서 시행한 한 가지 아름다운 일이 될 것입니다."

임금께서 그의 청원을 허락하고 순금으로 만든 탑 하나와 곡식 천 섬을 하사했다. 특별히 결사의 비문을 직접 써서 내려 주니 전에 없는 영광이었다. 다시 내시를 보내 부처의 사리를 봉안하게 하여 숭상하는 뜻을 보이고는, 신 권적에게 명하여 기문을 짓게 했다. 신이 어리석으나 역시 결사의 일원으로 참여한 적이 있다. 명을 듣고 두려워 떨면서 무어라 할 말이 나오지 않기에, 우선 그 연혁만 기록한다.

해설

승려 진억이 지리산 오대사의 버려진 절을 재건하고 수정사를 결성한 경위를 서술한 글이다. 오대사의 연혁과 함께 고려 시대에 성행한 결사의 실상을 확인할 수 있다는 점에서 가치가 크다. 사륙문이 성행한 시기이지만 이 글은 그 유행에서 벗어나 있어 고려 중기 고문의 정착과 관련해서도 주목할 만하다.

이 글의 수정사는 고려 시대에 성행한 일종의 신앙 공동체인 '결사'이다. 진억은 자신의 해탈과 중생의 구제라는 두 가지 목적을 위해 수정사를 결성했다. 수정사의 구성원들은 서방 정토에 태어나기를 기원하며 공동체 생활을 하는데, 불경을 외건 좌선하건 마음대로 수행하다가 『점찰선악업보경(占察善惡業報經)』의 내용에 따라 나뭇조각을 던져 과보(果報)를 점친다. 악보가 나오면 죄악을 참회하고, 선보가 나오더라도 죄악에 빠지는 것을 경계하며 매년 다시 나뭇조각을 던진다. 진억은 이러한 참회 수행을 통해 수정사가 혜원의 백련사(白蓮社)와 성상의 정행사(淨行社)를 잇는 결사로 자리매김하기를 바랐다.

계응
戒膺

?~?

고려 중기의 승려로 계응(繼膺)이라고도 한다. 호는 태백산인(太白山人), 법해용문(法海龍門)이다. 대각 국사 의천의 수제자이다. 태백산(太白山)에 각화사(覺華寺)를 세우고 수도했으며, 인종(仁宗)에게 『화엄경(華嚴經)』을 강론하기도 했다. 시호는 무애지국사(無碍知國師)이다. 『동문선』에 「송지승(送智勝)」, 「식당명(食堂銘)」, 「흥왕사홍교원화엄회소(興王寺弘敎院華嚴會疏)」 등이 전한다.

식당에 새긴 글 食堂銘

먹는 것은 승려가 의지하여 도를 닦는 수단이지만 이것으로 말미암아
잘못을 저지르기도 한다. 그리하여 식당에 명을 새긴다.

먹는 것이 마땅하다고 하자니
지옥에서 쇳물을 입에 부었고,
먹는 것이 마땅치 않다고 하자니
부처님도 우유죽을 마셨다네.
약을 쓸 때는 병에 알맞은지 보아야 하니,
꼭 달아야 한다거나 써야 한다고 말하면
미친 사람 아니면 바보라네.
사물에 집착이 있으면 해가 되지 않을 사물이 없고,
사물에 집착이 없으면 어떤 사물이든 덕을 이룬다네.
마음속에서 집착하면 있건 없건 모두 문제가 되니,
선각자는 한 입 한 입 먹을 때마다 유념하라 하였지.

해설

이 글은 사찰의 식당에 새긴 것으로 보인다. 먹는 일은 반드시 필요하지만, 그렇다고 어떠한 경우에나 옳다고 할 수는 없다. 먹는 것이 옳다고 하지만, 죄를 지은 사람이 지옥에 가면 배가 고플 때마다 뜨거운 쇳물을 입에 부어 넣는다고 한다. 먹는 것이 옳지 않다고도 하지만, 부처님도 고행을 하다가 처녀가 바친 우유죽을 먹고 기운을 차려 깨달음을 얻었다. 그러니 먹기란 항상 옳다거나 그르다고 할 수는 없다. 병에 따라 약이 다른 것처럼 모든 사물에는 각기 마땅한 것이 따로 있다. 집착하지 않는 유연한 자세와 항상 깨어 있는 마음으로 성찰하도록 당부하는 글이다.

임춘 林椿

?~?

본관은 예천(醴泉), 자는 대년(大年) 혹은 기지(耆之), 호는 서하(西河)다. 명문가 출신으로 젊어서 진사시에 합격했으나 무신의 난에 가족을 잃고 홀로 살아남았다. 이인로(李仁老), 오세재(吳世才), 이담지(李湛之), 조통(趙通), 황보항(皇甫抗), 함순(咸淳) 등과 죽림고회(竹林高會)를 결성하고 시와 술을 즐기며 불우한 신세를 한탄했다. 말년에는 적성(積城)에 은거하다가 죽었다.

1222년(고려 고종 9년) 최우(崔瑀)가 문집을 간행해 주었으나 전하지 않고, 1714년 14대손 임재무(林再茂)가 우연히 문집을 발굴, 간행했다. 가전(假傳) 「국순전(麴醇傳)」, 「공방전(孔方傳)」 등이 문학사적으로 높은 평가를 받고 있으며 『동문선』, 『삼한시귀감(三韓詩龜鑑)』 등에 여러 편의 시문이 선발되어 있다.

돈의 일생　　　　　　　　　孔方傳

공방(孔方)의 자는 관지(貫之)다. 그의 선조는 예전에 수양산(首陽山) 동굴에 숨어 살았기에 세상에 나와서 쓰인 적이 없었다. 황제(皇帝) 때 처음 잠시 등용되었으나 성격이 강직하고 세상일에 그다지 능숙하지 않았다. 황제가 관상쟁이를 불러다 보게 했는데, 그가 한참 동안 보다가 말했다.

"산과 들판에 어울리는 성질이라 거칠어서 쓸 수가 없지만, 폐하의 다스림을 받으며 때를 벗겨 내고 빛이 나도록 갈면 그 자질이 점차 드러날 것입니다. 왕자(王者)가 사람을 부릴 적에는 그릇에 따라 쓰는 법이니, 폐하께서는 딱딱한 구리와 함께 내치지 마소서."

이로 말미암아 세상에 알려지게 되었다. 나중에 난리를 피하여 강가의 숯 화로 옆으로 가서 살았다. 그의 부친 천(泉)은 주나라의 재상으로 국가의 세금을 관장했다.

공방은 사람됨이 겉은 원만하고 속은 방정하며, 임기응변에 뛰어났다. 한(漢)나라에 벼슬하여 홍로경(鴻臚卿)이 되었는데, 당시 오왕(吳王) 유비(劉濞)가 교만하고 참람하여 국권을 농단하자 공방이 그와 결탁하여 이익을 보았다. 무제(武帝) 때 천하가 곤궁해져 창고가 텅 비자 무제는 걱정하여 공방을 부민후(富民侯)로 삼고, 그의 무리 염철승(鹽鐵丞) 공근(孔

僅)과 함께 조정에 두었다. 공근은 항상 공방의 이름을 부르지 않고 형님이라 불렀다.

공방은 성품이 탐욕스럽고 염치가 없었다. 재정을 총괄하게 되자 본전과 이자의 경중을 저울질하는 법을 좋아하여 "나라를 편하게 하는 방법이 반드시 옛날 질그릇 굽고 쇠를 불리던 기술에 있는 것은 아니다."라고 하였다. 마침내 백성과 사소한 이익을 다투고 물가를 조절하여 곡식을 천하게 만들고 화폐를 귀하게 만들어, 백성이 근본적인 농사를 버리고 말단적인 장사를 추구했다. 당시 많은 간관들이 상소를 올려 논죄했으나 무제는 듣지 않았다.

공방은 또 권력자를 교묘하게 섬겨 그의 집에 드나들며 권력을 농단하고 벼슬을 팔았다. 벼슬을 올리고 내리는 것이 그의 손에 달려 있었으므로 벼슬아치들은 대부분 지조를 굽히고 그를 섬겼다. 재물을 모으고 거두어들이니 문서가 산처럼 쌓여 이루 셀 수 없을 지경이었다.

그는 남을 대할 적에 현명하고 어리석고를 따지지 않았다. 저잣거리의 사람이라도 재물이 많으면 모두 교유했으니, 이른바 '저잣거리의 사귐'이라는 것이었다. 간혹 거리의 경박한 젊은이들과 어울리며 바둑과 투전을 일삼았다. 그러나 제법 약속을 잘 지켰으므로 당시 사람들이 "공방의 말 한마디는 무게가 황금 백 금과 같다."라고 하였다.

원제(元帝)가 즉위하자 공우(貢禹)가 글을 올려 아뢰었다.

"공방이 오랫동안 바쁜 업무를 맡았으나 농사가 근본이라는 점을 이해하지 못하고 그저 장사로 얻는 이익만 늘려 나라를 좀먹고 백성을 해친 결과 나라와 백성이 모두 곤궁합니다. 게다가 뇌물이 횡행하고 청탁이 공공연히 오갑니다. 분수에 넘치는 짓을 하면 해를 입는다고 『주역』에서 분명히 경계했으니, 공방을 면직해 탐욕스러운 자들을 징계하소서."

당시 집정자 중에 곡량학(穀梁學)으로 진출한 자가 있었는데, 군비가 부족하여 변방을 지킬 계책을 세우려다가 공방이 한 짓을 미워하여 마침내 공우의 말에 동조했다. 그제야 원제가 들어주어 공방은 마침내 쫓겨났다. 공방이 문인에게 말했다.

"내가 예전에 주상을 만나 홀로 천하를 다스린 것은 국가의 재정을 넉넉하게 하고 백성의 재물을 늘리기 위해서였을 뿐이다. 지금 사소한 죄로 버림받았는데, 등용되든 버려지든 내게는 이익도 손해도 없다. 다행히 내 목숨이 실처럼 끊어지지 않고 남아 있으니, 주머니를 묶는 것처럼 입을 다물고 몸을 보전하여 떠나서 부평초처럼 강회(江淮)의 별장으로 돌아가, 약야계(若冶溪)에서 낚시를 드리워 고기를 낚고 술을 사서 민(閩) 땅 바닷가의 상인들과 배를 타고 술 마시며 여생을 마치면 족하다. 아무리 많은 녹봉과 화려한 진수성찬이라도 내가 어찌 그것 때문에 이것을 바꾸겠는가. 그렇지만 나의 술법은 오랜 뒤에 부흥할 것이다."

진(晉)나라 화교(和嶠)가 그의 풍모를 좋아하여 엄청난 재산을 모았고, 마침내 그를 사랑하는 벽(癖)이 생겼다. 그러자 노포(魯褒)가 「전신론(錢神論)」을 지어 공방을 비난하고 풍속을 바로잡았다. 완적(阮籍)은 호방하여 속된 것을 좋아하지 않았는데, 공방의 무리와 함께 지팡이를 짚고 놀러 다니며 술집을 보면 번번이 술을 마셨다. 왕연(王衍)은 공방의 이름을 입으로 말한 적이 없고 단지 '그것'이라고만 하였으니, 그가 깨끗한 선비들에게 멸시당한 것이 이와 같았다.

당나라가 일어나자 유안(劉晏)이 탁지 판관(度支判官)이 되었는데, 국가의 재정이 넉넉하지 못하므로 공방의 술법을 부흥하여 국가의 재정을 넉넉히 할 것을 요청했으니, 그의 말이 「식화지(食貨志)」에 실려 있다. 당시 공방은 이미 죽은 지 오래였으므로 사방으로 흩어진 그의 문도들을 찾아서 다시 등용했다. 그러므로 그의 술법이 개원(開元)과 천보(天寶, 당 현종(玄宗)의 연호) 연간에 널리 시행되었다. 공방에게 조서(詔書)를 내려 조의대부(朝議大夫) 소부승(少府丞, 황실의 재산을 관리하는 부서의 관직)으로 추증했다.

남송(南宋) 신종(神宗) 때 왕안석(王安石)이 국사를 담당하여 여혜경(呂惠卿)과 함께 정사를 도와 청묘법(靑苗法)을 제정했다. 당시 천하가 소란하고 몹시 곤궁해지자 소식(蘇軾)이 그 폐단을 강력히 주장하여 모조리 배척하려 했으나 도리어 모함을 받고 쫓겨났다. 이때부터 조정의 선비들이 감히 말을 하지 못했다. 사마광(司馬光)이 정승이 되자 마침내 그 법을 폐지하고 소식을 천거하여 등용하니, 공방의 무리는 조금 세력이 약해져 다시는 흥성하지 못했다. 공방의 아들 공윤(孔輪)은 경박하여 세상 사람들에게 비난을 받았다. 훗날 수형령(水衡令, 주전의 일을 맡은 관리)이 되었으나 뇌물을 받은 일이 발각되어 처형당했다고 한다.

사신(史臣)은 말한다.

"남의 신하가 되어 두 마음을 품고서 큰 이익을 도모하는 사람을 충신이라 할 수 있겠는가. 훌륭한 군주를 만나자 마음이 맞아 간곡한 믿음을 손에 넣고 뜻밖에 적지 않은 총애를 받았으니 이익을 늘리고 폐해를 제거하여 은혜와 지우를 갚아야 마땅하다. 그런데 유비를 도와 권력을 농단하고 당파를 만들었으니 '충신은 외국 사람과 사귀지 않는다.'라는 원칙에 어긋난다.

공방이 죽은 뒤에 그의 무리가 다시 남송 때 등용되자 권력자에게 아부하여 도리어 바른 사람을 모함했다. 비록 장수하고 단명하는 이치는 하늘에 달려 있으나, 만약 원제가 공우의 말을 들어주어 하루아침에 모조리 주살했다면 후환을 없앨 수 있었을 텐데 그저 억제하기만 하여 후세에 폐단을 남겼다. 일이 일어나기에 앞서 말하는 자는 늘 믿어 주지 않아 걱정이다."

해설

이 글은 돈을 의인화한 가전(假傳)이다. 가전은 가상의 인물 또는 의인화한 사물의 일대기를 역사서의 체제를 빌려 서술하는 글이다. 가전은 기본적으로 작자의 지식을 자랑하는 문자 유희적 성격을 지니고 있다. 하지만 대부분의 가전이 권선징악적 주제 의식을 드러내고, 현실을 우회적으로 비판하며, 또 구체적인 사물에 대한 관심을 나타낸다는 점에서 단순한 유희로 보기 어려운 면이 있다. 앞에서 본 설총의 「꽃의 왕을 경계하는 글(花王戒)」을 가전의 효시라고 할 수 있는데, 임춘은 이 글 외에 술을 의인화한 「국순전」을 지었고, 이규보는 그 뒤를 이어 「국선생전(麴先生傳)」을 지었다. 거북을 의인화한 「청강사자현부전(淸江使者玄夫傳)」 역시 이규보의 가전이다.

공방(孔方)이란 밖은 둥글고(孔) 안은 모난(方) 동전의 모습을 나타낸다. 공방의 자 관지(貫之)는 돈을 꿰는(貫) 행위를 표현한 것이다. 그의 아들 공윤(孔輪) 역시 동전을 형용한 말이다. 전개되는 사건은 모두 역사적 사건에 바탕한다. 공방이 수양산 동굴에 은거하다가 황제에게 발탁되었다는 설정은 황제가 수양산의 구리를 캐어 솥을 만들었다는 『사기』 「봉선서(封禪書)」의 기록에 바탕을 두고 있다. 또 한에서 남송에 이르기까지 공방과 그의 문도들이 겪은 흥망성쇠는 모두 화폐의 역사와 맥락을 같이한다. 공방이 무제 때 등용된다는 설정은 당시 화폐의 주조를 국가가 독점하여 오주전(五銖錢)을 유통한 사실에 근거하며, 원제 때 공우에 의해 공방이 물러나는 설정 역시 공우가 당시의 사회 문제가 모두 화폐의 유통에서 비롯되었다고 보아 화폐의 폐지를 주장한 사실과 통한다. 공방의 문도가 당나라 때 유안에 의해 등용된다는 설정 역시 유안이 동전의 주조를 주도했기 때문이며, 그들이 남송 때 겪은 부침은 구법당(舊法黨)과 신법당(新法黨)의 대립을 비유한 것이다.

다시는 과거에
응시하지 않으리

與趙亦樂書

임춘이 스승이자 친구인 조 선생께 머리를 조아리고 아룁니다. 얼마 전 안정(安定) 황보항(皇甫沆)과 함께 병석에 있는 저를 찾아오셨는데, 슬퍼하고 불쌍히 여기는 마음이 말씀과 얼굴에 드러났습니다. 남다른 견해가 있어 나아가고 물러나는 것을 괘념치 않는 분이 아니라면 누가 기꺼이 다녀가려 하겠습니까?

저는 성품이 본디 제멋대로인지라 대도(大道)를 묻기 좋아하고 세상이 요구하는 글짓기는 좋아하지 않습니다. 단지 젊어서부터 부형의 강권으로 지을 수밖에 없었지만, 난리를 당해 버려진 뒤로는 짓지 않은 지 오래입니다. 지금은 고단한 처지에 놓였는데, 벼슬을 구해 옷가지라도 마련하여 홀로 계신 어버이를 봉양할 방법을 생각하니 이 방법밖에 없었습니다. 그래서 밖으로 나가 지금 사람들이 말하는 과거 시험장의 글이라는 것을 구하여 읽어 보았더니, 정교하기는 정교하지만 그다지 어렵다 할 것은 없고, 참으로 광대의 말과 비슷했습니다. 그래서 이렇게 생각했습니다.

'이런 것도 글이라면 누구나 쉽게 과거에 급제하겠구나.'

이리하여 조물주에게 괴롭힘을 당할 줄도 모르고 마음을 빼앗기고 말았으니, 이것은 천명이라 피할 수 없는 것입니다.

아, 예로부터 어질고 재주 있는 선비는 곤경에 처하는 경우가 많았지만 저와 같은 경우는 없었습니다. 두보(杜甫)는 천하를 떠돌았고 한유(韓愈)는 어려서 고아가 되었으며, 지우(摯虞)는 굶주리고 풍당(馮唐)은 때를 만나지 못했습니다. 나은(羅隱)은 과거에 급제하지 못하고 사마상여(司馬相如)는 병이 많았습니다. 옛사람은 이 가운데 하나만 있어도 불행한 사람이었는데 지금 저는 모두 가지고 있으니 어찌 슬프지 않겠습니까?

통달한 사람은 곤궁과 영달을 추위와 더위처럼 여기며 자연에 맡기고 분수를 따라 마음을 편안히 하여 자신을 아꼈습니다. 저도 이 방법을 배운 지 오래입니다. 그러므로 우환과 사소한 일은 내 가슴속에 두지 않으려 합니다. 또 한번 세상일을 겪었으면 경계하며 거듭하지 않는 사람이 지혜로운 선비입니다. 저는 이미 누차 과거에 낙방하여 다시는 응시하지 않기로 맹세했습니다. 바라는 것은 때때로 당신을 따르며 『주역』의 뜻을 물어 우리 성인의 도를 잊지 않는 것입니다. 삼가 아룁니다.

해설

조 선생은 죽림칠현의 한 사람인 조통(趙通, 자는 역락(亦樂))이다. 조통은 무신 정권에 협조하여 간의대부라는 높은 관직에 올랐다. 임춘은 뒤늦게 과거에 응시하는 한편, 정권의 실세들에게 자신을 천거하며 관직을 얻고자 했으나 끝내 뜻을 이루지 못했다. 이 편지는 두 사람의 처지가 상당히 달라진 뒤에 보낸 것으로 보인다.

임춘은 어버이 봉양을 위해 과거에 응시하기로 마음먹고, 당시 과거 시험장에서 짓는 글을 구해다 보았다. 과거 시험에서 요구하는 글이 광대의 말과 같다고 폄하하며 쉽게 급제하리라 예상했지만 뜻대로 되지 않았다. 결국 그는 두 번 다시 과거에 응시하지 않기로 결심했다. 조통에게 『주역』의 뜻이나 물으며 살겠다고 했지만, 자신의 곤궁한 처지를 강조하며 도움을 바라는 속내가 엿보인다. 한의 사마상여와 풍당, 진의 지우, 당의 두보와 한유, 나은 등 불우하고 병마에 시달렸지만 문학으로 한 시대를 울린 인물들에 자신을 비견하는 데서 자부심도 함께 읽을 수 있다.

만족의 집　　　　　　　　　　　足庵記

탁 트이고 웅장한 경관은 하늘이 만들고 땅이 숨겨 둔 것이니, 반드시 멀고 외진 산속이나 바닷가에 있기 마련이다. 그곳은 거센 파도와 세찬 물결, 무너지는 벼랑과 떨어지는 바위가 덮치거나 용, 뱀, 범과 표범이 덤비는 곳이다. 그러므로 양식을 싸 들고 경계하며 길 떠나 밤낮으로 달려가도 계절이 바뀐 뒤에야 도착할 수 있다. 도성을 벗어나지 않은 곳에 흙으로 메우거나 바위를 쌓아 높고 두껍게 만든 곳이 아니면서 앉은 채로 승경을 구경할 수 있는 곳을 찾기란 천년이 지나도 거의 불가능할 것이다.

　왕륜사(王輪寺) 서쪽에 암자 하나가 있는데, 천사(闡師)라는 승려가 살고 있다. 암자는 죄다 비뚤비뚤한 서까래와 구부러진 담장으로 이루어져 있다. 타고난 모양대로 만들었으며 아무런 색칠도 하지 않아 화려함과 질박함이 중도에 맞는다. 그 위에 올라가 보면 넓고 밝은 하늘이 탁 트여 있어 날아가는 새의 등까지 볼 수 있다. 산봉우리가 겹겹으로 주위를 둘러싸고 있으며, 황량하고 가느다란 오솔길이 높아졌다 낮아졌다 하며 희미하게 보인다. 유람하는 사람들이 끊임없이 오가는 모습을 자리에 앉아서 하나도 놓치지 않고 볼 수 있으니, 참으로 도성의 명승지이다. 공은 남쪽 지방에서 와서 도성을 돌아다니다가 이 암자에 산 지 두

해가 되었다. 한번은 탄식하며 이렇게 말했다.

"나는 불행하게도 말세에 태어나 불교가 쇠퇴하여 부처의 도가 장차 없어지리라는 것을 알겠으니, 불경을 짊어진 채 영원히 속세를 떠나 깊은 산속에 숨어 여생을 보내야겠다."

그리하여 지팡이를 짚고 훌쩍 홀로 떠나 명산을 찾아다니며 천하를 유람하고자 했는데, 평소 공과 어울리던 관원들이 그의 설법을 즐기며 떠나려 하지 않았기에 뜻대로 하지 못했다. 하지만 이끌려 다니지도 않고 잡혀서 머물러 있지도 않으면서 마치 무심한 구름처럼 멋대로 떠나고 머물렀다. 항상 종적을 감추고 암자에 있으면서 눈을 감고 가만히 앉아 담박하게 살았다. 아침저녁으로 향을 사르고 염불하는 것 외에는 할 일이 없어 한가롭게 지내며, 날씨가 맑고 경치가 좋으면 손님을 불러 숲에서 향기로운 과일을 따거나 밭에서 맛 좋은 채소를 캤다. 소반에는 좋은 안주가 있고 항아리에는 맛난 술이 있었으며, 시원한 바람을 시켜 섬돌을 쓸게 하고 밝은 달을 시켜 자리 곁에서 모시도록 했다. 봄철에 딴 찻잎을 갈아 달고 향기로운 차를 마시고, 거문고를 연주하면 새들이 숨어서 엿보았다. 어떤 사람은 거나하게 술에 취하고 어떤 사람은 소리 높여 노래하며, 어떤 사람은 천천히 거닐며 조용히 관찰했다. 모두 속세를 벗어나 한가로이 소요하며 마음 가는 대로 행동했다. 비록 즐기는 것은 같지 않으나 마음에 맞아 모두 만족하였다.

앞서 이곳에 살던 사람이 암자를 지은 경위를 기록하지 않아 산수에 부끄러움을 남긴 지 오래다. 예전에 내가 공을 뵈러 이 암자에 왔더니 공이 기뻐하며 부탁했다.

"예로부터 경치가 빼어난 곳은 반드시 뛰어난 재주를 가진 사람이 훌륭한 글을 남기니, 그대는 나를 위해 암자의 이름을 짓고 기문을 지어 주게."

나는 굳게 사양했으나 들어주지 않아 억지로 이곳을 족암(足庵)이라 이름 지었다. 그런데 공은 그 이름을 좋지 않다고 생각했는지 이렇게 말했다.

"화려한 서까래와 채색한 난간, 찬란한 장식의 기둥, 비단 무늬의 창문이 높이 구름과 맞닿고 태양처럼 빛나며, 천 개의 문이 활짝 열리고 담장이 수백 리나 되는 집으로는 장양궁(長楊宮)과 오작궁(五柞宮)이 있으니, 이것은 크고 아름다운 건물이오. 놀란 파도와 성난 물결이 하늘까지 끝없이 일렁이고 강남의 상선이 돛을 높이 올리고 노를 저으며 자욱한 안개 사이로 드나드는 곳으로는 동정호(洞庭湖)와 팽려호(彭蠡湖)가 있으니, 이것은 빼어나고 드문 경치요. 그런데 지금 이 암자를 두고 만족한다고 하니 너무 시원찮은 것 아니오?"

나는 이렇게 대답했다.

"사물은 끝이 없지만 몸은 끝이 있으니, 반드시 사물을 다 차지한 뒤에야 만족한다면 치질을 핥아 주어 수레 다섯을 얻고 시장에 가서 황금을 훔치는 자처럼 죽을 때까지 고생하더라도 만족을 모를 것입니다. 만약 마음을 비우고 분수에 맡겨 운명처럼 편안히 여긴다면 몸 담을 곳과 배 채울 것이 어디를 간들 부족하겠습니까?

이 암자는 외지고 좁으며 겨우 비바람이나 막을 정도지만, 그 안에서 편안히 지내며 즐거워한다면 용마루와 기와를 잇대어 휘황찬란한 시원한 누대나 따뜻한 방이 아니라도 내 몸을 들이기에 충분합니다. 또 암자 아래에는 냇물이 쏟아져 나오므로 그 소리를 들으면 시원하여 사랑스러우니, 거세게 흘러 지축을 흔드는 듯하고 대군이 성내며 소리치는 듯한 중국의 거대한 삼강(三江)과 칠택(七澤)이 아니라도 내 귀를 맑게 하기에 충분합니다. 암자 앞에는 산봉우리가 둘러싸고 있어 바라보면 울창한 모습이 손에 잡힐 듯하니, 양지바른 벼랑과 어두운 골짜기가 밝아졌다 어두워졌다 하며 짙은 구름과 빠른 우레가 모두 일어나는 저 높은 숭산(嵩山)이나 저 화려한 태산(泰山)이 아니더라도 내 눈으로 보기에 충분합니다. 만족한다고 말한 것은 이와 같을 따름입니다. 비록 그러나 실체가 있어야 이름이 있고, 내가 있어야 사물이 있는 것입니다. 공께서는 장차 사물을 버리고 형체를 잊은 채 홀로 설 것이니, 자기 몸도 소유하지 않을 것인데 하물며 이 암자이겠습니까?"

해설

족암은 개성의 사찰 왕륜사에 딸린 암자이다. 암자는 볼품없지만 그곳에서 보이는 경치는 절경이었다. 천사라는 승려가 이곳에 머물고 있었다. 그는 예불하는 여가에 손님들을 불러 모았으며, 손님들은 마음껏 경치를 구경하며 술이나 차를 마시거나 거문고를 연주하고 산책을 하며 모두 만족했다.

임춘은 암자의 이름을 만족한다는 뜻의 '족암'이라 하고 그 의미를 설명했다. 사람은 만족을 모르는 법이니, 모든 것을 다 가진 다음에 만족한다면 죽을 때까지 힘써도 만족하지 못한다. 그러나 마음을 비우고 분수에 맡기면 가진 것이 없어도 만족할 수 있으며, 더 나아가 자신의 거처뿐만 아니라 존재조차 아예 잊어버려야 할 것이라 당부했다.

편안히 있으라　　　浮屠可逸名字序

사람은 기(氣)에 의지하여 살아가고 기는 숨(息)에 의지하여 보존된다. 방향과 음양을 따라 그치지 않고 드나든다. 그러나 욕망과 기호가 바깥을 좀먹고 생각과 염려가 안에 쌓이면 막혀서 위태롭지 않겠는가? 그러므로 군자는 일을 만나면 정신을 피곤하게 하지 않고 기를 거칠게 하지 않으며 편안히 대처할 따름이다. 옛사람 중에는 고요하게 지내면 병을 치료할 수 있고, 몸을 문지르면 노화를 막을 수 있다고 한 자가 있었지만 이는 피곤한 사람의 일이다. 편안한 사람의 경우에는 애당초 움직인 적이 없으니 고요할 필요가 있겠으며, 애당초 번뇌한 적이 없었으니 문지를 필요가 있겠는가? 담박하게 무위의 자세로 참된 기를 지키면 사물에 동요되지 않는다.

이씨 집안 자식 중에 출가하여 승려가 된 사람이 있다. 타고난 성품이 몹시 예민하여 막 태어난 망아지가 고삐를 쓰지 않으려는 것 같다. 불법을 짊어질 그의 재주는 훗날 헤아리기 어려울 정도지만 구도의 뜻이 무척 간절하고 마음 씀씀이가 너무 재빠르니, 나는 그가 음양의 조화를 해쳐 병을 얻지 않을까 걱정이다. 마침 그가 이름을 지어 달라고 하기에 이렇게 일러 주며 가일(可逸)이라 하였다. 나는 또 그가 지나치게 편안하게 지내다가 해이해질까 두려워 자(字)를 법탐(法耽)이라 하였다.

그가 배움에 탐닉하되 기를 거칠게 하는 데까지 이르지 않는다면 좋을 것이다.

해설

맹자는 "의지를 굳게 지키되 기운을 거칠게 하지 말라.(持其志無暴其氣.)"라고 했다. 기운은 의지의 지배를 받지만, 기운이 거칠어지면 의지를 흔드는 경우도 있기 때문이다. 사물에 동요하지 않으려면 기를 편안히 해야 한다는 임춘의 발언은 바로 맹자의 말을 되풀이한 것이다. 아울러 "침묵으로 병을 치료하고 안마로 노화를 막는다.(靜然可以補病眥搣可以休老.)"라는 장자의 말을 부정하고 담박과 무위의 자세가 필요하다고 했다.

　임춘은 갓 승려가 된 사람에게 '가일'이라는 법명을 지어 주고 자를 '법탐'이라 하였다. 가일은 편안히 있으라는 뜻이다. 조급하게 득도를 추구하는 그를 경계하여 지어 준 것이다. 법탐은 불법을 탐닉한다는 뜻이다. 지나치게 편안한 것도 문제이니, 학문에 힘쓰라는 뜻이다. 이름이나 자를 지어 주는 글은 이즈음 임춘, 이규보 등에게서 보이기 시작하는데 중국에서는 이러한 문체가 확인되지 않는다. 고려 말부터는 서(序)가 아닌 설(說)이라는 명칭을 붙이게 되는데 이 역시 중국에서는 명나라 때 나타난다.

이인로
李仁老
1152~1220년

본관은 경원(慶源), 자는 미수(眉叟), 초명은 득옥(得玉)이다. 문벌 귀족 출신이었지만 일찍 부모를 잃고 승려 요일(寥一)에게 양육되었다. 어려서부터 문장에 뛰어났으나 19세 되던 1170년 정중부(鄭仲夫)의 난이 일어나자 화를 피하기 위해 승려가 되었다. 이후 환속하여 1180년 진사과에 급제한 뒤 여러 관직을 역임하고 한림원(翰林院)에서 14년간 조칙(詔勅)을 작성했다. 막힘없이 글을 지어 배 속에 원고가 들어 있다는 뜻으로 '복고(腹藁)'라는 별명이 붙었다. 임춘(林椿), 오세재(吳世才) 등과 함께 죽림고회(竹林高會)의 일원이기도 하다. 소식에 경도된 당대의 문단에서 황정견(黃庭堅)의 시를 학습하여 명성을 떨쳤다. 『동사강목(東史綱目)』에 문집 『은대집(銀臺集)』과 『쌍명재집(雙明齋集)』이 있다고 하였는데 지금 전하지 않는다. 시화와 잡록을 담은 『파한집(破閑集)』이 남아 있다.

소리 없는 시 　　題李佺海東耆老圖後

시와 그림은 묘한 곳에서 서로 도움이 되므로 한가지 법이라 한다. 옛사람은 그림을 소리 없는 시라 하고, 시를 운(韻)이 있는 그림이라 하였다. 만물의 형상을 모사하여 하늘이 아끼고 감추는 바를 모두 드러내는 재주는 원래 기약하지 않아도 서로 같아진 것이다.

　내가 일찍이 두보(杜甫)의 「음중팔선가(飮中八仙歌)」를 읽으니, 황홀하게도 천보(天寶) 연간에 태어나 그들 여덟 신선과 손을 잡고 같이 노는 듯했다. 그때의 화공들이 「팔선도(八仙圖)」를 그려서 두보의 노래와 함께 안과 바깥이 되어 세상에 전한 것이 적지 않았을 터인데, 어찌 쓸쓸하게 오늘날까지 하나도 전하지 않는가. 그러니 옷을 벗어 어깨를 드러내고 퍼질러 앉아 그림을 그리는 화가의 교묘한 솜씨도 시인이 한 번 읊조리는 효과에는 미치지 못한다는 것을 분명히 알겠다.

　지금 이전(李佺)이 그린 「해동기로도(海東耆老圖)」를 보니, 뽀얀 얼굴에 흰 머리카락 날리며 가벼운 갓옷에 느슨한 허리띠 차림으로 거문고와 바둑과 시와 술을 즐기다가 하품하고 기지개 켜며 누웠다 일어났다 하는 자태가 오묘하지 않은 것이 없다. 따로 기록해 놓은 글을 보지 않더라도 그림에 등장하는 사람이 누구인지 알 수 있을 정도니, 이름을 영원히 전하기에 충분하다. 더구나 태위 공(太尉公)이 시를 지어 그 값어치를 보태어 주었으니 어떠하겠는가?

　이전은 고관을 역임한 이존부(李存夫)의 아들이니, 대대로 그림 잘 그리기로 해동에 이름이 났다. 삼가 발문을 적는다.

해설

시는 운이 있는 그림(有韻畵)이요, 그림은 소리가 없는 시(無聲詩)이므로 그 작법이 다르지 않다. 시보다는 그림이 구체적이지만, 그림은 후세에 전해지기 어렵다. 그래서 후세 사람들은 시를 통해 당시의 모습을 상상하고는 한다. 『장자』에서 말한 '해의방박(解衣磅礴)'의 경지에 오른 화가의 그림이라도 시에 미치지 못한다고 한 것은 이 때문이다.

　「해동기로도」는 최당(崔讜, 1135~1211년)이 결성한 해동기로회(海東耆老會)의 구성원들이 시회를 연 모습을 그린 그림이다. 최당은 1198년(신종 1년) 문하평장사(門下平章事)를 끝으로 벼슬에서 물러나 개성 영창리(靈昌里)에 쌍명재를 짓고 살았다. 최당은 아우 최선(崔詵) 그리고 장자목(張自牧), 이준창(李俊昌), 백광신(白光臣), 고영중(高瑩中), 이세장(李世長), 현덕수(玄德秀), 조통과 함께 해동기로회를 결성하고 시와 술, 거문고와 바둑을 즐겼다. 「해동기로도」에는 이들의 모습이 그려져 있었을 것이다. 그러나 이 그림은 전하지 않는다. 이인로가 언급한 「팔선도」가 전하지 않지만, 그 대신 두보의 명시 「음중팔선가」가 오늘날까지 전하는 것과 마찬가지다.

　이인로는 「쌍명재시집서(雙明齋詩集序)」, 「쌍명재기(雙明齋記)」 등을 지어 이때의 성사를 거듭 칭송했는데, 지금까지 전하고 있다. 최해(崔瀣)의 「해

동후기로회서(海東後耆老會序)」도 『동문선』에 실려 전한다. 글은 그림보다 오래가는 법이다.

손님과 즐기는 집 　　太師公娛賓亭記

공융(孔融)이 "자리에는 손님이 항상 가득하고 술동이에는 술이 떨어지지 않으면 나는 걱정이 없다."라고 하였으니, 참으로 천하의 위인이다. 그러나 한나라 말엽에 천하가 어지러워지자 백성이 고통스러워하며 호걸이 자기들을 구해 주기를 바라는 마음이 굶주린 사람이 먹을거리를 찾는 것보다 간절했다. 그렇지만 공융은 위태로운 한나라의 종묘사직을 안정시킬 한 가지 묘책도 내지 못하고 그저 술이나 마시며 술의 좋은 점만 찬양하고 빼어난 기개만으로 조조(曹操)를 억제하려 했다. 이것이 이른바 뜻은 크지만 재주가 부족하여 시대의 변화를 따르지 못하는 사람에 해당한다.

한유는 배도(裵度)에게 바친 시에서 "정원에서 즐거운 일 실컷 누리고, 풍악으로 태평성대 즐기신다네(園林窮勝事, 鐘鼓樂淸時)"라고 하였다. 배도는 회서(淮西)를 평정한 뒤 천하에 아무 일이 없자 공이 크고 지위가 극에 달한 상태에서 오래 있을 수 없다는 사실을 알았다. 그리하여 스스로 물러나 동도(東都)에 주둔하면서 유우석(劉禹錫), 백거이(白居易) 같은 사람들과 밤낮으로 녹야당(綠野堂)에서 마음껏 즐겼다. 이 때문에 한유가 시를 지어 그가 조짐을 잘 알았다고 찬미한 것이다.

지금 태사공(太師公)께서는 부귀에 싫증을 내고 공명을 대수롭지 않게 여겨 고령을 핑계로 벼슬에서 물러나 원각천(圓覺泉) 가에 작은 정자를 짓고 오빈정(娛賓亭)이라 이름을 붙였다. 그러고는 문인 이인로에게 말했다.

"이름은 뜻을 규정하는 것이며 뜻은 이름을 바로 세우는 것이네. 그대의 글솜씨를 빌려 지금 내가 정자에 이름을 붙인 이유를 후세의 군자들에게 알리고자 하네."

나는 즉시 관을 바로 쓰고 옷깃을 여민 후 종종걸음으로 나아가 공에게 아뢰었다.

"공께서 어린 시절 항상 부모님 곁에 홀로 계실 적에 날마다 부친의 귀한 가르침을 듣고 부지런히 힘쓰느라 눈을 붙일 겨를이 없었습니다. 짧은 시간도 보배처럼 생각하고 게으름을 독약처럼 여겼습니다. 수레와 말을 탄 손님이 문을 두드려도 듣지 못하는 듯이 잠자코 계셨으니, 세상 사람들이 모두 책에 빠졌다고 하였습니다. 공이 이러한 때 손님과 즐기고자 한들 할 수 있었겠습니까.

공께서 한림원에 들어간 뒤로 국가의 명령, 공신과 귀족에게 벼슬을 내리는 글, 다른 나라에 보내는 외교 문서가 모두 공의 손에서 나왔습니다. 붓을 놀리고 먹을 뿌리는 속도가 바람과 구름보다도 빨랐으니, 벼루가 자주 말라서 모든 아전들의 팔이 떨어질 지경이었습니다. 그리하여 아침 일찍 별이 반짝일 때 대궐에 나갔다가 밤이 되어 촛불이 휜할 때에야 옥당(玉堂)에서 돌아왔습니다. 공이 이러한 때 손님과 즐기고자 한들 할 수 있었겠습니까.

공이 정승이 되어서는 나랏일을 집안일처럼 걱정하고 인재를 등용하는 일을 제 일처럼 여겼습니다. 띠를 드리우고 홀(笏)을 바로 들고 있으면 큰 소리를 내지 않더라도 천하를 손바닥 위에서 쉽게 움직였으니, 백성이 날마다 충실해져 감히 법을 어기거나 기강을 문란하게 하지 않았습니다. 아침저녁으로 임금에게 간언하니 은나라를 중흥한 부열(傅說)과 같았고, 밤낮으로 태만하지 않으니 주나라를 보좌한 중산보(仲山甫)와 같아 한 사람이 생각을 집중하면 만민이 모두 우러러보았습니다. 공이 이러한 때 손님과 즐기고자 한들 할 수 있었겠습니까.

　이제 공명을 이루고 성은이 극에 달했으며 울긋불긋 관복을 입은 자손이 줄을 섰습니다. 사람들이 애타게 바라지만 얻을 수 없는 것들이 공께는 하나도 부족하지 않습니다. 신세가 하늘에 떠 있는 조각구름처럼 자유로우니, 공이 이러한 때 무엇인들 마음대로 하지 못하겠습니까. 손님이 찾아오면 함께 이 정자에 올라 샘물을 바라보며 시를 짓고 해가 질 무렵이 되어서야 헤어지니, 비단 혼자 즐기고 말뿐이 아니라 실로 손님이나 벗과 함께 즐기는 것이라 하겠습니다. 그렇다면 공이 때맞추어 나아가고 물러나 명철보신(明哲保身)하였다는 사실을 이 정자에서 알 수 있습니다."

　삼가 기록한다.

해설

태사공은 고려 무신 정권의 실력자 최선(崔詵, ?~1209년)이다. 최선은 관직에서 물러난 뒤 집에 오빈정이라는 정자를 짓고 손님을 초대하여 즐겼다. 최선이 이인로에게 오빈정의 기문을 맡기자 이인로는 정자 이름에 담긴 '손님과 즐긴다'는 뜻을 밝히며 송찬하는 글을 지었다.

　최선은 어린 시절 학문에 몰두하고 관직을 맡아서는 문장을 짓는 데

힘썼으며, 정승에 올라서는 국사를 보느라 여가가 없었다. 이러한 때에는 손님과 즐기려 해도 겨를이 없었다. 그는 벼슬을 그만둔 뒤에야 소원을 이루게 되었다. 공명을 이루고 임금의 총애를 받으며 자손들이 관직에 오르는 것은 모두가 끝없이 바라는 바이다. 하지만 최선은 모든 것을 이룬 뒤 더는 욕심내지 않고 깨끗이 물러났다. 이인로는 즐길 수 있는 겨를이 없었던 때를 거듭 말한 후, 노년에 드디어 즐길 수 있게 되었다 하여 그의 바른 출처를 우아하게 칭송했다.

도연명처럼 눕는 집

臥陶軒記

그 책을 읽어 그 시대를 살피고 그 인품을 상상해 보면, 환하게 눈으로 직접 본 것과 같아 언어를 뛰어넘어 함께 노닐 수 있는 법이다. 이것이 맹가가 "시대를 거슬러 올라가 옛사람과 사귄다.(尙友千古.)"라 한 이유이니, 참으로 시대를 장벽으로 여기지 않았던 것이다.

옛날 안연(顔淵)은 "순(舜)임금은 어떤 사람이고 나는 어떤 사람인가? 순임금처럼 되려고 노력하는 자는 또한 그렇게 될 수 있다."라 하였다. 순임금은 평범한 사람으로서 요임금에게 왕위를 물려받아 오십 년 동안 옷자락을 드리운 채 억지로 힘쓰지 않고서도 천하를 잘 다스렸기에 지금까지 사람들은 순임금을 해와 달처럼 우러른다. 안연은 누추한 골목에 사는 가난한 선비였지만 "닭이 울면 일어나서 부지런히 선(善)을 실천하는 것이 순임금의 마음이니, 어찌 다른 방법이 있겠는가?"라고 생각했다. 명분은 같지 않았지만 마음으로 사모하였던 것이다.

사마상여(司馬相如)는 인상여(藺相如)의 인품을 사모하여 그의 이름을 자신의 이름으로 삼았다. 인상여는 조(趙)나라의 용맹한 장수였다. 옥구슬을 잃지 않고 온전히 다시 조나라로 가져오면서 진(秦)나라 사람이 속수무책으로 바라보게 했다. 그리고 진나라의 왕을 꾸짖어 질장구를 두들기게 하고 조나라의 사관(史官)에게 이를 기록하게 했다. 그 씩씩한 모습과 담대한 용기는 아직까지 늠름하게 살아 있는 듯하다. 이에 비하여 사마상여는 한낱 백면서생에 불과하니, 어찌 조금이라도 비슷할 수 있었겠는가? 그러나 그가 지은 두 편의 부(賦)를 보면 씩씩하고 담대하기가 보통이 아니었다. 그 기운은 진나라의 수도 함양(咸陽)을 가슴속에 집어삼킬 듯했고, 진시황(秦始皇)을 도마 위에 올려놓은 고깃덩어리만큼도 생각하지 않았다. 사업은 서로 같지 않지만 기개로 그를 사모하였던 것이다.

저 도잠(陶潛, 도연명)은 진(晉)나라 사람이고 나는 그로부터 천여 년이나 지난 뒤에 태어난 사람이다. 목소리를 들은 적 없고 얼굴도 본 적 없지만 책에서 때때로 마주하여 제법 그 인품을 안다. 그런데 도잠은 시를 지을 때 꾸미려고 하지 않아 저절로 자연스럽고도 기이한 운치가 있었다. 메마른 듯하지만 실로 기름지고, 엉성한 듯하나 실로 치밀했다. 시인들은 공자(孔子)의 제자들이 백이(伯夷)를 보는 것처럼 그를 숭상했다. 이에 비하여 나는 시를 수천 편이나 지었지만, 시어가 난삽한 것이 많고 걸핏하면 남의 글을 따온 흔적이 드러난다. 이것이 첫째로 도잠에 미칠 수 없는 점이다.

도잠은 고을 원으로 있은 지 여든 날 만에 「귀거래사(歸去來辭)」를 읊조리고 "내가 쌀 다섯 말 때문에 시골 어린놈에게 허리를 굽힐 수 없다." 하고는 관인(官印)을 풀어놓고 떠나 버렸다. 이에 비하여 나는 벼슬살이 삼십 년 동안 미관말직에서 머뭇거리느라 수염과 머리털이 온통 허옇게 세었는데도, 여전히 악착스럽게 우리에 갇힌 짐승 꼴을 벗어나지 못하고 있다. 이것이 둘째로 도잠에 미치지 못하는 점이다.

도잠은 높은 풍모와 빼어난 행적으로 한 시대 사람들의 추앙을 받았다. 위엄 있는 자사(刺史) 왕홍(王弘)이 친히 중도에 마중을 나왔고, 선풍

도골(仙風道骨)을 지닌 여산(盧山)의 혜원까지도 백련사로 불러 주었다. 이에 비하여 나는 벗들에게 모두 버림받고 외롭게 혈혈단신으로 지내면서 언제나 하루 종일 같이 얘기할 사람이 없으니, 이것이 셋째로 도잠에 미칠 수 없는 점이다.

다만 젊어서부터 한적하고 고요한 것을 좋아하고 게을러 남들을 잘 찾아가지 않았다. 북으로 난 들창 앞에 편하게 누워 있노라면 맑은 바람이 절로 불어왔다. 이러한 점은 도잠과 어깨를 나란히 할 수 있을 것이다. 그러므로 살고 있는 집의 북쪽 행랑을 넓혀서 늘그막에 거처할 곳으로 만들고, 황정견(黃庭堅)의 시집에 나오는 와도헌(臥陶軒)이라는 말로 이름을 붙였다. 어떤 사람이 의아해하면서 물었다.

"자네는 도잠과 비교해 보면 같은 것은 얼마 되지 않고, 못 미치는 것은 많은데 자신을 그에게 견주는 일이 옳다고 하겠는가?"

나는 이렇게 대답했다.

"천리마는 하루에 천 리를 달리지만, 노둔한 말이라도 열흘을 달리면 쫓아갈 수 있다네. 시냇물도 만 번을 굽이쳐 동쪽으로 흐르면 마침내 바다에 이르는 법일세. 내가 비록 도잠의 높은 뜻에 조금도 미치지 못하지만, 계속 사모한다면 또한 도잠이 될 수 있을 것이라네. 이것이 마음으로 순임금을 사모하고 기개로 인상여를 사모하는 것보다 낫지 않겠는가?

이태백(李太白)의 시에 '팽택령(彭澤令) 도잠은 매일 술에 취하여, 다섯 그루 버들에 봄이 온 줄 몰랐네. 맑은 바람 불어오는 북쪽으로 낸 들창 아래서, 복희씨(伏義氏) 시절의 백성이라 부른다네.'라고 하였다. 이러한 일은 나라도 할 수 있다고 하겠다."

그리하여 이 기문을 짓는다.

이인로는 자신의 집 이름을 와도헌(臥陶軒)이라 했다. 도연명을 삶의 모델로 삼기 위한 집이다. 이인로는 천고상우(千古尙友), 곧 천 년의 역사를 거슬러 올라가 마음에 드는 사람과 사귄다는 뜻을 따라 도연명의 유유자적을 배우고자 했다. 비록 지금 바로 도연명에 미칠 수는 없지만 꾸준히 노력하면 바람을 이룰 수 있을 것이라 믿었다. 이인로는 이러한 의미를 지니는 집 와도헌을 그림으로 그리고 찬(贊)을 붙였다. 「와도헌도자찬(臥陶軒圖自贊)」이 바로 그 글이다.

지혜롭다 말하랴, 저리자(樗里子)만 못한데	謂爲智耶不如樗
어리석다 말하랴, 거백옥(蘧伯玉)만 못한데	謂爲愚耶不如蘧
빈 배는 다툴 것 없고 식은 재는 불붙지 않는 법	虛舟無忤死灰何居
지름길로 남 앞서기를 부끄러워할 뿐	耻爭先於捷徑
애오라지 오두막에서 잠이나 청하자.	聊寄宿於蘧廬
남들은 금속여래(金粟如來)의 후신이라 부르지만	人呼金粟如來之後身
나는 옛날 갈천씨(葛天氏)의 유민이라 부른다네.	自號古葛天氏之遺民

이규보 李奎報

1168~1241년

본관은 여주(驪州), 초명은 인저(仁氏), 자는 춘경(春卿), 호는 백운거사(白雲居士)·지헌(止軒)·삼혹호선생(三酷好先生)이다. 어린 시절부터 시로 두각을 나타내어 최충(崔沖)이 세운 구재(九齋) 학당의 하나인 성명재(誠明齋)에서 공부했다. 22세에 사마시에 합격하고 이듬해 진사시에 합격했다. 한동안 관직에 오르지 못하다가 최충헌(崔忠獻)을 통해 한림원(翰林院)에 들어갔으며, 이후 최충헌의 인정을 받아 승승장구했다. 70세에 문하시랑평장사(門下侍郎平章事)를 끝으로 관직에서 물러났으나 한동안 칙명으로 제술(製述)을 계속했다.

이규보는 시와 문 양 방면에서 모두 괄목할 만한 업적을 남겼다. 평생 관각(館閣)에서 국가의 전례(典禮)에 요구되는 전아하고 엄숙한 문장을 다수 남긴 한편, 재기 발랄하고 풍자와 해학이 넘치는 문장도 자유롭게 구사했다. 생전에 정리한 문집 『동국이상국집(東國李相國集)』이 전한다. 시화서(詩話書) 『백운소설(白雲小說)』이 그의 저술로 알려져 있으나, 문집에 실린 글을 바탕으로 하여 조선 시대에 편찬된 책으로 보는 것이 옳다.

봄 경치를 바라보며 　　　　　　春望賦

한창 따스한 햇살이 좋아 높은 곳에 올라가 사방을 둘러본다.

봄비가 비로소 그쳤기에 나무는 방금 목욕한 것처럼 깨끗한데 멀리 강물이 넘실거리고 버드나무에 푸른빛이 어린다. 비둘기는 울며 날개를 퍼덕이고 꾀꼬리는 아름다운 나무에 모여 있다. 비단 장막을 펼친 듯 온갖 꽃이 피어 푸른 숲 사이에 섞여 있으니 하나같이 어찌 이리 아롱다롱 고운가. 풀이 무성하여 푸른빛 짙은데 소는 들판에 흩어져 풀을 뜯는다. 계집아이들은 광주리를 들고 새로 돋은 뽕잎을 따는데 부드러운 가지를 잡은 손은 백옥처럼 하얗다. 함께 주고받는 시골 노래가 무슨 악보의 무슨 곡조라 하겠는가. 가는 사람 앉은 사람 떠나는 사람 돌아오는 사람이 따뜻한 볕을 쬐고 있으니 그 기분을 짐작할 수 있겠다. 그렇지만 나는 답답하게 이를 바라만 볼 뿐이니 이 얼마나 구차하고 좀스러운가.

저 대궐에서는 낮이 긴데 온갖 정무가 간략하기에, 무르익은 봄빛에 마음이 느꺼워 때때로 높은 누대에 오르면 북 치는 소리는 드높고 붉은 살구꽃은 모두 활짝 피어 있다. 도성의 아름다운 경치를 바라보니, 임금은 즐거움이 넉넉하여 옥 술잔에 술을 가득 채우신다. 이것은 부귀한 사람이 바라보는 봄이라 하겠다.

저 왕손(王孫)과 공자(公子)들이 호탕한 벗과 함께 꽃구경을 가는데, 뒤따르는 수레에 태운 기생은 푸른 저고리에 붉은 치마를 입었다. 머무르는 곳마다 자리를 펴고 화려한 피리와 생황을 불며, 비단을 짠 듯한 붉은 꽃 푸른 잎을 바라보고 취한 눈을 비비며 배회한다. 이것은 화려한 사람이 바라보는 봄이라 하겠다.

독수공방(獨守空房)하는 아리따운 부인은 천 리 먼 곳으로 떠난 탕자 남편과 이별한 뒤에 소식이 까마득하여 한이 서리고 마음은 강물처럼 일렁인다. 쌍쌍이 나는 검은 제비를 바라보며 고운 창가에 기대어 눈물을 흘린다. 이것은 애달프고 원망스러운 사람이 바라보는 봄이라 하겠다.

먼 길을 떠나는 벗을 전송할 제 가랑비는 먼지를 적시고 버드나무는 푸른데 이별 노래를 다 부르고 나자 말조차 슬피 운다. 높은 언덕에 올라서서 가는 모습을 바라보니 안개 속의 꽃은 여리게 나부껴 마음이 흔들린다. 이것은 이별의 한을 품은 사람이 바라보는 봄이라 하겠다.

출정한 사내가 먼 변새에 머무르는데 변방의 풀이 두 번째 다시 돋는 모습을 보거나, 남쪽의 상수(湘水)로 쫓겨난 굴원(屈原) 같은 나그네가 푸른 신나무가 어둑하게 우거진 모습을 바라보면, 누구나 고개를 들고 멍하니 서서 한을 품어 마음이 불안할 것이다. 이것은 떠도는 나그네가 바라보는 봄이라 하겠다.

나는 알고 있다. 여름에 바라보면 찌는 듯한 더위에 얽매이고, 가을에 바라보면 쓸쓸하기만 하고 겨울에 바라보면 고달프고 답답하다. 이 세 계절은 한쪽으로 치우쳐서 마치 변통할 줄 모르고 한곳에 붙들린 듯하다. 오직 봄에 바라보면 경물과 처지에 따라 변한다. 바라보면 기쁘기도 하고 바라보면 슬퍼 눈물짓기도 하며 바라보면 노래 부르기도 하고 바라보면 눈물 흘리기도 한다. 처지에 따라 사람을 감동시키는 것이 제각기 천 가지 만 가지로 다르다.

　나 농서자(隴西子)와 같은 사람은 어떠한가. 술에 취해 바라보면 즐겁고 술이 깨어 바라보면 서럽다. 곤궁한 처지에서 바라보면 구름과 안개가 자욱한 듯하고 현달한 처지에서 바라보면 해가 환하게 비치는 듯하다. 기뻐할 만하면 기뻐하고 슬퍼할 만하면 슬퍼하니, 참으로 보는 경치와 마음에 따라 사물과 함께 움직이고 한 가지 기준으로 헤아릴 수는 없는 사람이구나.

해설

봄을 맞이한 인간 군상의 다양한 모습을 묘사한 글이다. 봄이 찾아와 따뜻한 햇살이 비치자 만물이 생동하고 사람들도 으레 즐거워한다. 부귀한 사람들은 이 기회를 놓칠세라 실컷 봄을 즐기기에 여념이 없다. 임금은 국사를 돌보는 여가에 술을 마시며 봄 경치를 바라보고, 지체 높은 사람들은 기녀를 대동하고 꽃구경을 떠난다.

　그러나 어떤 사람들은 아름다운 봄날이 오히려 슬프고 원망스럽다. 불행한 처지를 돌아보고 더욱 소외감을 느끼기 때문이다. 남편을 떠나보낸 아내는 창가에서 경치를 바라보며 눈물을 흘리고, 벗과 이별하는 사람은 안개 속으로 멀어지는 벗을 바라보며 안타까워한다. 북쪽 변방으로 출정을 떠난 사내나 남쪽 바닷가로 귀양 간 나그네나 봄이 한스럽기는 마찬가지이다. 이처럼 저마다 봄을 맞이하는 심정이 다르니, 편협한 소견을 버리고 상황과 처지에 따라 융통성 있게 살아가야 한다는 것이 농서자, 곧 이규보 자신이 봄에 바라본 풍경을 통해 얻은 교훈이다.

이 글을 지은 시기는 확실하지 않으나 이규보의 문집에 「조강을 건너며(祖江賦)」 다음으로 편차되어 있는 점으로 미루어, 유배에서 풀려나 개성으로 돌아온 뒤에 지은 것으로 보인다. 영예와 치욕을 모두 경험하고 깨달은 바를 담담한 어조로 서술했다.

세상에서 가장 두려운 것

畏賦

독관 처사(獨觀處士)라는 사람은 두문불출하며 항상 무언가를 두려워했다. 자기 모습을 보아도 두려워하고, 그림자를 보아도 두려워하며, 일거수일투족 어느 하나 두려워하지 않는 것이 없다. 충묵 선생(沖默先生)이 찾아와 그 이유를 물으니, 독관 처사가 대답했다.

"이 넓은 세상에 두려움 없는 동물이 어디 있겠소? 뿔 달린 동물, 이빨이 날카로운 동물, 날개 달린 동물, 발 빠른 동물, 꿈틀거리며 기어 다니는 동물 등 온갖 종류의 동물이 번식하는데, 제 목숨을 아끼고 자기와 같은 부류가 아니면 두려워한다오. 하늘의 새는 매를 두려워하고, 물에 사는 물고기는 수달을 두려워하며, 토끼는 사냥개를 두려워하고, 이리는 물소를 두려워하며, 사슴은 족제비를, 뱀은 돼지를 두려워하지요. 사납기로는 호랑이와 표범만큼 사나운 동물이 없지만 사자를 만나면 도망친다오. 이와 같은 일이 얼마나 많은지 이루 다 기록할 수 없다오.

동물이야 원래 그러하거니와 사람도 두려워하는 것이 있지요. 임금보다 존귀한 사람은 없지만 임금은 하늘을 두려워하여 공경스럽고 엄숙한 태도로 밤낮으로 조심한다오. 임금과 신하의 관계는 마루와 섬돌처럼 가깝지만 섬돌과 마당은 높고 낮음이 현격히 다르다오. 낮은 사람은 높은 사람을 두려워하고 뒤에 있는 사람은 앞에 있는 사람을 두려워하오. 한 자나 한 치 정도의 작은 차이라도 따지며 두려워하지 않는 일이 없다오.

세상이 어찌나 험난한지 이치가 뒤죽박죽 엉망이 되어 머리에 쓸 갓이 신발 아래에 있고, 볼품없는 항아리가 귀한 솥 앞에 놓여 있소. 절뚝거리는 당나귀가 준마인 백의(白蟻)와 함께 수레를 메고, 못생긴 주미(雝縭)가 미남 자도(子都)와 나란히 앉아 있다오. 아랫사람은 오만하여 윗사람을 능멸하고, 아첨하는 사람을 가까이하고 어진 이를 멀리하고 있소. 좋아하는 자에게는 가죽을 뚫고 깃털까지 내어 줄 정도로 편애한다는 비방이 날마다 불어나고, 물여우처럼 남몰래 사람을 해치는 일이 만연해 있다오.

더구나 나는 보잘것없는 자질을 타고 나서 수많은 사람이 사는 세상에서 살아가고 있다오. 저들은 교묘하지만 나는 서투르니, 내가 한 가지를 할 수 있으면 저들은 천 가지를 할 수 있다오. 발을 디디는 곳마다 낯설고 힘이 들어 모두가 두려운 길이 된다오. 마구 달리며 두려워하지 않으려 해 보지만 거의 열 걸음에 아홉 번은 넘어진다오. 그러니 벌벌 떨며 두려워하지 않을 수 있겠소? 나는 장차 고고하게 홀로 서서 세속의 무리를 벗어나 저 넓은 벌판에서 노닐고자 하오. 당신은 어떻게 생각하시오?"

충묵 선생은 자신만만한 태도로 책상에 기댄 채 웃으며 말했다.

"나는 그와는 다르다오. 하늘의 위엄도 나는 두렵지 않고, 존귀한 제왕도 나는 두렵지 않으며, 포악한 사람이 팔뚝을 걷어붙여도 나는 두렵지 않고, 사나운 범이 이빨을 갈아도 나는 두렵지 않다오."

이 말이 채 끝나기도 전에 독관 처사가 경악하여 일어나 말했다.

"당신은 자신을 너무도 헤아리지 못하고 있소. 어찌하여 그렇게 쉽게 말하시오? 밝은 상제(上帝)께서는 사람의 선악을 굽어보고 있다가, 진노

하면 갑자기 우레와 번개를 치고 거센 바람을 휘몰아 모래와 돌이 날리게 한다오. 바다로 하여금 눈이 멀게 하고 산으로 하여금 귀가 멀게 한다오. 별안간 벼락이 칼날처럼 내려치고 빛이 번쩍번쩍 하여 하늘은 쫙쫙 찢어지고 땅은 쩍쩍 갈라진다오. 육정(六丁)이 내려와 더욱 위세를 부리면 주(周)나라 성왕(成王)일지라도 넋을 잃고 모두들 숟가락을 떨어뜨리고는 어찌할 줄 모르니, 그 누가 기둥에 기대어 태연자약할 수 있겠소? 이것이 하늘의 혁혁한 위엄인데 당신은 두렵지 않다고 말하니 그 이유가 무엇이오?"

충묵 선생이 말했다.

"정도(正道)를 지키고 자신을 속이지 않으면 하늘도 나에게 위엄을 부릴 수 없다오. 내가 어째서 이를 두려워하겠소?"

독관 처사가 말했다.

"용상(龍床)이 휘황찬란하고 보좌(寶座)가 엄숙한데, 야경꾼이 길을 순찰하는 가운데 호위 군사가 대궐에 줄지어 서서 깃발과 도끼와 같은 의장(儀仗)을 들고, 임금이 출입할 때마다 소리를 지른다오. 왼쪽에는 어사(御使)가 철관(鐵冠)을 쓰고 오른쪽에는 법관(法官)이 붉은 붓을 들고 있으며, 엄숙하고 단정하게 모든 관원들이 품계에 따라 차례로 서 있다오. 이러한 때 서릿발 같은 위엄이 진동하고 우레 같은 질타가 내리는데 만에 하나라도 조심하지 않은 일이 있으면 친족이 몰살당하는 화를 당하게 된다오. 이것이 천자의 무서운 위엄인데도 당신은 이것조차 두렵지 않다는 말이오?"

충묵 선생이 말했다.

"임금은 높고 신하는 낮으니, 그 형세는 갓과 신발처럼 다르다오. 아랫사람이 윗사람을 섬길 적에는 법도에 맞게 종종걸음을 하며, 바라볼 적에는 무릎을 꿇고, 절할 적에는 머리를 조아려야 한다오. 명령을 들으면 허리를 더 숙이고, 일을 맡으면 잘 지켜야 한다오. 이렇게만 한다면 임금이 무슨 위엄을 부리겠으며 신하가 무엇을 두려워하겠소?"

"맹분(孟賁)이나 하육(夏育) 같은 장사들이 화를 내며 두리번거리다가 한번 고함을 치면 바람이 사납고 구름이 치달리듯 맹렬하다오. 대낮에 사람을 찔러 죽여 저잣거리에 피가 흘러내린다오. 그래도 남은 위엄이 가시지 않아 이리저리 날뛰면 찢어질 듯 부릅뜬 눈은 별처럼 반짝이고 머리카락은 가시처럼 꼿꼿이 치솟는다오. 발로 범을 짓밟아 가죽을 벗기고 맨손으로 곰을 잡아 다리를 찢는다오. 칼춤을 추는 항장(項莊)도 대수롭지 않게 여기고, 기둥을 흘기는 인상여도 낮추어 본다오. 이는 포악한 자객인데 당신은 이것도 두렵지 않다는 것이오?"

"누군가가 얼굴에 침을 뱉으면 마를 때까지 기다리고, 다리를 벌리고 그 밑으로 지나가라고 하면 기어 나간다오. 마음을 비우고 세상을 산다면 내가 저들을 거스를 일이 없으니 저들이 어찌 화를 내겠소? 이 역시 두려워할 것이 못 된다오."

"새끼 가진 범이 굴을 나와서 고깃덩어리를 잡고 피를 핥으면서 어금니와 발톱을 갈면 그 소리가 무척이나 날카롭다오. 한번 울부짖으면 바람이 일어나고 한번 눈을 깜박이면 번개가 번쩍이는 듯하다오. 날개도 없는데 날아서 한달음에 만 리를 달려가니, 범을 때려잡는 풍부(馮婦)조차 정신을 잃고 기가 꺾일 것이오. 이렇게 사나운 범이 포효하면 그대는 어떻겠소?"

"활을 지니고 함정을 파 놓았다면 이것도 놀라기에 부족하오."

"그렇다면 그대가 두려워하는 것은 과연 무엇이오? 두려워하는 것이 정말 없소?"

충묵 선생이 말했다.

"나라고 어찌 두려움이 없겠소? 내가 두려워하는 것은 다름이 아니라 나와 관계가 있을 뿐이오. 아래에는 턱이 있고 위에는 코가 있는데 안에는 이가 있고 밖에는 입술이 있어 열리고 닫히는 것이 문과 비슷하다오. 음식은 여기로 들어가고 소리는 여기로 나온다오. 참으로 없어서는 안 되는 것이지만 두려워하지 않으면 안 되는 것이기도 하오. 옛날 입을 꿰맨 쇠 인형에 새겨진 말을 거울로 삼아야 하고, 담장에도 귀가 있다는 시를 눈여겨보아야 한다오. 한 번 입을 열고 한 번 입을 다무는 데서 영예와 치욕이 나온다오. 역이기(酈食其)는 이 때문에 삶겨 죽었고, 오피(伍被)는 이 때문에 사형을 당했으며, 예형(禰衡)은 이 때문에 몸을 망쳤고, 관부(灌夫)는 이 때문에 시신이 저자에 버려졌다오. 그러므로 성인은 남을 두려워하지 않고 오로지 입을 두려워한다오. 입을 조심한다면 세상을 살아가는 데 무슨 어려움이 있겠소?

지금 독관 처사 당신은 혀를 놀리며 칼날처럼 날카롭고 가루처럼 쏟아지는 말로 세상길이 험하다느니 평탄하다느니 하고 인간 세상이 옳으니 그르니 따지고 있소. 참으로 말을 잘한다면 잘한다 하겠고 기특하다면 기특하다고 하겠지만, 입은 몸을 망치고 말이 나오면 화가 뒤따르는 법이라오. 그대가 이렇게 하고도 이 세상에서 화를 면하려고 한다면 북을 치면서 도망가는 사람을 쫓아가는 것과 무엇이 다르겠소? 아무리 빨리 달린다 한들 무슨 도움이 되겠소? 지금 독관 처사는 두렵다고 하면서 실제로는 두려워하지 않고, 화를 싫어하면서 스스로 불러들이고 있으니 나는 이를 가소롭게 여긴다오."

독관 처사가 이 말을 듣고 자리에서 물러나 머뭇거리더니 갑자기 얼굴빛을 고치고 말했다.

"어리석은 제가 선생의 가르침을 들으니 마치 장님이 눈을 뜨고 밝은 해를 보는 것 같습니다."

해설

독관 처사와 충묵 선생이라는 가상의 인물을 통해 두려움에 대해 논한 글이다. 독관 처사라는 이름은 남다른 안목이 있는 사람이라는 뜻이지만, 독선적이라는 의미가 내포되어 있다. 충묵 선생은 담박하고 청정한 삶의 자세를 유지하며 조용히 침묵을 지키는 사람이라는 뜻이다.

독관 처사는 두려운 것이 많다. 동물이 자기보다 강한 존재를 두려워하듯, 사람도 자기보다 지위가 높거나 힘이 센 자를 두려워하는 것은 당연한 이치이다. 게다가 지금의 세상은 이치가 전도되어 뜻하지 않은 화를 당할 수 있기에 더욱 두렵다. 두려움을 견디지 못한 독관 처사는 세상을 멀리 떠나 은거하려고 한다. 그러나 충묵 선생은 하늘의 위엄도, 제왕의 권력도, 강자의 폭력도, 짐승의 해도 두렵지 않다고 말한다. 그가 두려워하는 것은 오직 자신의 입뿐이다. "입을 조심한다면 세상을 살아가는 데 무슨 어려움이 있겠소?"라는 충묵 선생의 말은 이규보의 처세술을 단적으로 보여 준다.

『학림옥로(鶴林玉露)』에 송나라 나대경(羅大經)의 아버지가 지은 「외설(畏說)」이 실려 있는데 두려워하는 마음에 따라 선악이 나뉘고 군자와 소인이 달라지니 두려움의 의미가 크다고 했다. 위 글과 나란히 읽을 만하다.

자신을 경계하는 글

自誡銘

친한 사이라도 내 비밀을 누설하지 말라

사랑하는 처첩이라도 한 이불에서 딴생각을 할 수 있다.

부리는 노비라고 해서 함부로 말하지 말라

겉으로는 순종해도 무슨 생각을 할지 모른다.

더구나 나와 친밀한 사람도 아니고

내가 부리는 사람도 아니라면 어떻겠는가!

해설

명(銘)은 삶의 경구를 짧은 형식으로 지어 주변 기물에 붙이는 글이다. 이규보는 자신의 거처인 지지헌(止止軒), 궤안, 벼루, 부채, 자, 술동이, 금(琴) 등 다양한 곳에 명을 새겨 놓았다. 이 글은 말을 조심해야 한다는 뜻으로 지은 짧은 글이다. 한 이불을 덮고 자는 처첩이나 나에게 부림받는 노비라도 무슨 생각을 하는지는 알 수 없는 법이다. 그렇다면 가까운 사람도 아닌 다른 사람들이야 말해 무엇하겠는가. 짧고 평이하지만 절실한 깨달음에서 우러나온 글이다.

새로운 말을 만드는 이유

答全履之論文書

모월 모일에 이지(履之) 족하(足下, 상대를 높이는 말)에게 머리를 조아리며 말씀드립니다.

한동안 만나지 못해 그리운 마음 간절했는데 갑자기 여러 장의 편지를 받으니 손에 들고 아껴 보느라 지금도 놓지 못하고 있습니다. 글의 광채가 찬란할 뿐 아니라 문장의 병통에 대해 논한 부분은 정밀하면서도 간략하고 격렬하면서도 절실합니다. 지금 시대 문장의 문제점을 곧바로 지적하여 추락하려는 문풍을 붙잡으려 하니, 참으로 좋습니다. 다만 저를 지나치게 칭찬하여 이백(李白)과 두보(杜甫)에 견주기까지 하였는데, 제가 어찌 감히 수긍할 수 있겠습니까. 족하는 이렇게 말했습니다.

"세상 사람들이 너도나도 소동파(蘇東坡, 소식)를 본받는데, 그 경지에 도달하지 못한 사람이야 말할 것도 없고, 시로 이름난 아무아무 같은 서너 사람조차 모두 소동파를 흉내 낸 것에 불과합니다. 동파의 시어만 훔치는 것이 아니라 그 뜻까지 슬쩍 가로채고는 잘 지었다고 여깁니다. 그렇지만 당신만은 옛사람을 답습하지 않았습니다. 만들어 낸 말이 모두 새로운 뜻에서 나와 사람들을 놀라게 하니, 요즘 사람들에 비할 바가 아닙니다."

이렇게 칭찬하시며 저를 하늘 꼭대기까지 치켜세웠으니 지나친 칭찬이 아니겠습니까. 다만 편지에서 "말과 뜻을 새로 만들어 내었다."라는 말은 참으로 옳습니다. 그렇지만 이는 옛사람과 다르게 하려고 일부러 그런 것이 아니라 형편상 어쩔 수 없이 그렇게 된 것입니다. 어째서 그러한가 하니, 옛사람의 문체를 흉내 내려면 반드시 그 사람의 시를 익숙하게 읽어야 합니다. 그래야 흉내 내어 똑같은 문체에 도달할 수 있습니다. 그렇지 않으면 표절하기조차 어려울 것입니다. 비유하자면 도둑질을 하려는 사람이 먼저 부잣집을 몰래 엿보아 문과 담이 있는 곳을 숙지한 다음, 그 집에 쉽게 들어가서 남의 것을 훔쳐서 제 것으로 만들고도 남들이 모르게 할 수 있는 것과 같습니다. 그렇지 않으면 주머니를 뒤지고 상자를 겨드랑이에 끼고 달아나기 전에 반드시 붙잡힐 것이니, 재물을 어찌 차지할 수 있겠습니까?

저는 젊었을 적부터 방탕하여 몸가짐을 조심하지 않았으며 독서도 그다지 꼼꼼히 하지 못했습니다. 육경(六經)과 제자(諸子), 사서(史書)조차 대충 보았을 뿐 깊이 탐구하지 못했으니, 여러 문인들의 문장이야 오죽하겠습니까. 그들의 문장에 익숙하지 못한데 그들의 문체를 본뜨고 그 시어를 훔칠 수 있겠습니까. 이것이 바로 새로운 말을 지을 수밖에 없는 까닭입니다.

세상의 공부하는 사람들은 과거 시험을 보기 위한 문장을 익히느라 시를 지을 겨를이 없습니다. 과거에 급제한 뒤에야 비로소 시를 배우는데, 소동파의 시 읽기를 유난히 좋아합니다. 그러므로 매년 합격자 명단이 나오면 사람들이 모두 "금년에 또 서른 명의 소동파가 나왔다."라고 합니다. 족하께서 "세상 사람들이 너도나도 소동파를 본받는다."라고 한 말이 바로 이것입니다. 그중 서너 사람은 본떠서 그 경지에 도달했으니, 그렇다면 이들 역시 소동파입니다. 소동파를 만난 것처럼 공경해야 할

터, 어찌 꼭 잘못이라고 하겠습니까. 소동파는 근세 이래로 재주가 풍부하고 호방하여 시에 뛰어난 자입니다. 그의 문장은 부잣집의 창고에 끝없이 쌓여 있는 금은보화와 같습니다. 도둑이 슬쩍 가로채 자기 것으로 삼더라도 끝내 가난해지지는 않을 것입니다. 그러니 도둑질한들 무슨 해가 되겠습니까.

또 맹자는 공자만 못하고, 순자(荀子)와 양자(揚子)는 맹자만 못합니다. 그렇지만 공자 이후로 공자와 똑같은 사람이 없다가 오직 맹자가 본떠서 공자와 비슷하게 되었습니다. 맹자 이후로는 맹자와 똑같은 사람이 없는데, 순자와 양자가 맹자에 가까웠습니다. 그러므로 후세 사람들이 공맹(孔孟, 공자와 맹자)이라 하고 혹은 가웅(軻雄, 맹자와 양웅)이니 순맹(荀孟, 순자와 맹자)이니 합니다. 이는 본떠서 비슷하게 되었기 때문입니다. 앞서 말한 서너 명은 비록 소동파와 똑같지는 않더라도 본떠서 비슷하게 된 사람들입니다. 그러니 후세에 소동파와 함께 일컬어지지 않을 것이라고 장담할 수 있겠습니까? 족하는 어째서 그렇게 심하게 거부하는 것입니까?

그러나 족하의 말씀이 어찌 아무런 이유 없이 함부로 한 것이겠습니까. 일단 저를 칭찬하여 지금 사람들을 격동하려는 뜻일 것입니다. 옛날에 이고(李翶)가 말했지요.

"육경(六經)의 말은 뜻을 지어내고 말을 만들어 내어 모두 서로 본받지 않았다. 그러므로 『춘추』를 읽으면 『시경』이 존재하지 않았던 듯하고, 『시경』을 읽으면 『역경』이 존재하지 않았던 듯하고, 『역경』을 읽으면 『서경』이 존재하지 않았던 듯하다. 마치 산에는 항산(恒山)과 화산(華山)이 있고, 물에는 회수(淮水)와 제수(濟水)가 있는 것과 같다."

육경은 글솜씨를 자랑하려는 것이 아니니, 모두 왕도(王道)와 패도(覇道)를 말하고 도덕을 논하며, 다스림과 풍속, 흥망(興亡)과 치란(治亂)의 근원을 따진 것입니다. 그 말뜻은 마치 서로 답습한 것처럼 보이지만 이처럼 서로 다릅니다. 요즘 사람의 시는 『모시(毛詩)』에 근원을 두고 있으나 점차 성병(聲病), 여우(麗偶), 의운(依韻), 차운(次韻), 쌍운(雙韻) 등의 제약이 생겨 아름답게 꾸미고 천착하는 데 힘쓰느라 사람을 구속하여 뜻을 마음대로 펼치지 못하게 합니다. 그러므로 좋은 글을 짓기가 갈수록 어려워지는 것입니다. 이렇게 구속을 받는 와중에도 누구나 새로운 뜻을 만들어 내어 지극히 오묘한 경지에 이르고자 하는데, 만약 옛사람이 이미 한 말을 슬쩍 가로챘다면 무슨 공부가 되겠습니까.

시가 생긴 이래 가까운 옛날의 시인으로 말하자면, 당나라의 진자앙(陳子昻), 이백, 두보, 이한(李翰), 이옹(李邕), 양형(揚炯), 왕발(王勃), 노조린(盧照隣), 낙빈왕(駱賓王) 등은 모두 드넓고 거대하여 황하와 회수가 바다로 쏟아지는 양 호방하고 사납게 내달린 사람들입니다. 그렇지만 이 중 한 사람이라도 옛날 아무개의 문체를 본떠서 그 골수를 뽑아내었다는 이야기는 듣지 못했습니다. 그 뒤에 또 한유, 황보식(皇甫湜), 이고, 이관(李觀), 여온(呂溫), 노동(盧同), 장적(張籍), 맹교(孟郊), 유우석, 유종원(柳宗元), 원진(元稹), 백거이 등이 나란히 한 시대를 달리며 천고의 세월을 내려다보았으나 진자앙, 이백, 두보, 양형, 왕발 등을 본떠 그 피부와 살을 도려내었다는 이야기는 역시 듣지 못했습니다.

송나라에 와서는 또 왕안석, 사마광(司馬光), 구양수(歐陽修), 소순흠(蘇舜欽), 매성유(梅聖兪), 황정견, 소식 형제 등이 있었습니다. 이들 또한 우레가 쳐서 달을 찢는 것처럼 한 시대를 뒤흔들었지만 이들이 한유나 황보식 등을 본떴습니까, 아니면 유우석, 유종원, 원진, 백거이 등을 본떴습니까? 저는 그들이 골수를 뽑아내고 피부와 살을 도려낸 흔적을 보지 못했습니다. 그렇지만 각기 일가를 이루었으니, 마치 배와 귤이 맛은 달라도 모두 입에 맞는 격입니다. 편집한 책이 점차 늘어나는 이유는 후학에게 도움을 주기 위해서인데, 서로 답습한다면 똑같은 책이 되니 한갓 종이와 먹을 허비할 따름입니다. 족하께서 새로운 뜻을 귀하게 여기는 까닭도 이 때문일 것입니다.

옛날의 시인은 몹시 새로운 뜻을 만들어 내더라도 그 시어는 원숙하지 않은 것이 없었습니다. 경전과 역사, 백가와 옛 성현의 글을 부지런히 읽어 마음에 새기고 입에 익혔기 때문입니다. 그러다가 시를 지을 적에는 참작하고 숙고하여 이쪽저쪽에서 뽑아 밑천으로 삼았습니다. 그러므로 시와 문이 같지 않지만 글을 엮고 글자를 구사하는 것은 한결같았으니, 어찌 시어가 원숙한 경지에 이르지 않을 수 있었겠습니까.

그렇지만 저는 다릅니다. 옛 성현의 글에 익숙하지도 않고, 옛 시인의 시를 본뜨는 일도 부끄러워합니다. 어쩔 수 없이 급하게 시를 지어야 하는 경우에는 밑천이 없어 가져다 쓸 것이 없으므로 반드시 새로운 말을 만들어야 합니다. 그러므로 어색하고 우스운 말이 많습니다. 옛 시인은 뜻을 만들었지 말을 만들지는 않았는데, 저는 말과 뜻을 모두 만들고도 부끄러워하지 않습니다. 이 때문에 세상의 시인들 가운데 저를 보고 눈을 부라리며 배척하는 사람이 많습니다. 그런데 어찌 족하만 이처럼 지나친 칭찬을 간곡하게 하는 것입니까.

아, 요즘 사람들은 갈수록 몹시 현혹되어 도둑질한 물건이라도 보기에 좋으면 탐을 내어 즐길 뿐입니다. 그 누가 알아보고서 어디에서 가져온 것이냐고 따지겠습니까. 그러나 먼 훗날 족하와 같은 분이 있어 진위를 구별한다면 도둑질을 잘하는 자라도 반드시 잡힐 것이며, 저의 어색한 말은 마치 그대에게 지금 칭찬을 받듯 도리어 아름답다고 여길지도 모릅니다. 그대의 말은 오랜 뒤에 증명될 것입니다. 이만 줄이며 두 번 절합니다.

해설

벗 전탄부(全坦夫)에게 보낸 편지이다. 이지는 전탄부의 자이다. 전탄부는 이규보에게 보낸 편지에서, 당시 고려 사람들이 모두 소동파의 시를 본뜨는데 이규보만은 옛사람을 답습하지 않는다며 극구 칭찬했다. 이규보는 학식이 부족하여 부득이 새로운 말을 만들 뿐이라고 겸양했다. 그러면서 한편으로는 옛사람을 흉내 내지 않고 자기만의 독창적인 시를 쓰겠다는 의지를 피력했다.

이규보는 육경을 경전으로 존숭하는 이유가 서로 답습하지 않았기 때문이라고 보았다. 당나라와 송나라의 시인 및 문장가들이 일가를 이룬 것도 그들만의 문학 세계를 구축했기 때문이라고 했다. 자신이 만들어 낸 새로운 뜻과 새로운 말이 비록 어색하고 우스워 당대 사람들의 비난을 받을지라도, 먼 훗날 전탄부와 같이 안목을 갖춘 사람이 본다면 반드시 아름답게 여기리라고 확신했다.

이 글은 문학의 독창성을 강조하는 내용으로 한국 문학사에서 중요하게 취급되는 자료이다. 이규보는 자신의 시가 새로운 뜻(新意)에서 나온 것이라 하였는데 이를 신의론(新意論)이라 한다. 반면 이인로는 전대의 시구를 차용하는 용사(用事)를 즐겼으므로 그의 시론을 용사론이라 일컬어 대비한 연구가 있었다. 그러나 신의는 이인로 역시 중시한 것으로, 모든 문학과 예술이 공통으로 지향하는 바다. 이 점에서 이인로의 '원숙'과 이규보의 '참신'을 대비하는 것이 온당할 듯하다.

바퀴 달린 정자　　　　　　四輪亭記

승안(承安) 4년(1199년, 고려 신종 2년), 나는 정원 옆에 사륜정(四輪亭)을 지으려고 설계를 시작했다. 그러나 얼마 후 전주(全州)로 부임하는 바람에 미처 공사에 착수하지 못했다. 그 뒤 신유년(1201년) 전주에서 개성으로 돌아와 한가하게 지내면서 지으려고 생각했는데, 모친의 병환 때문에 또 짓지 못했다. 이렇게 하다가 짓지 못하고 설계마저 잊어버리게 될까 걱정스러워 마침내 이렇게 기록한다.

사륜정은 농서자가 설계했으나 미처 짓지 못한 것이다. 여름날에 손님과 정원에 함께 있다 보면 누워서 잠을 자기도 하고, 앉아서 술을 마시기도 하고, 바둑을 두기도 하고, 거문고를 타기도 하며 마음 가는 대로 지내다가 날이 저물면 파하니, 이는 한가한 사람의 즐거움이다. 그렇지만 햇빛을 피해 자주 자리를 옮기다 보면 거문고와 책, 베개와 돗자리, 술병과 바둑판도 사람 가는 대로 옮기게 되는데, 간혹 손에서 놓쳐 떨어뜨리는 경우가 있다. 그리하여 비로소 설계를 해서 사륜정을 짓고, 아이종을 시켜 끌어다가 그늘로 옮기면 사람과 바둑판, 술병, 베개, 돗자리가 모두 정자를 따라다닐 것이니, 어찌 자리 옮기기를 꺼릴 일이 있겠는가. 지금은 비록 짓지 못했으나 훗날 반드시 지을 것이니, 먼저 그 모습을 자세히 적는다.

바퀴 네 개를 놓고 그 위에 정자를 짓는다. 정자는 사방이 여섯 자이고 들보가 둘, 기둥이 넷이다. 대나무로 서까래를 만들어 그 위에 거적을 덮는데, 가볍게 만들기 위해서다. 동쪽과 서쪽에 난간을 각각 하나씩 만들고 남쪽과 북쪽에도 그렇게 한다. 정자의 사방이 여섯 자이니, 칸수를 모두 합치면 서른여섯 자이다. 그림을 그려 보면 이러하다. 가로를 재든 세로를 재든 모두 여섯 자이다. 네모반듯하게 바둑판처럼 생긴 것이 정자다. 바둑판 안에 있는 아홉 개의 사각형은 그 주위의 길이를 재어 보면 각기 한 자인데 바둑판의 정간(井間)처럼 생겼다.〔정간은 선으로 그은 것이 정(井)자처럼 네모난 것이다.〕 정간 한 칸은 사방이 각각 한 자이니, 전체가 삼십육 정간이라 삼십육 평방척이 된다.

여기에 여섯 사람이 앉는다. 두 사람이 동쪽에 앉는데 정간 네 칸씩 차지하여 앉으면 가로와 세로가 모두 두 자이므로 두 사람이 앉는 자리를 모두 합쳐 팔 평방척이 된다. 나머지 정간 네 칸을 둘로 나누면 각각 세로로 이 평방척이 된다. 이 평방척에는 거문고 하나를 놓는다. 너무 짧으면 남쪽 난간에 걸쳐 반쯤 세워 두고, 거문고를 탈 때는 무릎 위에 반을 올려놓으면 된다. 나머지 이 평방척에는 술동이와 술병과 소반, 쟁반 등의 도구를 놓는다. 동쪽은 전체가 십이 평방척이 된다. 또 다른 두 사람은 같은 방식으로 서쪽에 앉는데 남은 정간 네 칸은 비워 두어 잠시 오가는 사람이 꼭 이 길을 지나가도록 한다. 서쪽도 다 합쳐 십이 평방척이 된다. 또 다른 한 사람은 북쪽 정간 네 칸에 앉고 주인은 남쪽에 앉는데 역시 위와 같은 방식으로 한다. 중간의 정간 네 칸에는 바둑판 하나를 놓는다. 이를 포함하여 남쪽과 북쪽의 사이에 가로로 있는 세 칸의 정간은 다 합쳐 십이 평방척이 된다.

서쪽에 앉은 한 사람이 조금 앞으로 나와서 동쪽에 앉은 한 사람과 바둑을 둔다. 주인은 술잔을 들고서 한 잔씩 부어 번갈아 마시게 한다. 안주와 과일 접시는 자리 사이에 적당히 둔다. 여섯 사람이란 누구인가? 거문고 타는 사람 하나, 노래하는 사람 하나, 시를 잘 짓는 승려 하나, 바둑 두는 사람 둘 그리고 주인까지 여섯이다. 사람 수를 정해 놓고 앉는 이유는 동지(同志)라는 점을 나타내기 위해서이다.

사륜정을 끌다가 아이종이 지치면 주인이 직접 내려와 팔을 걷어붙이고 끈다. 주인이 지치면 손님들이 번갈아 내려와서 돕는다. 술기운이 오르면 가고 싶은 곳으로 끌고 가니, 굳이 그늘일 필요는 없다. 이렇게 해 질 때까지 놀다가 날이 저물면 파한다. 이튿날에도 이렇게 한다. 어떤 이가 말했다.

"정자는 사방이 여섯 자라고 말했으니 계산한 의도는 이해하기 어려운 것이 아닌데, 무엇 때문에 사람들이 어리석은 것처럼 자세히 계산하고 바둑판 정간으로 비유했는가?"

이렇게 답했다.

"하늘이 둥글고 땅이 네모나다는 것은 누구나 알지만, 음양(陰陽)을 논하는 사람은 세상을 일산(日傘)과 수레에 비유하여 가로세로의 길이까지 낱낱이 거론한다. 이는 하늘과 땅 사이의 만물이 모두 둥글거나 네모나서 형태에 따라 사용할 수 있다는 점을 논증하기 위함이다. 지금 이 정자를 두고 사람을 계산하여 앉히고 틈과 중간, 가장자리까지 빠뜨림 없이 모두 다 사용하려고 한다면 이것저것 자세히 계산하지 않고서야 이렇게 할 수 있겠는가. 바둑판의 정간으로 비유한 이유는 처음 설계할 때 남몰래 기준으로 삼아 헷갈리지 않으려는 것이었을 뿐, 남에게 하나하나 알려 주려 한 것은 아니다."

"정자를 짓고 그 아래에 바퀴를 단 일이 옛날에도 있었는가?"

"내게 맞게 만들면 그만이지, 어찌 꼭 옛날에 있어야 하겠는가. 옛날에는 나무 위에 집을 지었지만 편안히 살 수가 없었으므로 비로소 땅 위에 집을 지어 비바람을 막았다. 후세에 와서는 점차 제도가 복잡해져 터를 높이 쌓은 것은 대(臺)라 하고, 난간을 이중으로 만든 것은 사(榭)라 하며, 집 위에 집을 얹은 것은 누(樓), 시원하게 열려 있는 것은 정(亭)이라 하였다. 이 모두가 그때그때 참작해 상황에 맞게 했을 뿐이다. 그렇다면 정자 아래에 바퀴를 달아 옮길 수 있도록 만든다고 안 될 리가 있겠는가.

그래도 상황에 맞게 만든 것이라고는 했지만 어찌 이유가 없을 수 있겠는가. 아래에 바퀴를 달고 위에 정자를 지은 것은 바퀴가 있어 움직일 수 있고 정자가 있어 멈출 수 있기 때문이다. 움직일 때가 되면 움직이고, 멈출 때가 되면 멈춘다는 뜻이 있다. 또 바퀴가 넷이 있는 것은 사계절을 상징하고, 정자가 여섯 자인 것은 여섯 가지 날씨를 이르는 육기(六氣)를 상징하며, 들보 둘과 기둥 넷은 이왕(貳王)이 임금을 보좌하여 정사를 도와 사방의 기둥이 된다는 뜻이다. 아, 정자를 완성한 뒤에는 동지들을 모아 낙성식을 열고 각기 시를 지어 자세한 모습을 기록하게 할 것이다. 지금 대략을 가져다 먼저 벗들에게 자랑하여 그들이 목을 빼고 완성되기를 기다리도록 하려는 것이다."

신유년 오월에 쓰다.

해설

집이나 누대, 정자 따위의 건물을 완성하면 기문(記文)을 지어 건물을 세운 경위와 그 의의를 기록으로 남기는 것이 일반적이다. 그런데 이 글은 몇 가지 점에서 일반적인 기문과 차이가 있다. 첫째는 완성되지 않은 건물의 기문이라는 점이다. 이규보는 1199년 사륜정을 설계하여 개성의 자택 곁에 짓고자 했으나 곧 전주목 사록(全州牧司錄)으로 부임하는 바람에 뜻을 이루지 못했다. 2년 뒤 개성으로 돌아와 다시 지으려 했는데, 이번에는 어머니의 병환 때문에 착수하지 못했다. 이규보는 이렇게 지체하다가는 사륜정을 짓기는커녕 설계마저 잊어버릴까 염려한 나머지 이 글을 지어 기록으로 남겼다.

기본적인 구조는 이러하다. 직사각형 정자 안에 여섯 개의 방을 두고 각 방은 네 칸씩으로 한다. 가운데 방에는 바둑판을 두고 동쪽과 서쪽은 바둑을 두는 두 사람의 공간으로 삼는다. 북쪽과 남쪽의 방은 시를 잘 짓는 승려와 주인이 차지한다. 북쪽의 동서 두 칸은 노래를 하는 사람과 거문고를 연주하는 사람의 공간이고, 남쪽의 동서 두 칸 중 하나는 거문고와 기물을 두고 다른 하나는 출입하는 통로로 삼는다.

둘째는 사륜정이 고정된 건물이 아니라 움직이는 건물이라는 점이다. 사륜정, 즉 '네 개의 바퀴를 단 정자'라는 명칭에서 알 수 있듯이, 사륜정은 움직일 수 있게 만든다는 점에서 유례를 찾기 어려운 건물이다. 비록 크기는 사방 여섯 자에 불과하고 돗자리로 지붕을 덮어 초라하기 그지없는 정자이지만, 이규보는 이 작은 정자에 여섯 사람이 앉을 자리와 거문고, 바둑판, 술과 안주를 놓을 자리를 오밀조밀 배치했다.

이러한 정자를 만든 유례가 있느냐는 혹자의 질문에 대해 "내게 맞게 만들면 그만이지, 어찌 꼭 옛날에 전범이 있어야 하겠는가."라고 한 대답은, 옛사람을 답습하지 않고 새로운 경지를 개척하고자 한 이규보의 문학관과도 일치한다.

우렛소리   雷說

우레가 칠 때는 사람들이 모두 두려워한다. 그러므로 뇌동(雷同)한다는 말이 있다. 내가 우렛소리를 듣고 처음에는 가슴이 철렁하였다. 잘못한 일을 거듭 반성했지만 마음에 걸리는 것이 없기에 그제야 몸을 펴게 되었다.

다만 한 가지 마음에 걸리는 일이 있다. 나는 예전에 『춘추좌씨전(春秋左氏傳)』을 읽다가 화보(華父)가 아름다운 여인을 만나 눈길을 떼지 못한 일을 잘못이라 여겼다. 그러므로 길을 가다가 아름다운 여인을 만나면 눈을 마주치지 않으려고 고개를 숙인 채 몸을 돌려 달아났다. 그렇지만 고개를 숙이고 몸을 돌려 달아나더라도 마음이 없지는 않았다. 이것이 남몰래 미심쩍게 여기던 일이다.

또 한 가지 인지상정을 벗어나지 못하는 일이 있다. 누군가가 나를 칭찬하면 기뻐하지 않을 수 없고, 비방하면 안색이 바뀌지 않을 수 없다. 이것은 우레가 칠 때 두려워할 일은 아니지만 경계하지 않으면 안 된다. 옛날에 어두운 방에서도 자신을 속이지 않는 사람이 있었는데, 내가 어떻게 그 경지에 도달할 수 있겠는가?

해설

『예기(禮記)』「옥조(玉藻)」에 "바람이 거세게 불고 우레가 빠르게 치며 비가 많이 내리면 반드시 변괴가 생기니, 밤중이라도 반드시 일어나 의관을 정제하고 앉아야 한다." 하였다. 이처럼 옛사람들은 우레를 하늘의 경고로 여겼다. 오래지 않아 우레가 자연 현상이라는 사실이 밝혀졌지만 하늘의 경고라는 믿음은 사라지지 않았다. 공자는 우렛소리를 들으면 낯빛을 바꾸었으며, 역대 제왕들은 때아닌 우레가 치면 신하들에게 군주의 허물을 기탄없이 간언하도록 했다. 자연 현상인 줄 알면서도 천재지변을 반성의 계기로 삼았던 것이다.

이규보 역시 우렛소리를 듣고는 자신의 허물을 반성했다. 그런데 그가 떠올린 허물은 몹시 소소한 것이었다. 아름다운 여인에게 눈길을 주지 않으려 했지만 여인을 보고 싶어 하는 마음은 없애지 못했다는 점, 그리고 남에게 칭찬을 들으면 기뻐하고 비방을 받으면 안색이 바뀐다는 점이다. 인지상정이라 할 수 있는 사소한 허물이니, 큰 잘못은 저지르지 않았다는 변명이라 하겠다.

그가 목표로 삼은 "어두운 방에서도 자신을 속이지 않는 사람"은 『명심보감(明心寶鑑)』「천명(天命)」에도 나오는 말이다. "사람들이 몰래 하는 말도 하늘은 우렛소리처럼 듣고, 어두운 방에서 자신을 속여도 귀신의 눈에는 번개와 같다."

이와 개의 목숨은
같다

蝨犬說

어떤 손님이 내게 말했다.

"어제저녁에 한 불량한 남자가 돌아다니는 개를 큰 몽둥이로 때려죽이는 걸 보았는데 그 모습이 너무 불쌍해 마음이 아팠습니다. 그래서 앞으로는 개고기나 돼지고기를 먹지 않기로 맹세했습니다."

내가 대답했다.

"어제 한 사람이 뜨거운 화로를 끼고 앉아서 이를 잡아 태워 죽이는 걸 보았습니다. 나는 마음이 아파서 다시는 이를 잡지 않기로 맹세했습니다."

손님은 어안이 벙벙하여 말했다.

"이는 미물입니다. 나는 커다란 동물이 죽는 것을 보고 불쌍해서 말했는데, 당신은 이렇게 대답하니 나를 놀리는 것이 아닙니까?"

내가 말했다.

"혈기가 있는 존재라면 사람부터 소, 말, 돼지, 양, 곤충, 개미에 이르기까지 살기를 바라고 죽기를 싫어하는 마음이 다 같습니다. 어찌 큰 것만 죽기를 싫어하고 작은 것은 그렇지 않겠습니까. 그렇다면 개와 이의 죽음은 같으므로 예를 들어 대답한 것입니다. 어찌 일부러 놀린 것이겠습니까. 그대가 믿지 못하겠거든 그대의 열 손가락을 깨물어 보십시오. 엄지손가락만 아프고 나머지는 아프지 않습니까? 한 몸에 있는 것은 크고 작음을 막론하고 모두 피와 살이 있으므로 똑같이 아픈 법입니다. 더구나 각기 생명을 받은 존재로 어찌 저것은 죽기를 싫어하고 이것은 좋아하겠습니까. 그대는 물러가서 조용히 생각해 보십시오. 달팽이 뿔을 쇠뿔처럼 보고 메추리를 붕새와 똑같이 여긴 뒤에야 나는 그대와 도를 이야기하겠습니다."

해설

개를 때려잡는 광경을 목격한 손님이 다시는 고기를 먹지 않겠다고 맹세하자 이규보가 대꾸한다. "이를 태워 죽이는 광경을 목격했으니 다시는 이를 잡지 않겠다." 손님은 이규보의 주장을 이해하지 못한다. 큰 동물과 작은 곤충은 다르다는 것이 손님의 생각이다. 하지만 이규보의 생각은 다르다. 개나 이나 똑같이 생명을 가진 존재로서 모두 죽기를 싫어하니, 개의 죽음과 이의 죽음은 본질적으로 같다. 이규보의 주장은 사물의 겉모습에 현혹되지 말고 그 본질을 보아야 한다는 장자(莊子)의 사유에서 나온 것이다.

글의 말미에 보이는 "달팽이 뿔을 쇠뿔처럼 보고 메추리를 붕새와 똑같이 여긴다."라는 말은 장자의 영향을 분명히 드러내는 부분이다.『장자』「칙양(則陽)」에 달팽이의 왼쪽 뿔에 있는 촉(觸)이라는 나라와 오른쪽 뿔에 있는 만(蠻)이라는 나라가 전쟁을 벌여 수만 명의 사망자를 냈다는 이야기가 있다. 전국 시대 여러 나라의 싸움도 거대한 자연의 관점에서 보면 이와 같다는 뜻이다. 또『장자』「제물론(齊物論)」첫머리에는 메추리가 구만 리를 날아가는 붕새를 비웃은 일화가 실려 있다. 나뭇가지에 오르고 땅에 떨어지지 않으면 그만이지 무엇하러 구만 리를 날아가느냐는 것이다. 이 일화는 흔히 메추리같이 보잘것없는 존재는 붕새의 큰 뜻을 이해하지 못한다는 의미로 인용되곤 하지만, 원래는 메추리나 붕새나 본질적으로 같은 존재라는 '제물(齊物)'의 논리를 강조한 것이다. 개와 이의 죽음을 동일시하는 이규보의 생각은 여기에서 나왔다.

모든 생물은 사는 것을 좋아하고 죽는 것을 싫어한다는 말은 주희(朱熹)가 "추위와 더위를 알고, 굶주리고 배부른 것을 인식하며, 삶을 좋아하고 죽는 것을 싫어하는 것, 이익을 따르고 위험을 피하는 것 등은 사람과 만물이 한가지다."라 한 말과 궤를 함께한다. 주희의 이 말은 고려 말부터 큰 영향을 끼치는데, 이규보가 주희의 글을 보지 않은 것이 분명하지만 같은 사유를 했다는 점은 주목할 만하다.

흐린 거울을 보는 이유

鏡說

거사에게 거울 하나가 있는데, 먼지가 끼어 흐릿한 것이 마치 구름에 가려진 달과 같았다. 그런데도 용모를 단장하듯 아침저녁으로 들여다보았다. 어떤 이가 보고서 물었다.

"거울은 용모를 비추어 보는 것이지요. 그렇지 않으면 군자가 이를 마주하고 그 맑음을 본받고자 합니다. 지금 당신의 거울은 안개가 낀 것처럼 흐릿하므로 용모를 비출 수도 맑음을 본받을 수도 없습니다. 그런데도 당신은 비춰 보기를 그만두지 않으니, 무슨 이유가 있습니까?"

거사가 말했다.

"거울이 맑으면 잘생긴 사람은 기뻐하지만 못생긴 사람은 싫어합니다. 그렇지만 잘생긴 사람은 적고 못생긴 사람은 많으니, 만약 못생긴 사람이 한번 보기라도 하면 반드시 거울을 부수고야 말 것입니다. 차라리 먼지가 끼어 어두운 편이 낫습니다. 먼지가 끼면 겉은 흐리지만 맑음을 잃지는 않습니다. 만에 하나 잘생긴 사람을 만난 뒤에 갈고 닦아도 늦지 않을 것입니다. 아, 옛날에 거울을 보는 이유는 그 맑음을 본받기 위해서였고, 내가 거울을 보는 이유는 그 흐림을 본받기 위해서입니다. 당신은 어찌하여 괴이하게 여기는 것입니까?"

손님은 대꾸할 말이 없었다.

해설

이규보가 가진 거울은 흐려서 제대로 보이지 않았다. 그런데도 그 거울을 애지중지하며 수시로 들여다보았다. 못생긴 얼굴이 제대로 보이지 않으므로 이 거울이 좋다는 것이다. 사람들은 한편으로는 자신을 객관적인 관점에서 보고 싶어 하지만, 또 한편으로는 자기 모습을 있는 그대로 직시하기를 두려워한다. 못생긴 사람이 얼굴을 고스란히 비추는 맑고 깨끗한 거울을 보면 거울을 깨뜨리고 말 것이다. 그러니 자신의 모습을 직시하는 것을 두려워하지 않는 사람을 만나거든 그때 거울을 깨끗이 갈고 닦아도 늦지 않다는 것이다.

당나라 재상 위징(魏徵)이 태종(太宗)에게 말했다. "구리로 거울을 만들면 의관을 바로 할 수 있고, 역사를 거울로 삼으면 흥망을 알 수 있으며, 사람을 거울로 삼으면 잘잘못을 알 수 있습니다." 거울은 권력자의 잘잘못을 지적하는 간관(諫官)을 상징한다. 간관은 자신의 잘못을 인정하고 고치고자 하는 권력자 아래에 있어야 제 소임을 다할 수 있다. 만약 바른말을 듣기 싫어하고 잘못을 인정하지 않으려 하는 권력자를 만난다면 간관은 무사하기 어렵다. 난세를 살아가며 간언을 받아들일 줄 아는 권력자를 만날 때까지는 자세를 낮추고 입조심하며 함부로 간언하지 않겠다는 저자의 처세술을 밝힌 글이다.

추녀의 가면을 씌우리라

色喩

세상에는 색(色)에 현혹되는 사람이 있다. 색이라는 것은 붉은 것인가, 흰 것인가, 푸른 것인가, 누런 것인가? 해와 달과 별, 안개와 구름, 풀과 나무, 새와 짐승에게 모두 색이 있는데 이것이 사람을 현혹할 수 있는가? 아니다. 아름다운 금과 옥, 기이한 의상, 화려한 집, 부드러운 비단은 색 가운데 더욱 완벽한 것이다. 이것이 사람을 현혹할 수 있는가? 그럴 수 있을 듯하지만 아니다.

내가 말하는 색은 여색(女色)이다. 화장품으로 검은 모발과 흰 피부를 단장한 미인은 사람의 마음을 흔들고 눈길을 끌기에 한 번 웃으면 나라가 기울어진다. 보는 사람은 다 어지러워지고 만나는 사람은 모두 현혹된다. 아끼고 사랑하게 되면 형제와 친척도 미인만 못하다. 그렇지만 아끼기 때문에 배척해야 하고 사랑하기 때문에 경계해야 한다.

그대는 듣지 못했는가. 아리따운 눈은 칼날이라 하고 둥근 눈썹은 도끼라 하며 도톰한 볼은 독약이고 매끄러운 피부는 좀벌레라 부른다는 것을. 도끼로 찍고 칼날로 베고 좀벌레가 먹고 독약으로 괴롭힌다면 이 어찌 혹독한 해로움이 아니겠는가. 이 해로움을 상대로 삼으면 이길 수 있겠는가? 그러므로 미인은 도적이라고 해야 한다. 도적을 만나면 죽게 되는데 어찌 친하게 지낼 수 있겠는가. 그러므로 배척해야 한다.

외면의 해로움이 이와 같은 데다 내면의 해로움은 더욱 심하다. 아름다운 여색이 있다는 말을 들으면 가산을 털어서라도 구하기를 주저하지 않으며, 여색의 유혹에 빠지면 범이나 승냥이 앞에 뛰어드는 일도 사양하지 않는다. 여색을 집에 두면 남들이 시기하고 질투하며, 여색을 가까이하면 공명이 실추되는 법이다. 높게는 임금부터 낮게는 관리에 이르기까지 나라를 잃고 집안을 망치는 이유가 모두 여기에 있다. 주나라의 포사(褒姒), 오나라의 서시(西施), 진(陳)나라 후주(後主)의 여화(麗華), 당나라 현종의 양귀비(楊貴妃)는 모두 임금을 현혹하고 화란을 배태했다. 주나라는 이 때문에 기울어지고 오나라는 이 때문에 쇠퇴하고 수나라와 당나라는 이 때문에 무너졌다. 작게는 녹주(綠珠)의 아리따운 교태가 석숭(石崇)을 망치고 손수(孫壽)의 요사스러운 모습이 양기(梁冀)를 현혹했으니, 이 같은 부류를 어찌 다 적을 수 있겠는가.

아, 나는 장차 풀무를 흔들고 숯을 피워 모모(嫫母)와 돈흡(敦洽)의 얼굴 수천수만 개를 만들어 아름다운 얼굴을 전부 덮을 것이다. 그리고 나서 화보의 눈을 도려내어 올바른 눈으로 바꾸고, 쇠로 광평(廣平)의 창자를 만들어 음란한 자의 배에 집어넣을 것이다. 그리한다면 비록 난초 기름으로 만든 향수와 연지, 분 같은 화장품이 있더라도 분뇨나 진흙과 마찬가지일 터, 모장(毛嬙)과 서시 같은 미인이 있더라도 돈흡, 모모와 마찬가지일 것이다. 또 무슨 현혹될 일이 있겠는가.

해설

여색의 해로움을 경계한 글이다. 미인의 눈은 칼날이고 눈썹은 도끼이며 볼은 독약, 피부는 좀벌레이니 배척해야 마땅하다고 했다. 여색에 미혹되면 작게는 몸을 망치고 크게는 나라를 잃으니, 그러한 사례는 지난 역사에서 얼마든지 찾아볼 수 있다. 여색의 유혹에서 벗어나기 위해 추녀의 철가면을 만들어 미인들에게 씌우고, 남자들의 눈과 창자를 도려내 올바른 눈과 강직한 창자로 바꾸어 넣을 것이라고 글을 마쳤다. 이렇게 극단적인 방법이 아니고서는 여색의 유혹을 뿌리치기 어렵기 때문이다.

이규보는 앞의 「우렛소리(雷說)」에서 미인을 만나면 행여 마음이 흔들릴까 두려워 고개를 숙인 채 반대편으로 뛰어간다고 했으며, 교태를 부리는 미인을 만난 꿈을 꾸고서 「꿈에 미인과 희롱하다가 깨어나서 쓰다(夢與美人戱覺而題之)」라는 시를 남기기도 했다. 이 글 역시 겉으로는 여색을 엄하게 배척하는 듯하지만, 실은 여색에 쉽게 흔들리는 자신을 경계한 글로 보인다.

이상한 관상쟁이 　　　　　異相者對

어디선가 온 관상쟁이가 관상에 대한 서적도 읽지 않고 관상의 규칙을 따르지도 않으면서 이상한 방법으로 관상을 보았다. 그래서 이상한 관상쟁이라고들 하였다. 높고 낮은 벼슬아치, 남자와 여자, 어른과 어린이가 다투어 부르고 너도나도 찾아가 관상을 보았다.

한데 부귀하고 살찐 사람의 관상을 보면 "당신은 몹시 말랐으니 당신처럼 천한 사람은 없겠소."라고 하고, 빈천하고 파리한 사람의 관상을 보면 "당신은 살쪘으니 당신처럼 귀한 사람은 드물겠소."라고 하였다. 장님의 관상을 보면 "밝은 사람이다."라 하고, 재빠르고 달리기 잘하는 사람의 관상을 보면 "다리를 저느라 걷지 못한다."라고 하였다. 아름다운 부인의 관상을 보면 "곱기도 하고 추하기도 하다."라 하였으며, 세상 사람들이 너그럽고 어질다 하는 사람의 관상을 보면 "수많은 사람을 상하게 할 자이다."라 하고, 세상 사람들이 몹시 잔혹하다 하는 사람의 관상을 보면 "수많은 사람의 마음을 기쁘게 할 자이다."라고 하였다.

그가 관상을 보는 것이 대부분 이와 같았다. 비단 화복(禍福)이 어디에서 나오는지 말하지 못할 뿐 아니라, 외모와 행동조차 모두 잘못 보았다. 사람들이 사기꾼이라고 떠들썩하게 전하며 붙잡아다 따져 속인 죄를 다스리려 했다. 내가 혼자 만류하며 말했다.

"말이란 앞에는 거슬리다가 뒤에는 순한 것도 있고, 겉으로는 비근하지만 속으로는 심원한 것도 있소. 저 사람도 눈이 있는데 어찌 살찐 사람 마른 사람 눈먼 사람을 몰라봐서 살찐 사람을 말랐다 하고 마른 사람을 살쪘다 하고 눈먼 사람을 밝다고 하겠소? 그 사람은 필시 기이한 관상쟁이일 것이오."

그리하여 목욕재계하고 옷을 단정히 입고서 관상쟁이가 사는 곳으로 찾아갔다. 마침내 주위 사람들에게 자리를 비키게 하고 물었다.

"당신은 이러이러한 사람들의 관상을 보고서 이러이러하다고 말했는데, 그 이유는 무엇이오?"

관상쟁이가 대답했다.

"부귀하면 교만하고 무시하는 마음이 커집니다. 죄가 가득 차면 하늘이 반드시 뒤집을 것이니, 쌀겨도 제대로 먹지 못하게 되므로 말랐다고 말해 주었습니다. 장차 비천한 필부가 될 것이므로 그만큼 천한 사람은 없다고 한 것입니다.

한편 빈천하면 뜻을 굽히고 자신을 낮추어 두려워하며 반성하는 마음이 생깁니다. 꽉 막힌 운수가 극에 달하면 반드시 형통한 운수가 돌아옵니다. 그래서 고기를 먹을 징조가 나타났기에 살쪘다고 말해 주었습니다. 장차 많은 녹봉을 받고 화려한 수레를 타는 귀한 사람이 될 것이므로 그만큼 귀한 사람은 드물다고 한 것입니다.

아름다운 미인이 있으면 보고 싶고, 진귀한 보배가 있으면 가지고 싶어져서 사람을 미혹하고 그르치는 것이 눈입니다. 이 때문에 헤아릴 수 없는 치욕을 당하게 되니, 눈 가진 자는 곧 밝지 않은 자가 아니겠습니까. 눈먼 사람만은 담박하여 가지고 싶은 것도 보고 싶은 것도 없으니, 제 몸을 온전히 지키고 치욕을 멀리할 수 있어 현명한 사람보다 뛰어납니다. 그러므로 밝다고 한 것입니다.

　재빠르면 용맹을 숭상하고, 용맹하면 사람들을 무시하므로 끝내는 자객이나 도적의 우두머리가 될 터입니다. 그러다가 형벌을 맡은 관원에게 붙잡혀 옥졸이 지키는 가운데 발에는 차꼬가 채워지고 머리에는 칼이 씌워지면 달아나고자 한들 할 수 있겠습니까. 그러므로 다리를 저느라 걷지 못한다고 한 것입니다.

　또 여색이란 음란하고 사치한 자가 보기에는 구슬처럼 곱지만, 정직하고 순박한 사람이 보기에는 진흙처럼 추한 것입니다. 그러므로 곱기도 하고 추하기도 하다고 했습니다.

　이른바 어진 사람이 죽을 때는 어리석은 사람들도 사모하여 눈물을 흘리며, 마치 어린아이가 어미를 잃은 것처럼 슬퍼합니다. 그러므로 수많은 사람을 상하게 할 자라고 한 것입니다. 이른바 잔혹한 사람이 죽을 때는 길에서 노래를 부르면서 술 마시고 고기를 먹으며 서로 축하합니다. 입을 다물지 못하고 웃는 사람도 있고, 손이 터져라 박수를 치는 사람도 있습니다. 그러므로 수많은 사람을 기쁘게 할 자라고 한 것입니다.”

　내가 놀라 일어나 말했다.

　“과연 내 말과 같다. 이 사람은 참으로 기이한 관상쟁이이니, 이 사람의 말은 경계로 삼을 만하다. 겉으로 나타나는 모습만 보고서 귀한 관상이라고 말할 적에는 ‘발에 거북 무늬가 있고 이마에 무소 뿔 모양의 뼈가 있다.’라 하고, 나쁜 관상이라고 말할 적에는 ‘눈동자가 벌 모양이고 목소리가 승냥이 울음 같다.’라고 하는 등 왜곡에 빠지고 평범한 것을 답습하면서 스스로 신령하다고 하는 자와 어찌 같겠는가!”

　물러 나와 그의 대답을 기록한다.

해설

이상한 관상쟁이가 있었다. 뚱뚱한 사람을 말랐다 하고, 마른 사람을 뚱뚱하다고 반대로 말했다. 장님을 눈이 밝다고 하고 날쌘 사람을 절름발이라고 하며 미인에게 추한 면이 있다고 했다. 심지어 어진 사람을 두고 많은 이들을 상하게 할 사람이라 하고, 잔인한 사람더러 많은 이들을 기쁘게 할 사람이라 했다. 거기에는 다 이유가 있었다.

뚱뚱한 사람은 부귀한 법, 교만을 부리다가 망하면 굶주린다. 마른 사람은 비천한 법, 자신을 낮추고 반성하면 언젠가는 부귀를 누린다. 장님은 외부의 유혹에 흔들리지 않으므로 현명하며, 날쌘 사람은 용맹을 믿다가 형벌을 받는 곤욕을 치른다. 미인은 사치한 사람의 눈에는 아름답게 보이지만 욕심 없는 사람의 눈에는 추하게 보인다. 어진 사람의 죽음은 많은 이들을 상심케 하며, 잔인한 사람의 죽음은 많은 이들을 기쁘게 한다. 현상 너머의 본질을 읽어 내야 한다는 점을 강조한 글이다.

나는 미치지 않았다   狂辨

세상 사람들은 모두 거사를 미쳤다고 하지만 거사는 미치지 않았다. 거사를 미쳤다고 하는 사람이야말로 더 심하게 미친 사람이 아니겠는가? 그 사람들은 들었는가? 보았는가? 거사가 어떻게 미쳤던가? 알몸에 맨발로 굳이 물이나 불 속에 뛰어들려 하던가? 이가 부서지고 입술에 피를 흘리면서 굳이 모래와 돌을 씹어 먹으려 들던가? 고개 들어 하늘을 욕하고 혀를 차던가? 굽어보고 땅을 꾸짖으며 화를 내던가? 산발을 하고 울부짖던가? 바지를 벗고 뛰어다니던가? 겨울에도 추위를 모르던가? 여름에도 더위를 모르던가? 바람을 잡던가? 달을 잡던가? 이런 일을 했다면 모르지만 이런 일이 없으니, 무엇 때문에 미쳤다고 하는가?

아, 세상 사람들은 평상시 한가하게 지낼 적에는 용모와 말투가 남들과 같고 의관과 복식이 남들과 같다. 그러다가 일단 벼슬에 올라 공무를 보면 손은 똑같이 하나지만 올렸다 내렸다 하며 일정하지 않고, 마음은 똑같이 하나지만 이랬다저랬다 바뀌어 한결같지 않다. 눈이 뒤집어지고 귀도 거꾸로 달려 동쪽과 서쪽이 뒤바뀌고, 혼란에 빠져 중도로 돌아갈 줄 모르며, 종국에는 고삐를 놓치고 길을 놓쳐 넘어지고 자빠진 뒤에야 멈춘다. 이는 겉으로는 멀쩡해 보이지만 속은 실로 미친 것이다. 이렇게 미친 것은 앞서 말한 물과 불 속으로 뛰어들고 모래와 돌을 씹어 먹는 것보다 심하지 않은가?

아, 세상 사람 중에는 이같이 미친 사람이 많다. 그런데도 자신을 구제하지 못하면서 또 어느 겨를에 거사가 미쳤다고 비웃는 것인가? 거사는 미친 것이 아니다. 행동은 미친 듯하지만 생각은 바르게 하는 사람이다.

해설

자신을 거사라고 지칭한 점으로 미루어 보자면 이 글은 이규보가 20대 중반 무렵 '백운거사(白雲居士)'로 자처하며 개성 천마산에 은거한 시절에 지은 듯하다. 당시 그는 과거에 급제했으나 관직에 오르지 못한 채 실의한 나날을 보내고 있었다. 세상 사람들이 보기에 술 마시고 시 짓기만 일삼으며 허송세월하는 이규보는 미친 사람이나 다름없었다.

이규보는 말한다. 나는 미치지 않았다. 미친 것은 당신들이다. 당신들은 평소 남과 다르지 않지만, 일단 관직에 오르면 명예와 이익에 눈이 멀어 제정신을 잃는다. 수시로 생각과 행동이 바뀌며 낭패를 당하기 전에는 멈출 줄 모르니 미친 사람이 아니고 무엇인가. 세상에 이렇게 미친 사람이 많은데 어째서 나를 미쳤다고 하는가. 기행을 일삼는 자신의 겉모습이 미친 것처럼 보일지 몰라도 마음만은 바르다고 힘주어 말했다.

이수광은 우리나라의 대표적인 글을 품평하면서 이 글을 들어 말했다. "내 생각에 이렇게 미친 것은 세상에서 말하는 미친 것보다 심하지 않은 것 같다. 그렇다면 세상에서 바깥만 보고 안을 팽개치는 자들이 그 옳고 그른 것을 따지고 칭찬하거나 욕하는 것은 모두 이와 같은 것이리라."

천인 天因

1205~1248년

속성(俗姓)은 박씨이며 연산군(燕山郡, 충북 청주) 출신 이다. 젊은 시절 국자감(國子監)에서 공부했으나 무신 정권하에서 관직 진출이 어려워지자 출가하여 전남 강진의 만덕산(萬德山)으로 들어갔다. 원묘 국사(圓妙國師) 요세(了世)를 스승으로 삼았고, 요세가 세상을 떠난 뒤에는 그가 창설한 백련사의 2대 사주(社主) 자리에 올랐다. 1247년 몽골이 침입하자 상왕산 법화사(法華寺)에 머물렀다. 법호는 정명 국사(靜明國師)이다.

문장에 뛰어나 주고받은 시문이 많았으나 문집을 엮도록 허락하지 않아 대부분 유실되었다. 『정명국사시집(靜明國師詩集)』 3권과 『정명국사후집(靜明國師後集)』 1권이 있었다고 하나 전하지 않는다. 『동문선』에 상당한 한시가 실려 있어 시에 뛰어났음을 알 수 있다. 천산산, 만덕산, 원묘 국사 등 불교사에 대한 다수의 시문도 실려 있다.

천관산의 불교 유적 　　　天冠山記

온 천하는 하나의 기운으로 이루어져 있으니, 흘러나오면 강과 하천이 되고 쌓이면 산과 봉우리가 된다. 남쪽 바닷가 옛 오아현(烏兒縣) 땅에 천관산(天冠山)이 있다. 꼬리는 황량한 구석에 자리하고 머리는 큰 바다를 향해 높아졌다 낮아졌다 하면서 여러 고을에 걸쳐 있으니, 기운이 잔뜩 쌓여 이루어진 산이 아니겠는가. 이 산의 이름은 지제산(支提山)이라고도 전하는데, 『화엄경(華嚴經)』에 "보살이 머물러 있는 곳을 지제산이라 하며 현재 있는 보살은 천관보살이다."라 하였다.

산 남쪽에는 바위가 포개져 몇 길이나 쌓여 있다. 서축(西竺)의 아육왕(阿育王)이 승려 고덕(古德)의 신통력을 빌려 팔만 사천 기의 탑을 세웠는데, 이것이 그중 하나이다. 탑 앞의 깎아지른 벼랑 위에는 한 길 남짓 우뚝 솟은 층대가 있다. 우리 부처님과 가섭(迦葉)이 좌선한 곳이다. 「불원기(佛願記)」를 살펴보면 "아육왕이 내가 열반에 든 뒤에 나와 가섭이 좌선한 곳에 탑을 세워서 공양했다." 하였으니, 이곳인 듯하다.

신라 효소왕(孝昭王) 재위 시절 부석 존자(浮石尊者)라는 사람이 그 아래 집을 짓고 살았는데, 지금의 의상암(義湘庵)이다. 형세가 요충지를 차지하고 있으며 맑고 수려하기가 천하의 으뜸이다. 문을 열고 내려다보면 산천의 수만 가지 형상이 한가로이 앉아 있는 자리로 모조리 들어와 마음이 안정되고 몸이 편안해져 청정한 경지로 들어간다. 우리 부처님과 가섭이 이곳에서 참선했다는 말이 참으로 거짓이 아님을 알 수 있다.

훗날 통령 화상(通靈和尚)이 탑 동쪽에 절을 지었는데, 지금의 탑산사(塔山寺)이다. 통령 화상이 한번은 꿈을 꾸었다. 북쪽 산허리가 땅속에서 솟아오르자 들고 있던 지팡이가 날아가서 산꼭대기를 지나 그 북쪽 산허리에 꽂혔다. 지팡이가 꽂혔다고 생각되는 곳에 덤불을 베어 내고 절을 지었는데, 지금의 천관사가 이것이다.

신라 신호왕(神虎王, 신무왕(神武王))이 태자 때 임금에게 견책을 받고 산 남쪽의 완도(莞島)에 귀양 온 적이 있다. 화엄종(華嚴宗)의 홍진 대사(洪震大師)가 평소 태자와 친했는데 그가 급박한 위기에 처했다는 말을 듣고 달려와 이 절에 살면서 밤낮으로 부지런히 『화엄경』을 읽었다. 그러자 온갖 신령들이 감동하여 따라 읽어 응답하며 절 남쪽 봉우리에 줄지어 섰는데, 지금의 신중암(神衆嵓)이 이것이다.

절 남쪽에서 바라보면 바위가 더욱 기이하다. 뾰족하게 우뚝 솟은 바위는 당암(幢巖)이고, 불쑥 튀어나와 홀로 솟은 바위는 고암(鼓巖)이다. 몸을 굽히고 명령을 듣는 양 구부정한 바위는 측립암(側立巖)이고, 웅크리고 앉아 울부짖는 사자 같은 바위는 사자암(獅子巖)이다. 그릇을 쌓아 놓은 것처럼 첩첩이 쌓인 바위는 상적암(上積巖)과 하적암(下積巖)이다. 가운데 혼자 높이 솟은 바위는 사나암(舍那巖)이고 양쪽에서 둘러싸며 터진 곳을 막고 있는 커다란 바위는 문수암(文殊巖)과 보현암(普賢巖)이다. 참으로 화엄종의 대덕(大德)들의 자취가 있는 곳으로, 업보가 제대로 나타나고 물아(物我)가 모두 참되니, 그 비슷한 형상으로 이름을 붙인 것이 구차하지 않다.

천관사에서 남쪽으로 가서 오백 걸음 올라가면 작은 암자가 절벽 아래에 끼어 있다. 아홉 바위의 정기를 머금었으므로 구정암(九精庵)이라 한다. 마음이 깨끗하지 않은 사람이 암자에 머무르면 반드시 신령이 겁을 주어 머물지 못하게 한다. 마음이 참되고 깨끗하면 반드시 별과 달이 품속으로 들어오거나 골짜기에 울리는 종소리가 들려, 참선하며 지혜를 얻고자 하는 사람은 반드시 소원을 성취한다. 그러므로 남악(南嶽)의 법량사(法亮師)가 이곳에 와서 머무른 적이 있는데 처음에는 종소리를 들었고, 다음으로 별빛을 보았으며, 스무하루가 지나자 다라니(陁羅尼)의 선법(善法)을 깨달아 당시 지혜와 깨달음이 으뜸이라고 일컬어졌다.

암자가 있는 굴에서 벼랑을 따라 백여 걸음 올라가면 널찍한 바위가 있는데, 환희대(歡喜臺)라고 한다. 산에 오르는 사람이 험한 길을 가다가 지쳐 이곳에서 쉬면 기쁘기 때문이다. 환희대 앞 숲 사이로는 오래된 오솔길이 있어 이 길을 따라 산꼭대기까지 올라가면 사방이 탁 트인다. 구름과 노을이 환하고 풀과 나무가 무성한데 저 멀리 푸른 소라를 늘어놓은 듯 나지막한 산과 흰 비단을 길게 펼쳐 놓은 듯 넘실거리는 강이 손바닥 위에 올려놓은 것처럼 보인다.

산꼭대기에서 남쪽으로 삼십 리쯤 가면 선암사(仙巖寺)가 있고, 산 북쪽에는 바위 무더기가 있는데 지선(地仙)이 살던 곳이라 한다. 아마 단애옹(丹崖翁)이나 황석공(黃石公)과 비슷한 신선인 듯하다. 절 남쪽 다른 봉우리 꼭대기의 미타암(彌陁庵) 북쪽에 신령한 바위가 있어 높이와 길이가 거의 한 길쯤 된다. 손으로 밀면 살아 있는 것처럼 움직이니 참으로 놀랍다. 또 그 서쪽에는 포암(蒲巖)이 있는데, 위에는 한 자 깊이의 네모난 우물이 있다. 신령하고 맑은 샘물이 사시사철 마르지 않는다. 푸른 부들 몇 떨기가 바위틈에서 자라나 샘물을 보호해 주는 것 같다. 그 밖에도 기괴하게 우뚝한 것, 평평한 것, 움푹 팬 것, 틈이 벌어진 것, 툭 튀어나온 것, 숨어 있는 것이 울퉁불퉁 뾰족뾰족 섞여 있어 천태만상이므로 기이하여 이루 다 기록할 수가 없다. 조물주가 이곳에 정기를 모으고 큰 바다로 가로막아 달아나지 못하게 한 것이 아니겠는가.

아, 옛사람은 산수를 몹시 사랑했다. 사영운(謝靈運)처럼 나막신에 밀랍을 바르고 산에 올라간 사람도 있고, 반랑(潘閬)처럼 나귀를 거꾸로 타고 돌아온 사람도 있다. 우희(虞喜)와 같은 이는 이틀 동안 묵으면서 돌아갈 줄도 몰랐고, 반악(潘岳)이 말한 것처럼 누군가는 영원히 떠나 돌아오지 않기도 했다. 이들은 비단 까마득히 높은 산을 눈으로 보고 졸졸 흐르는 물소리를 들으며 마음을 시원하게 한 것만은 아니었다. 산수에 마음을 담고 인자(仁者)와 지자(智者)의 즐거움을 따라서 본성을 회복하고 도를 깨닫기 위함이었다. 더구나 두루 볼 수 있는 눈을 가진 보안(普眼)의 경지에 오른 여러 위대한 대사(大師)들에게는 꽃으로 장식된 장엄(莊嚴)의 극락이 바로 앞에 나타난다. 또 온갖 고을의 많은 벗들이 오래 걷지 않더라도 찾아올 수 있다. 조물주의 솜씨를 부려 산과 바다를 토해 내는 것도 이곳과 비하면 모두 대단치 않은 일이라 괴이할 것이 없다.

지난 경자년(1240년) 가을 칠월, 나는 이 산을 유람하며 신성한 유적을 탐방했다. 탑산사의 주지 담조(曇照)가 내게 옛 기록을 보여 주며 말했다.

"이 초고는 산 뒤쪽 민가에 버려져 있었는데, 우연히 갔다가 찾았습니다. 세월이 오래되어 파손되고 빠진 글자가 많은지라 만약 이를 단서로 삼아 새로 지어 후세에 분명히 알린다면 이 역시 널리 전하는 한 가지 방법이겠지요."

당시 나는 다른 부탁 때문에 염두에 둘 겨를이 없었다. 훗날 담일(湛

一)이라는 자가 다시 이 초고를 내게 주었는데 상자 속에 버려둔 지 오래였다. 지금에야 여가가 생겨 우연히 살펴보고는 그 대략을 기록하여 그의 뜻에 부응하고 초고와 함께 돌려준다.

해설

1240년(고려 고종 27년), 전남 장흥의 천관산을 유람한 기억을 되새겨 쓴 글이다. 천관산은 지제산이라고도 하며 모두 불경에 나오는 이름이다. 『화엄경』에 따르면 "동남쪽에 지제산이라는 산이 있는데, 천관보살과 권속 일천 명이 상주하며 설법한다."라고 했다. '지제(支提)'는 모여 있다는 뜻의 불교 용어로 탑이나 사찰의 이름으로 더러 쓰인다. 그 뜻과 같이 천관산은 온갖 불교 유적이 모여 있는 곳이었다. 부처와 제자 가섭이 좌선했다는 자리, 인도의 아소카 왕이 세웠다는 탑을 비롯하여 신라의 부석 존자, 통령 화상, 홍진 대사의 자취가 남아 있다. 바위 등의 이름 역시 대부분 불교 용어에서 따온 것이다. 천관사는 이미 신라 시대부터 89개의 암자를 거느릴 정도로 큰 사찰이었기에 오래전부터 관련 기록이 전해 왔다. 천인은 옛 기록을 바탕으로 이 글을 지었다.

천인은 말한다. 옛사람이 산수 유람을 즐긴 까닭은 눈과 귀를 즐겁게 하기 위함이 아니라, 본성을 회복하고 도를 깨닫기 위함이었다. 그의 설명에 따르면 천관산은 수많은 불교 유적과 선사들의 자취가 남아 있어 그 자체로 하나의 불국토(佛國土)를 이룬 눈앞의 극락이었다.

스승의 부도를
세우며

立浮圖安骨祭文

아, 잘 아는 사람이 반드시 실천하는 것은 아니며, 자기를 챙기는 사람이 반드시 남을 생각하는 것도 아니며, 시작이 좋은 사람이 반드시 끝이 좋은 것도 아니다. 그런데 오직 스승님만은 이 세 가지를 갖추어 세상에 이름을 떨치고 가문을 일으켰다. 스승님이 혼자 수양할 적에는 앎을 눈으로 삼고 실천을 발로 삼았으며, 덕이 외모에 드러나고 도를 장식으로 삼았다. 비방을 받아도 손해가 없고 칭찬을 받아도 이익이 없었으니, 스스로 아는 것이 분명하고 도를 독실하게 믿었다고 하겠다.

스승님이 남을 교화할 적에는 맑은 바람이 불고 단 이슬이 내리듯 하여 사악한 자는 바른길로 돌아오고 거스르는 자는 순종하여 온 나라 사람들이 스승으로 받들고 사방의 중생이 모두 귀의했다. 세상에 와서는 기미를 알아 널리 교화를 실천하고, 세상을 떠날 적에는 때를 알고 조용히 해탈했다. 밝은 해와 달도 그의 밝음을 비유하기에는 부족하며, 높은 산악도 그의 공로와 비슷하다고 할 수 없다. 앎과 실천이 서로 바탕이 되고 자신과 남을 모두 이롭게 하며 시작과 끝이 모두 좋았던 분이라고 하겠다.

제자인 나는 과거에 무슨 인연으로 우리 위대한 스승님을 만나 하나의 큰 일을 듣고 법유(法乳)의 깊은 은혜를 입어 법왕(法王)의 중임을 맡았는가. 다행한 마음이 끝없이 더할 뿐이다. 다만 나는 천성이 우활하여 혼자 있는 것을 좋아하고 조용히 있기를 잘하여 스승님을 아침저녁으로 곁에서 모시지 못했다. 중년이 되어서는 선근(善根)을 얻어 자주 밖으로 나갔기에 겨울과 여름의 강석(講席)에서 배우기를 청하고 가르침을 받을 겨를이 없었다. 우리 스승님은 비록 늙으셨지만 여전히 건강하시니 네다섯 해는 깊이 걱정할 것 없다고 여겼는데, 이렇게 될 줄 알았더라면 어찌 하루라도 곁을 떠나 쓸데없이 놀았으랴. 세출(世出)과 세간(世間), 법주(法住)와 법위(法位), 한 번 가고 한 번 머무는 것, 삶과 죽음이란 모두 본성에서 나오는 것으로 본래 저절로 그러하다는 것을 모르지 않으나, 내가 모신 기간이 짧은데 돌아가시는 날이 다가와 은혜를 저버리고 말았다. 이제 와서 후회한들 어찌하리오.

이제 이 절의 서쪽 작은 봉우리의 왼쪽 혈에 한 이랑 땅을 찾았는데, 신령한 유골을 안치할 만하다. 이에 길일을 골라 장인을 감독하고 또 갈고 다듬는 도구를 준비하여 다른 산의 바위를 손질했다. 흙을 파서 무덤을 만들고 돌을 쌓아 탑을 만드니, 섬돌은 있지만 층계는 없다. 밖은 둥글고 안은 모나게 만들어 천지의 형상을 본뜨고, 머리는 뾰족하고 발은 두껍게 하여 사람의 모습과 비슷하게 하였다. 구조는 한결같이 옛 제도를 따랐다. 봉분을 만들어 표시하고 공경히 제사 지내니 예법에 맞았다. 한스럽게도 내게 힘이 부족하고 다른 사람의 도움도 없어 옛 암자에 임시로 안치한 지 일 년이 지났다. 일을 앞두고 경황이 없어 간소한 제수를 올리니 바라건대 자애로운 마음으로 정성을 흠향하소서.

해설

83세로 세상을 떠난 원묘 국사(圓妙國師) 요세(了世, 1163~1245년)의 부도(浮道)를 세우고 지은 글이다. 요세는 고려의 2대 결사인 백련사를 창설한 천태종(天台宗)의 승려이다.

요세는 천인의 머리를 깎아 준 스승이다. 천인은 국자감에서 함께 공부하던 허적(許迪), 신극정(申克貞)과 함께 만덕산으로 요세를 찾아가 출가했다. 이후 스승을 떠나 송광산, 지리산, 비슬산 등을 옮겨 다니며 수행한 천인이 만덕산으로 돌아오자 요세는 그에게 의발(衣鉢)을 전하고자 했다. 하지만 천인은 거절하고 떠났다. 요세는 재차 사람을 보내 "어찌 그리 경솔히 배신하는가!"라 준엄히 꾸짖었다. 천인은 하는 수 없이 돌아와 백련사의 2대 사주(社主) 자리에 올랐다. 얼마 후 요세가 세상을 떠나자 천인은 부도를 세워 제자로서의 의무를 다하고자 했다. 스승이 살아 있을 적에 곁에서 모시지 못한 제자의 후회가 사뭇 묻어나는 글이다. 불가의 제문이지만 사제의 각별한 정을 읽을 수 있다.

일연 一然

1206~1289년

출가 전 속성은 김씨이며 본관은 경주(慶州)이다. 장산군(章山郡, 경북 경산) 출신으로 14세에 설악산 진전사(陳田寺)로 출가해 고승 대웅(大雄)의 제자가 되었다. 그 뒤 여러 절을 다니며 수행하다가 22세로 승과에 장원 급제 했다. 1236년(고려 고종 23년) 삼중대사(三重大師), 1246년 선사(禪師)의 칭호를 받았다. 몽골의 침입이 계속되는 동안 전란을 피하면서 수행에 전념하다가 1261년(원종 2년) 원종의 부름을 받고 강화도로 갔다. 1264년 경북 영일 운제산(雲梯山)의 오어사(吾魚社)로 옮겨 살았다. 1277년(충렬왕 3년)부터 1281년까지는 충렬왕의 명에 따라 청도 운문사(雲門寺)에 있었는데, 이때 『삼국유사(三國遺事)』를 집필하기 시작한 것으로 추정된다. 1282년 충렬왕의 부탁으로 개경의 광명사(廣明寺)에 머무르며 왕실의 극진한 대우를 받았다. 1283년, 승려 최고의 지위인 국존(國尊)에 책봉되었으나 늙은 어머니를 모시기 위해 국왕의 간청에도 불구하고 고향으로 돌아갔다. 병이 들자 왕에게 올리는 글을 쓰고 제자들과 선문답을 나눈 뒤 세상을 떠났다.

일연이 남긴 『삼국유사』는 김부식의 『삼국사기』를 보충하는 귀중한 사료이자, 공식적인 역사에 기록되지 않은 다양한 신화, 전설, 향가 등을 수록한 문학 작품으로도 손색이 없다. 이 밖에도 80여 권에 이르는 불교 관련 저술을 남겼다.

주몽 이야기 　　　始祖東明聖帝

시조 동명성제(東明聖帝)는 성이 고씨(高氏)고 이름은 주몽(朱蒙)이다. 처음에 북부여의 왕 해부루(解夫婁)가 동부여로 피해 왔고, 해부루가 죽자 금와(金蛙)가 왕위를 이었다. 이때 왕이 태백산(太白山) 남쪽 우발수(優渤水)에서 한 여자를 만나 물었더니 이렇게 답하였다.

"저는 본시 하백(河伯)의 딸로 이름은 유화(柳花)입니다. 동생들과 놀러 나왔다가 마침 어떤 남자가 천제(天帝)의 아들 해모수(解慕漱)라고 하면서 나를 유인하여 웅신산(熊神山) 아래 압록강 강가의 집으로 데려가 정을 통한 후 떠나서는 돌아오지 않았습니다.〔『단군기(檀君記)』에 "단군이 서하(西河) 하백(河伯)의 딸을 가까이하여 아들을 낳았으니, 이름은 부루(夫婁)이다." 하였다. 지금 이 기록을 살펴보면 해모수가 하백의 딸을 가까이한 뒤 주몽을 낳은 것이다. 『단군기』에 "아들을 낳았으니 이름은 부루이다." 하였으니, 부루와 주몽은 어머니가 다른 형제이다.〕 부모는 내가 중매도 없이 외간 남자를 따랐다고 하여, 마침내 이곳에서 귀양살이를 하고 있습니다."

금와가 기이하게 여기고 방 안에 가두었는데 햇볕이 비추었다. 유화가 몸을 움직여 피하였지만 햇볕이 또 쫓아와 비추었다. 이로 인하여 잉태하여 알 하나를 낳았는데 크기가 다섯 되 남짓이었다. 왕이 이것을 버려 개와 돼지에게 주었지만 모두 먹지 않았다. 다시 길바닥에 버렸더니 소와 말이 피해 갔다. 들판에다 버렸더니 새와 짐승이 덮어 주었다. 왕이 쪼개려 하여도 깨뜨릴 수가 없어 그만 그 어미에게 돌려주었다. 어미가 이것을 보자기로 싸서 따뜻한 데 두었더니 아이 하나가 껍질을 깨고 나왔다. 골격과 외모가 특이했다. 나이 겨우 일곱 살이 되자 남달리 똑똑하여 혼자 활과 살을 만들어 백 번 쏘면 백 번 모두 맞혔다. 이 나라 풍속에 활 잘 쏘는 자를 주몽이라 하므로 이로써 이름을 삼았다.

금와에게 아들이 일곱 있어 늘 주몽과 함께 놀았는데 재주가 그에게 미치지 못했다. 맏아들 대소(帶素)가 왕에게 말했다.

"주몽은 사람의 소생이 아니니, 만일 빨리 조처하지 않는다면 후환이 있을 것입니다."

왕은 그의 말을 듣지 않고 말을 먹이는 일을 시켰다. 주몽은 말 중에 뛰어난 놈을 알아보고서 먹이를 적게 주어 여위게 만들고 노둔한 놈은 잘 먹여서 살찌게 하였다. 왕은 살찐 놈을 자신이 타고 여윈 놈은 주몽에게 주었다. 왕의 자식들과 신하들은 그를 해치려고 도모하였다. 주몽의 어머니가 이를 알고 그에게 일렀다.

"나라 사람들이 너를 해치려고 하는구나. 너의 재주를 가지고 어디로 간들 안 될 것이 있겠느냐? 빨리 도모하는 것이 좋겠구나."

이에 주몽은 오이(烏伊) 등 세 사람과 벗이 되어 떠났다. 엄수(淹水)에 이르러〔지금은 자세하지 않다.〕물에 고하였다.

"나는 천제의 아들이요, 하백의 손자다. 오늘 도망가는데 뒤따르는 자가 다가오니 이 일을 어찌할 것인가?"

그러자 물고기와 자라들이 다리를 만들어 물을 건너게 한 다음 다리를 풀어 버렸다. 말을 타고 뒤쫓던 자들은 건널 수가 없었다.

졸본주(卒本州)까지 와서〔현토군(玄菟郡)의 경계이다.〕드디어 도읍으로 삼았다. 미처 궁실을 지을 겨를이 없어 비류수(沸流水) 물가에 움막을 짓고 살았다. 나라 이름을 고구려라 하고, 고씨를 성으로 삼았다.〔본래의 성은 해씨(解氏)인데 천제의 아들로 햇볕을 받고 태어났으므로 스스로 고씨라 하였다.〕당시 나이는 열두 살이었다. 한나라 효원제(孝元帝) 건소(建昭) 2년 갑신년(기원전 37년)에 즉위하여 왕으로 일컬었다. 고구려의 전성기에는 가구가 이십일만 오백팔 호였다.

해설

『삼국유사』의 기이(紀異)에 실려 있는 고구려 건국 신화다. 널리 알려진 대로 『삼국유사』에는 고조선, 고구려, 백제, 신라 등의 건국 신화와 함께 다양한 설화를 소개하고 있다. 이 글은 원래 『국사(國史)』의 「고려본기(高麗本記)」에 실려 있었으므로 일연 자신의 글이라 하기 어렵지만, 이 책이 지금 전하지 않고 실체에 대해 밝혀진 바 없어 여기에서 소개한다.

천제의 아들 해모수가 수신 하백의 딸인 유화와 관계하여 주몽을 낳았다. 주몽은 탁월한 능력을 갖추었지만 오히려 그 때문에 부여에 있지 못하고 비류수로 와서 고구려를 건국하고 동명성왕이 되었다. 일연은 「고려본기」를 그대로 옮기면서도 「단군기(檀君記)」 등을 참조하여 자신의 의견을 밝혔다. 부루와 주몽이 이복형제일 것이라 추측하고, 원래 주몽의 성은 해씨인데 천제의 아들로 햇볕을 받아 태어났다 하여 높을 고 자로 성씨를 삼았다고 주석을 달았다. 이규보의 장편 고시 「동명왕편(東明王篇)」과 함께 주몽 신화를 이해하는 데 가장 소중한 자료로 평가된다.

김현과 범 처녀의 사랑

신라의 풍속에 매년 이월이면 여드레부터 보름날까지 서울의 남녀가 너도나도 흥륜사(興輪寺)에서 탑돌이를 하며 복을 빌곤 했다. 원성왕(元聖王) 때 김현(金現)이라는 남자가 있었는데, 밤이 깊도록 쉬지 않고 혼자서 탑을 돌았다. 어떤 처녀가 염불을 하면서 뒤따라 탑을 돌다가 마음이 맞아 눈길을 주고받다가 돌기를 마치고는 외딴곳으로 데려가서 정을 통했다. 처녀가 돌아가려 하자 김현이 따라갔다. 처녀가 거절했지만 김현은 억지로 따라갔다. 서산(西山) 기슭에 이르자 처녀는 한 초가집으로 들어갔다. 웬 노파가 처녀에게 물었다.

"데리고 온 사람은 누구냐?"

처녀가 사실대로 말하자 노파가 말했다.

"좋은 일이지만 차라리 없었던 것만 못하다. 그렇지만 이미 이루어진 일은 따질 수 없구나. 우선 은밀한 곳에 숨겨라. 네 형제들이 나쁜 짓을 할까 두렵구나."

처녀는 김현을 데려가 마루 밑에 숨겼다. 잠시 후 범 세 마리가 울부짖으며 오더니 사람 목소리로 말했다.

"집에서 비린내가 나는구나. 요깃거리가 있어 정말 다행이다."

노파와 처녀가 꾸짖었다.

"너희들 코가 잘못되었구나. 무슨 미친 소리를 하는 것이냐?"

그때 하늘에서 소리가 들렸다.

"너희들은 많은 생명을 해쳤으니 한 놈을 죽여 악행을 징계하리라."

범 세 마리는 이 소리를 듣고 모두 걱정하는 기색이었다. 처녀가 말했다.

"세 오라버니가 멀리 도망해 반성한다면 제가 대신 벌을 받겠습니다."

그러자 범 세 마리는 기뻐서 고개를 숙이고 꼬리를 붙인 채 달아났다. 처녀가 김현에게 말했다.

"저는 처음에 당신이 우리 가족을 만날까 봐 부끄러워 오지 말라고 거절했습니다. 지금은 숨길 수 없으니 품은 생각을 말씀드리겠습니다. 저와 당신은 이류(異類)이지만 하룻밤의 기쁨을 누리고 부부의 의리를 맺었습니다. 세 오라버니의 악행을 하늘이 미워하니, 온 집안의 재앙을 제가 대신 당하고자 합니다. 모르는 사람의 손에 죽느니 당신의 칼에 죽어 당신의 덕에 보답하는 것이 낫지 않겠습니까. 제가 내일 저자에 들어가 사람들을 해칠 텐데, 도성 사람들은 저를 어찌할 수 없을 것입니다. 그러면 대왕께서 필시 높은 벼슬을 걸고 저를 잡을 사람을 모집할 것입니다. 당신은 겁내지 말고 저를 쫓아 도성 북쪽 숲으로 오십시오. 제가 기다리고 있겠습니다."

김현이 말했다.

"사람과 사람이 사귀는 것이 인륜의 도리이니, 이류와의 사귐은 상도(常道)가 아닙니다. 그러나 이미 가까이 지냈으니 참으로 천행(天幸)이라 할 것입니다. 어찌 배필의 죽음을 팔아 속세의 벼슬을 바라겠습니까?"

처녀가 말했다.

"당신은 그런 말씀 마십시오. 제가 죽는 것은 천명이자 제 소원이기도 합니다. 당신에게는 경사이고 제 가족에게는 복이며 도성 사람들에게는 기쁜 일입니다. 한번 죽으면 다섯 가지 이익을 얻으니 마다할 수 있겠습니까. 다만 저를 위해 절을 짓고 불도(佛道)를 강론해 좋은 업보를 얻게 해 주신다면 당신의 은혜는 더없이 클 것입니다.”

마침내 눈물을 흘리며 헤어졌다.

이튿날 과연 사나운 범이 도성에 들어왔는데 몹시 잽싸서 막을 수가 없었다. 원성왕이 듣고서 명령을 내렸다.

“범을 잡는 자에게는 이급의 벼슬을 주겠다.”

김현이 대궐에 가서 아뢰었다.

“소신이 할 수 있습니다.”

그러자 먼저 벼슬을 주어 격려했다. 김현은 짧은 칼을 지니고 숲속으로 들어갔다. 범이 처녀로 변하더니 미소를 지으며 말했다.

“어젯밤 당신과 나의 다정했던 일을 당신은 잊지 마십시오. 오늘 상처를 입은 사람들은 모두 흥륜사의 간장을 바르고 절의 나발 소리를 들으면 나을 것입니다.”

그러고는 김현이 차고 있던 칼을 뽑아 스스로 목을 찔러 죽으니 다름 아닌 범이었다. 김현이 숲을 나와서 “이 범을 쉽게 잡았다.” 하고, 그 사연은 발설하지 않고 숨겼다. 범이 가르쳐 준 대로 치료하니 다친 사람이 모두 나았다. 지금 풍속에도 이 방법을 쓴다.

김현은 벼슬에 올라 서천(西川) 옆에 절을 짓고 호원사(虎願寺)라 하였다. 항상 『범망경(梵網經)』을 강론해 범을 저승으로 인도하고, 자신을 죽여 남을 살린 은혜를 보답했다. 김현이 임종을 앞두고 기이한 지난 일에 깊이 감동해 글을 지어 전했기에 세상 사람들이 비로소 알게 되었다. 그 글을 「논호림(論虎林)」이라 했는데, 지금까지 전하고 있다.

해설

처녀로 변신한 범은 김현과 초파일 탑돌이에서 만나자마자 정을 통했다. 삼국 시대의 자유분방한 남녀 관계를 짐작할 수 있다. 하룻밤의 우연한 만남으로 맺어진 관계였지만 두 사람은 이를 운명으로 받아들인다. 한쪽은 인간, 한쪽은 동물이라는 사실도 이들의 사랑을 가로막지 못했다. 김현은 상도를 벗어난 이류와의 사랑을 천행으로 여긴다. 그러나 현실은 이들의 사랑을 가로막았다. 범 처녀는 사랑하는 사람을 위해 희생하는 것을 자신의 운명이라 말한다. 이들이 눈물을 흘리며 헤어진 이유는 넘어설 수 없는 현실의 벽을 체감했기 때문이다. 둘의 사랑은 범 처녀의 죽음으로 완성되었다.

이 설화를 신분이 다른 남녀의 만남으로 해석하는 견해도 있다. 신분의 격차로 인해 이루어질 수 없는 남녀의 비극적인 사랑이 인간과 범의 사랑이라는 설화로 정착되었다는 것이다. 역사 기록의 담담한 서술 방식으로 쓰였지만, 이 글에 묘사된 연인의 사랑은 그 어떤 문학 작품보다 강렬하다.

충지

沖止

1226~1292년

출가 전의 이름은 위원개(魏元凱)이며 전남 장흥 출신이다. 첫 법명은 법환(法桓), 호는 복암(宓庵)으로 본디 문과에 장원한 관료 출신이었으나 29세에 선원사(禪源社)에서 출가해 승려가 되었다. 1266년 경남 김해 감로사(甘露寺)의 주지를 역임하고, 1269년 삼중대사(三重大師)의 칭호를 받았다. 원 세조(元世祖)가 일본 정벌을 위해 고려의 토지와 양식을 거두자 이를 감해 달라는 표문을 올렸는데 이를 읽은 원 세조가 원으로 초청하였다. 1286년 지눌(知訥)이 창시한 수선사(修禪社)의 6세 사주에 올랐다.

문집으로 『원감국사집(圓鑑國師集)』이 전하며, 『동문선』에 2편의 표문과 함께 40수가 넘는 한시가 실려 있다. 『신증동국여지승람(新增東國輿地勝覽)』에도 여러 사찰에서 지은 시가 확인된다.

거란 대장경을 보수하고

丹本大藏經讚疏

도(道)는 명칭과 형상을 벗어나 있고, 법(法)은 시각과 청각에서 떨어져 있는 법입니다. 그러나 바다를 건너고 강을 건너려면 배나 뗏목을 타야 하고, 물고기를 잡고 토끼를 잡으려면 통발이나 그물을 써야 합니다. 더구나 불경은 문장마다 반야(般若)의 광채를 드러내고 글자마다 비로자나(毘盧遮那)의 깨달음을 나타내니, 어찌 불경을 떠나 다른 곳에서 오묘한 진리를 찾을 수 있겠습니까?

삼가 생각건대 부처님의 말씀을 남김없이 엮은 것을 해장(海藏)이라고 합니다. 용수(龍樹)가 서역(西域)에서 외워서 전한 것과, 법란(法蘭)이 말에 싣고 중국으로 가지고 온 것은 비록 아홉 마리 소에서 터럭 하나를 뽑은 것처럼 적은 듯하지만, 그럼에도 함(函)으로는 천 개가 넘고 축(軸)으로는 만 권이나 되었습니다. 그러므로 판에 새겨 찍어 내기 어려워 널리 유포할 수 없었고, 어쩌다 그렇게 한 것도 대부분 정밀하지 못했습니다. 이제 이 거대한 보물이 다른 나라에서 들어왔는데 분량이 적어 함으로는 이백 개가 되지 않고, 종이가 얇고 글자가 촘촘해 책으로는 일천 권도 되지 않습니다. 사람의 힘으로 만든 것이 아니라 귀신의 솜씨를 빌려 완성한 것 같습니다.

성하였다 쇠하는 것은 사물의 이치요, 이루어졌다 무너지는 것도 늘 있는 일입니다. 이 불경 역시 달마다 흩어지고 날마다 없어져 함에서 책이 빠지고 책에서 낱장이 달아났습니다. 먼지에 덮이고 벌레가 먹어 글자가 빠진 줄도 있고 획이 빠진 글자도 있습니다. 장차 하나도 남지 않을 것이니 참으로 통탄스럽습니다.

제가 듣기로 "옛것을 수선하기란 새것을 만들기보다 갑절이나 어렵다." 하였습니다. 선원사(禪源寺)에 머무를 때 처음 이 불경을 수리할 마음을 먹었다가 송광사(松廣寺)로 옮긴 뒤에 마침내 힘을 다해 완성했습니다. 없어진 책은 찍어 내어 완질로 갖추고, 빠진 글자는 써서 채워 넣었습니다. 시주하는 사람들에게 돈을 받아 목록을 적고, 내탕고의 비단을 받아 표지를 꾸몄으며, 화려한 상자에 담아 보물 창고에 보관했습니다. 이는 마치 삼실로 비단을 기운 것 같지만, 바위를 다듬어 하늘을 메운 것처럼 다시 광채가 나고 장엄한 모습을 갖추었습니다.

일을 마칠 무렵이 되자 이를 계기로 완성을 기념하고자 천 명의 승려를 모아 아흔 날 동안 법회를 열었습니다. 불경을 꺼내어 강연하니 손과 눈이 조응하고, 말을 통해 뜻을 터득하니 입과 마음이 통합니다. 어떤 이는 참선에 전념하여 진리를 환하게 깨우치고, 어떤 이는 염불을 부지런히 하여 악업을 참회하고 제거했습니다. 이에 법륜(法輪)이 크게 돌고 지혜의 거울이 두루 비추었습니다.

삼가 임금의 태양은 부처의 태양과 나란히 빛나고, 어진 바람은 참선의 바람과 함께 불기를 축원합니다. 나라는 더욱 견고해져 만년 동안 큰 복을 누리고, 후손은 더욱 번창해 백대가 지나도록 아름다운 명성 전할 것입니다.

해설

대장경(大藏經)은 불교 경전의 총집합이다. 목판으로 판각한 최초의 대장경은 북송 개보 연간(968~975년)에 거란의 침입을 물리치기 위해 판각한 개보칙판대장경(開寶勅板大藏經)이다. 이후 중국은 물론 거란, 서하(西夏) 등 이민족 왕조에서도 여러 차례에 걸쳐 대장경을 판각했다. 주지하다시피 고려에서는 두 차례에 걸쳐 대장경을 판각했는데, 그중 두 번째가 바로 팔만대장경이다.

고려의 대장경 판각은 북송과 거란에서 수입된 대장경에 힘입은 바 크다. 이 중 거란본 대장경은 1063년(고려 문종 13년) 처음 수입되었으며 이후로도 몇 차례 더 들어왔다. 이 글에 언급된 거란본 대장경이 언제 수입된 것인지는 알 수 없으나, 원래 강화도 선원사에 보관되어 있던 것을 1278년 전남 송광사로 옮겨 수리한 것으로 보인다. 이때 고려는 이미 두 번에 걸친 대장경 판각을 완료한 상태였다. 그러나 "옛것을 수선하기란 새것을 만들기보다 갑절이나 어렵다."라는 말대로, 거란본 대장경의 수리에는 상당한 공력이 들어갔다. 충지는 대장경의 수리를 마친 뒤 기념하는 법회를 열고 이 글을 지었다. 국가와 왕실의 안녕을 기원하는 내용으로 끝맺은 점으로 미루어, 거란 대장경의 수리가 국가적 사업으로 이루어졌다는 사실을 확인할 수 있다.

안축 安軸

1282~1348년

본관은 순흥(順興), 자는 당지(當之), 호는 근재(謹齋)이다. 성균시(成均試)와 진사시에 합격해 예문춘추관(藝文春秋館)의 검열(檢閱)과 수찬(修撰)을 역임한 후, 1324년 원나라 제과(制科)에 급제해 개주 판관(蓋州判官)에 임명되었다. 고려에 귀국하여 강원도 존무사(江原道存撫使)로 부임하면서 시문집 『관동와주(關東瓦注)』 및 경기체가 「관동별곡(關東別曲)」을 남겼다. 이후 정당문학, 첨의찬성사(僉議贊成事) 등 고위직을 역임하고 흥녕군(興寧君)에 봉해졌다. 이제현(李齊賢)과 함께 『편년강목(編年綱目)』을 증보했으며 충렬왕, 충선왕, 충숙왕의 실록 편찬에도 참여했다. 문집 『근재집(謹齋集)』이 전하며 『동문선』에 다수의 시문이 실려 있다.

남쪽 지방에서 으뜸가는 누각   寄題丹陽北樓詩

고량진미를 배불리 먹는 사람에게는 입에 맞는 음식이 없고, 함지(咸池)와 소소(簫韶) 같은 음악을 실컷 듣는 사람에게는 귀에 차는 소리가 없다. 이로 보건대 사람이 마음으로 즐기고 눈으로 감상하는 천하 만물도 모두 그러하지 않은 것이 없다.

나는 관동(關東, 강원도)을 여행한 이래 아름다운 누대와 산수를 남김없이 구경하고서는, 마음속으로 '앞으로는 세상에서 뛰어난 승경이라 하는 곳도 필시 눈에 차지 않을 것이다.'라고 생각했다. 내가 기성(箕城, 평해)에 도착하자 단양(丹陽)의 북루(北樓)가 아름답다고 칭찬하는 사람이 있었다. 하지만 내가 마음속으로 생각한 것이 이와 같았으므로 믿지 않았다.

올해 사월, 기성을 떠나 어버이를 뵈러 고향으로 돌아가는 길에 단양을 지나게 되었다. 가는 길에 이른바 북루라는 곳을 찾아가 보니 그 기이하고 뛰어난 경치가 모두 구경할 만하여 관동과 다른 점이 별로 없었다. 나는 괴이하게 여기며 형세를 살펴보았다.

단양은 관동의 끝자락과 경계가 맞닿아 있다. 관동의 아름다운 산수가 넘쳐서 남쪽으로 내달리다가 단양에서 멈추므로, 이곳에 그 기세가 웅장하게 쌓여 감히 빠져나가지 못하는 것이다. 여기에서부터 남쪽으로는 빠져나간 것이 있다 하더라도 모두 곁가지나 찌꺼기에 불과하니, 볼 만한 것이 못 된다. 그러니 관동을 유람하지 못한 사람이 이 누각을 남쪽 지방의 으뜸이라고 여기는 것도 잘못이 아니다.

그 남쪽에 관어대(觀魚臺)가 있는데, 내가 이십 년 전에 왔던 곳이다. 이미 오랜 세월이 흘렀으나 다시 찾을 겨를이 없었기에, 이 누각에 올라 둘러보며 차마 떠나지 못했다. 이곳 고을의 선생이 내게 시를 남기라고 권하기에 응낙했지만 바빠서 지을 새가 없었다. 그렇지만 그 뒤로 몇 달 동안 하루도 이 누각을 잊은 적이 없다. 올해 유월, 또 기성에 와서 이 누각에 다시 오르고자 했으나 그러지 못했다. 그리하여 칠언 율시를 지어 부친다. 누각은 단양 군수 고 이조은(李朝隱) 공이 지은 것이다.

해설

안축은 강원도 존무사를 지내면서 강원도의 승경을 두루 유람했다. 이보다 나은 경치는 없을 것이라 여기던 그에게 누군가가 단양 북루의 경치가 아름답다고 말했다. 안축은 어버이를 뵈러 고향 순흥(順興, 풍기)으로 가는 길에 우연히 이 누각에 들러 보았다. 과연 강원도에 못지않은 경치였다. 안축은 단양이 강원도의 끝자락에 있어 강원도의 남은 산수가 흘러와 모였기에 이 같은 승경이 생긴 것이라 보았다. 짧은 방문이었지만 안축은 단양 북루의 승경을 잊지 못했다. 언젠가 다시 찾으리라는 마음에 시 한 편을 지어 부쳤다. 안축이 지은 시는 다음과 같다.

만 그루 소나무 이리저리 솟아 푸른 그늘 드리웠는데   萬松交峙翠陰浮

아득히 멀리 새 누각이 나루 어귀에 우뚝하네	縹緲新樓壓渡頭
바위에 부딪친 물결은 천 길 쌓인 눈을 뿜는 듯	激石浪噴千丈雪
주렴을 스치는 바람은 가슴 가득 가을 기운을 보내 주네	洒簾風送一襟秋
속세에서 말 타고 다니는 신세 절로 싫어라	自嫌塵土隨征馬
안개 속에서 배 타고 낚시하는 사람 그저 부러울 뿐	空羨煙霏滿釣舟
나는 관어대 아래로 가는 길 알고 있는데	我識觀魚臺下路
언제쯤 도롱이 입고 함께 강가로 나갈까	綠蓑何日共臨流

관직에 매여 이곳저곳을 떠도는 신세를 벗어나 단양의 아름다운 산수에서 여생을 보내고자 하는 심정을 피력했다. 안축은 67세 되던 1348년 병을 이유로 치사(致仕)를 청해 마침내 관직에서 물러나 그해 6월 세상을 떠났다. 관어대 아래에서 낚시하겠다는 꿈은 결국 이루지 못했다. 그러나 관어대는 안축이 글을 남긴 이래, 이색(李穡) 등 시대를 대표하는 문인들의 붓끝에 올라 동해안 최고의 명승지로 자리했다.

최해

崔瀣

1287~1340년

본관은 경주(慶州), 자는 언명(彦明)·수옹(壽翁)이며 호는 졸옹(拙翁)·예산농은(猊山農隱)이다. 신라의 문호 최치원의 후손이며 『삼한시귀감(三韓詩龜鑑)』의 편자 김태현(金台鉉)의 문인이다. 35세에 원나라 제과에 급제해 개주 판관(開州判官)에 임명되었으나 다섯 달 만에 병을 핑계로 귀국했다. 이후 예문관 응교(藝文館應敎), 성균관 대사성(成均館大司成) 등을 역임했으나 관직을 그만두고 시골에 은거해 저술에 전념했다. 노년에 이르러 자신의 생애를 회고하며 「예산은자전(猊山隱者傳)」을 지었다. 신라부터 고려까지 우리나라 문인들의 시문을 선발해 『동인지문(東人之文)』을 편찬했으며 문집 『졸고천백(拙藁千百)』이 전한다.

괄목상대할 그날을 기다리며　送鄭仲孚書狀官序

삼한(三韓)은 예로부터 중국과 교류하여 문물과 제도가 서로 다른 적이 없었다. 세시의 명절에만 조회하는 것이 아니었으므로 중국의 대우가 다른 보통 오랑캐와는 달랐으니, 이는 먼 곳의 사람을 오게 하려는 뜻이었다.

삼한에서는 매번 사신을 보낼 때마다 반드시 관원을 신중히 가려 뽑았다. 데리고 가는 사람이 삼백에서 오백 명이나 된 적도 있고 적을 때도 백 명을 밑돌지 않았다. 사신 일행이 처음 중국에 도착하면 중국에서는 조정의 관원을 보내서 국경에서 영접했고, 지나가는 고을마다 천자의 명으로 예물을 보냈으며, 교외에 이르면 또 영접해 위로하고 객관에 도착하면 안부를 묻곤 했다. 날마다 제공하는 풍성한 물품 외에도 천자를 알현할 때부터 하직할 때까지 내전(內殿)에서 잔치를 열고 음식을 마련해 국빈으로 대접했다. 특별히 어찰(御札)을 내려 차와 향, 술과 과일, 의복과 기물, 말과 안장 등의 예물이 끊이지 않았다. 그러면 그때마다 표(表)와 장(狀)을 올려 배신(陪臣)이라 일컬으며 은혜에 감사를 표했다. 또 사적으로 재상들을 만날 적에는 계(啓)와 차(箚)를 주고받는 경우가 많았다. 그러므로 서기의 직무는 재주가 뛰어난 사람이 아니면 능하기 어렵다고 일컬어졌다. 과거 박인량(朴寅亮)과 김부식 등 정승을 지낸 이들이 모두 이 직임을 거치면서 중국 사람들에게 칭찬을 받았다.

그 후 삼한이 원나라에 신하로 복종한 이래로 장인과 사위의 우호를 맺어 한집안처럼 지내게 되었으니, 정은 더욱 돈독해지고 사소한 예의는 생략했다. 아뢸 일이 있으면 한 사람이 역마를 타고 곧장 황제가 있는 곳으로 갔고, 해마다 가지 않는 달이 없었다. 그리하여 굳이 사신을 가려 뽑지 않았으니, 지극히 두터운 은혜였다. 다만 정월 초하루에만 의례적으로 표문을 올려 하례를 드리고 또 천자에게 공물을 바치므로 정승을 정사(正使)와 부사(副使)에 임명해 대략 예전 관례대로 했다. 서기(書記)의 명칭도 남아 있기는 하지만 글 짓는 책임은 없으므로 요즘에는 요행을 바라는 염치없는 자들이 왕왕 이익을 탐내서 이 자리를 다투어 차지하려고 하니, 행인이나 장교들조차 서기의 직임을 청직(淸職)으로 대우하지 않는다. 아, 서기의 직임이 이제 쓸모없게 되었다고는 하지만 그 명칭은 여전히 남아 있는데, 어찌 저따위 자들이 그 자리를 멋대로 차지하고 저런 무리가 경시할 수 있겠는가.

금년 사월 열이렛날은 황제의 생일이므로 사신을 보내 하례를 드려야 한다. 우리 임금님이 직접 관료를 선발해 채 밀직(蔡密直)에게 사신의 임무를 맡기고, 또 근래 서기를 맡은 이들이 적임자가 아니라는 이유로 밀직에게 직접 천거하도록 하였다. 이에 전의시 직장(典儀寺直長)으로 있던 정포(鄭誧) 중부(仲孚)가 추천을 받았다. 중부가 행장을 꾸려 길을 떠나면서 나를 나이 많은 벗으로 여겨 찾아와 떠난다고 말했다. 내가 그에게 말했다.

"선비가 태어나면 천지와 사방을 향해 여섯 개의 화살을 쏘아 온 천하에 뜻을 두고 있음을 보여야 하는 법. 공자가 말한 대로 뒤웅박처럼 한곳에 매달려 있는 것은 군자의 뜻이 아니라오. 더구나 지금은 천하가 한집안이 되어 사해(四海) 안팎의 험한 곳에서는 사다리를 타고 먼 곳에서는 배를 타고 건너와 황성(皇城)으로 모여들고 있소. 우리 임금의 명을 받들어 천자의 조정에서 성대한 예식에 참여하게 되었으니, 선비로서 이보다 경사스럽고 다행한 일이 어디 있겠소.

옛날 송나라의 소철(蘇轍)은 제자백가(諸子百家)의 책을 다 읽고서도 뜻과 기운을 격동시키기에 부족하다 하여 고향을 떠나 도성을 유람하고 거대한 궁궐과 창고, 성곽과 정원을 구경했소. 또 구양수처럼 큰 문인을 만나서 원대한 논의를 들었으며, 한기(韓琦)와 같은 대신을 만나서 그들의 빛나는 모습을 접하기도 했소. 그리하여 천하의 큰 구경거리와 인물을 유감없이 다 보았소.

이제 중부가 황성에 조회하러 가면 그 거대하고 화려한 볼거리가 소철에게 뒤지지 않을 것이요, 지금의 호걸 중에서 한기나 구양수와 같은 사람을 만나서 뜻과 기운을 격동하여 성취를 얻을 수 있을지는 모르겠지만, 훗날 돌아오거든 필시 오늘 본 모습과 다른 점이 있을 것이오. 선비가 사흘 동안 헤어져 있으면 괄목상대(刮目相對)한다는 말이 어찌 빈말이겠소?

서기의 책임은 옛날과 같지 않으므로 우리 중부에게 말할 것이 못 될 성싶소. 비록 그러하나 내가 중부 말고 누구에게 이 말을 하겠소. 중부는 소홀히 여기지 마시오."

해설

『졸고천백』에는 이 글의 마지막에 원통(元統) 2년(1334년) 3월 기망(旣望, 16일) 썼다고 적혀 있다. 최해는 이때 서장관으로 원나라에 가는 정포(鄭

誧, 1309~1345년)에게 이 글을 지어 주었다. 정포는 명문가의 후예로, 일찍부터 원나라를 오가며 활약했다. 최해는 우리나라와 중국이 교류한 역사를 서술하며 지금이야말로 그 어떤 시기보다 두 나라가 가까운 관계임을 역설했다. 최해는 정포에게 서장관으로서 명예와 긍지를 지니라고 일러 주는 한편, 넓은 세상을 보고 한 사람의 선비로서 크게 성장하는 계기가 되기를 기원했다. 원나라가 주도하는 새로운 세계 질서에 대한 신뢰와 고려 문인의 세계 진출에 대한 희망이 엿보이는 글이다.

최해는 송나라의 문인 소철이 뛰어난 글을 쓰기 위해 책만으로는 부족하다고 여겨 먼 곳으로 유람하고 뛰어난 인물을 본 예를 들어, 원나라의 뛰어난 문화와 인물을 보고 장대한 기상을 길러 오도록 당부했다. 이렇게 괄목상대의 축원을 받았지만 정포의 말년은 편하지 않았다. 정포는 성격이 호방하고 활달해 젊은 시절부터 거침없이 고관들을 탄핵했고 이로 인해 1342년 모함을 받아 유배형에 처해졌다. 1344년 유배에서 풀려난 그는 원나라에서 관직 생활을 하고자 건너갔다. 그러나 재상의 천거를 받아 등용되려던 차에 병으로 세상을 떠났다. 세계를 향한 정포의 꿈은 결국 좌절되고 말았다.

천하를 여행한 선비에게

送張雲龍國琛西歸序

나는 젊은 시절 책을 읽기 시작하면서 천하가 넓다는 사실을 알고 사방을 유람할 뜻을 품었다. 그런데 나라에 벼슬하면서 직무에 얽매이자 하루 종일 팔딱거려도 계단조차 뛰어넘지 못하는 모기 같은 신세가 된 것을 한탄했다. 지치(至治) 연간(1321~1323년)에 외람되게도 빈흥과(賓興科)에 합격해 천자의 조정을 구경했으니 그 소원을 이루게 되어 기뻤다. 그러나 성적이 낮았으므로 작은 고을의 원님이 되어 잡다한 업무에 분주했기에 성격이 이를 감당할 수가 없어 병을 핑계로 사직했다. 지금은 새가 높은 나무에서 내려와 깊은 골짜기로 들어온 것처럼 시골에 숨어 지내며 중국의 사대부와는 소식을 주고받지 않은 지 벌써 십오 년이나 되었다.

아, 선비가 이 세상에 태어나 품은 뜻을 이루지 못한 채 날마다 나이만 먹어 군자에게 버림받고 소인으로 전락했으니, 답답한 마음이 어찌 없을 수 있겠는가? 이 때문에 때때로 중국에서 손님이 왔다는 소식을 얻으면 번번이 찾아가 인사하고는 그들의 이야기를 들으면서 평생의 회포를 풀곤 했다. 그들은 모두 그릇이 크고 제 앞가림은 잘하지만, 흉금이 넓고 구차하지 않은 사람은 아직 만나지 못했다.

예장(豫章)의 장국침(張國琛)이 올해 칠월에 우리나라에 와서 도성의 일람루(一覽樓)에 머문 지 여러 달이 지났다. 내가 그곳 주인에게 물어보았더니 장국침은 하루 종일 꼿꼿이 앉아 말할 줄 모르는 사람처럼 있지만, 일을 묻는 사람이 오면 일일이 이야기해 준다고 한다. 그의 학문은 우리 유학에 근본을 두고 있는데, 몽골의 문자와 언어에도 통달하고 술수(術數)의 학문에도 발을 들였다고 한다. 그가 스스로 한 말에 따르면 강서(江西) 지방의 선비로 추천을 받아 과거에 합격했으며, 조정에 있는 고관의 천거로 두 차례나 관직에 임명하는 칙명을 받았다고 한다. 그리고 천하를 두루 유람했는데, 황도(皇都)에서 남쪽으로는 유령(庾嶺), 서쪽으로는 화봉(華峯), 북쪽으로는 화림(和林)까지 다니면서 그 지방의 서로 다른 풍속을 모두 채집해 기록했으며, 명산과 승경도 올라 보지 않은 곳이 없다고 한다. 작년부터는 동쪽으로 여행해 요양(遼陽)을 거쳐 개성에 왔다가 이제 또 서쪽으로 돌아간다고 한다.

그가 올 적에는 아무 바라는 것이 없고, 떠날 적에는 연연하는 것이 없다. 나아가고 물러남을 마음 내키는 대로 하고 왔다가 떠날 때는 되는 대로 자리를 잡았다. 요컨대 연못을 벗어나지 못하는 물고기나 새장 속에 갇힌 새와 같은 존재가 아니다. 나는 천하를 여행하려는 뜻을 이루지 못했으니, 천하를 여행한 선비와 교유하면 그것으로 충분하다. 부럽지만 따라갈 수 없는 처지라 노래로 마음을 드러낸다. 그 노래는 이러하다.

아름다운 이분께서 서쪽에서 오셨지.
홀홀 걸음을 옮겨 구름 밟고 내려와
별과 달을 패옥 삼고 무지개로 띠를 했네.

아름다운 이분께서 서쪽에서 오셨지.

이 송도를 사랑하여 잠시 동안 머물다가
홀연히 날아 떠나가니 모실 길이 없어라.

내 한창 나이 때 사방에 뜻을 두어
온 세상 실컷 보고 고향에 돌아오려 하였건만
이제는 몸이 늙어 그 소원도 허사로세.

애석하다, 아름다운 분 내 붙잡고자 하지만
붙잡아도 머물려 않고 고개만 흔드시니,
길가에 홀로 서서 두 줄기 눈물만 흘리노라.

해설

과거 우리나라 문인들은 천하를 두루 여행하는 것이 꿈이었다. 늘 책을 통해 중국이라는 광활한 무대에서 펼쳐진 역사를 접했으니, 직접 그곳에 가서 두 눈으로 역사의 현장을 확인하고픈 생각이 드는 것도 당연하다. 그러나 현실은 녹록하지 않았다. 원 간섭기는 우리의 긴 역사 가운데서도 중국과의 인적, 물적 교류가 가장 활발한 시기였지만, 그래도 중국을 여행할 기회를 얻기란 쉬운 일이 아니었다.

최해는 1321년 원나라에서 시행된 과거에 급제해 '천자의 조정'을 구경할 기회를 얻었다. 그러나 그에게 주어진 관직은 개주 판관이라는 미관말직이었다. 관직이 성에 차지 않았던 그는 병을 핑계로 귀국하고 말았다. 15년이 넘도록 시골에서 은둔 생활을 하고 있던 최해는 어느 날

장국침이라는 중국 문인이 개성에 와서 머물고 있다는 소식을 들었다. 장국침은 박학다식한 유학자였으며, 무엇보다 천하를 두루 여행한 경험이 있었다. 그가 돌아가게 되자 최해는 전송하며 말했다. "천하를 여행하려는 뜻을 이루지 못했기에, 천하를 여행한 선비와 교유하면 충분하다." 드넓은 천하를 여행하려는 꿈은 끝내 이루지 못했지만, 여전히 가슴속 깊이 간직하고 있었던 것이다.

우리 동방의 문학　　　　　東人文序

우리나라는 먼 옛날 기자(箕子)가 주나라로부터 책봉을 받은 이래로 누구나 중국이 높은 줄 알았다. 옛적 신라 전성기에는 항상 자제들을 당나라에 보내서 숙위원(宿衛院)에 머물며 학업을 익히게 했다. 그러므로 당나라 진사시(進士試)에 빈공과(賓貢科)가 있어서 합격자 명단에 이름이 빠진 적이 없었다. 신성한 우리 태조 임금께서 나라를 열고 삼한을 통일하셨는데, 복식과 예법은 신라의 옛것을 계승했다. 열예닐곱 분의 임금을 거치면서 대대로 인의(仁義)를 닦고 더욱 중화의 문물을 사모해 서쪽으로는 송나라에 조회하고 북쪽으로는 요나라와 금나라를 섬기며 점차 그 영향을 받았다. 인재가 날로 늘어나고 문장이 찬란해 모두 볼만했다.

그러나 풍속이 순박한 것을 좋아해 집안에 소장된 문집은 대부분 손수 필사한 것이고 간행된 판본은 적었으므로 세월이 지나면서 유실되어 널리 전해지기 어려웠다. 또 중엽에는 무인을 잘못 다스려 갑자기 변란이 일어나 곤륜산(崑崙山)의 옥과 돌이 한꺼번에 모두 불타는 화를 입었다. 그 뒤 서너 대를 거치면서 비록 중흥을 이루었다고는 하지만 예법과 문물은 부족했다. 이어서 권신이 정권을 농단해 임금을 위협하고 백성을 속이다가 끝내 도성을 버리고 강화도로 도망쳐 숨었다. 국가의 전적은 제대로 보존할 겨를이 없었으니 진흙탕에 버려져도 수습하지 못했다.

이후로 학문을 배우는 자들은 스승으로부터 전해 내려오는 학통을 잃었고, 또 중국과는 전혀 교류하지 않았기에 모두들 부족한 견문에 얽매여 학문이 허망하고 경박해졌다. 당시에 붓을 잡은 자가 어찌 없었겠는가마는 태평성대의 작가와 비교하면 그 규모가 비교되지 않았다.

다행히 원나라가 일어나 여러 황제가 잇달아 즉위한 이래 천하가 문명을 회복하여 과거를 시행해 선비를 뽑은 것이 벌써 일곱 차례가 되었다. 덕으로 널리 교화를 펼치고 문장의 법도가 다르지 않아, 나처럼 재주 없는 자도 과거에 응시하여 합격자 명단에 이름을 올리고 중원의 뛰어난 선비들과 만날 수 있었다. 이들 중에 간혹 우리나라의 글을 보고자 하는 자가 있었는데, 나는 그저 책으로 엮은 것이 없다고 답했지만 물러나 보니 부끄러웠다. 그리하여 비로소 시문을 분류하여 책을 편찬하기로 다짐했다. 우리나라로 돌아온 지 십 년이 지나도록 이 일을 잊은 적이 없었다.

이제 집안에 보관한 문집을 찾아내고 없는 것은 다른 사람에게 두루 빌려 모두 모은 다음, 같고 다른 글자를 교감했다. 신라의 고운 최치원으로부터 충렬왕 때에 이르기까지 이름난 문인들의 시 약간 수를 모아 제목을 '오칠(五七)'이라 하고, 산문 약간 수를 뽑아 '천백(千百)'이라 하였으며, 변려문(騈儷文) 약간 수를 뽑아 '사륙(四六)'이라 하고, 모두 합쳐『동인지문(東人之文)』이라 이름 붙였다.

아, 이 책은 원래 전란에 불타고 남은 것과 좀먹은 종이에서 뽑아 적은 것으로 감히 우리나라 시문을 집대성한 것이라 할 수는 없다. 그렇지만 우리나라에서 작문의 체제를 보고자 한다면 이 책을 버리고 다른 데서 찾을 수는 없을 것이다. 나는 또 이렇게 말한 적이 있다.

"말은 입에서 나와 문장을 이룬다. 중국 사람의 학문은 본래 가지고 있는 것을 바탕으로 나아가므로 정신을 많이 허비하지 않아도 세상에서 뛰어난 인재가 되기 쉽다. 그러나 우리나라 사람으로 말하자면 언어에 이미 중국과 오랑캐의 차이가 있고, 타고난 자질도 영민하지 않으니 백배 천배 힘쓰지 않으면 어찌 학문을 이루겠는가? 그래도 오묘한 마음에 힘입어 천지 사방과 소통하는 데는 터럭만큼의 작은 차이도 없다. 득의한 작품으로 말하자면 어찌 자세를 낮추며 저들에게 많이 양보할 것이 있겠는가. 이 책을 보는 사람은 이와 같은 점을 먼저 알아야 할 것이다."

해설

신라의 최치원 이래 고려 충렬왕 시대까지 우리나라 시문을 가려 뽑아 엮은 『동인지문』의 서문이다. 『동인지문』은 현전하는 가장 오래된 선집이다. 한시를 선발한 『동인지문오칠』, 산문을 선발한 『동인지문천백』, 변려문을 선발한 『동인지문사륙』으로 구성되어 있다. '오칠'은 시의 형식이 오언시와 칠언시이므로 붙인 명칭이며, '천백'은 많다는 뜻으로 산문의 글자 수를 가리킨다. '사륙'은 4구와 6구를 기본 형식으로 삼는 변려문의 특징에서 비롯된 명칭이다.

최해는 중국인들에게 우리나라 문학의 수준을 보여 주려는 의도에서 이 책의 편찬에 착수했다. 역대 문인의 문집을 두루 수집해서 그중 뛰어난 작품을 선발하고 교정해 마침내 이 책을 완성했다. 그는 "우리나라에서 작문의 체제를 보고자 한다면 이 책을 버리고 다른 데서 찾을 수는 없을 것이다."라는 발언을 통해 자신감을 드러냈다. 아울러 우리나라 문인들이 언어와 문자에 차이가 있어 성취하기 힘들지만 노력을 기울이면 중국에 못지않은 뛰어난 작품을 남길 수 있다고 했다.

지금 보물로 전하는 『동인지문』에는 시문뿐 아니라 작자의 간략한 이력을 소개한 「약전(略傳)」이 부기되어 있다. 우리의 문학을 세계에 널리 알리고자 했던 최해의 의도를 확인할 수 있다.

넓은 세상으로 나가는 후배에게

送奉使李中父
還朝序

한림학사 이중보(李中父)가 정동행성(征東行省)에 사신으로 왔다가 일을 마치고 돌아가면서 내게 작별 인사를 하러 왔다. 내가 말했다.

"진사시로 인재를 선발하는 일은 본디 당나라 때 성행했다. 장경(長慶, 821~824년) 초기에 김운경(金雲卿)이라는 사람이 처음 신라 출신으로 빈공과에 응시하여 두사례(杜師禮)가 주관한 과거에 합격했다. 이때부터 천우(天祐) 연간(904~919년)이 끝날 때까지 빈공과에 급제한 이가 쉰여덟 명이었다. 오대(五代)의 후량(後梁)과 후당(後唐) 때에도 서른두 명이 급제했다. 발해 출신 십수 명을 제외하면 모두 우리나라 사람이었다.

우리 고려에 와서도 송나라에 가서 과거를 보았는데, 순화(淳化) 연간(990~994년) 손하(孫何)가 주관한 과거에 왕빈(王彬), 최한(崔罕)이 합격했고, 함평(咸平) 연간(998~1003년) 손근(孫僅)이 주관한 과거에 김성적(金成積)이 합격했으며, 경우(景祐) 연간(1034~1038년) 장당경(張唐卿)이 주관한 과거에 강무민(康無民)이 합격했다. 정화(政和) 연간(1111~1117년)에 다시 시행한 친시(親試)에서 권적(權適)과 김단(金端) 등 네 사람에게 진사 급제를 하사했다. 이를 통해 우리나라에 대대로 인재가 부족하지 않았다는 것을 알 수 있다.

그렇지만 빈공과라는 것은 매번 별시(別試)를 시행하여 합격 명단의 끝부분에 이름을 올리므로 다른 합격자들과 나란히 설 수 없었다. 받는 벼슬도 대부분 낮고 보잘것없으며, 간혹 그냥 돌아가게 한 적도 있었다.

원나라는 천하 사람을 동등하게 대우하고 출신 지역에 관계없이 어진 이를 등용했다. 그러므로 우리나라에서도 중원의 수재들과 나란히 뽑혀 합격자 명단에 이름을 올린 사람이 이미 여섯 명이나 된다. 중보는 비록 이들보다 뒤에 나오기는 했지만 그 역시 과거에 높은 성적으로 합격해 황궁의 벼슬에 임명되고 양친까지 은혜를 입었다. 이에 빛나는 조서를 받들고 고국에 사신으로 와서 집에 계신 어머니를 뵙고 선영에서 분황(焚黃)했으니, 산 사람과 죽은 사람이 모두 영예를 누렸다. 장경(長卿)과 옹자(翁子)만이 촉(蜀)과 월(越)로 금의환향한 것은 아니라 하겠다.

우리 가문의 문창공(文昌公) 최치원은 열두 살 나이에 당나라로 유학 가서 열여덟 살 되던 함통(咸通) 15년 과거에 급제해, 중산위(中山尉)를 거쳐 회남 절도사로 있던 시중 고변의 막료를 지내고 관직이 시어사(侍御史) 내공봉(內供奉)에 이르렀다. 스물여덟 살에 사신의 명을 받고 고국 신라로 돌아왔는데, 고향 사람들이 지금까지 미담으로 전하고 있다. 당시는 당나라 말엽이라 사방에 전쟁이 한창 일어나고 있었다. 공은 객지에서 홀몸으로 지내면서 변방에서 더부살이하였으며, 비록 어사(御使)에 임명되긴 했지만 실직(實職)은 아니었다. 동쪽으로 돌아온 뒤로 나라에 큰 난리가 일어나 길이 막혀 끝내 당나라로 돌아가지 못했다.

그의 평생을 논하자면 고생은 했지만 영광은 충분하지 않았다고 하겠으니, 우리 중보처럼 태평성대를 만나 황제를 모시는 화려한 직책을 역임한 사람과 같겠는가. 게다가 중보는 나이가 한창인데 마음까지 더욱 겸손하다. 앞길이 얼마나 더 넓게 펼쳐질지는 쉽게 헤아릴 수 없으니, 가문과 나라를 빛냄이 어찌 지금 한때에 그치고 말겠는가. 필시 부귀를 실

컷 누리고 공명이 천하에 널리 퍼져 장차 우리나라에 주금당(晝錦堂) 같
은 집을 크게 지을 것이다. 훗날 중보를 보는 사람들이 옛날 우리나라의
인물과 비교하여 어떻다고 평가할지 모르겠다.

다시 생각해 보니 지치 원년(1321년)에 나 역시 외람되게도 원나라에
가서 회시(會試)에 응시한 적이 있었다. 이해에는 응시자가 정원을 채우
지 못해 합격자가 겨우 마흔세 명이었다. 나는 요행히 스물한 번째로 합
격해 개주 판관(開州判官)에 임명되었다. 그러나 부임한 지 몇 달 만에 병
으로 사직하고 돌아와 지금은 시골로 물러나 편하게 지낸 지 십삼 년이
지났다. 젊은 시절의 뜻은 갈수록 사그라져 두 번 다시 높이 뛰어오를
기세가 없어지고 말았다. 중보와 비교하면 나는 끝내 자포자기하여 성
취가 없을 것이라는 점을 잘 알고 있다. 부끄럽게도 훌륭한 임금을 저버
렸으니, 또 무슨 말을 하겠는가.

중보는 힘쓸지어다. 『시경』에 이른 것처럼 한 삼태기의 흙을 채우지 못
해 아홉 길이나 되는 높은 산을 완성하지 못하는 일이 없도록 해라. 나
는 중보와 친한 사이이다. 그의 행적을 칭송하는 한편, 형편없는 나를 꾸
짖어 거듭 힘쓰도록 하노라."

해설

이중보는 이곡(李穀)이다. 『졸고천백』에는 원통 을해년(1335년) 3월에 이
글을 쓴 것으로 되어 있다. 이곡은 이해 36세의 나이로 원나라에서 시행
된 과거에 합격하고, 한림국사원(翰林國史院) 검열관(檢閱官)에 임명되었다.
그 뒤로도 여러 차례 고려와 원나라를 오가며 양국의 관직을 모두 지냈다.

우리나라 문인이 중국의 과거에 급제하고 관직을 지낸 예는 드물지 않다. 글에서 언급했듯 최해의 선조 최치원은 어린 나이에 당나라로 건너가 10년간 공부한 끝에 과거에 급제했다. 최치원의 성취는 언뜻 보기에 화려한 것 같지만, 이면을 살펴보면 그렇지 않다. 최치원이 급제한 과거는 외국인만을 대상으로 하는 빈공과였다. 중국에서 크게 인정받지 못한 것도 당연하다. 그가 중국에서 역임한 관직은 모두 미관말직이었으며, 고국으로 돌아와서도 영락한 신세를 면치 못했다. 고생은 했지만 영광은 충분하지 않았다고 한 최해의 평가 그대로였다. 최치원 이후 중국의 과거에 급제한 이른바 '빈공제자(賓貢諸子)'가 적지 않았으나 그들의 운명도 크게 다르지 않았다. 『구당서(舊唐書)』에 김운경 등의 이름이, 『송사(宋史)』에 왕빈과 최한이, 『옥해(玉海)』에 김성적과 강무민, 김단 등의 이름이 보이지만 이들 역시 중국에서 뚜렷한 자취를 남기지 못했다.

원나라가 등장한 이후로 상황이 달라졌다. 이전의 왕조와 달리 원나라 때는 차별이 크지 않았다. 지배층인 몽골인과 함께 색목인(色目人)은 우방(右榜)에, 한족(漢族)은 좌방(左榜)에 합격자의 이름을 붙였는데, 『졸고천백』에 실린 글에는 고려 사람인 이곡의 이름이 좌방에 붙은 것으로 되어 있다. 이곡은 한족의 수재들과 경쟁해 당당히 합격했으며, 또 그가 역임한 관직은 모두 황제를 보좌하는 요직이었다. 이곡의 성취는 이전의 빈공제자들과는 확연히 달랐다. 최해 역시 원나라에서 과거에 급제하고 관직을 역임했지만 칭병하며 귀국하는 바람에 넓은 중국에서 뜻을 펼칠 기회를 놓치고 말았다. 후배가 자신의 실패를 답습하지 않고 성공하기를 바라는 진심을 담은 글이다.

예산은자의 일생　　　猊山隱者傳

은자의 이름은 하계(夏屆)이며 하체(下逮)라고도 한다. 성은 창괴(蒼槐)이다. 대대로 용백국(龍伯國) 사람으로 원래는 성이 두 글자로 된 것은 아니었으나, 은자는 우리나라의 음이 느슨하다는 이유로 이름과 함께 바꾸었다.

　은자는 어릴 적부터 벌써 하늘의 이치를 아는 것 같았다. 공부를 시작하자 어느 하나에 얽매이지 않고 요점을 터득하기만 하면 그뿐, 끝까지 하려고 들지 않았으니 이 때문에 넓기만 하고 깊지는 않았다. 조금 장성하자 개연히 공명을 이룰 뜻을 품었으나 세상 사람들이 아무도 인정하지 않았다. 그의 성품이 남의 비위를 맞추는 짓을 잘하지 못했기 때문이다. 또 술을 좋아해서 몇 잔만 마시면 남의 잘잘못을 즐겨 이야기했고, 귀로 들어온 말을 입에 담아 둘 줄 몰랐다. 그러므로 사람들이 아끼거나 존중하지 않았으며 등용될 때마다 쫓겨났다. 친한 벗들이 안타까워하며 고쳐 주려고 충고하기도 하고 꾸짖기도 했지만 받아들이지 못했다. 중년에는 꽤나 후회했지만 사람들은 이미 그를 구속할 수 없는 사람으로 대우했기에 끝내 쓰이지 못했다. 은자 역시 두 번 다시 이 세상에 뜻을 두지 않았다. 한번은 이렇게 말했다.

　"내가 예전에 교유했던 이들은 모두 착한 사람이었는데 그들조차 대부분 나를 인정하지 않았으니, 여러 사람의 인정을 받기란 참으로 어렵구나."

이것이 그의 단점이었지만 장점이기도 하였다. 만년에는 사자갑사(獅子岬寺)의 승려에게 밭을 빌려 농사를 지었다. 정원을 만들고 취족원(取足園)이라 했으며, 자신의 호를 예산농은(猊山農隱)이라 하였다. 그의 좌우명은 다음과 같다.

너의 땅과 너의 정원은
삼보(三寶)의 무거운 은혜이다.
누구 덕택에 만족하는지
삼가 잊어버리지 마라.

은자는 평소 승려를 좋아하지 않았는데 끝내 승려의 소작인이 되었기에, 일찍 품은 뜻이 어긋난 점을 반성하며 자조한 것이라 한다.

해설

1323년(충숙왕 10년), 최해가 자신의 생애를 회고하며 지은 글이다. 이 글과 같이 자신의 생애를 제삼자의 입장에서 서술한 글을 자전(自傳)이라고 한다. 실명을 쓰지 않고 성을 창괴, 이름을 하계 또는 하체라 쓰고 출신지를 용백국이라고 한 것에서 보듯 가상 인물의 생애를 서술한 가전(假傳)과 유사한 부분도 있다.

최해의 이 글은 문자 유희에 가깝기도 하다. '창괴'의 'ㅊ'과 'ㅚ'를 합하면 '최'가 되고, '하계' 혹은 '하체'의 'ㅎ'과 'ㅔ' 또는 'ㅐ'를 합하면 '해'와 유사한 음이 된다. 성과 이름이 한 글자이지만 느슨하여 바꾼다고 한 것이 이 뜻이다. 예산은자라는 호는 개성 남쪽 사자산(獅子山)에서 농사를 짓고 은거한다는 뜻이다. '예'가 사자를 가리키는 말이기 때문이다. 출신지 용백국은 동해에 있다는 전설의 거인국이다. 그곳의 거인은 키가 30길이고 수명이 8000년이며 단번에 신령한 자라 두 마리를 낚는다고 한다. 최치원과 같은 명가의 후손으로 큰 능력을 지녔다는 점을 과시하고자 하는 의도가 있는 듯하다.

최해는 출세할 뜻을 품었으나 술을 좋아하고 남의 잘잘못 말하기를 좋아하여 끝내 뜻을 이루지 못하고 은거의 길을 택했다. 이 글은 자신의 평생을 기술한 것이지만 생애의 중요한 사실들, 예컨대 원나라 제과에 급제해 여러 관직을 지낸 사실은 모두 생략되어 있다. 전(傳)은 간략함을 위주로 하는 양식이며 자전은 더욱 소략한 것을 특징으로 삼기 때문이다.

주목할 것은 말미의 좌우명이다. 승려를 좋아하지 않았는데 승려의 소작인이 된 자신의 처지를 자조하며 지었다고 했다. 부처, 불법, 승려를 이르는 삼보(三寶)의 은혜를 먹고산다는 말이 이것이다. 그가 정원에 붙인 이름 취족원은 만족스럽게 취했다는 의미인데 이 취족의 연원이 바로 삼보에 있음을 거듭 강조했다. 이상과 현실의 괴리를 의미하는 이 좌우명이야말로 최해가 37년간의 삶에서 가장 절실하게 깨우친 것이었다.

이제현

李齊賢

1287~1367년

본관은 경주(慶州), 자는 중사(仲思), 호는 익재(益齋) 또는 역옹(櫟翁)이다. 개성(開城)에서 태어나 15세에 성균시에 장원으로 급제했다. 28세 되던 1314년(충숙왕 1년), 충선왕의 부름을 받고 원나라의 수도 연경으로 가 만권당(萬卷堂)에서 중국의 명사들과 교유했다. 그 뒤 수차례 양국을 왕래하며 외교 활동을 벌였다. 1340년 충혜왕을 따라 귀국했으나 정국이 여전히 불안정해 한동안 두문불출했다. 1344년 충목왕이 8세의 나이로 즉위하자 그의 스승으로서 정치에 참여했다. 1351년 즉위한 공민왕이 개혁 정치를 추진하면서 이제현을 정승에 임명해 국정을 총괄하게 했다. 이 기간 동안 국사 편찬 작업에 착수했으며, 과거 시험을 주관해 훗날 고려 말의 대문호로 성장하는 이색(李穡) 등을 선발하기도 했다. 1357년 70세의 나이로 벼슬에서 물러난 뒤로도 여러 차례 국정의 자문에 응했다. 저술로 『익재난고(益齋亂藁)』, 『역옹패설(櫟翁稗說)』이 전하며 우리나라의 민요를 한시로 번역한 소악부(小樂府)의 작가로도 유명하다. 김택영은 그를 두고 "조선 3000년을 통틀어 제일의 대가(朝鮮三千年之第一大家)"라며 우리나라 역사상 가장 뛰어난 문인으로 평가했다.

우리 임금을 돌려주소서

上伯住丞相書

모월 모일, 목욕재계하고 백 번 절한 뒤 승상 집사께 글을 올립니다.

우(禹)는 세상에 물에 빠진 사람이 있으면 자기가 빠뜨린 것처럼 여겼고, 직(稷)은 세상에 굶주리는 사람이 있으면 자기가 굶주리게 한 것처럼 여겼습니다. 물에 빠지거나 굶주린 사람을 우가 제 손으로 밀어 넣고 직이 먹지 못하게 막은 것도 아닌데, 그들은 어째서 사양하지 않고 분명한 자기 책임으로 여겼겠습니까?

하늘이 큰 인물에게 중대한 임무를 내리는 이유는 본디 그로 하여금 이 백성을 구제하게 하려는 것입니다. 만약 곤궁하고 고할 데 없는 사람을 보고도 태연히 있으면서 구하지 않는다면 하늘이 중대한 임무를 내린 뜻이라 하겠습니까? 이 때문에 굳은살이 박이는 고통과 몸소 농사짓는 수고도 잊은 채 온 세상을 제집으로 삼아 백성을 먹여 살렸으며, 요임금과 순임금을 보좌하여 만세에 그 은택이 미치도록 한 것입니다. 가령 어떤 사람이 불행하게도 굶주려 구덩이에 나뒹굴거나 파도치는 물에 빠졌다고 합시다. 우와 직이라면 잠깐 목숨을 살려 주는 정도에 그쳤겠습니까? 저는 필시 그들이 계획을 세워 다시는 굶주리거나 물에 빠지는 일을 걱정하지 않도록 만든 뒤에야 마음이 편안하였을 것이라고 생각합니다.

삼가 생각건대, 승상 집사께서는 황제를 보좌하여 목소리와 얼굴빛에 조그만 동요도 없이 쉽게 천하를 태산처럼 편안하게 만드셨습니다. 백발의 노인들은 중통(中統, 1260~1263년)과 지원(至元, 1335~1340년)의 태평성대를 다시 보게 되었다고 여기고 있으니, 지금 시절에 태어난 사람은 큰 행운이라 하겠습니다. 이러한 상황에서 굶주리거나 물에 빠진 것보다 더 곤궁한 형편에 놓인 사람이 있다면 집사께서는 어떻게 처리하시겠습니까?

지난해 우리 늙은 심왕(瀋王, 충선왕)이 황제의 진노를 사서 몸 둘 곳이 없어지자 집사께서 불쌍히 여기시고 천자의 위엄이 우레와 같은 상황에서도 그의 죽을 목숨을 살려 주셨습니다. 그리하여 가벼운 벌을 받고 먼 변방에 유배되었으니, 다시 살려 준 은혜는 부모보다 크다고 하겠습니다. 그렇지만 그곳은 멀고 외지며 언어가 같지 않고 풍속이 전혀 다른 곳입니다. 언제 도적을 만날지 모르고 굶주림과 목마름이 핍박하여 몸은 여위고 머리는 전부 희어졌습니다. 그 고생하는 모습을 말하자니 눈물이 흐릅니다. 집사께서는 이를 차마 보고만 계시겠습니까?

그의 부친으로 말하자면 세조(世祖) 황제의 사위이며, 그의 공로를 말하자면 선제(先帝)이신 인종(仁宗)의 공신입니다. 또 그의 조부는 태조(太祖) 성무황제(聖武皇帝)께서 개국하던 초기에 의리를 사모해 먼저 복종하고 대대로 황실을 위해 충성을 다했으니, 그 공로를 잊어서는 안 될 것입니다. 비록 고집스럽고 어리석어 더없이 심한 죄를 지었지만 그의 본심을 따져 보면 본디 다른 마음은 없었습니다. 그리고 유배된 지 이미 사년이 되었으니 마음을 바꾸고 허물을 고친 것도 많습니다.

삼가 바라건대 집사께서 예전에 힘써 구해 주셨으니 끝까지 은혜를 베풀어 주시기를 잊지 마소서. 황제에게 상주해 은택을 베풀도록 인도

하여 고향으로 돌아가 여생을 보내도록 해 주신다면 그 감격이 어찌 구덩이에 나뒹구는 굶은 자에게 좋은 음식을 먹여 주고 물에 빠져 죽을 위기에 빠진 사람에게 평탄한 길을 밟도록 해 주는 정도에 그치겠습니까? 만약 시기가 좋지 않아 조금 천천히 하겠다고 생각하시면서 세월을 끌다가 혹 어질고 힘 있는 사람이 먼저 조처한다면 천하의 선비들은 집사께서 일을 맡고서도 혼자 머뭇거린다고 할 것이요, 우리나라 사람들은 집사께서 끝까지 덕을 베풀지 못했다고 할 것입니다. 이는 집사께 애석한 일이 될 것입니다.

해설

1320년 충선왕은 모함을 받고 원나라의 서쪽 변방 토번(吐蕃)으로 유배되었다. 이제현은 수만 리 길을 걸어가서 충선왕을 찾아보는 한편, 그의 석방을 위해 원나라 승상 백주(伯住)에게 이 글을 보내 탄원했다. 『맹자(孟子)』 「이루 하(離婁下)」에 "우는 천하에 물에 빠진 자가 있으면 마치 자기가 빠뜨린 것처럼 여겼고, 직은 천하에 굶주리는 자가 있으면 마치 자기가 굶주리게 한 것처럼 여겼다."라고 했다. 순임금 시절 우는 치수(治水)의 책임을 맡았고, 직은 농경의 책임을 맡았기 때문이다. 이제현은 『맹자』를 인용해 천하를 다스리는 책임을 맡은 원나라 승상 백주가 억울하게 귀양 간 충선왕을 좌시해서는 안 된다고 했다. 아울러 충선왕의 부친 충렬왕이 제국 대장공주(齊國大長公主)와 혼인한 원 세조의 사위라는 점, 그리고 충선왕의 조부 원종(元宗)이 고려와 원나라의 우호를 위해 노력했다는 점을 언급하며 선처를 호소했다.

충선왕의 석방을 위한 이제현의 노력은 비단 충선왕만을 위한 것은 아니었다. 그간 고려와 원나라의 관계를 원만히 유지해 온 충선왕이 유배되자 1323년 원나라에서는 고려의 국호를 폐지하고 행성(行省)을 설치해 직접 통치하자는 논의가 나오게 되었다. 이제현은 원나라에 직접 호소해 그 논의를 중지시켰다. 원나라의 간섭은 여전했으나, 고려가 독립된 국가로 존재할 수 있었던 데는 이제현의 외교적 노력과 문장력의 역할이 매우 컸다. 『여한십가문초』에도 선발되어 있는 명문이다.

선비는 배와 같다　　送辛員外北上序

선비가 이 세상을 살아가는 것은 배를 타고 가는 것과 비슷하다. 재주를 노로 삼고 운명을 순풍으로 삼아야 편히 갈 수 있다. 재주와 운명이 좋아도 뜻이 낮으면, 배가 온전하고 바람이 순조롭더라도 뱃사공이 적임자가 아닌 것과 같다. 어떻게 무거운 짐을 싣고 먼 길을 가서 통하지 않는 곳까지 통하게 만들 수 있겠는가.

원외랑(員外郎) 신예(申裔) 공은 어릴 적부터 책을 읽어 영민한 데다 문기를 좋아했다. 문단에서 재주를 드날리고 실무에 솜씨를 발휘했으니, 재주가 있다고 하겠다. 또 관직에 오른 지 몇 해 되지 않아 제학(提學)과 대언(代言)을 역임하고, 밀직(密直)과 첨의(僉議)로 옮겼으며 이어서 정동행성(征東行省)의 원외랑이 되었으니 운명이 좋다고 하겠다. 친구들을 이끌어 함께 높은 자리에 오르고, 원로의 자문을 받아 온갖 정무를 조절했으며, 단정한 낯빛으로 군주를 바로잡고, 정성을 다해 손님을 대접했으니, 그 뜻이 높다고 하겠다. 이제 조정의 관원으로 부름을 받아 행장을 꾸려 중국으로 떠나게 되었으니, 재주가 뛰어나고 운명이 대통하며 뜻이 크다는 사실을 여기에서 다시 한번 확인하게 되었다.

찬선(贊善) 권한공(權漢功) 이하 스물여덟 명이 우곡(愚谷) 정자후(鄭子厚)의 「잔치에 감사하는 시」의 글자로 운(韻)을 나누어 함께 시를 지어 떠나는 그를 찬미하면서, 나에게 서문을 지어 달라고 부탁했다. 나는 술 잔을 들고 앞으로 나아가 배에 대한 이야기를 마저 하겠다고 했다.

강과 바다가 크고 작은 것은 다르지만 배를 타는 것은 마찬가지이다. 돛대를 세우고 돛을 다는 것은 나아가기 위해서요, 닻줄을 매고 닻을 내리는 것은 멈추기 위해서다. 또 반드시 헌 옷가지가 있어야 배가 새는 것을 막을 수 있다. 왕의 나라는 강과 같고, 천자의 나라는 바다와 같다. 신 공의 배는 강을 거쳐 바다로 가려 한다. 의(義)를 돛대로 삼고 신(信)을 돛으로 삼으며, 예(禮)를 닻줄로 삼으며 공경하고 신중하고 청렴하고 부지런함을 헌 옷으로 삼는다면, 아무리 무거운 짐이라도 실을 수 있고 아무리 먼 곳이라도 갈 수 있으며 아무리 통하지 않는 곳이라도 통할 수 있다. 옛날에 전숙(田叔)과 한안국(韓安國)은 양(梁)나라와 조(趙)나라 의 신하로서 한(漢)나라의 조정에 가서 당시에 명성을 떨치고 후세에 이름을 남겼는데, 나는 지금 신 공에게서 그것을 기대한다.

해설

중국으로 가는 원외랑 신예(1325~1355년)를 전송하는 글로 역시 『여한 십가문초』에 선발되어 있는 명문이다. 신예는 충혜왕 대 과거에 급제해 좌정언(左正言), 지신사(知申事), 첨의평리(僉議評理) 등 요직을 역임했다. 이제현이 말한 대로 뛰어난 재주와 좋은 운명 그리고 높은 뜻까지 삼박 자를 모두 갖춘 인물이었다. 이제현은 배의 비유를 들어 신예의 앞날에 더 큰 영광이 있기를 기원하고, 한나라 전숙과 한안국을 거론하며 제후 국의 신하로서 황제에게 충성을 다하도록 당부했다.

이제현이 바랐듯 신예는 순풍을 만난 돛단배처럼 승승장구했다. 그러나 신예라는 배가 나아간 방향은 이제현의 바람과는 달랐다. 신예는 원나라 황제에게 총애를 받는 환관 고용보(高龍普)의 처남이 되어 권력을 농단했다. 원나라 사신이 충혜왕을 잡으러 오자 고용보와 공모해 충혜왕을 넘겨주는 짓도 서슴지 않았다. 원나라를 등에 업은 신예의 권세는 왕을 넘어섰기에 사람들은 그를 신왕(辛王)이라 불렀다. 결국 그의 이름은 『고려사』「간신열전(奸臣列傳)」에 실리게 되었다.

천하를 주유한
승려

送大禪師瑚公之
定慧社詩序

옛날 선(禪)을 배우는 선비는 세 차례나 투자산(投子山)에 오르고 아홉
차례나 동산(洞山)을 찾으며 천 리 길을 왕복하느라 쉬지 못했다. 자신이
터득한 바를 먼저 깨달음을 얻은 사람에게 물어보아 의심스럽고 어려운
점을 해결하고야 말았기 때문에 이처럼 부지런했던 것이다. 지금 세상에
살면서 옛사람과 비교해도 부끄러울 것이 없는 분은 오직 우리 호공(瑚
公) 대선사일 것이다.

공은 승과에 합격하여 교계에 명성을 날리고, 바로 풍악(楓岳, 금강산)
으로 가서 정밀하게 수행했다. 이때 서역(西域)의 지공 대사(指空大師)가
우뚝이 스스로를 보리달마(菩提達磨)에 비하니, 나라 사람들이 몰려들
어 제자의 예를 갖추었다. 공도 그를 찾아갔는데 지공이 이렇게 말했다.

"내가 향 한 심지를 사를 터이니 자네는 바로 사라졌다가, 내가 한 번
소리를 지르면 바로 돌아오게."

공이 이렇게 답했다.

"화상(和尙)께서 먼저 하십시오. 제가 갓을 들고 따라가겠소이다."

그의 제자들이 불손하다며 무례한 짓을 하려고 들었다. 공은 소매를
떨치고는 돌아보지도 않고 떠났다. 드디어 북으로 원나라의 서울을 관
광하고, 남으로 강소(江蘇)와 절강(浙江), 광동(廣東)과 광서(廣西), 사천(四

川), 감숙(甘肅), 운남(雲南)과 대주(代州) 등지를 유람했다. 몇 년 동안 더위와 추위를 겪으며 가 보지 않은 데가 없었다. 식견이 넓어져 수립한 바가 우뚝했고, 경험한 바가 훤해져 지키는 바가 굳었다. 유유하게 돌아와 담담하게 머물자, 전날 의심하던 사람들이 부끄러워하고 조롱하던 사람들이 복종했다. 그러자 공이 말했다.

"의심하고 조롱하던 자들이 과연 그르다고 할 수 있겠는가? 부끄러워하고 복종하는 자들이 과연 옳다고 할 수 있겠는가? 옳다 그르다 함이 모두 남에게 달렸으니 내가 알 바가 아니다."

주상께서 들으시고 더욱 존중하여 정혜사를 맡도록 했다. 여러 학사(學士)들이 소동파의 시 "이 몸은 만 리 길 나서 천하를 반이나 돌았는데, 스님은 암자 한 곳에 누워 막 백발이 되었네"라는 두 구를 운자로 삼아 열네 편의 시를 함께 지어 떠나는 공에게 선물로 주었다. 공은 다시 익재 거사(益齋居士)에게 그 앞에다 몇 마디 말을 써 달라고 부탁했다.

익재 거사는 늙었으니 무슨 말을 할 수 있겠는가마는, 당나라 문창(文暢)이 매번 이름난 고관들과 어울리며 자신의 뜻을 시와 노래로 지어 달라고 청했는데, 후세에 전하는 것은 오직 한유와 유종원 두 사람의 서(序)뿐이다. 승상 사마광은 또 한유의 몇 마디만 취했으니, 이는 그의 글이 바르고 컸기 때문이다. 문창은 한갓 문사(文辭)만 좋아한 사람이니 공이 어찌 문창 같은 무리겠는가? 또 여러 학사들이 제각기 시를 지어 읊조리고 노래했지만 그의 뜻을 능히 전달했을 것인가? 또 익재 거사의 글이 그가 구하는 바에 능히 부응할 수 있겠는가? 승상 사마광과 같은 인물은 이 세상에 없지만, 가령 있다 하여도 익재 거사의 글이나 말에서 취할 것이 있을까? 익재 거사 자신도 알 수 없는 일이다. 이에 한바탕 웃고 이것으로 서문을 쓴다.

해설

『여한십가문초』에도 선발되어 있는 명문이다. 왕명으로 정혜사를 맡게 된 호공을 전송하면서 쓴 글인데 호공이라는 승려에 대해서는 확인이 어렵다. 이덕무(李德懋)의 『앙엽기(盎葉記)』에 우리나라 사람 중에 중국을 두루 여행한 인물로 호공을 거론한 것으로 보아 호공 자체를 법명으로 본 듯하다.

이 글에 따르면 호공은 고행을 통해 득도한 고승이라 하겠다. 고려 말 인도에서 스스로 온 승려 지공은 그 영향력이 매우 컸고, 중국 남북조 시대 선종(禪宗)을 창시한 달마 대사로 자처했다. 이 때문에 사람들이 다투어 그 문하에 나아갔기에 호공 역시 나아가 배움을 구했다. 지공은 선문답을 통해 시험하려 했는데 호공이 무례하게 대답하는 바람에 손찌검까지 당할 뻔했던 모양이다.

이에 호공은 세 번 투자산을 오르고 아홉 번 동산을 찾아간 설봉(雪峯)을 모범으로 삼아 길을 나섰다. 스스로 고행을 통해 득도하겠다는 뜻을 품고 중국의 북방과 남방을 두루 다녔다. 이를 통해 법력이 높아진 호공은 고려에 돌아와 계족산(鷄足山) 정혜사의 주지를 맡게 되었다. 이 때 문인들이 소식이 구산(龜山)에 들러 지은 시 "이 몸은 만 리 길 나서 천하를 반이나 돌았는데, 스님은 암자 한 곳에 누워 막 백발이 되었네 (身行萬里半天下, 僧臥一庵初白頭)"의 14자를 운자로 삼아 14편의 시를 지었다. 그중 이색의 시가 문집에 전한다. 이러한 일을 두고 호공이 이제현에게 글을 지어 달라고 한 것이다.

이제현은 당나라의 승려 문창이 함께 어울리던 문인들로부터 글을 받은 사례를 끌어왔다. 문창은 오대산(五臺山)과 하삭(河朔)으로 떠나면서 한유와 유종원 등에게 글을 받았다. 사마광은 『자치통감(資治通鑑)』에서 한유의 글 「문창 대사를 보내는 서(送文暢師序)」가 요령이 있다면서 일부를 인용한 바 있다. 한유의 글이 역사서에 채택된 것처럼 자신의 글도 후세에 길이 기억되리라는 자부의 뜻을 읽을 수 있다.

구름과 비단처럼 아름다운 집

雲錦樓記

찾아가 볼 만한 산천의 승경이 반드시 외지고 먼 곳에 있는 것은 아니다. 임금이 계신 도읍과 수많은 사람이 모이는 도회지에도 빼어난 산천이 없지는 않다. 다만 조정에서 명예를 다투고 시장에서 이익을 다투는 사람은 설사 형산(衡山)과 여산(廬山), 동정호와 상수(湘水)가 멀지 않은 거리에 늘어서 있어 고개만 돌리면 볼 수 있더라도 있는 줄도 모를 것이다.

어째서 그러한가. 사슴을 쫓는 자는 산을 보지 못하고, 금을 훔치는 자는 다른 사람을 보지 못한다. 가을철의 가는 털은 볼 수 있어도 수레에 실린 땔나무 더미를 보지 못하는 이유는 마음이 딴 곳에 있어 다른 데를 볼 겨를이 없기 때문이다. 일 벌이기를 좋아하고 권력이 있는 사람은 관문과 나루를 넘어 시골에다 터를 잡고, 언덕과 골짜기를 노닐기에 몰두하면서 스스로 고매하다고 여긴다. 하지만 사영운(謝靈運)이 길을 내자 백성이 놀라고, 허사(許汜)가 집터를 구하자 호방한 선비들이 비난했다. 그러니 차라리 그런 일을 하지 않는 것이 더 고매하다고 하겠다.

도성 남쪽에 사방 수백 무(畝)의 못이 있는데, 그 주위에는 밥 짓는 연기가 오르는 민가가 즐비하다. 그 곁으로 짐을 지거나 이고, 말을 타거나 걸어서 왕래하는 사람들이 끊이지 않는다. 그러니 기이하고 한가로운 승경이 그 사이에 있는 줄 어찌 알겠는가?

지원(至元) 정축년(1337년), 연꽃이 활짝 피자 현복군(玄福君) 권렴(權廉) 공이 보고 좋아하여, 못 동쪽의 땅을 구입해 누각을 지었다. 높이는 두 길 너비는 세 길이며, 주춧돌은 두지 않되 썩지 않는 기둥을 세우고, 기와는 얹지 않되 비가 새지 않도록 이엉을 덮었다. 서까래는 다듬지도 않고 굵지도 않지만 흔들릴 정도는 아니고, 벽에 단청을 하지 않아 화려하지 않지만 누추하지는 않았다. 대략이 이와 같은데 못 전체의 연꽃을 모두 차지한 것 같았다. 그러고는 부친 길창공(吉昌公) 권준(權準) 공과 일가친척들을 초청해 그 위에서 술을 마시면서 즐겁게 노느라 날 저물도록 돌아갈 줄 몰랐다. 큰 글씨를 잘 쓰는 아들에게 '운금(雲錦)' 두 글자를 쓰게 하고 누각에 걸어서 이름으로 삼았다.

내가 가 보니, 향기로운 붉은 연꽃과 푸른 연잎 그림자가 끝없이 펼쳐진 가운데 바람과 이슬이 흩날리고 안개와 물결이 흔들렸다. 명불허전(名不虛傳)이라 하겠다. 이뿐만이 아니었다. 용산(龍山)의 산봉우리들이 푸른 빛을 밀고 당기면서 처마 아래로 모여드는데 날이 밝고 어두움에 따라 매번 그 모습이 달라졌다. 앞서 말한 밥 짓는 연기가 오르는 민가의 모습을 앉아서 볼 수 있고, 짐을 이고 지고 가는 사람, 말을 타거나 걸어가는 사람, 달려가거나 멈추어 있는 사람, 뒤를 돌아보거나 누군가를 부르는 사람, 친구를 만나서 선 채로 이야기하는 사람, 어른을 만나서 달려가 인사하는 사람 모두가 모습을 감출 수 없으니 바라보면 즐거웠다. 저쪽에 있는 사람들은 그저 못만 보이고 누각이 있는 줄은 모를 것이니, 또 누각에 사람이 있는 줄 어찌 알겠는가? 빼어난 산수의 풍경이 반드시 멀고 외진 곳에 있는 것은 아니며, 조정과 시장에 있는 사람들이 늘 보면서 있는 줄도 모른다는 것을 이제야 알겠다. 그렇지 않다면 하늘이 만들고 땅이 감추어 함부로 사람에게 보여 주지 않은 것 아니겠는가?

권 공은 만호(萬戶)의 부절(符節)을 허리에 차고 외척의 권세를 누리고 있다. 나이가 아직 마흔도 되지 않았으니 부귀영화에 흠뻑 취하는 것이 마땅한데, 어진 이가 산을 좋아하고 지혜로운 이가 물을 좋아하듯 산과 물을 좋아한다. 사영운처럼 백성을 놀라게 하지도 않았고, 허사처럼 선비들에게 비난을 받지도 않으면서, 조정과 시장에 있는 사람들이 미처 보지 못하는 기이하고 한가로운 승경을 차지했다. 그리고 어버이를 즐겁게 하면서 손님까지 즐겁게 하고, 스스로 즐기면서 남들까지 즐기게 하니, 이 점은 훌륭하다.

익재 거사 아무개가 기록한다.

해설

권렴(1302~1340년)이 개성 남쪽 숭교리(崇敎里) 못가에 지은 운금루(雲錦樓)에 붙인 기문이다. 권렴의 집안은 고려 후기의 권문세가였다. 부친 권준(權準)과 조부 권부(權溥)는 요직을 독점했고, 권렴의 딸은 충숙왕의 후궁, 누이는 충혜왕의 후궁이었다. 이 글을 지은 이제현은 권부의 사위였으니 권렴은 이제현에게 처조카가 된다. 권렴은 가문의 후광에 힘입어 원나라 황제로부터 선무장군 합포진변만호부만호(宣武將軍合浦鎭邊萬戶府萬戶)에 임명되었다. 당시 나이 겨우 24세였다. 권렴이 운금루를 지은 것은 1337년, 권세가 한창이던 시기였다.

운금루는 기와도 얹지 않고 단청도 칠하지 않은 비교적 소박한 누각이었지만, 구름(雲)처럼 높은 자리에서 붉은 연꽃과 푸른 연잎이 어우러진 비단(錦) 같은 풍경을 조망할 수 있는 곳이었다. 이제현은 향기로운 연꽃 핀 모래섬 비추는 달(荷洲香月), 소나무 자란 골짜기의 푸른 구름(松壑翠雲), 낚시터 바위에서의 저물녘 낚시(漁磯晚釣), 산가에서 아침밥 짓는 모습(山舍朝炊) 등 운금루의 네 가지 아름다운 경치를 시에 담기도 하였다.

이제현은 말한다. 조정과 시장에서 명예와 이익을 다투는 사람은 마음을 빼앗겨 가까이에 기이하고 한가로운 승경이 있어도 즐길 줄 모른다. 반면 권렴은 부귀영화를 누리면서도 마음을 빼앗기지 않아 운금루의 승경을 즐길 줄 안다. 상대를 칭송하면서도 이러한 명언을 남겼기에 『여한십가문초』에 그의 대표작으로 선발된 것이다.

이색이 지은 권렴의 묘지명에 따르면 권렴은 몸가짐이 바르고 검소했으며, 가장 바란 것은 어버이와 친구들의 마음을 얻는 것이었다고 한다. 권렴은 연꽃이 필 때마다 손님들을 운금루로 초청해 주연을 베풀고 부친과 조부의 장수를 기원했다. 그러나 그는 마흔도 되지 않아 부친과 조부에 앞서 세상을 떠나고 말았다.

승려들의 힘으로 지은 절

重修開國律寺記

삼가 생각건대 우리 태조께서는 삼한(三韓)을 통일한 뒤 나라에 이익이 되는 일이라면 거행하지 않은 것이 없으셨다. 부처의 가르침이 다스림을 돕고 포악한 무리를 교화할 수 있다고 여겨, 승려를 일반 백성으로 취급하지 않고 부처의 가르침을 널리 전하게 하였다. 탑을 세울 적에는 반드시 산천의 음양(陰陽)과 역순(逆順)의 형세를 살펴보고 비보(裨補)하는 점이 있어야만 세웠으니, 죄를 두려워하고 복을 바라면서 부처에게 아첨한 양 무제(梁武帝)와는 달랐다.

도성 동남쪽 모퉁이에 보정문(保定門)이 있는데, 그 길에는 양광도(楊廣道, 지금의 경기도), 전라도, 경상도, 강릉도(지금의 강원도) 네 도에서 도성으로 오는 사람과 도성에서 네 도로 가는 사람이 밤낮으로 쉬지 않고 바삐 왕래한다. 그곳에 있는 하천은 도성의 물이라면 시내와 도랑, 멀고 가깝고 크고 작은 것을 막론하고 모두 모여 동쪽으로 흐른다. 여름과 가을이 교차할 무렵 장마가 오면 거대한 물결이 세차게 흐르는데, 마치 군사가 행진하는 모습 같아 보기에 무서울 정도다. 그곳에 있는 산은 곡령(鵠嶺)에서 꿈틀꿈틀 이어져 오는데, 엎드렸다 일어섰다, 달리다가 멈추는 듯하여, 마치 용과 범이 움직이는 것처럼 그 기세가 웅장하다. 세상 사람들이 이곳을 두고 세 겹으로 목에 칼을 채운 것 같다고 하는데,

바로 이런 모습 때문이 아니겠는가?

청태(淸泰) 18년(935년), 태조께서 풍수가의 말에 따라 그 사이에 절을 지어 계율을 공부하는 승려들을 거주하게 하고 개국사(開國寺)라 이름 지었다. 당시 전쟁이 겨우 끝나 모든 일을 막 시작하던 초창기였다. 군사를 모집해 일꾼으로 삼고 창과 방패를 부수어 자재를 충당했으니, 전쟁을 그만두고 백성을 쉬게 하려는 뜻을 보인 것이다. 그러나 임진년(1232년)에 불탄 뒤로 고치지 못해 승방과 불당은 비바람을 막지 못하고 계율을 가르치던 계단(戒壇)과 강당(講堂)은 폐허가 되었다. 날마다 손상이 심해져 거의 사라질 지경이었다.

그렇지만 모든 사물은 항상 피폐한 채로 있지 않고 때를 만나면 번성하는 법이며, 도(道)는 끝까지 침체된 채로 있지 않고 적임자가 나타나면 흥성하는 법이다. 작고하신 우리 남산 종사(南山宗師) 목헌 구공(木軒丘公)이 설법을 잘하고 이해력이 뛰어나 정혜묘원자행대사(定慧妙圓慈行大師)라는 칭호를 하사받고 무너진 기강을 진작하는 것을 자신의 임무로 삼았다. 하루는 승려들을 모아 놓고 이렇게 말했다.

"우리들은 국왕의 땅에 살면서 길쌈도 하지 않고 농사도 짓지 않지만, 입는 옷은 추위와 더위를 막기에 충분하고 먹는 음식은 아침저녁을 넘기기에 충분하다. 우리 임금께서 하사하시고 우리 정승께서 베풀어 주신 은혜가 지극하다고 하겠다. 지금 나라의 형편이 옛날에 비할 바 아니니, 기어이 전례에 따라 우리가 사는 곳을 나라에서 중수하기는 어려운 일이다. 게다가 내 집 울타리가 부서졌는데 이웃에게 고치라 하는 것은 의리에 어긋나고, 내 밭이 황폐해졌는데 남이 김매 주기를 바라는 것은 지혜롭지 않다."

승려들이 이 말씀을 듣고 그 뜻을 깨달아 팔을 걷어붙이고 가르침에 따라 남산종(南山宗)에 속한 사찰들에 글을 보내 인부를 할당했다. 터를 평평하게 닦고 우거진 수풀을 베었으며, 먹줄로 재목을 다듬고 불단의 너비를 조절했다. 용마루를 세우고 서까래를 걸었으며, 백토(白土)를 칠한 뒤 단청을 했다. 위쪽에 높은 불당을 세우고 양쪽으로 긴 행랑을 연결했으며, 두 행랑의 끝에는 누각을 짓고 두 누각 사이에는 문을 내었다. 서쪽에는 공부하는 이들의 방과 감독하는 스승의 방을 두고, 주방과 창고도 각기 알맞은 자리에 마련했다. 간략하면서도 치밀하고, 검소하면서도 견고하게 되었다. 예전에 있던 것을 참작하되 오래가게 할 계획으로 적절히 가감했다. 지치(至治) 계해년(1323년)부터 태정(泰定) 을축년(1325년)까지 세 해 만에 공사를 마치고 연회를 열어 낙성식을 거행하자 보고 들은 사람들이 모두 찬탄했다. 그리하여 목헌 대사의 제자 중에 나이 많은 이가 이 일을 영원히 전하고자 나를 찾아와 간절하게 기문을 부탁했다.

내가 요즘 승려들을 보니, 뭔가 하려는 일이 있으면 반드시 권세가의 위세를 빌려 백성에게 해독을 끼치고 나라를 병들게 한다. 그저 빨리 완성하려고 힘쓰다 보니 복을 얻으려다 원망을 받게 된다는 점은 모른다. 목헌 대사는 그렇지 않다. 그분의 말씀은 진심에서 우러나온 것이었기에 승려들도 즐거운 마음으로 일했다. 나라의 재물은 추호도 건드리지 않고 백성에게 약간의 힘도 빌리지 않고서도 이처럼 완공했으니, 기록으로 남길 만하다. 이 절을 처음 세울 적에 태조께서는 나라에 이익이 되기를 바라셨으니, 양 무제가 했던 일과는 다르다는 점을 이곳에 오는 사람들이 몰라서는 안 되므로 그 개략을 대충 서술한다.

계율의 도로 말하자면 잘못을 바로잡고 선(善)을 지향하도록 하는 것이 마치 요임금과 순임금이 세상을 다스릴 적에 신하 고요(皐陶)가 형벌을 내리면서 형벌 내리는 일이 없기를 바란 것과 같다. 불교의 은미한 말과 오묘한 뜻은 내가 배운 적이 없으므로 감히 억지로 말하지 못하겠다.

해설

풍수(風水)의 관점에서 결함이 있는 땅을 인위적으로 가공해서 그 결함을 보충할 수 있다는 주장을 비보설(裨補說)이라고 한다. 인위적인 가공에는 터를 낮추거나 높이는 방법, 숲이나 못을 조성하는 방법 그리고 사찰이나 탑을 세우는 방법이 있다. 비보설을 신봉한 고려 태조 왕건은 「훈요십조(訓要十條)」에서 도선(道詵)이 비보설에 따라 지정한 곳 외에는 절대 사찰이나 탑을 짓지 못하게 했다. 이렇게 비보설에 따라 건립한 사찰을 비보사찰(裨補寺刹)이라고 한다. 고려 시대 개성에 세워진 사찰은 모두 비보사찰이며, 이 글에 등장하는 개국사도 그중 하나이다.

개국사는 고려가 후삼국 통일을 눈앞에 둔 935년 왕건이 개성 동쪽에 건립한 사찰이다. 고려 정종(定宗)은 이곳에 부처의 사리를 직접 봉안했으며, 문종(文宗)은 송나라 황제에게 하사받은 대장경을 이곳에 안치했다. 고려의 역대 국왕들이 선왕을 위해 재(齋)를 지내거나 굶주리고 병든 이들을 구휼한 곳도 개국사였다. 그러나 1232년 몽골의 침입으로 소실된 뒤로 90여 년 동안 폐허로 남아 있었다.

국가에서는 거듭된 병란으로 중건할 엄두를 내지 못하고 있던 차에 남산종(南山宗)의 종사 목헌이 나섰다. 고려의 승려들은 개국 이래 국가의 두터운 혜택을 받았으니, 국가의 힘에 기대지 말고 불교계의 자력으로 중건해야 한다는 것이었다. 목헌의 제자들은 여러 사찰의 힘을 모아

3년 만에 공사를 마쳤다.

개국사의 중건이 완료된 1326년은 불교의 폐단이 극심하던 시기였다. 이미 권력 집단으로 변해 버린 승려들은 거대한 장원을 점유하고 백성을 수탈했다. 이제현은 개국사를 중건한 목헌이 이들과 다르다는 점을 강조한다. 국가의 재산을 낭비하고 백성의 노동력을 동원해 건립한 대개의 사찰과는 달리, 개국사는 순전히 목헌을 비롯한 승려들의 힘으로 완성되었다는 것이다. 개인의 복록을 위해 사찰을 건립한 양 무제의 행위와도 구분해야 한다고 거듭 밝혔다. 『익재난고』에는 "태정 3년 병인 9월 어느 날, 동암 후인(東庵後人) 이모(李某)가 기록한다."라는 부분이 더 있으므로, 1326년 9월에 지은 글임을 알 수 있다. 『여한십가문초』에도 실려 있는 명문이다.

천 리를 가는 사람을 위해

白華禪院政堂樓記

묵암 탄사(黙菴坦師)가 용궁군(龍宮郡)의 천덕산(天德山)에 정사(精舍)를 지었다. 누각이 두 개 있는데 서쪽에 있는 것은 관공루(觀空樓)라고 한다. 그의 제자 중에 나이가 많고 호를 운수(雲叟)라고 하는 사람이 기문을 지었다. 동쪽에 있는 것은 정당루(政堂樓)라고 한다. 정당문학 한(韓) 재상이 남쪽으로 왔다가 이곳에 올랐으므로 이렇게 이름 지은 것이다. 정당이 돌아갈 적에 탄사가 그를 통해 내게 글을 지어 달라고 부탁하여 이 누각의 영광으로 삼겠다고 했다. 얼마 뒤 탄사가 연이어 찾아왔다. 내가 그를 만나 보고 물었다.

"보리달마는 탑을 짓고 절을 세우는 것은 억지로 복을 비는 행위라 했습니다. 홀로 관조하고 항상 아는 것이야말로 참된 공덕으로 삼아야 할 것이며, 존귀한 황제에게 용납받지 못하더라도 개의치 않는다고 했습니다. 탄사는 보리달마를 스승으로 삼으면서도 공사를 벌이느라 노심초사하며 큰 집을 짓고, 현달한 관원의 이름을 빌려 볼거리를 만들려 하고 있는데, 이 또한 무슨 이유가 있습니까?"

탄사가 말했다.

"지금 여기 어떤 사람이 천 리를 가야 한다고 합시다. 게으른 데다 이끌어 주는 사람이 없으면 중도에 멈추고, 길을 모르는 데다 인도하는 사람이 없으면 옆길로 빠져 도달하지 못합니다. 제가 지금 세상의 승려들을 보니, 도를 배운다면서 옛사람이 남긴 찌꺼기를 얻으면 대뜸 방자해져 명예와 이익에 심취합니다. 이들은 게을러서 중도에 멈추는 사람과 비슷하지 않습니까? 어떤 이는 산속에서 추위에 떨고 굶주리면서 의지를 가다듬고 깨달음을 구하지만, 식견이 좁고 귀가 어두운 데다 바로잡아 줄 사람이 없으니, 길을 몰라 샛길로 빠지는 사람과 비슷하지 않습니까?

나는 이 때문에 분발해 결사(結社)를 만들었습니다. 우리 승려들을 규합해서 명예와 이익의 유혹을 버리고 산속에서 추위에 떨거나 굶주리는 일을 면하게 하려는 것입니다. 게으른 사람을 이끌어 주고 어리석은 사람을 인도한다면 우리 스승이 말씀하신 대로 '홀로 관조하고 항상 안다'라는 이치를 묵묵히 깨닫는 사람이 필시 나올 것입니다. 저는 우리 스승의 도를 널리 퍼뜨리려는 것이지 억지로 복을 빌려는 것이 아닙니다. 휘로(暉老)와 배 승상(裵丞相), 만공(滿公)과 백 소부(白少傅)가 시를 주고받고 문답한 일은 불가에서 성대한 일로 전하고 있습니다. 어찌 현달한 관원이라는 이유로 회피한 적이 있었겠습니까? 우리 누각의 이름은 한 공에게서 얻은 것이니, 예나 지금이나 그 뜻은 마찬가지입니다."

나는 다 듣고 물러나 그 이야기를 써서 기문을 지었다. 산천이 얼마나 빼어난지, 지형이 얼마나 알맞은지, 언제 공사를 시작하고 언제 완성하였는지는 운수가 이미 말했으니 여기에서는 다시 언급하지 않는다.

경북 예천군 용궁면 천덕산의 백화 선원에는 두 개의 누각이 있었다. 하나는 관공루, 하나는 정당루이다. '관공(觀空)'은 불교의 진리인 공을 관조한다는 뜻이니 그럴듯하지만, '정당'은 관직명이라 사찰의 누각 이름으로는 어색하다. 정당루라는 이름은 정당문학을 역임한 한수(韓脩, 1333~1384년)가 이 누각에 오른 적이 있기 때문에 붙인 것이다.

이제현이 묵암 탄사에게 묻는다. 중국 선종의 조사(祖師) 보리달마, 즉 달마 대사는 사찰이나 탑을 세우는 행위에 반대하고 속세의 권력을 멀리했다. 그런데 달마를 배우는 묵암 탄사가 거대한 사찰을 세우고 현달한 관원의 인연을 빌미로 누각에 이름을 붙인 이유는 무엇인가?

묵암 탄사가 답한다. 천 리 길을 떠나는 사람에게 길잡이가 필요한 것처럼, 도를 구하는 승려에게는 속세의 유혹에 빠지지 않도록 이끌고 바른길로 인도해 줄 사람이 필요하다. 백화선원을 세운 목적은 바로 여기에 있으며, 이는 달마의 가르침에 어긋나지 않는다. 정당루라는 이름을 붙인 것도 과시하려는 의도가 아니라 과거의 이름난 승려들이 그랬듯이 명사(名士)와의 소중한 인연을 후세에 전하기 위해서라고 덧붙였다. 이제현은 자신의 물음과 상대의 답을 옮기는 방식으로 기문을 지었는데 이역시 고전 산문의 중요한 서술 방법 중 하나다.

이곡

李穀

1298~1351년

본관은 한산(韓山), 자는 중보(仲父), 호는 가정(稼亭)이다. 1320년 이제현이 주관한 과거에 합격해 좌주(座主), 문생(門生) 관계를 맺었다. 1332년 원나라 제과(制科)에 급제했고 이후 평생 고려와 원나라를 오가며 관직 생활을 했다. 고려에서는 정당문학을 역임하고 한산군(韓山君)에 봉해졌다. 고려 말의 정치가 및 문호로 유명한 이색(李穡)이 그의 아들이다.

민지(閔漬)가 편찬한 『편년강목(編年綱目)』을 증보하고 충렬왕, 충선왕, 충숙왕의 실록 편찬에 참여하는 등 역사서의 편찬에도 깊이 관여했다. 문집으로 『가정집(稼亭集)』이 전한다. 『동문선』에 많은 시문이 선발되어 있다.

홍수와 가뭄의 원인

原水旱

홍수와 가뭄은 과연 하늘의 운명인가, 과연 사람이 한 일에 달린 것인가? 요임금과 탕임금도 피하지 못했으니 하늘의 운명이라 하겠지만, 잘하고 잘못한 일의 결과로 나타나니 사람이 한 일에 달린 것이라고도 하겠다. 옛날 사람은 제 할 일을 다하고 하늘의 운명을 기다렸으므로 구년 동안 홍수가 계속되고 칠 년 동안 가뭄이 계속되어도 백성이 그다지 어렵지 않았다. 후세 사람들은 하늘의 운명에 맡기고 사람이 할 일을 내팽개치므로 한두 해만 재해가 생겨도 백성의 시체가 도랑과 골짜기에 나뒹군다. 나라에서 해와 달, 날에 따라 살펴볼 뿐만 아니라 물자를 비축하여 대비한다면 사람이 할 일을 다했다고 말할 수 있겠다. 그런데 작년부터 홍수와 가뭄이 들어 백성이 몹시 어려워졌다. 다방면으로 구휼하는데도 그 핵심을 얻지 못하고 있으니 그 이유가 무엇인가?

예전에 노인들에게 들으니, 백성을 다른 곳으로 이주시키고 곡식을 운반하며 굶주린 자에게 음식을 주고 목마른 자에게 물을 주는 정도로는 겨우 눈앞에 닥친 위기만 해결할 수 있을 따름이라고 했다. 만약 이미 지나간 자취를 보고서 아직 닥치지 않은 우환을 방비하고자 한다면 그 원인을 따져 보지 않을 수 있겠는가?

백성이 운명을 맡기는 사람은 관리이다. 자신의 이해에 관계된 일이 있으면 마치 자식이 부모에게 하듯이 반드시 달려가서 호소한다. 그러면 부모는 자식을 위해 해로운 것을 없애 줄 뿐, 자신의 이익은 따지지 않는다. 지금의 관리는 그렇지 않다. 만약 두 사람이 송사를 하는데 갑에게 돈이 있으면 을은 바로 어찌해 볼 방도가 없다. 그러니 그 백성이 어찌 원통한 마음을 품고 죽지 않을 수 있겠는가? 그 기운이 어찌 자연의 조화를 손상하지 않을 수 있겠는가? 이것이 홍수와 가뭄을 초래하는 원인이다.

관리를 감독하는 사람은 감사(監司)다. 탐욕스럽거나 청렴한 관리가 있으면 살펴보고서 벌을 주거나 상을 주어야 한다. 감사를 감독하는 사람은 감찰(監察)이다. 감사가 어진지, 어질지 않은지 살펴보고서 승진시키거나 축출해야 한다. 그런데 지금은 모두 그렇게 하지 않는다. 간혹 옛날처럼 하려는 뜻을 품은 사람이 있지만 도리어 세상 사람들에게 용납받지 못한다. 오늘 감사가 된 사람은 어제 감찰을 지낸 사람이며, 오늘 감찰이 된 사람은 어제 감사를 지낸 사람이니, 서로 도와주고 서로 감춰 주므로 이렇게 되는 것이다.

만약 지금 백성이 옛날의 관리를 한번 보고, 지금의 관리가 옛날의 감사를 한번 보고, 지금의 감사가 옛날의 감찰을 한번 볼 수만 있다면, 우리 백성은 죽어서 도랑과 구덩이에 나뒹굴지 않을 것이다. 그렇다면 홍수와 가뭄이 하늘의 운명이건 사람이 하는 일에 달렸건 그 핵심은 탐관오리를 제거하는 것뿐이다. 탐관오리를 제거하고자 한다면 그 방법은 법률에 명시되어 있으니, 시행하는 것은 천하를 다스리는 사람에게 달려 있다. 이에 홍수와 가뭄의 원인을 따지는 글을 짓는다.

해설

한나라 동중서(董仲舒)가 천인감응설(天人感應說)을 주장한 이래, 기상 이변이나 재해는 단순한 자연 현상이 아니라 군주의 행위에 대한 하늘의 경고로 간주되었다. 그러나 성군으로 이름난 요임금 시절에는 9년 동안 홍수가 계속되었고 탕임금 때에는 7년 동안 가뭄이 계속되었으니, 군주의 부덕이 재해를 초래한다고 주장하는 유학자들은 딜레마에 빠지지 않을 수 없었다.

이곡은 '진인사대천명(盡人事待天命)'의 논리로 이 딜레마를 극복하고자 시도한다. 그는 자연재해가 하늘의 운명이건 사람이 한 일에 달린 것이건 그 원인은 바로 하나, 다름 아닌 탐관오리에 있다고 보았다. 탐관오리가 군주의 덕을 무력화하고 백성의 원망을 불러일으키며, 결국 자연의 조화를 해쳐서 재해를 낳는다는 것이다. 재해는 예측할 수도 피할 수도 없으니, 탐관오리를 제거함으로써 사람이 할 일을 다 해야 한다는 지극히 현실주의적인 논리이다. 사육신의 한 사람인 박팽년(朴彭年)이 "하늘의 운명과 인간이 해야 할 일을 궁구했다."라고 극찬한 글이기도 하다.

말을 빌리다   借馬說

나는 집이 가난해서 말이 없기 때문에 간혹 남에게 빌려서 탄다. 둔하고 야윈 말을 구하면 급한 일이 있더라도 감히 채찍질을 하지 못한다. 당장이라도 넘어질 듯 벌벌 떨며, 도랑이나 구덩이를 만나면 내린다. 이 때문에 후회하는 일이 드물다. 반면 발굽이 높고 귀가 뾰족하며 빨리 달리는 준마를 구하면 의기양양해져 마음대로 채찍질을 한다. 구릉과 골짜기를 평지처럼 치달리니 몹시 통쾌하다. 하지만 간혹 위험하게 말에서 떨어지는 우환을 면치 못하는 경우도 있다. 아, 사람의 마음은 어찌하여 이다지도 쉽게 바뀌는가? 물건을 빌려 잠깐 사용하는 경우도 이러한데, 진짜로 소유한 자는 어떻겠는가!

그렇지만 사람이 소유한 것이 무엇인들 빌린 것이 아니겠는가? 임금은 백성에게 힘을 빌려 존귀하고 부유해지며, 신하는 임금에게 권세를 빌려 총애를 받고 귀해지는 것이다. 자식이 부모에게, 아내가 남편에게, 노비가 주인에게도 마찬가지니, 그 빌린 것이 몹시도 많다. 그런데도 대부분 자기가 본래 가지고 있는 것으로 여길 뿐 끝내 깨닫지 못한다. 어찌 어리석지 않겠는가! 만약 별안간 빌린 것을 돌려주어야 한다면 큰 나라를 소유한 임금도 일개 평범한 사내가 되고, 큰 집안을 소유한 대부(大夫)도 그저 외로운 신하가 된다. 하물며 미천한 사람은 어떠하겠는가!

맹자가 말했다. "오랫동안 빌리고서 돌려주지 않았으니 어찌 자기 소유가 아닌 줄 알겠는가." 나는 이 말에 느끼는 점이 있기에 말을 빌린 이야기를 지어 그 뜻을 부연한다.

해설

『전국책(戰國策)』에 "수레를 빌린 사람은 마구 달리고 옷을 빌린 사람은 함부로 입는다.(借車者馳之, 借衣者被之.)"라는 말이 있다. 이 글에서 이곡은 남의 물건을 빌렸으면 조심히 써야 하는데, 빌린 물건이라는 사실은 금방 잊어버린 채 마치 자기 물건인 양 함부로 쓰게 되는 심리를 짚었다. 이는 국가 대사로 확대된다. 사람이 가진 것은 무엇 하나 빌리지 않은 것이 없다. 임금의 자리는 백성에게 빌린 것이며, 신하의 권세는 임금에게 빌린 것이다. 심지어 내 목숨조차 내 것이 아니다. 이 세상으로부터 잠시 빌려 쓰는 것에 불과하다. 그러니 빌린 것을 돌려주어야 할 처지가 되면, 임금도 필부(匹夫)의 신세로 추락한다.

마지막 대목에서는 "요임금과 순임금은 인의(仁義)를 하늘에서 타고났고, 탕왕과 무왕은 스스로 체득했고, 오패(五覇)는 임시로 빌렸다. 오랫동안 빌리고서 돌려주지 않았으니 어찌 자기 소유가 아닌 줄 알겠는가." 라고 한 맹자의 말을 인용했다. 춘추 시대의 오패가 인의의 명분을 빌려 사리사욕을 채우고도 몰랐다는 고사를 끌어들인 데서 이 글이 단순한 개인이 아닌 군주나 재상에 대한 준엄한 풍자의 뜻을 담은 것임을 알 수 있다.

인간 시장   市肆說

상인이 모여서 서로 있고 없는 것을 바꾸는 곳을 시장이라고 한다. 내가 처음 연경(燕京, 북경)에 가서 골목에 들어갔다가 얼굴을 예쁘게 꾸미고 음란한 짓을 부추기는 사람을 보았다. 얼굴이 얼마나 예쁜가에 따라 대가를 흥정하는데 공공연히 그러면서도 조금도 부끄러워하지 않았다. 이를 여자 시장(女肆)이라고 하였다. 풍속이 아름답지 않다는 사실을 알 수 있었다.

또 관청에 들어갔다가 조문을 제멋대로 해석해 법규를 농락하는 사람을 보았다. 죄의 경중에 따라 대가를 흥정하고, 공공연히 돈을 받으면서도 조금도 두려워하지 않았다. 이를 아전 시장(吏肆)이라고 하였다. 형벌이 제대로 시행되지 않는다는 사실을 알 수 있었다.

이번에 와서는 또 인간 시장(人肆)을 보게 되었다. 작년부터 홍수와 가뭄 때문에 백성은 먹을 것이 없어 힘이 센 자는 도적이 되고 약한 자는 모두 유랑했다. 입에 풀칠할 수가 없어 부모가 자식을 팔고 남편이 아내를 팔며 주인이 노비를 팔았다. 시장에 진열해 헐값에 넘기니, 개나 돼지만도 못한 짓이다. 그런데도 담당 관원은 문제 삼지 않았다.

아, 앞서 말한 여자 시장과 아전 시장은 가증스러우므로 통렬히 징계하지 않으면 안 된다. 뒤에 말한 인간 시장은 그 사정이 가련하지만 역시 조속히 없애지 않으면 안 된다. 만약 이 세 가지 시장이 없어지지 않는다면, 풍속이 불미스럽고 법이 제대로 시행되지 않는 일이 이 정도에 그치지 않을 것이다.

해설

이곡은 원나라의 수도에 가서 세 종류의 시장을 보았다. 첫째는 '여자 시장'이다. 성을 매매하는 홍등가를 말한다. 아름답게 꾸민 여인들이 지나가는 남자들을 유혹하는 광경은 결코 아름답지 않은 모습이었다. 둘째는 '아전 시장'이다. 아전에게 뇌물을 주고 법을 농락하는 거래가 암암리에 이루어지고 있었다. 사실상 돈을 받고 물건을 파는 시장이나 마찬가지였다. 이러한 시장이 존재하는데 나라가 제대로 다스려질 리 없다. 셋째가 '인간 시장'이다. 사람을 가축처럼 사고파는 노예 시장이다. 홍수와 가뭄으로 살아갈 길이 막막해진 백성으로서는 어쩔 수 없는 선택이라지만, 이곡으로서는 나라가 이러한 시장을 규제하지 않는다는 사실이 충격적이었다.

　이 세 가지 시장을 반드시 없애야 한다고 이곡은 주장했다. 국가의 풍속과 형정(刑政)을 유지하기 위해서라고 했지만, 돈이라면 무엇이든 사고팔 수 있다는 물질 만능주의에 대한 저항과 인간의 존엄성에 대한 인식의 단초가 엿보이는 글이다. 여자 시장을 이르는 '여사(女肆)'는 원래 『당서(唐書)』에 보이는데 기생집을 말한다. 이곡은 여기에서 더 나아가 '이사(吏肆)'와 '인사(人肆)'라는 말을 만들어 세태에 충격을 가하려 했다.

스승의 도리　　　　　　　　　　　　師說

스승에 대한 이야기는 많지만 그 도가 한 가지가 아니며 그 지위도 다르다는 점을 몰라서는 안 된다. 그 도로 말하자면 성인(聖人), 현인(賢人), 우인(愚人)의 스승이 있고, 그 지위로 말하자면 천자(天子), 제후(諸侯), 경(卿), 사(士), 서인(庶人)의 스승이 있다. 스승이 하는 일은 도덕을 가르치고 재주를 가르치고 구두(句讀)를 가르치는 일이다. 천자로부터 서인에 이르기까지 스승의 도움을 받지 않고서 명성을 이루는 사람은 없다. 천자, 제후, 경, 사, 서인은 처한 지위가 다르고, 성인, 현인, 우인 역시 지향하는 도가 한 가지가 아니지만, 학업을 연마하고 기질을 변화시키는 것은 스승에게 달려 있다. 도덕을 가르치고 재주를 가르치고 구두를 가르치는 것도 마찬가지이다. 구두를 가르쳐 문장을 익히게 하고, 재주를 교육하여 적절히 활용하게 하며, 도덕을 전수하여 마음을 바로잡게 한다. 스승이 스승 노릇 하기란 참으로 힘이 드는 일이라 하겠다.

먼저 서인의 스승에 대해 말해 보겠다. 서인의 스승은 반드시 효도하고 공경하고 충성하고 신의가 있도록 타일러, 어버이를 친애하고 어른을 위해 목숨을 바치게 해야 한다. 무당과 의원, 악사, 장인의 재주는 사소한 것이기는 하지만 마음을 집중하고 뜻을 다하지 않으면 터득할 수 없다. 스승 된 사람은 꾸짖어도 되고 회초리로 때려도 되며 버리고 떠나도

된다. 만약 제대로 가르치지 못하면 강한 사람은 필시 거칠어지고 약한 사람은 필시 게을러질 것이다. 하던 일을 바꾸거나 아예 그만두어 부모를 욕되게 하고 마을 사람들에게 패악을 저지르며, 간교한 짓을 몰래 하다가 송사를 자주 일으킬 것이다.

단계가 올라가 경, 대부, 사의 경우에는 이들이 끼치는 해악이 필시 이보다 갑절이나 될 것이다. 또 단계가 올라가 제후나 천자의 경우에는 그 도가 커질수록 그 임무가 더욱 무거워지고, 그 지위가 높아질수록 그 책임이 더욱 늘어난다. 천자와 제후는 부귀한 집에서 태어나 편안하게 자랐으므로, 마음이 교만하고 위세가 높기 마련이다. 그러면 사대부를 노비처럼 여기고, 바깥에 있는 엄격한 스승보다는 좌우에 있는 친밀한 시종을 좋아한다. 어떤 사람은 풍악과 여인, 사냥개와 말을 바치고, 어떤 사람은 진귀한 보물과 특이한 음식을 올린다. 눈과 귀를 막고 마음을 황폐하게 하며 도덕과 의리를 해치려는 자들이 끊임없이 모여들고, 그러면 이들을 응대하느라 다른 겨를이 없어진다. 헐렁한 옷을 입고 넓은 허리띠를 차고서 벼슬길에 어렵게 나아가지만 쉽게 물러나는 올바른 선비들과, 총애를 받으려 아첨하고 꼬리를 흔들면서 아양을 떠는 자들이 함께 있으니, 이들 중 어느 쪽과 친하고 어느 쪽과 소원해야 할지, 어느 편이 잘하고 어느 편이 잘못했다고 해야 할지는 참으로 어려운 일이라 하겠다.

옛날의 교육은 천자와 제후의 아들이라도 반드시 학교에 들어가게 하여 날마다 몸가짐이 바른 선비와 함께 지내면서 먹고 자게 해서 덕성을 함양했다. 나이 많은 사람을 우대하고 덕 있는 사람을 존경하는 의리를 알게 함으로써, 관에 오줌을 싸거나 방석에 바늘을 꽂는 일이 없었고 이 때문에 스승의 도가 행해질 수 있었다. 비록 그렇지만 남의 스승이 되려면 반드시 먼저 자신을 바로잡아야 한다. 자기가 바르지 않으면서 남을 바로잡을 수 있는 사람은 없기 때문이다.

담양(潭陽) 전정부(田正夫)는 나와 같은 해에 과거에 급제한 선비다. 지금 왕이 연경에 들어갔을 때 따라갔는데 당시 왕은 세자였고 전정부는 그에게 구두를 가르쳤다. 세자는 이제 왕위에 올랐지만 여전히 나이가 젊으니, 참으로 옛날처럼 바깥에 있는 스승에게 나아가야 할 때다. 구두를 가르치고 재주를 교육하며 도덕을 전수하는 일은 어느 것 하나 빠뜨려서는 안 될 것이다. 이를 서인과 비교하고, 이를 경, 대부, 사와 비교하면 더욱더 중요하게 여기지 않을 수 없고, 성인이나 현인의 경지에 이르기를 기약하여 더욱 힘쓰지 아니할 수 없으며, 위에는 천자가 있고 아래에는 경, 사, 서인이 있으니 더욱 신중히 하지 않을 수 없다. 스승 노릇하기가 또한 참으로 힘든 일이라 하겠다.

정부는 반드시 먼저 자신을 바르게 해서 왕의 마음을 바로잡아야 한다. 풍악과 여인, 사냥개와 말, 진귀한 보물이나 특이한 음식이 앞자리를 차지하지 않도록 할 것이며, 총애를 받으려고 아첨하는 짓거리에 마음이 빼앗기지 않도록 해야 할 것이다. 그 도가 크므로 그 임무가 무겁고 그 덕이 높으므로 책임이 크니, 어찌 서인의 스승처럼 꾸짖거나 회초리로 때리고 안 되면 버리고 떠날 수 있겠는가? 또 어찌 경, 사의 스승처럼 그 해악이 서인의 갑절이 되는 정도에 그칠 뿐이겠는가?

맹자가 말했다. "오직 대인(大人)만이 임금의 잘못된 마음을 바로잡을 수 있으니, 한번 임금을 바로잡으면 나라가 안정된다." 대인이란 스승의 도가 엄격하고 도를 존중하는 사람을 말한다.

정부가 왕을 따라 본국으로 돌아갈 때 나에게 전송하는 글을 부탁하였다. 나는 스승에 대한 설을 말하고 맹자의 말로 끝을 맺는다. 정부는 어떻게 생각하는가?

해설

전정부는 1320년(충숙왕 7년) 이곡과 함께 과거에 급제한 인물이지만 자세한 행적은 알 수 없다. 당시 국왕이 세자 시절 원나라에 볼모로 들어갔을 때 따라가서 스승 노릇을 했던 것으로 보인다. 국왕과 함께 고려로 귀국하는 전정부에게 이곡은 이렇게 당부한다.

역대 모든 왕조가 그러했듯이, 고려 역시 세자에게 따로 스승을 두어 가르쳤다. 세자가 즉위해 국왕이 되면 스승을 신하로 삼게 된다. 이렇게 되면 두 사람의 관계는 미묘해진다. 국왕은 한때 스승이었던 신하를 각별히 예우하지만, 그래도 신하라는 사실에는 변함이 없다. 스승은 신하로서 국왕을 섬기면서도 국왕을 바른길로 인도하는 스승의 소임을 다해야 한다. 이곡은 신하이면서 스승인 전정부가 소임을 다하기 위해서는 먼저 자신을 바로잡아야 한다고 충고한다. 자신을 바로잡은 사람만이 남을 바로잡을 수 있다는 것이다. 국왕에게는 바른 신하의 존재야말로 큰 가르침이 된다는 뜻을 강조했다.

스승에 대한 글 '사설'은 당나라 한유의 것이 유명하다. 한유의 글은 스승의 도리와 역할에 대해 논했는데, 이곡은 이를 더욱 체계화하여 논의를 발전시켰다. 배우는 자가 지향하는 바에 따라 성인, 현인, 우인으로 나눌 수 있고, 배우는 자의 지위에 따라 천자의 스승부터 서민의 스승이 다르다고 전제했다. 스승의 도리와 책임을 말한 내용과 더불어 도와 지위, 구두와 재주와 도덕 등 핵심적인 어휘를 조직적으로 배치한 짜임도 돋보인다.

임금을 모시러 가는 벗에게　臣說送李府令歸國

『논어』에 "신하 노릇 하기가 쉽지 않다." 하였으니, 주의하지 않을 수 있 겠는가? 임금에게 총애를 받더라도 백성의 마음을 얻지 못한다면, 벼슬 이 높다 한들 백성의 원망을 사지 않을 수 없다. 지금은 칭찬을 받더라 도 후세에 칭찬을 받지 못한다면, 업적이 많다 한들 후세의 비난을 초래 하지 않을 수 없다.

옛날에 신하 노릇 한 사람들을 보면 차라리 임금에게 총애를 받지 못 할지언정 백성의 원망을 사지는 않았으니, 벼슬에 급급하지 않았기 때 문이다. 차라리 지금 칭찬받지 못할지언정 후세의 비난을 초래하지는 않 았으니, 업적을 계산하지 않았기 때문이다. 원망과 비난을 초래한 자들 은 오로지 벼슬을 급급히 여기고 업적을 계산한 탓이니, 이것은 신하의 도리가 아니다. 더구나 반드시 벼슬이 높아지는 것도 아니고 반드시 업 적이 많아지는 것도 아니라면 어떻게 해야겠는가.

신하의 유형에는 중신(重臣)과 권신(權臣)이 있고, 충신(忠臣), 직신(直 臣), 간신(姦臣), 사신(邪臣)이 있다. 중신(重臣)이 어떤 사람인지 나는 안 다. 임금은 어리고 나라는 위태로워 민심이 안정되지 않거나, 창졸간에 변란이 생겨 나랏일이 걱정스러운 때를 만나, 우뚝하고 굳세게 절개를 지키고 대의를 주장하며 일신의 생사와 화복을 걱정하지 않는 사람이 중신이다. 백성은 그 사람 덕택에 안정되고 나랏일은 그 사람 덕택에 이루어진다. 옛사람 중에 이를 실천한 사람이 있으니 이윤(伊尹)과 주공(周公), 진평(陳平)과 주발(周勃)이다.

권신(權臣)은 권력에 의지해 사욕을 채우고, 임금을 끼고서 은총을 팔아먹으며, 몰래 칼자루를 거꾸로 쥐고 협박한다. 사람들은 원망하고 분개하지만 감히 말하지 못한다. 이 또한 한 시대의 안위를 결정한다는 점에서 중신과 행적은 비슷하지만 그 마음은 다르니, 이익과 손해가 천양지차이기에 옛 선비가 논한 적이 있다.

충신(忠臣)은 나랏일만 생각하고 집안일은 잊으며, 공적인 일만 생각하고 사적인 일은 잊는다. 군주에게 걱정이 있으면 자신이 모욕을 당한 것처럼 여기고, 군주가 모욕을 당하면 자신은 죽을 각오를 품는다. 제 몸을 돌보지 않고 나서며 오로지 의리만 따른다. 옛사람 중에 이를 실천한 사람이 있으니, 한나라의 기신(紀信)과 진(晉)나라의 혜소(嵇紹)이다.

간신(姦臣)은 이와 반대이다. 교묘한 말과 좋은 낯빛으로 음모를 꾸미고 속임수를 써서 군주를 기만하고 백성을 우롱하며, 이익은 자기가 차지하고 원망은 군주에게 돌린다. 위급한 일이 생기면 군주를 앞세우고 자신은 물러나며 밀쳐서 함정에 빠뜨리고 돌을 떨어뜨리기까지 한다. 이는 군주를 직접 칼로 찌르는 짓이나 다름없으니, 필시 사관(史官)의 직필을 면하지 못할 것이다.

어떤 이를 직신(直臣)이라 하는가? 군주에게 잘못이 있으면 강력히 간언하고, 빠뜨린 일이 있으면 숨김없이 말하며, 오직 군주가 불의에 빠지는 것을 두려워하고 백성이 억울하게 죽는 것을 걱정한다. 꼿꼿하게 바른 말을 하다가 죽은 뒤에야 그만두니, 용방(龍逢)과 비간(比干)이 그 으뜸이다.

사신(邪臣)은 그렇지 않아서 대도(大道)를 따르지 않고 정도(正道)를 걷지 않는다. 온갖 수단과 방법을 동원하여 영합하고 결탁하며, 남의 종기를 빨거나 치질을 핥는 등 못 하는 짓이 없으니, 결국 화란이 일어나고 멸망이 뒤따른다. 이렇게 아첨하고 탐욕스러운 자는 모두 간사한 무리라 하겠다.

군주는 신하의 말을 밝게 알아듣고 널리 받아들여 아끼는 신하에게도 나쁜 점이 있다는 것을 알고 미워하는 신하에게도 좋은 점이 있다는 점을 알아야 할 것이다. 그러지 않는다면, 필시 충신과 직신을 간신과 사신으로 여기거나 간신과 사신을 충신과 직신으로 여기는 일이 생기지 않을 것이라고 장담할 수 없다. 옛적에 당나라 덕종(德宗)이 "사람들은 노기(盧杞)가 간사하다고 하는데, 짐은 그가 총애를 바라는 것으로 보일 뿐이다."라고 하자, 이면(李勉)은 "이 점이 그가 간사한 이유입니다."라고 하였다. 예나 지금이나 국가의 치란과 백성의 안위는 이 점을 잘 살피는 데 달려 있을 뿐이다.

아, 사람의 자질은 이처럼 같지 않고 성쇠와 진퇴도 이처럼 다르니, 군주가 어떤 신하를 높이는가에 달려 있을 뿐이다. 그러므로 관중(管仲)은 제 환공(齊桓公)을 패자(霸者)로 만들었고, 정공(鄭公)은 당나라를 일으켰으며, 발제(勃鞮)는 공로를 세워 속죄했고, 배구(裴矩)는 아첨하다가 끝내 충신이 될 수 있었다. 이들은 군주가 높인 신하가 아니겠는가? 나는 책을 읽을 때마다 이 점을 개탄하지 않은 적이 없었다.

영주(永州)의 이 군은 내 친구다. 수수하고 꾸밈이 없으며 어려운 때나 편한 때나 지조를 바꾸지 않는다. 비록 감히 자신을 중신에 비하지는 못하지만, 충신보다 아래에 있지는 않겠노라 다짐했다. 간신과 사신이 하는 짓을 보면 개돼지만도 못하다 여겼지만, 때를 만나지 못해 세 임금을 차례로 섬기면서도 품은 뜻을 펼치지 못했다.

　이제 새로 왕위를 계승한 임금이 본국으로 돌아가려고 이미 떠날 준비를 마쳤다. 임금이 시종신 중에서 이 군을 뽑아 먼저 가서 나라 사람들에게 경장(更張)하겠다는 뜻을 선포하고, 임금이 와서 자기들을 소생시켜 주기를 바라는 백성을 위로하게 했다. 이 군과 교유한 이들이 모두 시를 짓고는 내게 그 끝에 붙일 글을 써 달라고 하기에, 내가 이렇게 신하에 관한 글을 지어 격려했다. 그리고 이렇게 물었다.

　"우리 백성은 목을 빼고 새 임금이 오기를 기다리면서 마치 굶주린 자가 먹을 것을 기다리고 목마른 자가 마실 것을 기다리듯 새로운 정사를 시행하기를 기대하고 있다. 그대는 벼슬을 높이는 데 힘쓸 것인가, 업적을 늘리는 데 힘쓸 것인가? 그대에게 바라는 것은 전자가 아니라 후자이니, 주의하지 않을 수 있겠는가."

해설

새로 즉위하는 임금을 모시러 가는 벗에게 당부하는 글이다. 신하 노릇 하는 사람들은 높은 벼슬을 바라고 많은 업적을 남기려 하지만, 이것은 중요하지 않으며 오히려 원망과 비난을 초래하기 쉽다. 중요한 것은 신하 된 자가 어떠한 자세로 군주를 섬길 것인가이다.

　이곡이 분류한 신하의 유형은 여섯 가지이다. 국가와 백성이 믿고 의지하는 중신(重臣), 권력을 장악해 모든 이가 두려워하는 권신(權臣), 군주를 위해 제 몸을 바치는 충신(忠臣), 군주의 잘못을 서슴없이 지적하는 직신(直臣), 음모와 속임수로 군주를 음해하는 간신(姦臣), 온갖 더럽고 치사한 행동으로 권력과 이익을 탐내는 사신(邪臣)이다. 중신의 대표적인 예는 이윤이나 주공, 진평, 주발 등이다. 이윤은 은나라 탕왕(湯王)을 도와 하나라의 폭군 걸왕(桀王)을 쫓아냈고, 주공은 주나라 무왕(武王)을 도와 은나라의 폭군 주왕(紂王)을 내몰았다. 진평과 주발은 모두 한나라 고조(高祖)의 개국 공신이며, 고조가 죽은 뒤에는 여씨(呂氏)의 난을 평정한 인물이다.

권신은 중신과 비슷하지만 국가가 아닌 개인의 사욕을 도모한다는 점에서 다르다. 권력을 농단한 진나라의 조고(趙高), 당나라의 이임보(李林甫) 등이 그러하다. 송나라의 소철은 「신사(臣事)」에서 "천하에는 권신과 중신이 있는데 이 둘은 그 행적이 서로 비슷하여 분명히 구분하기 어렵다. 천하 사람들은 국정을 전담하는 권신을 미워하므로 중신도 용납받지 못한다. 저 권신은 천하에 하루라도 있어서는 안 되고, 중신은 천하에 하루라도 없어서는 안 된다."라 하였다. 중신과 권신을 구분하는 것이 정치의 시작이라는 소철의 주장은 이곡과 다르지 않다.

충신의 대표적인 예는 한나라의 기신과 진나라의 혜소이다. 기신은 한 고조의 부하 장수로, 한 고조가 항우(項羽)에게 포위되었을 때 고조를 피신시키고 대신 죽은 인물이다. 혜소는 진 혜제(晉惠帝)의 신하인데 혜제 대신 화살을 맞고 죽었다. 국가를 위해 목숨을 바쳤기에 충신인 것이다. 간신은 이와 반대되는 신하인데 『당서(唐書)』나 『송사(宋史)』 등의 역사서에 간신전(姦臣傳)을 두어 준엄하게 비판했다.

직신과 사신도 서로 반대되는 유형이다. 직신의 예로는 걸왕에게 간언하다가 죽임을 당한 하나라의 용방, 주왕에게 간언을 하다가 역시 죽임을 당한 주나라의 비간을 들 수 있다. 이에 비해 한 문제(漢文帝)가 종기로 고생할 때 입으로 빨아 권력을 얻은 등통(鄧通), 진왕(秦王)이 치질을 앓자 이를 핥고 수많은 수레를 하사받은 의원 등이 전형적인 간신의 예라 하겠다. 『관자(管子)』에 "충신은 죄가 없이 죽고 사신은 공이 없는데 부귀해진다."라 하였으니, 충신을 등용하고 간신을 배척하는 것이 예로부터 어려운 일이었다고 하겠다.

이곡은 중신이나 충신이 되고자 하는 벗의 다짐을 칭송하면서 그 뜻을 반드시 실천에 옮기라고 권했다. 그 이면에는 국가의 치란과 백성의 안위는 군주가 신하를 구분해서 등용하는 데 달려 있다는 오랜 믿음이 자리하고 있다.

공녀의 비극   代言官請罷取童女書

삼가 들으니 옛날 훌륭한 왕이 천하를 다스릴 적에는 모든 사람을 동등하게 대우하며 똑같이 은혜를 베풀었다고 합니다. 사람의 힘이 미치는 곳이라면 어디에서나 같은 문자를 쓰고 같은 수레를 타게 되었지만, 풍토에 적합하고 민심이 좋아하는 것은 굳이 바꾸려 하지 않았습니다. 사방의 먼 지방은 풍속이 각각 다른데 이를 중국과 똑같이 만들고자 한다면 민심이 순응하지 않아 형세상 시행할 수 없기 때문입니다. 민심이 순응하지 않고 형세상 시행할 수 없는데도 나라를 잘 다스리는 일은 요임금 순임금 같은 성군이라도 불가능한 법입니다.

옛적 우리 세조 황제(世祖皇帝)께서 천하를 다스리실 적에는 민심을 얻기에 힘쓰셨습니다. 특히 풍속이 다른 먼 지방은 그들의 관습을 따라 순조롭게 다스리셨습니다. 그러므로 온 천하 사람들이 기뻐하며 춤을 추었고, 여러 차례 통역을 거쳐서라도 조회하러 오면서 그저 혹시라도 뒤처질까 걱정했습니다. 요임금과 순임금의 다스림도 이보다 더할 수는 없었습니다.

고려는 원래 바다 건너에 있는 별개의 나라입니다. 중국에 성군이 나오지 않으면 까마득히 떨어져 서로 왕래하지 않았습니다. 당나라 태종(太宗)처럼 위엄과 덕망이 있는 군주가 재차 정벌했는데도 아무 공을 세우지 못하고 돌아왔습니다. 그런데도 원나라가 개국하자 가장 먼저 신하로 복종해서 황실에 공훈을 세웠습니다. 세조 황제께서는 공주를 시집보내고 조서(詔書)를 내려 칭찬하시며, "고려의 의관과 전례는 선조의 풍속을 실추하지 말도록 하라." 하셨습니다. 그러므로 고려의 풍속은 지금까지 변함이 없었습니다.

지금 천하에 따로 임금과 신하가 있고 백성과 사직이 있는 곳은 오직 삼한(三韓)뿐입니다. 고려의 입장에서는 밝은 조칙을 공경히 받들고 그 선조가 한 일을 본받아 정사를 가다듬고 때맞추어 조회해서 원나라와 함께 복을 누려야 할 것입니다. 그런데 고려는 내시의 무리가 원나라에 자리를 잡은 이래 번성하여 따르는 자들이 많아지자, 황제의 은총을 믿고서 도리어 본국을 뒤흔들고 있습니다. 심지어 황제의 명령을 사칭하며 다투어 역마를 보내서 해마다 동녀(童女)를 뽑아 줄줄이 데려가고 있습니다. 남의 딸을 빼앗아 윗사람에게 아첨해서 자기 이익으로 삼으려는 짓입니다. 비록 이것은 고려가 자초한 일이기는 하지만, 황제의 명령을 청탁하니 이 어찌 원나라에 누가 되지 않겠습니까? 옛날 제왕이 한번 호령을 내리면 천하 사람들이 모두 우러러보며 은택을 입기를 기대했으므로, 황제의 조서를 덕음(德音)이라고 하였습니다. 그런데 지금은 누차 특별한 명령을 내려 남의 집 딸을 빼앗아 가니, 몹시 잘못된 일입니다.

사람이 자식을 낳아 기르는 이유는 장차 효도하여 보답하기를 바라기 때문입니다. 신분이 높건 낮건, 중국 사람이건 오랑캐이건 그 천성은 마찬가지입니다. 그리고 고려의 풍속은 차라리 아들을 따로 살게 할지언정 딸은 내보내지 않으니, 마치 진(秦)나라의 데릴사위 제도와 같습니다. 부모 봉양을 딸이 맡고 있으므로 딸을 낳으면 은혜를 다해 부지런히 기르면서 딸이 자라서 자신을 봉양해 줄 것을 밤낮으로 바랍니다.

그런데 하루아침에 품속에 있던 딸을 빼앗아 사천 리 밖으로 보내 버립니다. 한번 문밖을 나서면 죽을 때까지 돌아가지 못하니, 그 심정이 어떻겠습니까?

지금 고려의 여인 중에는 후비(后妃)에 오른 이도 있고, 고귀한 왕후의 배필이 된 이도 있으며, 고위 관료 중에도 고려의 외손이 많습니다. 그렇지만 이들은 본국의 왕족이나 벌열 집안에서 원나라로부터 특별한 조서를 받고 오거나 자원해서 온 자들입니다. 게다가 중매하는 예법을 갖추었으니 일반적인 경우가 아니라 하겠습니다. 그런데 이익을 좋아하는 자들이 이를 전례로 끌어대고 있습니다. 지금 고려에 사신으로 가는 자들은 모두 아내와 첩을 구하고자 하니, 비단 동녀만 뽑아 가고 마는 것이 아닙니다. 사방에 사신으로 가는 자는 임금의 은혜를 선포하고 백성의 고충을 물어야 합니다. 『시경』에 "두루 방문하고 두루 물어본다."라 하지 않았습니까. 그런데 지금 외국으로 사신 가면서 재물과 여색을 탐내니, 이를 금하지 않으면 안 될 것입니다.

언뜻 듣기로 고려 사람들은 딸을 낳으면 곧장 감추며, 그저 말이 새어 나갈까 염려해 이웃에게도 보여 주지 않는다고 합니다. 중국에서 사신이 올 때마다 아연실색하며 서로들 "어째서 오는가? 동녀를 뽑으려는 것이 아닌가? 아내와 첩을 구하려는 것이 아닌가?" 합니다. 얼마 뒤 관리들이 사방으로 나와서 집집마다 수색하는데, 만약 숨기기라도 하면 이웃과 친족을 결박하고 마구 채찍질해서 숨겨 놓은 딸을 내놓게 하고야 맙니다. 한번 사신이 나오면 온 나라가 소란해 닭과 개조차도 편안히 있을 수가 없습니다.

그리고 동녀를 모아서 선발할 때는 곱고 추한 모습이 다르기 마련인데, 사신에게 뇌물을 안겨 욕심을 채워 주면 미인이라도 놓아주고, 놓아

주면 다른 데서 다시 찾습니다. 동녀 한 사람을 뽑을 때마다 수백 집을 뒤지는데 그저 사신의 명령을 따를 뿐 감히 어기지 못합니다. 어째서 그런가 하면 황제의 명령을 칭탁하기 때문입니다. 이러한 일이 해마다 두 번씩 벌어지기도 하고 한 해 걸러 한 번씩 벌어지기도 하는데, 그 수가 많게는 사오십 명이나 됩니다. 일단 선발되면 부모와 친척들이 모여 통곡하는 소리가 밤낮으로 끊이지 않습니다. 도성 문에서 전송할 적에는 옷자락을 잡다가 넘어지기도 하고 길을 막고 울기도 합니다. 비통하고 분개한 나머지 우물에 뛰어들어 죽거나 목을 매는 자도 있고, 시름겨워하다 기절하는 자도 있으며 피눈물을 흘리다가 실명하는 자까지 있습니다. 이와 같은 이들은 이루 다 기록할 수 없습니다. 동녀 대신 처첩으로 뽑힌 자는 이 정도는 아니지만 그들의 마음을 거스르고 원망을 사기는 마찬가지입니다.

『서경』에 "필부필부(匹夫匹婦)가 제 뜻을 다하지 못한다면 군주는 그들과 더불어 공을 이룰 수 없다."라 하였습니다. 삼가 생각건대 원나라의 덕과 교화가 미치는 곳은 만물이 모두 제 뜻을 이루고 있습니다. 그런데 고려 사람만 무슨 죄가 있기에 이 같은 고통을 받는 것입니까? 옛날 동해(東海)에 원망하는 여인이 있어 삼 년 동안 큰 가뭄이 들었습니다. 지금 고려에 원망하는 여인이 얼마나 많겠습니까? 근래 그 나라에 홍수와 가뭄이 잇따라 굶주려 죽는 백성이 몹시 많습니다. 그들의 원망과 탄식이 조화로운 기운을 손상한 결과가 아니겠습니까? 지금 당당한 원나라가 어찌 후궁이 부족하다고 기필코 외국에서 뽑으려는 것입니까? 비록 아침저녁으로 성은을 입더라도 부모와 고향을 그리워하는 것이 인지상정입니다. 그런데 대궐에 두고서 시집갈 때를 놓친 채 헛되이 늙어 가게 하고, 간혹 궁중 밖으로 내보내더라도 환관에게 시집보내 죽을 때까지 아이를 갖지 못하는 자가 열에 대여섯입니다. 그들의 원망이 조화로운 기운을 또 얼마나 손상하겠습니까?

조금 폐단이 있더라도 나라에 이익이 되는 일이라면 어쩌다 한번 할 수도 있겠지만, 그래도 폐단이 없는 편이 더 낫습니다. 더구나 국가에 무익하고 먼 지방 사람의 원망을 초래해 그 폐단이 작지 않은 일은 어떻겠습니까? 삼가 바라건대 감히 황제의 명령을 핑계 삼아 위로는 성상을 번거롭게 하고 아래로는 자기 이익을 도모하며 동녀를 취하는 자, 그리고 고려에 사신으로 와서 처첩을 뽑는 자가 있으면 이를 명백히 금지하는 덕음을 분명히 반포하시어 그들의 기대를 완전히 끊으소서. 그리하여 모든 사람에게 똑같이 은혜를 베푸는 원나라의 교화를 드러내고 의리를 사모하는 먼 나라 사람의 마음을 위로하신다면 원망이 사라져 조화를 이루고 만물이 자라날 터, 이보다 다행한 일이 없을 것입니다.

해설

원나라가 고려에 영향력을 행사하면서부터 공녀(貢女)라는 명분으로 수많은 어린 여성들을 강제로 끌고 간 사실은 잘 알려져 있다. 그간의 연구에 따르면 충렬왕 때부터 공민왕 때까지 약 80년 동안 공녀를 바치기 위한 사신이 50여 차례 왕복했으며, 원나라로 끌려간 공녀의 수는 2000여 명에 달하였을 것으로 추정된다. 이들 가운데에는 귀족과 고위 관료의 아내가 된 이들도 있었고, 기황후(奇皇后)처럼 황후의 자리까지 오른 이도 있었으나, 어디까지나 극히 일부에 불과했다. 공녀에게 원나라는 알 수 없는 운명이 기다리는 곳이었다. 단 한 가지 분명한 것은 한번 떠나면 다시 돌아오지 못한다는 것뿐이었다.

이 글은 공녀 제도의 폐지를 요구하고자 원나라 순제(順帝)에게 올린 것으로, 공녀 제도의 실상과 그 폐단을 적나라하게 서술했다. 원래의 제목은 '중국의 언관(言官)을 대신하여 글을 지어 고려의 공녀를 데려오는 것을 중지하도록 청하는 글'이다. 원나라 관리의 입을 빌려 공녀 제도의 적폐를 보고한 것이다. 당시의 공녀 문제를 언급한 어떠한 사료보다 실상이 자세하다. 원나라 사신의 행패와 비리, 이로 인한 고려 사람들의 고초, 공녀로 선발된 여인과 그 가족들의 처참한 모습을 구체적으로 묘사했다. 원문에는 "지원(至元) 3년(1337년) 일이 시행되었다."라는 주석이 부기되어 있다. 사실적인 묘사와 간절한 청원이 결국 순제의 마음을 움직인 것이다. 문학의 힘이라 하겠다.

형제를 위한 계 　　　　　　　　　義財記

우봉(牛峯) 이경보(李敬父)가 나에게 물었다.

"친구가 더 가까운가, 형제가 더 가까운가?"

내가 대답했다.

"형제가 더 가깝지."

"그렇다면 세상 사람들이 모두 친구의 일은 서두르면서 형제의 일은 천천히 하는 이유는 무엇인가?"

"그건 욕심을 따르고 이익을 좋아하는 폐단이야. 자네를 위해 이야기해 보겠네. 사람이 어릴 적에는 부모를 좋아하다가 자라서는 형을 공경하는 법이지. 이 마음을 안에서 밖으로 확충하는 것이 참된 천성이며 일반적인 인륜이라네. 예컨대 조, 쌀, 생선, 고기, 삼베, 솜은 늘 먹고 입는 것이네. 만약 욕심을 따라 기이한 것을 좋아하면 필시 계속 대기 어려운 물건과 특별한 음식을 구해서 배를 채우고 몸에 걸치려 할 것일세. 이렇게 하면 맞지도 않고 불편할 뿐만 아니라 그 폐해를 이루 견딜 수 없지.

형제도 마찬가지일세. 사람들은 형제가 늘 있는 것이라고 여겨 소홀히 하기 쉽네. 사랑하고 공경하는 데 힘쓰지 않고, 심한 경우에는 시기하고 의심하며 화내고 다투는 등 못 하는 짓이 없지. 다른 사람에 대해서라면 권세와 이익으로 꼬드기기도 하고 돈과 재물을 주고받기도 하며 술과 음식을 함께 즐기는 등 각별히 친애하고 굳게 결탁하느라 못 하는 짓이 없네. 그렇지만 권세와 이익으로 맺은 친구는 권세와 이익이 사라지면 서로 해칠 뿐이네. 돈과 재물이나 술과 음식처럼 사소한 것이야 말할 것이 있겠는가? 이것은 욕심을 따르고 이익을 좋아하는 폐단이라네.

사람의 윤리에 다섯 가지가 있어 성인이 순서를 정했으니 군신, 부자, 부부, 형제이고 친구는 마지막이라네. 친구는 앞의 네 가지에 비하면 정황으로 보아 뒤처지는 것 같지만 그 쓰임새는 우선이라네. 선을 권면하고 덕을 길러 아름다운 인륜을 완성하는 것이 모두 친구의 힘이라네. 그렇지만 그 본말에 바꿀 수 없는 질서가 있으니, 이것이 바로 『시경』의 「상체(常棣)」를 지은 이유겠지.

그 첫 장에서 '아가위 꽃이여, 환하게 빛나는구나. 지금 사람에게는 형제만 한 이가 없네.'라고 하였고, 세 번째 장에서 '할미새가 언덕에 있으니 형제가 급할 때 도와주네. 항상 좋은 친구가 있지만 길게 탄식할 뿐이라네.'라고 하였으며, 다섯 째 장에는 '난리가 평정되어 편안해지면, 형제가 있더라도 친구만 못하게 여기네.'라 하였네. 형제와 친구 사이의 이치는 이와 같을 따름이라네. 이 시를 자세히 음미하면 성인의 뜻을 알 수 있지. 자네는 신중하고 학문을 좋아하는 사람이니, 인륜의 경중과 친소의 구분에 대해 충분히 생각했을 터. 지금 질문은 무슨 이유가 있지 않겠나."

이 군이 탄식하며 말했다.

"그렇네. 내게는 가까운 형제와 먼 형제 이십여 명이 있는데, 함께 어울리며 서로 공경하고 즐거워한다네. 이제 각자 약간의 돈을 내어 의재(義財)라 하고, 해마다 두 사람씩 번갈아 맡기로 했어. 달마다 이자를 받아서 경조사 또는 송별이나 환영의 비용으로 쓰고, 남는 것이 있으면 어려운 사람을 도와주는 밑천으로 삼으며, 자손들에게 이 법을 어기지 말고 지키도록 했다네. 문정공(文正公) 범중엄(范仲淹)이 의전(義田)을 마련한 뜻을 따른 것일세. 전혀 모르는 사람은 형제처럼 여기면서 형제를 원수로 여기는 세상 사람들과는 차이가 있지. 자네는 나를 위해 기문을 지어 주시게."

나는 그의 말이 이치에 맞고 세속을 격려할 수 있으며 내 마음을 움직였기에, 기뻐서 의재의 기문을 짓는다. 이 군 형제의 나이와 이름은 모두 그 아래에 기록한다.

해설

이곡과 같은 해 급제한 이양직(李養直)이라는 벗이 조직한 형제의 계모임 의재에 붙인 기문이다. 이양직은 멀고 가까운 형제 20여 명에게 약간의 돈을 거두어 기금으로 삼고, 그 이자를 경조사와 여러 행사의 비용으로 쓰기로 했다. 지금도 성행하는 형제계와 유사하다.

친목 도모와 상부상조를 목적으로 하는 계는 고려 시대부터 존재했다. 나이가 같은 이들의 모임인 동갑계(同甲契), 같은 스승에게 동문수학한 제자들의 모임인 문인계(門人契), 한마을 사람들의 모임인 동계(洞契), 한집안 사람들의 모임인 종계(宗契) 등이다. 한편 의재처럼 같은 항렬의 친족으로 구성된 형제계는 고려 시대는 물론 조선 시대에도 좀처럼 찾아보기 어렵다.

형제는 혈육이고 친구는 남이다. 그런데 사람들이 형제보다 친구를 가까이하는 이유는 무엇인가. 욕심을 따르고 이익을 좋아하기 때문이다. 늘 곁에 있는 형제는 소홀히 여기는 반면, 친구는 권세와 이익, 재물, 술과 음식을 주어서라도 붙잡으려 한다. 그러나 권세와 이익으로 맺어진 친구는 권세와 이익이 다하면 미련 없이 떠나기 마련이다. 타고난 인륜으로 맺어져 떨어지려야 떨어질 수 없는 형제와는 비교할 수 없다. 물론 친구도 중요하다. 선행을 권유하고 덕성을 기르도록 도와주는 것이 친구의 역할이다. 그러나 모든 일에는 순서가 있는 법, 형제의 우애를 강조한 『시경』「상체」를 보듯 친구보다 형제가 중요하다는 것이다.

400여 년 뒤 이양직의 후손 이인화(李寅華)는 이 글을 읽고 감명받아 다시 형제계를 결성했다. 이에 대해서는 이재(李縡)의 「속의재기(續義財記)」에 자세하다.

의심을 푸는 법　　　　　釋疑

누군가가 근거 없이 나를 의심한다면 반드시 해명해야 한다. 그렇지만 그럴 필요가 없는 경우도 있다. 서둘러 대처하면 더욱 의심하니, 천천히 대처해야 저절로 의심이 풀리는 법이다.

어떤 여종이 주인의 아기에게 젖을 먹였는데 얼마 지나지 않아 임신을 했다. 해산한 뒤에 그 사실이 드러나자 안주인이 화가 나서 회초리를 치려고 하면서 물었다.

"아기에게 젖을 먹일 때는 남자를 절대 피해야 한다. 임신하면 젖을 먹이는 데 방해가 되기 때문이다. 이를 어긴 것이 너의 첫 번째 죄이다. 아기에게 젖을 먹일 때는 집 밖에 나가지 않고 밤낮으로 아기를 안아 주고 업어 주며 집에 있어야 한다. 그런데 네가 감히 사람을 집에 들였다. 이것이 너의 두 번째 죄다."

여종은 두려운 나머지 애매한 말을 지어내어 바깥주인을 지목했다. 안주인은 더 이상 말하지 않고 입을 다물었다. 당시 바깥주인은 중국에 가 있었는데, 반년 만에 돌아와 그 이야기를 듣고 이렇게 말했다.

"아, 나는 미녀도 가까이하지 않거늘 너 같은 여종을 가까이했겠느냐. 비록 그렇지만 내가 어찌 너와 옥신각신하겠느냐."

그 뒤로도 여종은 자백하지 않았고 안주인도 끝내 의심을 풀지 않았지만 바깥주인은 태연자약했다.

　나는 그 이야기를 듣고 이렇게 생각했다. 설사 여종이 사실대로 자백했더라도 안주인이 곧바로 의심을 풀지는 않았을 것이다. 그러니 바깥주인이 태연했던 것도 당연하다. 직불의(直不疑)는 한 방에 있던 사람이 금을 잃어버리자 따지지 않고 보상해 주었다. 잘못 가져간 사람이 나타나 자신이 누명을 벗게 될 줄 미리 알고서 그렇게 한 것이겠는가? 필시 이렇게 생각했을 것이다.

　'남이 나를 의심하는 이유는 평소 내 행동이 남에게 믿음을 얻지 못했기 때문이다. 나 역시 화를 내며 큰소리를 내서 관청에 송사하고 천지신명에게 맹세해서 기어이 의심을 풀어야 한다는 것을 모르지 않는다. 그렇지만 나는 차라리 겉으로 누명을 쓰더라도 안으로 참된 덕을 닦겠다. 오랫동안 쌓은 덕이 드러나면 모든 사람이 진심으로 복종할 것이니, 정말 도둑질을 했더라도 오늘날의 아름다움이 지난날의 과오를 덮기에 충분할 것이다. 더구나 애당초 도둑질을 한 적이 없다면 어떻겠는가?'

　이것이야말로 옛사람이 스스로 돌아보는 것을 중요하게 여긴 이유이다. 스스로 돌아보아서 믿을 만하다면 천지와 귀신도 믿어 줄 것이니, 무엇 하러 남의 의심을 걱정하겠는가? 그런가 하면 해명할 필요가 없는 경우도 있지만 해명하기 어려운 경우도 있다. 장인을 때렸다는 의심을 받았지만 나중에 장인이 없다는 사실이 드러나면 그 의심이 거짓임을 알 수 있다. 또 증삼(曾參)이 살인을 저질렀다는 의심을 받았는데 살인자가 그 증삼이 아니라는 사실이 확인되면 그 의심이 거짓임을 알 수 있다. 남의 말을 듣다 보면 의심하기 쉽고, 의심하면 해명하기 어려우니, 여러 말로 해명하는 자는 간사한 도적뿐이다. 법을 만드는 자는 여기에 해당하는 조항을 더욱 엄격히 해서, 귀로 듣고서 마음속으로 의심하는 경우는 죄를 묻지 말도록 금지해야 한다. 그렇지만 사람 마음속의 의심은 법으로 막을 수 있는 것이 아니니, 차라리 해명하지 않는 편이 낫다. 그러므로 직불의는 과감히 이렇게 했던 것이다. 또 금을 잘못 가지고 간 사람이 다행히 돌아왔기에, 금 주인은 의심한 잘못을 뉘우치고 몸 둘 바를 몰랐으며 사람들을 볼 낯이 없게 되었다. 직불의가 훌륭한 사람이라는 칭송은 한 시대에 가득했고 역사에 기록되었다.

바깥주인이 자신 있었던 것도 이와 비슷하다. 나는 자기가 빠져나가려고 바깥주인에게 잘못을 떠넘긴 여종의 행동을 증오한다. 이것은 남의 아랫사람이 된 자가 경계로 삼기에 충분하다. 여종과 주인, 자식과 부모, 신하와 임금은 그 의리가 매한가지다.

전국 시대 소진(蘇秦)이 이야기했다. 어떤 사람이 먼 곳에 가서 벼슬했는데, 그의 아내가 다른 남자와 간통을 저질렀다. 남편이 올 때가 되어 간통한 남자가 걱정하자 여자가 "걱정하지 마세요. 제가 벌써 술에 독약을 타 놓고 기다리고 있습니다."라고 말했다. 사흘이 지나자 과연 남편이 도착했다. 여자는 첩을 시켜 남편에게 술을 올리게 했다. 첩은 사실을 말하자니 안주인이 쫓겨날까 두려웠고, 말하지 않으려니 바깥주인을 죽이게 될까 두려웠다. 그래서 일부러 넘어져 술을 쏟았다. 바깥주인은 화가 나서 첩에게 회초리 오십 대를 때렸다. 이것이 바로 충성과 신의 때문에 윗사람에게 죄를 지은 경우다.

지금 이 여종은 속임수로 죄를 면하고, 또 바깥주인과 안주인 사이를 갈라놓으려 했다. 아, 소인의 마음이 참으로 무섭구나. 바깥주인은 우리나라의 명문가 출신으로 호를 양파 선생(陽坡先生)이라고 한다. 나와 친한 사이인데 지금은 함께 연경에 있다. 대화를 나누다가 이 사건이 나와 한바탕 웃은 뒤 의심을 푸는 방법에 대한 글을 짓는다. 아울러 소진의 말을 인용해 아랫사람의 경계로 삼는다.

해설

주인집 아이에게 젖을 먹이는 유모 일을 하던 여종이 임신을 했다. 임신을 하면 젖이 끊기니 안주인이 화를 내는 것도 당연하다. 외간 남자를 집에 들인 것도 용서할 수 없는 잘못이다. 겁이 난 여종은 중국으로 떠난 바깥주인에게 책임을 떠넘겼다. 자기를 임신시킨 사람이 바깥주인이라는 것이었다. 할 말이 없어진 안주인은 입을 다물었다. 대신 속으로 바깥주인을 원망했다.

중국에서 돌아온 바깥주인은 이 이야기를 전해 듣고도 별다른 해명을 하지 않았다. 해명해 봐야 안주인의 의심이 풀리지 않을 것이라 여겼기 때문이다. 해명을 하려 들면 오히려 오해가 깊어지는 법이다. 금을 훔쳤다는 의심을 받자 훔치지도 않은 금을 보상해 준 한나라의 직불의처럼, 의연하게 처신하면 언젠가 의심이 절로 풀릴 것이라 판단했기 때문이기도 하다. 직불의는 금을 잘못 가져간 사람이 돌아오면서 사실이 밝혀졌지만, 바깥주인은 누명을 벗을 길이 없었다. 이 경우에도 자신의 행실을 반성하고 지속적인 노력으로 신의를 회복하는 것이 유일한 방법이다.

이곡은 절친한 벗 홍언박(洪彦博, 1309~1363년)이 실제 겪은 일을 소재로 이 글을 지었다. 누명에 대처한 벗의 태도를 높게 평가하면서도, 임금과 신하를 이간질하는 간신을 꼬집었다. 『사기』에 보이는 소진의 일화를 인용하여, 정직한 신하가 간신으로부터 임금을 구하려다 오히려 내침을 당하는 현실도 함께 말했다.

백문보

白文寶

淡庵

1303～1374년

본관은 직산(稷山), 자는 화보(和父), 호는 담암(淡庵)이다. 경북 영해(寧海) 출신으로 권보(權溥)와 백이정(白頤正)의 문하에서 수학하며 성리학에 몰두했다. 18세의 나이로 이제현이 주관하는 과거에 이곡과 함께 급제했다. 26세에 춘추관 검열(春秋館檢閱)로 국사 편찬에 참여했으며, 1336년 충숙왕을 따라 원나라에 다녀왔다. 기황후의 친척 아우 기삼만(奇三萬)이 횡포를 부리자 곤장을 쳐서 죽였는데, 이 때문에 원나라에서 보낸 관원에게 형벌을 받았다. 이후 정당문학으로 승진해 경연(經筵)에서 경서와 역사를 강론했다. 홍건적의 침입으로 개성이 함락되자 공민왕을 수행해 안동으로 피난했다. 말년에 우왕(禑王)의 사부가 되었다가 노쇠하다는 이유로 사양했다.

불교의 폐해를 강력히 비판하는 「척불소(斥佛疏)」를 올리고, 유교적 예법의 보급을 위해 「상례설(喪禮說)」을 지었다. 『동문선』에 십수 편의 시문이 선발되었다. 20세기에 이르러 후손들이 『동문선』 수록작을 비롯해 전하는 글을 수습해서 『담암일집(淡庵逸集)』으로 엮었다.

밤나무 곁에 집을 지은 뜻

栗亭說

재상 윤 공이 예전에 곤산(坤山) 남쪽에 집터를 잡았다. 집터 동쪽과 서쪽에는 밤나무 숲이 울창했다. 그곳에 집을 짓고 율정(栗亭)이라 하였다. 지금 또 조금 서쪽에 집을 새로 구입했는데, 밤나무 숲이 더욱 울창했다. 성안에는 밤나무를 심은 집이 드물지만 윤 공은 집을 살 때마다 밤나무가 있는 곳을 골랐다. 한번은 내게 이렇게 말했다.

"봄이면 성근 가지가 꽃나무 사이에 어른거리고, 여름에는 잎이 무성하니 그늘에서 쉴 수 있다오. 가을에는 열매가 좋아 내 입에 맞고, 겨울에 껍질이 떨어지면 태워서 온돌을 덥힐 수 있다오. 이 때문에 나는 밤나무가 있는 곳을 고른 것이라오."

내가 말했다.

"불은 건조한 곳으로 번지고 물은 습한 곳으로 흘러가니, 같은 기운이 서로 찾는 것은 필연적인 이치라오. 좋아하는 것이 있으면 누구나 그러지 않을 수 없으니 어째서 그러하겠소. 하늘과 땅 사이에 자라나는 초목은 모두 하나의 기운이지만, 뿌리와 싹, 꽃과 열매는 어렵고 쉽고 늦고 빠른 차이가 있어 한결같지 않다오.

밤은 만물 중에 가장 늦게 열리는 것이오. 심어도 자라기가 무척 어렵지만 일단 자라면 쉽게 커지며, 잎이 몹시 늦게 피지만 일단 피면 쉽게

240

무성해지고, 꽃도 늦게 피지만 피면 쉽게 활짝 피며, 열매도 몹시 늦게 열리지만 열렸다 하면 거두기 쉽다오. 밤이라는 물건도 기울면 차고 겸손하면 이익이 생기는 이치를 가지고 있소."

윤 공은 나와 같은 해 과거에 급제했는데, 그때 나이가 서른 남짓이었다. 마흔이 넘어서야 겨우 벼슬 한 자리를 얻었기에 사람들이 모두 늦었다고 여겼다. 그러나 공은 부지런히 벼슬에 종사했다. 그러다가 예전 임금께 인정을 받아 하루에 아홉 번 승진해 재상의 자리에 올랐다. 마치 손대지 않았는데 무성하게 자란 나무와 같았다. 처음 벼슬에 오르기는 어려웠지만 나중에 성취를 이루기는 쉬웠으니, 늦게 꽃을 피우고 늦게 열매를 맺는 밤나무와 같은 점이 있다. 나는 이치로 설명하고자 한다.

초목이 땅속에 있을 때는 씨앗이 깊은 데 있어 땅 위로 나오기가 어렵다. 땅을 가르고 나오면 싹이 트고, 싹이 트면 가지가 자라 기어이 줄기를 이룬다. 또 샘이 웅덩이를 채우면 점차 밖으로 흐르다가 물이 멈추게 되고, 멈추면 물이 다시 돌아 흐르고, 돌아 흐르면 못이 되고 그렇게 해서 반드시 바다에 도달한다. 그러므로 느린 것은 반드시 빨라지고, 멈춘 것은 반드시 먼 곳에 도달하는 것이다. 그러니 이지러지면 가득 차게 되고, 겸손하면 이익이 되는 법이니, 이것과 무엇이 다르겠는가? 한 가지 물건의 이치를 궁구하면 알 수 있다. 사람이 좋아하는 것이 있으면 불이 건조한 곳으로 번지고 물이 습한 곳으로 흘러가듯 누구나 그러지 않을 수 없다. 그렇다면 공이 영달하는 것은 밤이 자라나는 것과 같고, 밤을 거두어 보관하는 것은 공이 물러나는 것과 같다. 나아가면 세상을 도울 방도가 있고, 은둔하면 몸을 양생할 수가 있다. 나는 이 율정에서 그 이치를 드러내어 글을 짓는다.

백문보가 같은 해 과거에 급제한 벗 윤택(尹澤, 1289~1370년)을 위해 써 준 글이다. 급제했을 때 백문보의 나이는 열여덟, 윤택은 서른두 살이었다. 윤택은 한참 늦은 나이였지만 관직에 들어선 뒤로는 그동안 쌓은 학문이 빛을 발했다. 연경에 갔을 때 충숙왕의 부탁으로 아들 공민왕의 스승이 되었으며, 공민왕이 즉위한 뒤로는 경연에서 경전과 역사를 강론했다. 윤택을 총애한 공민왕은 영정을 직접 그려 주고, '율정' 두 글자를 크게 써서 하사했다. 여러 문인들이 시를 지어 이 일을 기념한 당시 백문보가 지은 것이 이 글이다.

윤택은 집을 정할 적마다 밤나무가 있는 자리를 골랐다. 사시사철 쓸모가 있기 때문이라고 했지만 백문보의 생각은 달랐다. 밤나무는 다른 나무에 비해 늦게 자라지만, 꽃이나 열매나 일단 맺었다 하면 금방 무성해진다. 뒤늦게 과거에 급제했지만 짧은 시일에 높은 자리에 오른 윤택의 생애와 비슷하다. "느린 것은 장래에 반드시 빨라지고, 멈춘 것은 장래에 반드시 도달한다."라는 『주역』의 이치와 상통한다는 것이 백문보의 주장이다.

윤택은 1361년 정당문학까지 오르고 영예롭게 관직에서 물러났다. 은퇴한 뒤로도 공민왕의 스승으로서 정무를 조언하면서 여생을 편하게 지냈다. 윤택이 먼저 세상을 떠나자 백문보는 그의 일생을 회고하며 「윤씨분묘기(尹氏墳廟記)」를 지었는데, 역시 『동문선』에 실려 있으며 여기에서도 이 「밤나무 곁에 집을 지은 뜻」을 인용하였다.

이 李達衷
달
충

1309~1385년

본관은 경주(慶州), 초명은 달중(達中), 자는 지중(止中)·중권(仲權), 호는 제정(霽亭)이다. 고려 말의 명신 이제현이 그의 당숙이다. 18세에 과거에 급제해 전리판서(典理判書), 감찰어사(監察御史), 호부 상서(戶部尙書), 동북면 병마사(東北面兵馬使) 등을 역임했다. 『태조실록(太祖實錄)』에 따르면 동북면 병마사로 안변(安邊)에 갔을 때 이성계(李成桂)를 만났는데, 이성계는 그가 범상치 않은 인물임을 알아보고 자손들을 부탁했다고 한다. 이후 학문을 인정받아 밀직제학(密直提學)에 발탁되었다. 신돈(辛旽)의 전횡을 비판하다가 파직되고, 신돈이 죽은 뒤 계림부윤(鷄林府尹)을 역임했다.

고려 시대에 문집이 간행되었지만 일찍 유실되었다. 후손들이 여러 문헌에 전하는 시문 약간을 수습해 『제정집(霽亭集)』으로 엮었다. 『동문선』에 상당한 분량의 시문이 선발되었다.

사랑과 미움 　　　　　愛惡箴

유비자(有非子)가 무시옹(無是翁)을 찾아가 말했다.

"얼마 전 여러 사람이 모여 인물평을 하는데, 어떤 이는 어르신이 사람답다 하고, 어떤 이는 어르신이 사람답지 않다고 했습니다. 어르신은 어찌하여 어떤 이에게는 사람대접을 받고 어떤 이에게는 받지 못하는 것입니까?"

무시옹이 이 말을 듣고 해명했다.

"남들이 사람답다고 해도 나는 기쁘지 않고, 남들이 사람답지 않다고 해도 나는 두렵지 않다오. 사람다운 사람이 나를 사람답다 하고, 사람답지 않은 사람이 나를 사람답지 않다고 하는 것이 낫겠지요. 나는 나 보고 사람답다 하는 이가 어떤 사람인지 모르고, 사람답지 않다고 하는 이가 어떤 사람인지 모르오. 사람다운 이가 나더러 사람답다 하면 기쁜 일이요, 사람답지 않은 이가 나더러 사람답지 않다고 해도 기쁜 일이라오. 사람다운 이가 나를 사람답지 않다고 하면 두려운 일이요, 사람답지 않은 이가 나를 사람답다고 하면 이 역시 두려운 일이라오. 나를 평하는 이가 사람다운지 사람답지 않은지를 자세히 살펴 기뻐하거나 두려워해야 할 것이오. 그러므로 공자는 '오직 어진 사람이라야 제대로 사람을 사랑하고 제대로 사람을 미워할 수 있다.'라고 하였지요. 나를 사람답다

하는 이가 어진 사람인가요, 나를 사람답지 않다고 하는 이가 어진 사람인가요?"

유비자는 웃으며 물러났다. 무시옹은 이 일로 잠(箴)을 지어 스스로 경계했다. 잠은 다음과 같다.

자도(子都) 같은 미남을 누가 아름답지 않다고 하겠는가?
역아(易牙) 같은 요리사가 만든 음식을 누가 맛있다고 하지 않겠는가?
좋아하고 싫어함이 분분하다면 어찌 자신을 살펴보지 않는가?

해설

자공(子貢)이 공자에게 물었다.
"마을 사람들이 모두 좋아하면 어떻습니까?"
공자가 말했다.
"좋지 않다."
자공이 또 물었다.
"마을 사람들이 모두 미워하면 어떻습니까?"
공자가 말했다.
"그것도 좋지 않다. 마을 사람 중에 선한 사람이 좋아하고, 선하지 않은 사람이 미워하는 것이 낫다."
『논어』「자로(子路)」에 나오는 이야기이다. 선한 사람과 악한 사람이 모두 좋아하는 사람이라면, 그는 필시 구차하게 영합하는 사람이다. 선한 사람과 악한 사람이 모두 미워하는 사람이라면, 그는 좋은 점이 하나도 없을 것이다. 이 때문에 공자는 선한 사람에게 사랑받고 악한 사람에게 미움받는 것이 낫다고 말했다.

사랑과 미움은 인간의 당연한 감정이다. 흔히 사랑은 좋은 감정이고 미움은 나쁜 감정이라고 생각하지만, 감정 그 자체는 좋지도 나쁘지도 않다. 그러나 악한 사람을 사랑하거나 선한 사람을 미워한다면 잘못된 감정이다. 선한 사람을 사랑하고 악한 사람을 미워해야 올바르다고 할 수 있다. "오직 어진 사람이라야 제대로 사람을 사랑하고 제대로 사람을 미워할 수 있다."라는 무시옹의 말은 『대학(大學)』에서 인용한 것이다. 사심 없는 공정한 마음으로 사랑하고 미워해야 한다는 것이다.

이 글의 주인공 유비자(有非子)와 무시옹(無是翁)은 모두 '존재하지 않는 사람'이라는 뜻으로, 우언(寓言)에 자주 등장하는 가공의 인물이다. 두 인물은 사랑과 미움에 관한 『논어』와 『대학』의 내용을 부연한다. 세상에는 나를 사랑하는 사람과 나를 미워하는 사람이 공존하기 마련이다. 나는 사랑받을 만한 사람인가, 미움받을 만한 사람인가? 이를 알기 위해서는 나를 사랑하는 사람과 미워하는 사람이 어떤 사람인지 자세히 관찰해야 한다는 것이다. 시점의 전환에 글의 묘미가 있다.

조선 후기의 문인 박세당(朴世堂)은 이 글을 본떠 「효애오잠(效愛惡箴)」을 지었다. 이달충의 문장이 그다지 좋지 않은데 후세에 칭찬이 자자한 것이 의아하기에 그 뜻을 따라 짓노라 하였다.

이색

李穡

1328~1396년

본관은 한산(韓山), 자는 영숙(穎叔), 호는 목은(牧隱)이다. 가정(稼亭) 이곡(李穀)의 아들이다. 21세 되던 1348년 원나라로 건너가 국자감(國子監)에서 유학했으며, 원말 사대가(元末四大家)의 한 사람인 구양현(歐陽玄)에게 재능을 인정받았다. 1351년 부친상을 당해 귀국해서 이제현이 주관하는 과거에 급제하고, 이어서 원나라 제과에도 급제했다. 한동안 원나라에서 관직 생활을 하다가 돌아와 공민왕의 개혁 정치에 동참했고 최고의 자리인 문하시중까지 역임했다.

위화도 회군으로 고려의 국운이 기울자 명나라에 사신으로 가서 명 태조(明太祖)의 협조로 고려를 지키려 했지만 받아들여지지 않았다. 귀국한 뒤 유배되어 장단(長湍), 함창(咸昌) 등지를 전전했다. 1391년 풀려났으나 이듬해 정몽주(鄭夢周)가 죽임을 당하면서 다시 금천(衿川), 여주(驪州) 등지로 유배되었다. 조선이 건국되자 출사를 권유받았으나 끝내 나아가지 않았다.

원나라와 명나라, 고려와 조선이 교체되는 혼란한 시기에 새로운 질서를 모색하고자 불교의 폐단을 지적하고 성리학적 이념을 보급했다. 고려를 지키려 했던 정몽주, 길재(吉再), 이숭인(李崇仁) 그리고 새로운 왕조의 편에 섰던 정도전(鄭道傳), 하륜(河崙), 권근(權近)이 모두 그의 제자이다. 58권 29책에 달하는 방대한 문집 『목은집(牧隱集)』이 전한다. 『동문선』에도 많은 작품이 선발되어 있다.

황금 보기를
돌같이 하라

判三司事崔公畫像贊

홍무(洪武) 12년(1379년) 여름 사월 을축일에 중관(中官, 내시)이 교지(敎旨)를 전달했는데, 그 내용은 다음과 같았습니다.

"판삼사사(判三司事) 최영(崔瑩)은 우리 선왕(先王, 공민왕)을 섬기면서 힘을 다하고 의리를 떨쳐 우리나라를 외적의 침입으로부터 막아 오늘날의 태평을 이루었으니, 내가 몹시 가상히 여긴다. 지금 그의 지휘하에 홍산(鴻山)에서 적진을 깨뜨리던 모습을 그림으로 그려 영원히 전하고자 하니, 너 이색은 찬양하는 글을 지으라."

신 이색이 삼가 생각건대 나라가 문신과 무신을 등용하는 이유는 배와 심장 같은 문신으로 원기를 배양하고, 손톱과 어금니 같은 무신으로 외침을 막기 위해서입니다. 천하 사람들은 시대의 안위에 따라 그들 중 어느 한쪽에 주의를 기울입니다. 밖으로 나가서는 장수가 되고 안으로 들어와서는 정승이 되어 조정이 깊이 의지하고 변방이 편안해지며, 간사한 자는 위엄을 두려워하여 복종하고 도적은 소문만 듣고도 물러나는 그런 사람을 오늘날 찾아본다면 판삼사사야말로 그중에서도 더욱 걸출한 사람일 것입니다.

판삼사사라는 관직은 바로 상서령(尙書令)입니다. 경인년(1350년) 이래로 바닷가에서 왜적을 막고 하남(河南)에서 승리를 거두었으며, 홍왕사

(興王寺)에서 난리를 평정하고 북쪽 변방에서 홍건적을 쫓아냈습니다. 여든일곱 차례의 크고 작은 전투를 치르면서 요충지를 지키며 적의 빈틈을 찌르고 위험을 만나면 기발한 계책을 내었습니다. 나이가 예순이 넘었는데도 기운이 쇠하지 않았으니, 하늘이 내린 용맹과 지혜가 아니라면 어찌 이렇게 할 수 있겠습니까?

판삼사사의 선조들은 문장으로 우리나라를 보좌하고 재상을 역임하며 과거 시험을 주관했으니, 하나하나 거론할 수 있습니다. 판삼사사는 홀로 병법을 써서 어려운 일이 많은 시절을 만나 웅대한 공로를 세웠는데, 종종 창을 비껴들고 시를 읊으면 기개가 온 세상을 덮었습니다. 또 황금을 흙덩이처럼 여기라는 선친의 교훈을 가슴에 새겼으므로, 청렴한 지조는 늙을수록 더욱 굳어졌습니다. 판삼사사는 문무와 충효를 겸비했다고 하겠습니다.

삼가 생각건대 성상 전하께서는 선왕의 뜻을 유념하시어 덕 있는 이를 높이고 공 세운 이에게 보답해 현명한 문신과 강건한 무신을 격려함으로써 어려운 시절을 넘기고 태평성대를 맞이하고자 하십니다. 판삼사사가 가장 먼저 이처럼 지극한 총애를 받는 것도 당연합니다. 아, 아름답습니다. 신 이색은 손과 발이 저절로 춤추는 줄도 모르고 소리 높여 노래합니다.

위엄과 명성 떨쳤으니
굳세고 현명하기 때문이라네.
바다의 도적이 벌벌 떠니
나라의 간성이라네.
토호는 위축되어 물러나니

백성의 보호자라네.

봉작 받고 관청 열어

높은 관직에 올랐네.

공의 마음은

선친의 마음과 같아

차가운 얼음물 마시고

쓰디쓴 황벽나무 씹었네.

드높은 홍산(鴻山)에서는

싸움터에서 용맹을 발휘했네.

영웅의 풍채 시원하고

기개는 온 세상을 뒤흔들었네.

그림으로 똑같이 그리니

모두들 우러러보네.

예로부터 전해 오는 말이 있으니

덕은 쉬운데 실천하는 이 드물다네.

실천하는 이는 공뿐이니

공이 아니면 누가 하겠는가?

부디 건강하여

우리 임금과 함께하시기를.

해설

1376년(우왕 2년) 최영 장군의 홍산 전투를 묘사한 그림에 덧붙인 글이다. 『고려사』 「최영전」에 따르면 이해 왜구가 충청도 연산(連山)으로 침입했는데, 원수(元帥) 박인계(朴仁桂)가 싸우다 전사했다. 최영이 출전을 자청했지만 우왕은 그가 늙었다는 이유로 만류했다. 그러나 최영은 고집을 굽히지 않고 결국 허락을 받아 냈다. 밤낮을 가리지 않고 행군해 홍산에 도착한 최영은 삼면이 절벽으로 둘러싸인 곳에 진을 치고 왜구와 대치했다. 휘하 장수들은 겁을 내 아무도 나서지 않았다. 최영이 몸소 선두에 서서 돌격했다. 왜구는 '바람에 풀잎이 쓰러지듯' 무너졌다. 이때 최영은 입술에 화살을 맞아 유혈이 낭자했으나 태연한 얼굴로 적에게 화살을 쐈다. 마침내 최영은 대부분의 왜구를 죽이거나 포로로 잡았다. 당시 나이 61세였다.

"황금 보기를 돌같이 하라."라는 말은 최영이 16세 때 부친 최원직(崔元直)에게 들은 훈계이다. 이 말은 최영이 명성을 드날릴 때부터 널리 알려진 모양이다. 최영은 이성계와 대립한 끝에 최후를 맞이했으므로, 『고려사』의 기록에는 그에 대한 부정적인 시각이 엿보인다. 그러나 최영이 아버지의 말씀에 따라 평생 검소하게 살았으며 뇌물과 청탁을 받지 않았다는 사실만은 그대로 실려 전한다.

나의 목자 석가모니

식목(息牧)이라는 말이 어디에서 나온 것인지 알지 못했다. 중암(中庵)이 말했다.

"소는 가축입니다. 잘 기르면 제 명대로 살고 잘 기르지 못하면 죽습니다. 그러므로 맹자가 '지금 어떤 사람이 남의 소와 양을 맡아서 대신 기른다면 반드시 목장과 목초를 구하려고 할 것이다. 목장과 목초를 구해도 찾지 못한다면 원래의 주인에게 돌려주겠는가, 아니면 가만히 서서 죽는 꼴을 지켜보겠는가?'라고 하였던 것입니다.

우리 스승 석가모니께서 세상에 출현하여 중생을 소처럼 여겼습니다. 중생이 무지하고 미혹하여 육도(六道)의 윤회에서 벗어나지 못하고 치달리는 것이 마치 발정 난 말이나 소와 같았기 때문입니다. 우리 스승께서는 여러 가지 방편을 써서 올바른 지혜를 갖도록 길들여 배부르게 먹여 살찌우고 죽을 때까지 아무런 걱정이 없도록 하셨습니다. 이렇게 본다면 우리 스승은 목자이고 중생은 소라고 하겠습니다.

중생의 식견은 깊고 얕은 차이가 있고, 지위는 높고 낮은 차이가 있습니다. 그래서 소의 색깔에 비유해 구분하셨습니다. 오로지 악하기만 한 사람이 있고 오로지 선하기만 한 사람이 있으니, 이것은 완전히 검은 소와 완전히 흰 소가 있는 것과 같다고 하셨습니다. 또 선에 치우친 사람이 있고 악에 치우친 사람이 있으니, 이것은 반만 흰 소와 반만 검은 소가 있는 것과 같다고 하셨습니다. 중생의 종류가 네 가지이므로 우리 스승은 열 가지 지혜의 힘인 십력(十力)으로 길렀습니다. 소가 어리석지만 목자를 따르지 않을 수 없는 것처럼 중생이 무지하지만 우리 스승을 따르지 않을 수 없는 것입니다.

이 그림은 사바세계의 다섯 가지 더러운 것을 분명히 보여 주고 있으니, 내가 이를 취하여 호로 삼은 까닭입니다. 그대가 나를 위해 찬(讚)을 지어 준다면 나는 아침저녁으로 보면서 스스로 경계할 것입니다."

내가 말했다.

"내가 예전에 듣지 못한 이야기입니다. 그렇지만 그 이치가 분명하고 비유가 절실합니다. 중국의 성인들은 하늘의 뜻에 따라 지극히 바른 법도를 세우고 교화를 담당하는 사도(司徒)의 직책과 음악을 담당하는 전악(典樂)의 관직을 두어 사람들에게 중화(中和)의 덕을 가르치고 편벽된 기질을 바로잡았으니 그 공이 해와 별처럼 찬란합니다. 그러나 세상이 변하고 풍속이 바뀌어 사치하고 간사하며 음란하고 교만해졌으니 이는 무엇 때문입니까? 성인이 계속하여 출현하지 않은 지 오래이며, 석가모니와 같은 분도 좀처럼 나타나지 않습니다. 그러니 목자에게 길들여지지 않은 소를 어찌 탓할 수 있겠습니까?"

중암은 일본 사람으로 호가 식목이니, 더 이상 배울 필요가 없는 절학무위한도인(絶學無爲閑道人)의 경지에 오른 사람이다. 나는 몹시 사모하고 몹시 공경한다. 그리하여 찬을 짓는다.

저 사람은 누구인가?
도롱이에 삿갓 쓴 목자라네.

팔을 들어 휘두르니
소들이 굼실굼실 모여드네.
벌써 길들여져 올라가니
풀 무성한 평원이라네.
태평성대의 바람과 달빛 아래
동자의 피리 소리 들려오네.

해설

목자의 비유는 여러 종교에서 찾아볼 수 있다. 성경에서 그리스도를 목자에 비유한다는 사실은 잘 알려져 있거니와, 코란에서도 지도자는 백성의 목자로서 책임을 져야 한다고 했다. 이 글에서 일본 승려 중암은 중생을 소에, 그들을 진리로 이끄는 석가모니를 목자에 빗대서, 중생을 기르는 일을 자신의 사명으로 삼는다고 밝혔다.

이색은 중암의 비유에 맞장구를 치며 유교의 성인들도 목자에 비유했다. 성인들은 하늘의 뜻에 따라 법도를 세우고 관직을 두어 백성을 교화했다. 하늘로부터 백성의 양육을 위탁받은 목자인 셈이다. 이제 세상이 변하고 풍속이 바뀌어 사람들은 쾌락을 찾으며 헤맨다. 이는 모두 목자의 부재에서 비롯되었으니, 길들여지지 않은 백성을 탓할 수는 없다. 이러한 혼란한 세상에서 중암이 중생을 바른길로 인도할 수 있기를 기대하였다.

글의 마지막 대목에서 중암의 호 '식목'은 중생을 기르는 일을 더 이상 하지 않는다는 뜻이라 보고 절학무위한도인(絶學無爲閑道人)에 비한 것도 묘미가 있다. 당나라 승려 영가 현각(永嘉玄覺)이 지은 「증도가(證道歌)」에는 "그대는 보지 못했는가, 배움을 끊어 버리고 아무 하는 일 없이 그저 한가하기만 한 도인을. 망상을 없애려 하지도 않고 진리를 찾으려고도 하지 않네. 이름 없는 실제의 성품이 바로 불성이 되고, 허깨비 같은 허망한 몸이 바로 법신이 되었기에.(君不見 絶學無爲閑道人, 不除妄想不求眞. 無名實性卽佛性, 幻化空身卽法身.)"라는 말이 보인다. 그리고 마지막에 붙인 찬에서는 『시경』 「무양(無羊)」의 "너희 목자가 오는데, 도롱이에 삿갓을 썼네(爾牧來思 何蓑何笠)"와 "팔을 들어 휘두르니, 모두 모여들어 올라가네(麾之以肱 畢來旣升)" 그리고 "그대의 양이 오니, 뿔들이 굼실굼실 모여드네. 그대의 소가 오니, 귀가 반질반질 젖어 있네(爾羊來思 其角濈濈 爾牛來思 其耳濕濕)" 등 구절이 보이는데, 이를 연결하여 중생을 계도하는 목자의 이미지로 만든 것 역시 글을 더욱 빛나게 했다고 할 만하다.

평생 누리는 즐거움

寄贈柳思菴詩卷序

군자에게는 평생 누리는 즐거움이 있으니, 잠깐의 즐거움은 나의 즐거움으로 삼기 부족하다. 반드시 그래야 한다고 고집부리는 일도 없고 절대로 해서는 안 된다는 고집도 없으며, 움직이거나 가만히 있거나 땅을 내려다보든 하늘을 올려다보든 조금도 부끄러운 마음이 생기지 않는다면 이른바 나의 즐거움이라는 것이 맑게 그 안에 존재하는 것이다.

죽고 살고 장수하고 요절하고는 하늘의 뜻이며, 길하고 흉하거나 잘되고 못되는 일은 남에게 달린 것이니, 이 모두 내가 어찌할 수 없다. 그런데 내가 이 때문에 기뻐하거나 두려워하는 것은 감정이 지나치기 때문이다. 감정이 지나치면 천성은 사라진다. 이런데도 '내게 평생 누리는 즐거움이 있다'고 말한다면 나는 믿지 않는다.

벼슬은 나를 존귀하게 만들고 녹봉은 나를 부유하게 만든다. 나를 부유하게 하는 것은 반드시 나를 곤궁하게 할 수도 있고, 나를 존귀하게 하는 것은 반드시 나를 미천하게 할 수도 있다. 그러니 내가 감히 그 명령을 따르지 않을 수 없다. 그것이 내가 아니라 남에게 달려 있기 때문이다. 그러므로 본디 나의 소유가 아닌 것이 하루아침에 내 것이 된다면, 아무리 존귀하고 부유해진다 하더라도 나는 기뻐하지 않는다. 기뻐하는 것도 안 되거늘, 하물며 평생의 즐거움으로 삼을 수 있겠는가!

이른바 즐거움으로 삼을 만하다는 것이 무엇인지 나는 안다. 그것은 아버지가 아들에게 줄 수도 없고, 남편이 아내에게 빼앗을 수도 없다. 천하에 지극히 가깝기로는 아버지와 아들, 남편과 아내만 한 사이가 없지만, 이들 사이에서 주거나 빼앗을 수 없는 데는 필연적인 이유가 있다. 이러한 점을 알아야 할 뿐만 아니라 기필코 실천해야 밖에서 오는 우환이 비로소 사라질 것이다.

사암(思菴) 유숙(柳淑) 선생이야말로 이러한 사람이라 하겠다. 십일 년 동안 연경에 머무를 때는 같은 반열에 있던 동료들이 그의 고상한 행실을 칭찬했고, 십사 년 동안 국정에 관여했을 때는 같은 조정에 있던 관원들이 그의 넓은 도량에 감복했다. 선비 신분에서 정승의 자리까지 올랐으니 또한 대단하다고 하겠지만, 만족하는 기색이 말이나 행동에 터럭만큼도 드러나지 않았다. 사는 곳을 보고 먹고 입는 것을 보고 교유하는 사람들을 보면 그는 한 시대의 부귀를 누리고 있는 사람이다. 그런데 외모를 보면 여전히 선비 시절과 같으니, 잠깐의 즐거움을 가지고 평생의 즐거움으로 삼지 않는 사람 아니겠는가!

십여 년 동안 찬란한 부귀영화를 누린 사람 가운데 끝을 잘 맺은 사람은 드물다. 그러나 선생은 조용히 조정에 나아갔다 물러났으며 벼슬이 있거나 없다고 하여 영예나 치욕으로 여기지 않았다. 예전 조정에 있을 때에는 도(道)가 시행되는 것을 즐거워했고, 지금 재야로 물러나서는 제 몸이 온전하여 즐거워하고 있다. 몸이 온전하면 도 역시 온전하다. 지난 날의 일을 생각해 보면 마치 떠다니는 구름이나 흐르는 물처럼 아무런 자취가 없건만, 오직 임금을 사랑하는 마음과 평생 누리는 즐거움은 잠시라도 떠나지 않았다. 만약 떠날 수 있다면 어찌 내가 말한 즐거움이라 할 수 있겠는가?

성균관 사예(成均館司藝) 강호문(康好文)은 선생의 문인이다. 여러 사람에게 시를 얻어다 선생께서 물러나 사는 즐거움을 누리는 데 일조하려 하면서 내가 선생을 잘 안다는 이유로 서문을 부탁했다. 그러므로 나는 그 대략의 내용을 간략히 적는다. 장주(莊周)가 "인적 없는 골짜기에 사는 사람은 발소리만 들어도 기뻐한다."라고 하였느니, 하물며 나의 글은 어떠하겠는가! 선생은 필시 무릎을 치며 이렇게 감탄할 것이다.

"마음을 알아주는 사람이 세상에 없어서는 안 되는 이유가 이것이구나."

해설

유숙(1324~1368년)의 삶을 칭송한 글이다. 유숙은 18세의 젊은 나이로 공민왕을 따라 연경에 들어갔다가 11년 만에 돌아왔다. 공민왕이 왕위에 오르자 14년 동안 국정에 관여했는데, 신돈이 정권을 장악하자 관직을 버리고 고향으로 돌아갔다. 이 글은 유숙의 동료와 문인들이 그에게 지어 준 시문집에 붙인 서문이다.

모든 사람이 부귀영화를 바라지만, 그것은 내 것이 아니다. 부귀영화는 남이 주는 것이다. 따라서 언제든 남이 빼앗아 갈 수 있다. 부귀영화는 평생 즐길 만한 것이 될 수 없다. 평생 즐길 만한 것은 내가 가진 도이다. 남이 줄 수도, 빼앗을 수도 없는 것이다. 맹자가 말했다. "귀하게 되고자 하는 마음은 모든 사람이 같다. 사람마다 스스로 귀한 것을 가지고 있으면서 생각(思)하지 않아서 모를 뿐이다." 유숙이 자신의 호를 '사암(思菴)'이라고 지은 것은 이 때문이다.

이색은 벼슬에서 물러나는 유숙을 위한 시집에 이런 뜻으로 서문을 지었다. 마지막에 적막한 곳에 사는 사람은 발자국 소리만 들어도 반가운 마음이 든다는 『장자』의 말을 인용하고, 자신이 지은 이 글이 유숙의 마음을 알아준 것이니 기뻐할 것이라 하였다. 유숙이 자의로 벼슬길에서 물러난 것이 아니기에 그 울분을 이러한 방식으로 위로한 것이다.

백성의 밥과 옷을 위한 책

農桑輯要後序

고려의 풍속은 순박하고 어질지만 생계를 영위하는 일은 서투르다. 농사 짓는 집은 그저 하늘만 쳐다보므로 홍수나 가뭄이 들면 농사를 망칠 수밖에 없다. 먹고사는 것도 몹시 간소해서 귀천과 노소를 따질 것 없이 먹는 것이라고는 채소와 말린 고기뿐이다. 미곡은 중시하지만 잡곡은 하찮게 여기고, 삼베와 모시는 많은데 비단과 솜은 드물다. 그러므로 사람들이 배 속이 비고 살갗은 야위어 마치 병을 앓다가 금방 일어난 것 같은 자가 열에 여덟아홉이다. 장사를 치르거나 제사를 지낼 때는 소식(素食)을 하느라 고기를 먹지 않는다. 잔치를 벌이면 소와 말을 잡아서 먹되 들짐승으로 충족한다.

사람은 귀, 눈, 입, 코 등 몸의 형체가 있으니 소리, 색깔, 냄새, 맛을 바라는 욕구가 생긴다. 가볍고 따뜻한 옷이 몸에 편하고, 기름지고 단 음식이 입에 맞는다. 여유 있기를 바라고 부족한 것은 싫어하기 마련이니, 온 세상 사람들의 본성이 매한가지다. 그런데 어째서 고려 사람들만 이렇게 다르단 말인가? 풍성하되 사치하지 않고 검소하되 누추하지 않으며, 인의를 바탕으로 표준을 만든 것이 성인의 올바른 제도요, 이를 통해 사람이 하는 일이 아름다워진다.

다섯 마리 닭과 두 마리 돼지는 농사를 짓는 데 아무런 도움이 되지 않으나 차마 죽이려 하지 않고, 소와 말은 사람을 대신해 노동을 하느라 공로가 큰데도 잔인하게 죽인다. 힘든 사냥은 몸이 상하거나 목숨을 잃는데도 과감하게 하면서, 우리에 갇힌 짐승을 잡는 일은 차마 하지 못한다. 이는 경중을 알지 못하는 것이다. 이리하여 의리를 해치고 제도를 무너뜨리며 본심을 잃으니, 이것이 어떻게 백성의 죄이겠는가? 나는 이러한 현실을 슬퍼한다. 백성의 재산을 마련해서 왕도 정치를 일으키는 것이 나의 뜻이지만, 결국 아무것도 시행하지 못했으니 이를 어찌하겠는가?

봉선대부(奉善大夫) 지합주사(知陜州事) 강시(姜蓍)가 나에게 편지를 보내 이렇게 말했다.

"시중 행촌(杏村) 이암(李嵒) 공이 외손인 판사(判事) 우확(禹確)에게 『농상집요(農桑輯要)』라는 책을 주었는데, 제가 우확에게서 이 책을 얻었습니다. 입는 것과 먹는 것을 넉넉하게 하고 재물을 늘리며 농사를 짓고 가축을 기르는 등 갖추어야 할 것을 빠뜨리지 않았습니다. 그리고 부문을 나누고 유형에 따라 모아서 세밀하게 분석하고 분명하게 밝혔습니다. 참으로 생계를 영위하는 좋은 방법이라 하겠습니다. 제가 고을에서 간행해서 널리 전하려 하는데, 글자가 크고 책의 분량이 많아 멀리 보내기가 어려웠기에 작은 해서(楷書)로 베껴 놓았습니다. 또 안렴사(按廉使)로 있는 김주(金湊) 공이 베 약간 필을 내어 비용에 보탰습니다. 책 뒤에 붙일 글을 써 주십시오."

나는 예전에 이 책을 음미한 적이 있다. 내가 우리 풍속을 걱정하는 마음이 깊지 않은 것은 아니었고 또 조정에 선 날이 하루 이틀이 아니었지만, 한 번도 이 책을 간행하도록 건의하지 못했으니 이는 나의 잘못이다. 비록 그렇지만 강 군의 뜻이 나와 같다는 것을 이로써 알 수 있다. 백성의 재산을 마련하여 왕도 정치를 일으키는 일은 여기에서 그치지 않을 것이다. 강 군은 이 점도 연구한 일이 있는지 묻는다. 만약 반드시 시행하고자 한다면 우선 이단을 물리치는 것부터 시작해야 한다. 그렇게 하지 않는다면 우리 풍속을 바꾸지 못할 것이요, 이 책에 실린 내용은 그저 빈 글이 되고 말 것이다. 강 군은 더욱 힘써야 한다.

해설

맹자는 사람이 선량한 마음(恒心)을 지키려면 일정한 재산(恒産)이 있어야 한다고 했다. 따라서 국가를 다스릴 때 우선해야 할 것은 민생이다. "현명한 군주는 백성의 생업을 마련해 주되, 위로는 부모를 섬길 만하고 아래로는 처자를 먹여 살릴 만하며, 풍년에는 1년 내내 배부르고 흉년에는 죽음을 면하게 한다." 『맹자』 「양혜왕 상(梁惠王上)」에 나오는 말이다. 백성을 교화하려면 먹고살 걱정을 덜어 주는 것이 첫째이므로, 백성의 의식주를 해결하는 것이 왕도 정치의 바탕이라는 주장이다.

이 글은 1273년 간행된 원나라의 농서(農書) 『농상집요』를 고려에서 간행하게 된 의의를 밝힌 것이다. 이색은 강시(1339~1400년)가 『농상집요』의 간행을 통해 민생에 도움을 주고자 한 뜻을 높게 평가하면서도, 잡학인 농학에 머물지 말고 경세의 큰 뜻을 펼치는 데까지 나아갈 것을 주문하였다. 강시는 고려 말의 문인이지만 그의 사상을 알려 주는 자료는 남아 있지 않다. 다만 『농상집요』를 간행하려 한 데서 당시 새롭게 전해진 성리학보다 실용적인 학문에 더욱 관심이 깊었음을 짐작할 수 있다.

『농상집요』는 개간하는 법, 파종하는 법, 누에 치는 법, 과일 재배하는 법, 나무 심는 법, 약초 캐는 법, 가축 기르는 법, 고기 잡는 법 등 백성의 의식주를 풍요롭게 하는 법이 망라되어 있다. 이암(1297~1364년)이 1348년 원나라에 다녀오면서 이 책을 가지고 들어왔는데, 이것이 이암의 외손 우확을 거쳐 강시의 손에 들어갔다. 강시는 여러 사람의 도움을 받아 이 책을 합천(陜川)에서 간행하고 이색에게 서문을 부탁했다. 이색은 『농상집요』 간행의 궁극적인 목적이 왕도 정치를 일으키는 데 있다는 점을 강조하며 책의 중요성을 설파했다. 당시 간행한 판본이 지금도 전하고 있다.

『농상집요』는 조선 초기에도 널리 읽혔다. 태종은 이 책에서 유용한 부분을 뽑아 우리말로 풀이해 간행했으며, 세종의 농업 정책도 이 책에 기댄 것이었다. 세조 역시 이 책에서 홍화(紅花) 심는 법을 초록해 각 도 관찰사에게 보내 재배를 권장했다. 박지원(朴趾源)의 『과농소초(課農小抄)』에도 이 책이 여러 차례 인용되었다.

천하를 누빈
익재 선생

益齋先生亂藁序

원나라가 천하를 통일하여 온 세상이 하나가 되었다. 삼광(三光)과 오악 (五嶽)의 기운이 한데 모여 동탕하고 발산하니 중국과 변방의 차이가 없 었다. 그러므로 한 시대의 걸출한 인재가 그 사이에서 마구 배출되었다. 이들이 점차 그 기운을 농축하고 정수를 모아 문장으로 펼쳐 내어 한 시대의 다스림을 찬란히 장식했으니, 성대하다고 하겠다.

고려의 익재(益齋) 선생은 이러한 때에 태어났다. 약관도 되지 않아 문 장으로 명성을 날려 당시 충선왕이 큰 그릇으로 여겼다. 시종하는 신하 로 임금을 수행하여 원나라로 가서 원나라 조정의 큰 선비들이었던 요 수(姚燧), 염복(閻復), 조맹부(趙孟頫), 원명선(元明善), 장양호(張養浩) 등이 모두 충선왕의 문하에서 어울렸다. 선생은 그들과 교유하며 견문을 일신 하고 절차탁마하여 변화를 이루었으니, 정대하며 고명한 학문이 극진해 졌다. 또다시 사천(四川)과 촉(蜀) 지역에 사신으로 가고 충선왕을 따라 오(吳)와 회계(會稽) 지방으로 갔다. 만여 리 길을 왕복하면서 장대한 산 하와 기이한 풍속, 옛 성현의 자취까지 굉장하고 특이한 광경을 남김없 이 두루 보았으니, 호탕하고 기이한 기상이 거의 사마천 못지않았다. 선 생이 원나라 조정에서 벼슬하여 황제의 정무를 담당하며 대각(臺閣)에 서 노닐었다면, 성취한 공업이 앞서 말한 몇몇 군자보다 결코 못하지 않았을 것이다. 그렇지만 재주를 펼치지 못하고 동쪽으로 돌아와 다섯 임금을 보필하고 네 번 정승이 되었다. 우리나라 백성에게는 다행이지만, 우리 도(道)를 위해서는 안타까운 일이라 하겠다.

비록 그러하지만 우리나라 사람들이 선생을 태산처럼 우러러보고, 학문하는 사람들이 누추한 습속을 버리고 조금이나마 고상해진 것은 다 선생의 교화 덕택이다. 옛사람 중에는 숙향(叔向)과 자산(子產)처럼 천자의 조정에 오르지는 못했지만 각기 자기 나라에서 교화를 시행하고 후세에 유풍을 떨친 이가 있었으니 어찌 이를 작게 여기겠는가? 천자를 보필하고 천하를 호령하는 일을 누군들 바라지 않겠는가마는, 명성이 전하고 그러지 않고는 관직이 아니라 문장에 달려 있으니 무엇을 한스러워하겠는가?

선생은 저술이 몹시 많았다. 한번은 "선친이신 동암(東菴) 이진(李瑱) 공도 아직 문집이 세상에 전하지 않고 있는데 하물며 내가 어찌하겠는가?"라고 말씀하셨다. 이 때문에 시문을 짓는 대로 바로 버렸지만 사람들이 그때마다 보관해 두곤 하였다. 선생의 막내아들인 대부 소경(大府少卿) 이창로(李彰路)와 장손인 내서사인(內書舍人) 이보림(李寶林)이 함께 수집하여 몇 권으로 엮고 목판에 새겨 후세에 전하기로 하고 내게 서문을 써 달라고 하였다. 나는 이렇게 말한다.

"선생께서 편찬하신 나라의 역사조차 병란에 흩어져 없어졌으니, 사람들의 상자 속에 들어 있는 짧은 글이 불타 없어질 것은 의심의 여지가 없다. 그렇다면 몇 권이라도 속히 간행하지 않으면 안 될 것이다. 두 분은 힘쓰기 바란다."

아, 내가 어찌 글을 잘 아는 사람이겠는가? 우리 부자(父子)가 선생의 문생인 관계로 감히 사양하지 못하고 일단 소견을 이렇게 기록한다.

해설

몽골은 1216년부터 1259년까지 40여 년에 걸쳐 고려를 침략했다. 결국 고려는 몽골이 세운 원나라에 무릎을 꿇었다. 원나라는 이때부터 100년에 걸쳐 직간접적으로 고려를 지배했다. 이 시기를 원 간섭기라고 한다. 원 간섭기에 대한 우리의 인식은 대체로 부정적이다. 두 차례의 일본 정벌을 비롯한 원나라의 무리한 요구로 민생은 도탄에 빠졌으며, 원나라 황실과 결탁한 권문세족은 국왕에 버금가는 권력을 행사했다. 이 시기에 이루어진 공녀 차출도 민족 감정을 건드리는 예민한 문제이다. 그러나 이러한 점만 보는 것은 다소 편향된 시각이다.

원나라의 침입으로 멸망해 제국의 행정 구역으로 편입된 수많은 나라들과 달리, 고려는 왕조를 유지해 독립국으로서의 위상을 지켰다. 비록 간섭은 피할 수 없었으나, 직접 통치하려는 시도가 있을 때마다 거세게 반발했다. 중국과 우리나라의 인적, 물적 교류가 어느 때보다 활발했다는 점도 간과해서는 안 된다. 이 시기 고려의 귀족과 지식인은 중국을 제집 드나들듯 했다. 원 제국이 주도하는 국제 질서에 고려가 적극적으로 참여할 수 있었던 것은 긍정적인 측면이다.

이러한 시대를 살아간 당대 최고의 문인 이제현의 문집에 붙인 서문이 위 글이다. 『동문선』과 함께 『익재난고』에도 실려 있는데 지정(至正) 23년(1363년, 공민왕 12년) 정월 초하룻날 지은 것이라 하였다. 이색은 부친 이곡과 함께 이제현의 문하에서 수학했기에 제자를 대표하여 이 글을 지은 것이라 하겠다.

이색은 원나라 중심의 세계 질서에 무한한 신뢰를 보낸다. 이제현은 젊은 시절 충선왕을 따라 원의 수도에 들어가 당대 최고 수준의 문인들과 교유했으며, 중국 전역을 누비고 다녔다. 과거 문인들이 해외 진출을 선망하는 데 그쳤다면 이제현은 세계를 무대로 활동한 주인공이었던 셈이다. 고려로 돌아오는 바람에 천하에 명성을 떨치지 못한 것은 이제현 개인에게는 불행이지만 우리 백성에게는 다행이라고 했다. 대제국을 누빈 경험을 바탕 삼아 정치를 펴고 수준 높은 세계 문화를 고려에 이식한 이제현의 공로를 칭송하는 내용이다.

숨어도 숨지 않은 사람

南谷記

용인(龍仁) 동쪽에 남곡(南谷)이 있는데, 나와 같은 해 과거에 급제한 이 선생이 산다. 어떤 이가 나에게 물었다.

"선생은 은둔하시는가?"

내가 말했다.

"은둔하는 것이 아니네."

"그러면 벼슬하시는가?"

"벼슬하는 것도 아니네."

그 사람이 또 물었다.

"벼슬하지도 않고 은둔하지도 않는다면 어디에 속하는가?"

내가 이렇게 말했다.

"내가 듣기로 은둔하는 사람은 제 몸만 숨기는 것이 아니라 반드시 이름도 숨긴다네. 이름만 숨기는 것이 아니라 반드시 마음도 숨긴다네. 이는 다름이 아니라 남들에게 알려지는 것이 두려워 남들이 모르게 하려는 것일세.

벼슬하는 사람은 이와 반대라네. 제 몸은 반드시 조정에 두어 관복과 수레로 화려하게 꾸미고, 제 이름은 반드시 세상에 알리고 문장과 도덕으로 채우려 한다네. 그렇게 한다면 마음에 두고 있는 것이 정치에 드러나고 시와 노래로 불리면서 사방에 찬란히 빛날 것이니, 그 마음을 숨길 수 있겠는가? 나는 이 때문에 남곡이 숨어 사는 곳이 아님을 알고 있다네.

지금 선생은 남곡에 살면서 밭도 있고 집도 있어 관혼상제를 치르고 손님을 접대하기에 충분하다네. 권세와 이익에 마음을 두지 않은 지 오래지만 은둔한다고 자처하지 않는다네. 해마다 도성으로 가서 벗들을 만나고 마음껏 술을 마시며 담소를 나눈다네. 왕래하는 길에는 여윈 아이종을 거느리고 수척한 말을 탄 채 채찍을 늘어뜨리고 시를 읊는다네. 수염은 눈처럼 희고 뺨에는 붉은빛이 도니, 그림을 잘 그리는 사람에게 그 모습을 묘사하게 한다면 필시 신선을 그린 「삼봉연엽도(三峯蓮葉圖)」 못지않을 것일세.

그리고 남곡은 산에서 나무할 만하고 물에서 낚시할 만하니 세상에 바라는 것 없이 스스로 만족하기에 충분하다네. 산은 밝고 물은 푸르며 땅은 조용하고 인적이 적막하다네. 눈을 들어 바라보면 한가로워, 정신이 우주 밖을 노닌다 하더라도 이보다 더할 수는 없을 것일세. 선생이 이곳에서 즐거워하는 것도 당연한 일일세.

나는 늙고 병든 지 이제 오래라네. 늘 고향으로 돌아가고 싶었지만 그렇게 하지 못했네. 논밭이 있지만 바다가 너무 가깝고, 집이 있지만 논밭이 너무 척박하다네. 논밭과 집 이 두 가지를 온전히 지키며 여생을 마치는 것이 나의 바람이지만 어찌 쉽게 이룰 수 있겠는가?

선생이 정언(正言)으로 재직할 때 나는 간의대부(諫議大夫)로 있었는데, 함께 정사를 논하다가 재상들을 거슬러 모두 외직으로 좌천되었지만 나만 특별히 발탁되었으니 지금까지도 부끄러워 얼굴이 붉어진다네. 선생은 누차 배척을 받고 누차 기용되기를 반복하며 벼슬이 겨우 삼품에 이르는 데 그쳤지만, 백성에게 베푼 사랑이 백성의 마음에 남아 있고 아름다운 명성이 세상에 드높다네. 영천 이씨(永川李氏)는 그 짝이 드물다 하겠으니, 필시 왕명을 전하러 온 사신의 말 울음소리가 남곡에서 울릴 것일세. 훗날 원대한 계책을 세우고 중대한 논의를 결정하게 될 것이니, 마치 남양(南陽)에서 일어난 제갈량(諸葛亮)처럼 군주를 도와 나라를 다스릴 것이 분명하다네. 그렇게 되지 않더라도 모두 하늘의 뜻이라네."

선생의 이름은 석지(釋之)다. 선친 가정 공(稼亭公, 이곡)의 문하생으로 급제했다. 나와 함께 신사년(1341년) 진사과에 합격했다.

정사년(1377년) 12월 8일에 기록하다.

해설

남곡에 은거한 이 선생은 이무방(李茂芳, 1319~1398년)이다. 이 글의 말미에 석지(釋之)라고 한 것은 그의 자이다. 『고려사』에 따르면 이무방은 청렴하고 강직했다. 경주 부윤(慶州府尹)으로 선정을 펼쳐 최영에게 인정받기도 하였지만, 1376년 정당문학으로 재직 중일 때 역적의 재산을 몰수하는 일로 시중 경복흥(慶復興)과 정면충돌하고 파직당했다. 이색은 그를 전송하면서 서(序) 대신 기(記)를 지어 주며 다른 사람의 대화체로 이무방의 마음을 대신 말했다.

이무방은 경기 용인의 남곡으로 물러나 시골 노인과 다름없이 살았다. 그러나 이색은 그의 은둔이 계속되지 않으리라고 하였다. 은둔하려는 사람은 몸과 이름은 물론 마음까지 숨기는데, 이무방은 비록 남곡에 숨어 살지만 그가 베푼 선정이 백성에게 남아 있고 청렴하고 강직한 인물로서 여론의 주목을 받고 있다. 숨는다고 숨을 수 있는 존재가 아니라는 것이다. 이색은 조만간 국왕이 그를 조정으로 불러들일 것이라고 위로하였다.

『태조실록』에 따르면 이무방은 공민왕이 세상을 떠난 뒤 16년 동안 은둔 생활을 계속했다고 한다. 이색으로서는 그렇게 길어질 줄은 예상하지 못했을 것이다. 그리고 고려가 망하고 조선이 개국된 뒤, 끝까지 고려의 편에 섰던 자신과 달리 이무방이 조선의 편에 서게 될 줄도 짐작하지 못했을 것이다.

세상의 동쪽 끝에서

流沙亭記

유사(流沙)라는 지명은 『서경』 「우공(禹貢)」에 실려 있으니, 성인의 교화가 미친 곳이다. 그렇지만 이것으로 정자의 이름을 지은 이유를 나는 알 수 없다. 옛사람이 놀고 쉬는 곳에 편액을 걸 때는 널리 알려진 산과 물의 이름을 빌리기도 하고, 대단히 좋거나 나쁜 이름을 걸어 권면하거나 경계하는 뜻을 담기도 했다. 어떤 경우에는 선조의 고향을 이름으로 삼아 근본을 잊지 않으려는 뜻을 나타내기도 했다. 유사처럼 멀리 떨어져 있고 풍속이 비루해 인물이 나지 않고 배와 수레가 닿지 않는 중국 땅은 사람들이 말하기도 싫어하고 입에 올리기조차 부끄러워한다. 하물며 큰 글씨로 특별히 써서 문에 걸어 놓겠는가? 우리 형이 그런 이름을 붙인 데는 필시 남다른 무엇인가가 있을 것이다.

천하가 광대하고 성인의 교화도 끝이 없지만 이는 바깥에서 본 것이다. 사람의 육신이 왜소하지만 광대한 천하와 다르지 않으니 이는 안에서 본 것이다. 바깥에서 보면 동쪽으로 해가 뜨는 부상(扶桑)까지, 서쪽으로 곤륜산(崑崙山)까지 그리고 북쪽으로는 풀이 자라지 않는 땅과 남쪽으로는 눈 내리지 않는 땅까지 성인의 교화가 점점 미쳐서 두루 퍼져 있다. 그렇지만 세상은 통일되는 경우가 늘 드물고 분열되는 경우가 늘 많은 법이니, 나는 속으로 이를 개탄하지 않을 수 없다.

안에서 보면 육신은 힘줄과 뼈로 묶여 있고 성정은 미미하지만 마음이 그 가운데 자리하고 있어 우주를 포괄하고 만물에 대응한다. 위세로도 분리할 수 없고, 지혜로도 저지할 수 없어 우뚝이 나 한 사람이 서있게 된 것이다. 그렇다면 비록 한쪽으로 치우친 극지에 몰래 숨어 있다하더라도 그 가슴속의 도량은 성인의 교화를 입었으므로 사방 아무리먼 곳이라 해도 이를 벗어나지 않는다. 형님의 뜻은 아마도 이와 같지않겠는가!

나는 예전에 사방을 여행하려는 뜻이 있었지만 이제는 지쳤다. 그러다가 신축년(1361년) 겨울 병란을 피해 동쪽으로 가서, 처음으로 영해부(寧海府)에 오게 되었다. 이곳은 우리 외가가 있는 곳으로 우리 형이 살고있다. 영해는 동쪽으로 큰 바다를 마주하고 일본과 이웃하여 실로 우리나라의 동쪽 끝에 있는 극지다. 지금 내가 다행히 한쪽 모퉁이의 끝까지오게 되었으니, 다른 곳도 갈 수 있을 것이다. 더구나 이곳과 정반대에있는 유사는 어떻겠는가.

유사정에서 술잔을 드는데 기문을 지어 달라고 하기에 흔쾌히 쓴다. 지정 임인년(1362년).

해설

유사는 중국 서부의 사막 지대이다. '모래'가 바람 따라 '흐르는' 곳이라는 뜻에서 이렇게 부른다. 천하의 지리를 기록한 『서경』 「우공」에 따르면세상의 서쪽 끝이다. 그런데 우리나라 동쪽 끝이라고 할 수 있는 경상도영해에 지은 정자를 유사정이라 이름 붙인 이유는 무엇일까?

1361년, 홍건적이 침입하자 이색은 외가가 있는 영해로 피난했다. 그 때 유사정이라는 이름을 붙인 정자에 올라 술잔을 들고 생각에 잠겼다. 천하를 주유하려는 젊은 시절의 뜻은 어느새 흐려진 지 오래이다. 하지만 나도 모르게 천하의 동쪽 끝까지 오지 않았는가. 그렇다면 서쪽 끝에 있는 유사라고 가지 못할 이유가 무엇이겠는가. 성인의 가르침을 마음속에 담고 있는 한, 성인의 교화가 퍼져 있는 세상 어디든 가지 못할 곳이 없다. 한 사람의 미미한 존재가 드넓은 천하와 다름없는 이유가 바로 이것이다.

아버지의 바둑돌 記碁

선친께서는 다른 기예에는 전혀 마음을 두지 않으셨으나 유독 바둑만은 그 묘리를 조금 터득하셨고 당시 바둑에 뛰어난 사람에게 인정을 받기도 하셨다. 그러나 집안에는 그 도구를 남겨 두지 않으셨다.

나는 선친을 잃은 뒤 도성을 떠나 고향으로 돌아왔다. 우울하여 공부도 그만두었다. 일 년이 지나 서책을 정리하다가 바둑돌을 발견했다. 자세히 살펴보니 하나는 흰 바탕에 노란 무늬가 있는 조개껍질로 만들어졌고, 다른 하나는 옥처럼 매끄러운 검은 돌로 만들어진 것이었다. 정교하게 다듬어 별처럼 둥글둥글하니, 선비의 책상에 놓을 보배라 할 만했다. 그러나 바둑알이 겨우 이백 개뿐이라 물결에 마모된 돌로 채워 넣었다.

하루는 손 군(孫君)이 찾아와 말했다.

"이것은 내가 승려 계홍(戒弘)에게 얻은 것인데, 당신의 선친께서 부모님을 모시고 계실 때 우리 아이 기(起)가 바친 것입니다."

그러고는 바둑돌을 집어 하나하나 세어 보다가 물었다.

"처음에는 삼백육십 개가 넘었는데 지금 남아 있는 것은 어찌 이렇게 적습니까?"

내가 보니 그 또한 개탄스러운 마음이 없지 않은 것처럼 보였다. 나는 이를 계기로 깊이 생각해 보았다.

아무리 하찮고 작은 물건이라도 그 사이에는 반드시 운수가 있는 법이니, 군자는 이를 몰라서는 안 된다. 근원을 거슬러 올라가 찾아보면 계홍 이전에 이 바둑돌을 만든 자는 누구이고, 이를 전해 준 자는 또 누구이던가? 계홍이 손씨 집안에 전해 주고, 손씨 집안이 이씨 집안으로 건네주었는데, 잃어버린 것이 이미 반의반이다. 앞으로는 어떤 사람에게 넘겨질 것이며, 점차 흩어져 어떤 사람의 손에서 갑자기 잃어버리게 될 것인가? 아니면 우리 선비들이 사용하게 될 것인가, 부귀하고 호탕한 자의 노리개가 될 것인가? 옛날과 지금을 생각하며 한탄하고 사물의 이치를 자세히 따져 보면 눈물을 흘리지 않을 수 있겠는가! 바둑을 두고 원동방정(圓動方靜)의 기미를 살피고 이형맹세(嬴形猛勢)의 뜻을 논하는 것은 여기에서 언급할 겨를이 없다.

삼가 다음과 같이 기록한다. 흰 바둑돌이 백사십 개, 검은 바둑돌이 백구십 개이다. 이어서 두 통의 글을 쓴다. 하나는 손 군에게 주어 바둑돌이 어디로 갔는지 알려 주고, 하나는 내가 보관해 바둑돌이 어디에서 왔는지 기억하며, 또 행여 앞으로 잃어버리지 않기를 바란다.

해설

이색의 부친 이곡이 남긴 바둑돌에 대한 기록이다. 이색은 부친이 세상을 떠난 뒤 유품을 정리하다가 바둑돌을 발견했다. 제법 귀한 물건 같았지만, 수가 너무 적었다. 바둑판을 가득 채우려면 흑과 백 360개의 바둑돌이 필요한데, 남아 있는 것은 200여 개에 불과했다.

어느 날 찾아온 손 아무개라는 사람이 바둑돌의 내력을 알려 주었다.

원래 승려 계홍이 손씨 집안에 준 것인데, 손씨 집안에서 이곡에게 넘겨주었다는 것이다. 이색은 새삼 서글픈 마음이 들었다. 이 바둑돌이 계홍에게 오기까지 얼마나 많은 사람의 손을 거쳤겠으며, 앞으로는 또 얼마나 많은 사람의 손을 거치겠는가? 바둑돌을 가졌던 사람들은 하나둘 세상을 떠났으니 서글픈 마음이 들지 않을 수 없었을 것이다. 누구도 영원한 소유주가 될 수 없기 때문이다. 이처럼 사물을 두고 성찰의 공부를 하는 글쓰기는 성리학이 유입된 이후 유난히 눈에 띄는 경향이다.

정 주

鄭 樞

1333~1382년

본관은 청주(淸州), 자는 공권(公權), 호는 원재(圓齋) 혹은 무형자(無形子)다. 시인으로 이름난 설곡(雪谷) 정 포(鄭誧)의 아들이다. 1353년(공민왕 2년) 이제현이 주 관한 과거 시험에 이색과 함께 급제해 관직에 올랐다. 신돈을 탄핵했다가 죽을 고비를 넘기고 동래 현령(東 萊縣令)으로 좌천되었다. 신돈이 몰락한 뒤 정당문학 을 역임하고 우왕의 사부가 되었다. 문집 『원재고(圓齋 稿)』가 전하며, 『동문선』에 시 외에 여러 편의 잠명(箴 銘)이 실려 있다.

둥글게 사는 집　　　　　　　　　圓齋銘

무형자(無形子)는 형상이 없는 데서 생겨났다는 뜻이다. 그러므로 서원(西原, 청주의 별칭) 정공권(鄭公權) 씨가 자신의 호로 삼고, 사는 곳을 원재(圓齋)라 하였다. 어떤 사람이 찬(贊)을 지어 이렇게 말했다.

"하늘은 원형이므로 돌고 돌아 끊임없이 만물을 생성하고, 태양은 원형이므로 운행하여 영원히 한 해를 이루니 원(圓)의 뜻이 크도다."

무형자가 웃으면서 말하였다.

"당신은 나에게 아첨하려는 것이오? 무릇 사물은 형상이 없는 데서 생겨나고 형상에 얽매이게 된다오. 형상에 얽매이면 변화하기 어렵고, 변화하기 어려우면 이치에 흠이 생기는 법이라오. 나는 형상이 없기를 추구하고 변화를 숭상하는 사람이라오. 이 때문에 이른바 원이라는 것은 막힘도 없고 흠도 없는 것이 중요하다오. 당신이 말하는 형상이 어찌 중요한 것이겠소? 그렇기는 하지만 형상이 있으면 이치가 있는 법이니, 만약 둘로 나누어 기어이 형상을 버리고 이치를 찾으려 든다면 어찌 원이 될 수 있겠소. 당신의 말이 나를 깨우치는 바가 있으니 이것을 좌우명으로 삼아야겠소."

명은 이러하다.

그릇이 모가 나면 흠이 생기기 쉬운 법,

수레바퀴처럼 둥글다면 어딘들 못 통하랴.

내가 원을 배워 한구석에 얽매이지 않는다면

저 험난한 길을 어찌 걱정하랴!

해설

주변 기물에 삶의 방향을 새겨 두는 짧은 글인 명(銘)은 운을 넣기도 하고 혜(兮)라는 어조사를 쓰기도 한다. 이 글은 정추가 후자의 방식을 택하여 자신의 처소인 원재(圓齋)에 새겨 놓은 글이다.

정추는 무형자와 원재라는 두 호를 통해 자신의 인생관을 밝혔다. 무형은 『노자(老子)』의 "큰 형상은 형체가 없다.(大象無形)"에서 따온 말인데, 이를 『주역』의 "둥글어서 신묘하다.(圓而神)"라는 뜻으로 연결했다. 무형은 고정된 형상에 얽매이지 않아 끊임없이 변화할 수 있으니, 이것이 무형자의 뜻이다. 그렇다 하여 형상 자체가 없을 수 없기에 굳이 형상을 정한다면 원을 택하겠노라 하였다. 원은 흠이 없고 회전하므로 얽매이거나 구애되지 않기 때문이다.

정몽주

鄭夢周

1337~1392년

본관은 영일(迎日), 초명은 몽란(夢蘭)·몽룡(夢龍)이고, 자는 달가(達可), 호는 포은(圃隱)이다. 1360년 문과에 장원 급제 하며 관직에 올랐다. 태상시 소경(太常寺少卿), 성균관 사성 등을 역임하고 1372년 명나라에 다녀왔다. 1375년 성균관 대사성으로 있을 때 박상충(朴尚衷), 김구용(金九容)과 더불어 북원(北元)의 사신을 맞아들이지 말 것을 상소하여 언양(彦陽)에 유배되었다. 1377년 유배에서 풀려난 후 일본에 가서 왜구에게 생포된 고려 백성을 데려오기도 했다. 이후 누차 명나라에 사신으로 다녀오고, 정당문학, 문하시중 등을 역임했다. 이성계와 대립하다가 선죽교(善竹橋)에서 살해당했다. 성리학을 전파한 공로를 인정받아 '동방이학(東方理學)의 조(祖)'로 일컬어지며, 절의의 상징으로 추앙받았다. 이성계와 함께 여진족과 왜구를 격파한 명장이기도 하다.

호방한 시풍으로 후대에 기려졌으며 특히 1377년 일본에 사신으로 가서 지은 시가 널리 회자되었다. 문집 『포은집(圃隱集)』이 전한다.

두려워할 줄 알라　　　惕若齋銘

하늘의 운행은 날마다 구만 리 아득하건만

잠깐이라도 멈추면 만물이 생성되지 못한다.

흘러가는 물은 이와 같아서 굼실굼실 끊임이 없으니,

한 가지 상념이 병을 일으켜 혈맥이 중간에 막힌다.

군자라면 두려워하여 밤까지 부지런히 진력하시라.

공력이 극진히 쌓여야 하늘을 마주할 수 있을지니.

해설

척약재(惕若齋)는 김구용(金九容, 1338~1384)의 서재 이름이다. 『주역』의
건괘(乾卦)의 "군자가 종일 부지런히 힘쓰고 저녁까지도 두려워하면 위태
롭더라도 허물이 없다.(君子終日乾乾夕惕若厲, 無咎.)"라는 말에서 따온 이
름이다. 이색, 정도전과 함께 정몽주가 명(銘)을 지어 주었다.

　정몽주는 늘 두려워하는 마음으로 자강불식(自强不息)하는 것이 군자
의 도리라 했다. 자강불식 역시 건괘의 "하늘의 운행이 강건하니, 군자가
이를 본받아 스스로 힘쓰고 쉬지 않는다.(天行健, 君子以, 自强不息.)"에서

나온 말이다. 하늘의 운행은 끝없이 지속되니, 강물이 흘러가고 육체에 피가 도는 것과 같은 이치다. 그처럼 군자에게 필요한 것은 자강불식의 자세라 적었다.

　김구용의 척약재를 위해 여러 사람이 글을 지었는데 그 뜻은 조금씩 다르다. 이색은 「척약재명」의 마지막 대목에서 "움직일 때나 쉴 때에 물이 가득한 그릇을 받드는 것처럼 하라. 더욱이 학문의 근심은 중도에서 넘어지는 데 있으니.(動持息夾, 盤水之盈, 況學之患, 中而或踣.)"라 하여, 조심스러운 태도를 강조했다. 또 백문보(白文寶)는 「척약재설」에서 학문이 진전을 이루지 못하고 수양이 부족할까 두려워하라는 뜻으로 풀이하였다.

김득배의 죽음을 애도하며

祭金得培文

아, 하늘이여. 이 사람이 어떤 사람인가. 내가 듣기로 선한 이에게 복을 내리고 악한 이에게 화를 내리는 것은 하늘이며, 선한 이에게 상을 주고 악한 이에게 벌을 주는 것은 사람이라고 했다. 하늘과 사람의 역할이 비록 다르지만 그 이치는 하나이다. 그런데 옛사람은 "하늘의 뜻이 정해지면 사람을 이기고, 사람이 많으면 하늘을 이긴다." 하였으니, 무슨 이치인가.

지난번 홍건적이 쳐들어왔을 때 임금이 파천하여 국가의 운명이 실에 매달린 듯 위태로웠다. 그런데 공이 먼저 대의를 제창하자 원근이 메아리처럼 호응했다. 몸소 만 번 죽을 계책을 내어 삼한을 회복하는 업적을 이루었으니, 지금 사람들이 여기에서 먹고 자는 것이 누구의 공이겠는가.

비록 죄가 있더라도 공을 인정해 죄를 덮어 주어야 한다. 죄가 공보다 무겁다면 반드시 자기 죄를 인정하게 만든 뒤에 죽여야 한다. 그런데 어찌하여 말이 흘린 땀이 마르지도 않고 개선가를 다 부르기도 전에 끝내 태산 같은 공을 세운 사람이 칼날에 피를 흘리게 하였는가. 이것이 내가 피눈물을 흘리며 하늘에 묻는 까닭이다.

나는 필시 그의 충성스럽고 씩씩한 혼백이 천추만세가 지나도록 구천에서 눈물을 삼키리라는 것을 알겠다. 아, 운명이로다. 어찌하겠는가.

해설

김득배(金得培, 1312~1362년)는 홍건적의 침입을 누차 격퇴하는 큰 공을 세웠다. 1362년 홍건적이 개성을 함락하자 김득배는 총병관 정세운(鄭世雲)이 이끄는 20만 대군과 함께 출정했다. 그런데 이때 정세운과 대립하던 김용(金鏞)이 국왕의 조서를 위조해서 김득배를 비롯한 장수들더러 정세운을 죽이라 시켰다. 이상한 낌새를 느낀 김득배는 끝까지 반대했지만, 결국 장수들은 정세운을 죽이고 말았다. 김득배는 이 일에 연좌되어 처형당했다.

제문은 영령을 위로하는 글이다. 정몽주는 김득배의 억울한 죽음을 슬퍼하며 '복선화음(福善禍淫)'의 이치에 의문을 제기한다. 선한 이에게 복이 내리고 악한 이에게 화가 내린다는 복선화음은 하늘의 뜻이자 인간 세상의 질서를 유지하는 원칙이다. 정몽주는 복선화음의 이치에 어긋나는 김득배의 죽음을 운명의 탓으로 돌리며 위로했다.

이존오

李存吾

1341~1371년

본관은 경주(慶州), 자는 순경(順卿), 호는 석탄(石灘)·고산(孤山)이다. 일찍 부친을 잃었으나 학문에 힘써 10여 세에 시를 지을 줄 알았다. 1360년(공민왕 9년) 문과에 급제하여 수원 서기(水原書記)로 관직 생활을 시작했다. 1366년 우정언(右正言)이 되어 신돈을 탄핵했다가 장사 감무(長沙監務)로 좌천되었다. 2년 뒤 풀려나 공주(公州) 석탄(石灘)에 은거하다가 울분 속에 세상을 떠났다. 정도전, 정몽주 등과 교유했다.

『동문선』에 시 6수와 「신돈의 죄를 논합니다(論辛旽疏)」가 실려 있다. 문집 『석탄집(石灘集)』 2권이 전한다. 여주의 고산서원이 그를 제향하던 곳이다.

신돈의 죄를 논합니다

論辛旽疏

신들이 삼가 보건대 삼월 열여드렛날 대궐에서 문수회(文殊會)를 열었을 때 영도첨의(領都僉議) 신돈(辛旽)이 재상의 반열에 앉지 않고 감히 전하와 나란히 앉았는데, 그 거리가 몇 자 되지 않습니다. 온 나라 사람들이 너무도 놀라 인심이 흉흉합니다. 예법이라는 것은 윗사람과 아랫사람을 구별하여 백성의 마음을 안정시키는 것입니다. 예법이 없다면 어떻게 군신이 되고 어떻게 부자가 되며 어떻게 나라가 되겠습니까. 성인이 예법을 제정할 적에 윗사람과 아랫사람의 구분을 엄격히 한 데는 깊은 뜻이 있었던 것입니다.

삼가 보건대 신돈은 지나친 성은을 입어 국정을 농단하며 임금을 무시하는 마음이 있습니다. 당초 영도첨의 판감찰(判監察)에 임명했을 때, 법에 따르면 조복(朝服)을 입고 나와서 사은(謝恩)하는 것이 마땅하지만, 반달 동안 나오지 않았습니다. 그러다가 대궐에 나와서는 무릎을 조금도 굽히지 않았습니다. 항상 말을 탄 채 홍문(紅門)을 드나들고 전하와 나란히 호상(胡床)에 걸터앉았습니다. 제 집에 있을 적에는 재상이 평상 아래에서 절하는데도 모두 앉아서 맞이했습니다. 최항(崔沆), 김인준(金仁俊), 임연(林衍)과 같은 자들도 이와 같은 짓은 하지 않았습니다.

옛적에 승려였을 때야 치지도외하고 굳이 무례하다 책망할 필요가 없었겠지만, 지금은 재상이 되어 명분과 지위가 정해졌는데도 감히 이처럼 예법을 무시하고 상도를 무너뜨리고 있습니다. 그 이유를 따져 보면 필시 왕의 사부(師傅)라는 이름에 의지한 것입니다. 그렇지만 유승단(兪升旦)은 고종(高宗)의 스승이었고 정가신(鄭可臣)은 충선왕의 스승이었는데 신들은 그 두 사람이 감히 이런 행동을 했다는 말은 듣지 못했습니다. 그리고 이자겸(李資謙)은 인종(仁宗)의 외조부였는데, 인종이 겸손하게 조부와 손자의 예법으로 만나고자 했으나 공론이 두려워 감히 그렇게 하지 못했습니다. 이는 군신의 분수가 본디부터 정해져 있기 때문입니다. 이 예법은 군신이 생긴 이래로 만고의 세월이 지나도록 바뀌지 않았으니, 신돈과 전하가 사사로이 바꿀 수 있는 것이 아닙니다. 신돈은 도대체 어떤 자이기에 감히 이처럼 자신을 높이는 것입니까.

「홍범(洪範)」에 이렇게 말했습니다.

"오직 임금만이 복을 베풀고 오직 임금만이 위엄을 부리고 오직 임금만이 좋은 음식을 먹을 수 있다. 신하가 복을 베풀거나 위엄을 부리거나 좋은 음식을 먹으면 반드시 집안에 해를 끼치고 나라를 망하게 할 것이며 사람들은 이로 인해 편벽되고 백성은 이로 인해 참람해질 것이다."

이는 신하가 임금의 권한을 참람하게 침범하면 관직에 있는 자들이 모두 자기 분분을 편안히 여기지 못하고 백성도 이에 따라 정해진 법도를 넘어서는 짓을 한다는 말입니다. 그런데도 신돈은 복을 베풀고 위엄을 부리고 또 전하와 대등한 예법을 행하니, 이는 나라에 두 임금이 있는 것입니다. 참람하기가 극에 달하고 교만이 버릇처럼 굳어졌으니, 관직에 있는 자들이 자기 분수를 편안히 여기지 않고 백성도 정해진 법도를 넘어설 것입니다. 두려운 일이 아니겠습니까.

송나라 사마광(司馬光)은 "기강이 서지 않으면 간사한 영웅이 다른 마음을 품는다."라고 하였습니다. 그렇다면 예법은 엄하지 않으면 안 되고, 버릇은 조심하지 않으면 안 됩니다. 만약 전하께서 반드시 이 사람을 공경해야 백성에게 재해가 없을 것이라 생각하신다면, 관직을 빼앗은 다음 그의 머리를 깎고 승복을 입혀 절에 데려다 놓고 공경하시면 됩니다. 그러나 반드시 이 사람을 등용해야 나라가 평안해진다고 생각하신다면, 그 권력을 억제하고 윗사람과 아랫사람의 예법을 엄하게 하여야 백성의 마음을 안정시키고 나라의 어려움을 해결할 수 있을 것입니다.

전하께서는 신돈이 현명하다고 여기시지만, 신돈이 일을 맡은 이래로 음양이 제때를 잃었습니다. 겨울에 우레가 치고 누런 안개가 사방에 자욱하여 열흘이 넘도록 해가 캄캄했으며, 한밤중에 붉은 요기(妖氣)가 나타났습니다. 불길하게 천구성(天狗星)이 땅에 떨어지고 나무에 두꺼운 얼음이 맺혔으며 청명(淸明)이 지난 뒤에도 우박이 떨어지고 찬바람이 불었습니다. 천문(天文)이 자주 변하고 대낮에 산새와 들짐승이 도성 안을 날아다니고 뛰어다닙니다. 논도섭리공신(論道燮理功臣)이라는 신돈의 호칭이 과연 천지와 역대 국왕들의 뜻에 합당한 것입니까.

신들은 간관의 직책을 맡고 있습니다. 전하께서 적임자 아닌 사람을 재상에 임명하여 장차 사방 사람들에게 비웃음을 당하고 먼 후세에 비난받게 될 것이 안타깝습니다. 그러므로 묵묵히 있을 수 없어 간언을 올리지 않은 책임을 면하려 합니다. 이제 간언을 올렸으니 삼가 처결을 기다립니다.

해설

공민왕의 총애를 받던 신돈을 탄핵한 상소이다. 이존오는 이 상소를 올리기에 앞서, 신돈이 공민왕과 나란히 호상에 앉아 있는 모습을 보고 "늙은 중이 어찌 이렇게 무례한가."라고 꾸짖은 적이 있다. 신돈은 저도 모르게 놀라 호상에서 내려왔다. 그러나 공민왕은 오히려 신돈을 편들며 이존오를 감옥에 가두었다.

이 일을 계기로 이존오는 신돈을 탄핵할 마음을 굳혔다. 처음에는 여러 신하들과 연명으로 상소를 올리고자 했으나 모두 신돈이 두려워 응하지 않았다. 이존오는 인척 관계였던 정추를 설득하여 함께 이 상소를 올렸다. 전통 시대 예법은 상하의 질서를 구획하는 것으로, 예법을 잃으면 천재지변이 일어나고 국가는 위기에 빠진다고 여겼다. 이존오는 이 논리를 들어 신돈은 재상의 지위에서 물러나야 하고, 혹 그렇게까지 하지 못한다면 군신의 예법을 엄중히 지켜야 한다고 주장했다.

상소를 받아 본 공민왕은 반도 읽기 전에 찢어 버리고는 불태우라 명했다. 이존오와 정추는 감옥에 끌려가 문초를 받았다. 이색의 만류로 간신히 극형을 면한 이존오는 장사 감무(長沙監務)로 좌천되었다. 이존오는 울분이 병이 되어 자리에 눕고 말았다. 6년 뒤, 병이 위독해지자 이존오는 모시는 사람에게 자신을 부축하여 일으키게 하고 신돈의 세력이 여전히 강성한지 물었다. 그렇다는 대답을 들은 이존오는 자리에 누우며 "신돈이 죽어야 내가 죽을 것이다."라 말했다. 그러나 다시 일어나지 못하고 세상을 떠났다. 이존오가 죽은 뒤 4개월 만에 신돈은 공민왕을 시해하려 했다는 죄목으로 처형당했다. 공민왕은 비로소 이존오의 말이 옳았다는 것을 깨닫고 성균관 대사성의 관직을 추증했다.

우왕(禑王)과 창왕(昌王)이 신돈의 아들이라는 주장이 조선 개국의 명분이었던 만큼, 신돈을 탄핵한 이존오는 조선 시대에 들어와 더욱 높은 평가를 받았다. 서거정(徐居正)은 『동인시화(東人詩話)』에서 이 글을 거론하며 "문장과 기백이 해와 달과 빛을 다툰다."라고 극찬했다.

식영암

息影庵

?~?

고려 말기의 승려이다. 출가 전의 성은 양씨(梁氏)이며, 법명은 연감(淵鑑)이다. 전남 강진의 월남사(月南寺), 강화도 선원사(禪源寺) 등지에 머물렀다. 국사(國師) 혼수(混修, 1320~1392년)에게 『능엄경(楞嚴經)』을 가르쳤다. 이제현, 민사평(閔思平) 등 사대부 문인들과 교유했다. 문집 『식영암집(息影庵集)』이 있었다고 하나 전하지 않고, 『동문선』에 열세 편의 글이 실려 있다. 지팡이를 의인화한 가전체 소설 「정시자전(丁侍者傳)」이 널리 알려져 있다.

천하제일의 검　　　　　　　　　　　　劍說

중구 선생(中丘先生)이 도인(道人)에게 검을 주었다. 도인은 이것을 몹시 귀한 보물로 여겨 낮에는 손에 들고 보면서 놓지 않고 밤이 되면 잠자리 곁에 두었다. 날이 밝을 무렵, 선비의 얼굴에 무사의 옷을 입은 사람이 밖에서 뚜벅뚜벅 들어오더니 도인을 보고도 절을 하지 않았다. 도인이 말했다.

"선비는 이리 오시오. 내게 무엇을 가르치려 하시는가?"

선비가 말했다.

"제 이름은 장주(莊周)요. 저는 제법 검을 잘 씁니다. 얼마 전 조 문왕(趙文王)을 만나 검술을 시험해 보았더니, 왕이 나의 검술은 천하에 적수가 없다고 하며 저를 전각에 올라오게 하여 음식을 하사했습니다. 지금 또 도인께서 검을 좋아한다는 이야기를 들었으므로 검을 가지고 만나러 온 것입니다."

도인이 말했다.

"선비는 무슨 검을 쓰시는가?"

"제게는 세 가지 검이 있으니 천자의 검, 제후의 검, 서인의 검입니다."

그가 세 가지 검을 설명하자 도인이 말했다.

"그만두시오. 그대의 검은 모두 말단적인 검이오. 또 다른 검이 있소?

아니면 그것뿐이오?"

도인이 세 번 물었으나 선비는 대답하지 못하고 풀이 죽었다. 잠시 후에 말했다.

"도인은 무슨 검을 쓰십니까?"

"나의 검은 그대의 검보다 하나가 많으니, 모두 근본적인 검이라오. 아, 말단적인 것만 알고 근본적인 것을 모른다면 어찌 검을 잘 쓰는 자라고 하겠소?"

선비는 그제야 절을 했다. 세 번 절하고 일어서서 허리를 굽히고 제자라고 하며 말했다.

"제자는 가르침을 받고자 합니다. 네 가지 검의 이름이 무엇입니까?"

"네 가지 검은 여래(如來)의 검이 하나, 보살(菩薩)의 검이 하나, 조사(祖師)의 검이 하나, 도인의 검까지 넷이오."

"여래의 검은 무엇입니까?"

"여래의 검은 천백억 비제하(毗提訶)를 칼끝으로 삼고, 천백억 염부제(剡浮提)를 칼날로 삼고, 천백억 울단월(鬱單越)을 칼등으로 삼고, 천백억 구야니(瞿邪尼)를 칼자루로 삼고, 천백억 소미로(蘇彌盧)를 날밑으로 삼는다오. 이 검은 대시분(大時分)이라는 긴 시간으로도 덮어씌울 수 없고, 대공량(大空量)이라는 넓은 공간이라도 둘러쌀 수 없고, 대염해(大鹽海)라는 큰 바다로도 에워쌀 수 없고, 대철산(大鐵山)이라는 큰 산으로도 두를 수 없소. 맑은 불법의 땅 청정법성토(淸淨法性土)로 제어하고 부드러운 지혜의 땅 원만지보토(圓滿智報土)로 논하고, 서로 다른 현신의 땅 차별응화토(差別應化土)로 열 수 있다오. 지닐 때에는 일체(一體)가 되어야 하고 움직일 때는 십력(十力)이 있어야 하며, 나아가면 앞이 없는 듯하고 들어 올리면 위가 없는 듯하며 내려놓으면 아래가 없는 듯하고 움직이면 곁이 없는 듯하오. 이 검을 한번 사용하면 위로는 실제(實際)를 극진히 하고 아래로는 환주(幻柱)를 엄중하게 하여 법계(法界)를 받쳐 움직이지 않게 하여야 하오. 이것이 여래의 검이라오."

"보살의 검은 무엇입니까?"

"보살의 검은 용맹(勇猛)의 마음을 칼끝으로 삼고, 예리(銳利)의 마음을 칼날로 삼고, 정직(正直)의 마음을 칼등으로 삼고, 안인(安忍)의 마음을 칼자루로 삼고, 견고(堅固)의 마음을 자루 끝으로 삼지요. 삼무수겁(三無數劫)으로 덮어씌우고 오십오위로 둘러싸고, 넓은 삼매(三昧)의 바다로 에워싸고 공덕(功德)의 산으로 두르며 사지(四智)로 제어하고 사변(四辯)으로 논하고 육도(六度)로 열며 대원(大願)으로 지니고 대행(大行)으로 움직인다오. 나아가면 역시 앞이 없는 듯하고 들어 올리면 위가 없는 듯하며 내려놓으면 아래가 없는 듯 움직이면 곁이 없는 듯하오. 이 검을 한번 사용하면 위로는 이과(二果)를 취하고 아래로는 이우(二愚)를 베어 부처와의 거리가 멀지 않소. 이것이 보살의 검이라오."

"조사의 검은 무엇입니까?"

"조사의 검은 칼끝도 없이 나아가고 칼날도 없이 자르고 칼등도 없이 의지하고, 칼자루도 없이 견고하고 자루 끝도 없이 선다오. 감히 덮어씌우고 둘러싸고 에워싸고 두르는 것이 없으니, 제어하려 해도 제어할 수 없고 잡으려 해도 잡을 수 없고 논하려 해도 논할 수 없고 열려 해도 열 수 없고 움직이려 해도 움직일 수 없다오. 나아가려 하고 놓으려 하고 들어 올리려 하고 움직이려 해도 그렇게 할 수 없다오. 이 검을 한번 사용하면 여래가 똑바로 보지 못하고 보살이 자취를 감춘다오. 우주에 우뚝 서서 대적할 자가 없으니 이것이 조사의 검이라오."

"도인의 검은 무엇입니까?"

"도인의 검은 악기검(握起劍)이라 하는데 바로 이것이라오. 쇠로 만든 칼날에 은으로 장식하고 삼인(三寅)의 때에 주조하여 이요(二曜)와 구성(九星)으로 칼자루에 무늬를 새겼지요. 두 마리 용으로 입을 장식하고 붉은 나무로 손잡이를 만들고 푸른 실로 끈을 달았는데 길이는 한 자를 넘지 않고 너비는 한 치도 되지 않으며……."

말을 마치기도 전에 선비가 펄쩍 뛰며 물었다.

"내 서인의 검과는 무엇이 다릅니까?"

"그대는 과연 용렬한 사람이구려. 서인의 검은 말단 중의 말단이요, 도인의 검은 근본 중의 근본이라는 것을 어찌 알겠소. 그 차이는 하늘과 땅보다 심하니 우선 들어 보시오. 이 검은 때로는 크고 때로는 작고 때로는 부드럽고 때로는 강하다오. 여래가 사용하면 여래의 검이 되고 보살이 사용하면 보살의 검이 되며 조사가 사용하면 조사의 검이 되고, 천자와 제후, 서인이 사용하면 모두 각자의 검이 된다오. 도를 떠나지 않은 자가 한번 사용하면 천하 사람을 죽이는 것도 자기 마음대로 할 수 있고, 천하 사람을 살리는 것도 자기 마음대로 할 수 있소. 그대는 믿을 수 있겠소?"

그러고는 검으로 한 획을 그었다. 선비는 망연자실하다가 두려워 달아났다. 뒤따라갔더니 나비가 되어 훨훨 날아갔다.

해설

이 글은 『장자』 「설검편(說劍篇)」을 불교적 관점에서 재해석한 것이다. 조(趙)나라 문왕(文王)은 검을 좋아하여 검객 3000명을 두고 밤낮으로 서로 겨루게 했다. 이로 인해 한 해에 죽고 다치는 이가 100명이 넘었다. 3년이 지나자 나라가 쇠망할 조짐이 엿보였다. 태자는 이를 걱정한 나머지 장자를 시켜 문왕을 설득하게 했다. 장자는 검객의 옷을 입고 문왕을 찾아가 말했다.

"신에게는 세 가지 검이 있으니, 천자의 검, 제후의 검, 서인의 검입니다."

제후를 바로잡고 천하를 복종케 하는 것이 천자의 검이며, 온 나라 사람들이 명령을 따르게 하는 것이 제후의 검이다. 사람을 찌르는 것은 한낱 서인의 검이므로, 왕이 좋아할 것이 아니라 하였다. 문왕은 마침내 검을 내려놓았다.

장자의 논리는 유교적 질서에 바탕을 두고 있다. 식영암은 여래의 검, 보살의 검, 조사의 검과 도인의 검을 내세워 장자에게 맞선다. 중요한 것은 도인의 검이다. 도인의 검은 변화가 무궁무진하다. 여래, 보살, 조사, 천자, 제후, 서인이 사용하면 모두 각자의 검이 된다고 했다. 불교의 교리가 온 세상을 관통하고 있으며, 유교적 질서의 우위에 있다는 점을 설파한 것이다.

대나무를 좋아하는 이유

月燈寺竹樓竹記

화산(華山) 월등사(月燈寺) 서남쪽에 죽루(竹樓)가 있다. 죽루의 서쪽 언덕에 대나무 수천 그루가 높이 솟아 절 뒷산을 빽빽이 둘러쌌다. 주지 스님은 대나무를 몹시 좋아했다. 하루는 죽루에 손님을 모아 놓고 대나무를 가리키며 손님들에게 말했다.

"여러분이 각자 대나무가 좋은 이유를 말씀해 주시면 어떻겠습니까?"

어떤 이가 대답했다.

"죽순은 좋은 음식입니다. 싹이 불쑥 돋아나 마디가 촘촘하고 속이 가득 차면, 도끼로 베어다 칼로 잘라 솥에 삶거나 화로에 구워 먹지요. 향긋하고 부드러워 입에 기름이 흐르고 배가 부르니, 뼈가 붙은 가축의 고기도 하찮게 여기고 비린내 나는 산짐승 고기도 버리게 됩니다. 하루 종일 먹어도 싫증나지 않으니, 이것이 대나무의 맛입니다."

다른 이가 대답했다.

"대나무는 강하면서도 강하지 않고 부드러우면서도 부드럽지 않아 사람이 쓰기에 적당하지요. 구부려서 만들면 광주리가 되고 상자가 되며, 갈라서 엮으면 문에 드리우는 발이 되고, 끊어서 엮으면 마루에 까는 자리가 됩니다. 쪼개서 깎으면 옷상자가 되고 대그릇이나 술 거르는 체도 되며 소나 말에게 죽과 물을 먹이는 통도 됩니다. 광주리와 고리를

298

만드는 것도 모두 대나무이니, 이것이 대나무라는 재료입니다."

또 어떤 이가 말했다.

"대나무는 돋아날 때 나란히 줄지어 서 있다가 차츰 높고 낮음을 다
투기도 하고 앞서거니 뒤서거니 합니다. 처음에는 삐죽하다가 점차 기름
해지는데, 거북 등처럼 딱딱하던 껍질이 다 벗겨지고 푸른 옥 같은 줄기
가 길게 자라면 흰빛이 사라지고 마디가 분명해집니다. 그러면 푸른 안
개가 어려 흩어지지 않고 시원한 바람이 저절로 불어 쏴 하고 소리를 내
고 짙푸른 그늘을 드리우지요. 밤이면 달빛에 그림자가 흔들리고 차가
운 자태로 눈에 덮여 있기도 하니, 더욱 감상할 만합니다. 봄부터 섣달
까지 날마다 여기에서 시를 읊으면 근심을 털어 낼 수 있고 흥을 돋울
수 있습니다. 이것이 대나무의 흥취입니다."

다른 이가 이어 말했다.

"대나무 중에 수천 길이나 되는 것은 심(籌), 둘레가 수십 척이 되는
것은 불(笰), 머리에 무늬가 있는 것은 집(笪), 바탕이 검은 것은 유(篔),
가시가 있는 것은 파(笆), 털이 있는 것은 감(籛)이라 합니다. 공주(邛州)
의 공(筇), 기주(蘄州)의 적(笛), 강한(江漢)의 미(簹), 파유(巴渝)의 도(桃),
여포(荔浦)의 포(筧), 원상(沅湘)의 반(斑) 그리고 운당(篔簹)과 막야(箟簬)
등 지역에 따라 명칭과 모습이 다릅니다. 그러나 바다가 얼도록 추워도
시들지 않고, 쇠가 녹아 흐르도록 더워도 마르지 않으니, 푸르고 무성한
모습이 사계절 변하지 않기는 마찬가지입니다. 그러므로 성인이 숭상하
고 군자가 본받아 처지나 시기에 따라 뜻을 바꾸지 않았습니다. 이것이
대나무의 지조입니다."

그리고 식영암이 말했다.

"맛과 쓰임새, 운치와 지조 때문에 대나무를 좋아한다면, 이것은 껍데

기만 얻고 정수를 놓치는 것이라 하겠습니다. 이 대나무가 나자마자 곧장 길게 뻗는 모습을 보십시오. 먼저 깨닫는 계기로 갑자기 진보한다는 것을 알 수 있습니다. 이 대나무가 늙을수록 더욱 굳세지는 모습을 보십시오. 나중에 수양하는 힘이 점차 강해진다는 것을 알 수 있습니다. 속이 빈 대나무에서 공성(空性)을 보고, 겉모습이 곧은 대나무에서 실상(實相)을 이야기할 수 있습니다. 대나무 뿌리가 용(龍)으로 변하는 것은 성불(成佛)을 비유하며, 대나무 열매를 봉황에게 먹이는 데서 남을 이롭게 하는 방도를 알 수 있습니다. 공이 대나무를 좋아하는 까닭은 다름이 아니라 이 때문일 것입니다."

공이 말했다.

"그대의 말씀에 의미가 있습니다. 그대야말로 대나무에게 도움이 되는 벗입니다. 현판에 기록하여 훗날 대나무를 사랑하는 자들의 모범으로 삼고자 합니다."

해설

대나무는 맛 좋은 음식이자 유용한 재목이며 운치 있는 구경거리이고 지조의 상징이기도 하다. 그러나 이것은 겉모습에 불과하다. 대나무의 진정한 가치는 그 변화에 있다. 여러 해 땅속에 묻혀 있다가 갑자기 뻗어 가는 모습은 도를 깨우친 사람의 현격한 진보와 같고, 갈수록 굳세지는 모습은 수양하는 사람의 치열한 수도와 같다. 속이 텅 빈 대나무는 모든 실상이 공(空)이라는 불교의 진리를 나타내며, 오랜 세월이 흘러 뿌리가 용처럼 굽이굽이 서리는 모습은 오랜 수도 끝에 성불(成佛)한 것과 같다. 마침내 열매가 열리면 봉황의 먹이가 되니, 이는 중생을 구제하는 부처의 모습과 같다는 것이다. 대나무의 특징을 고정된 형상이 아닌 변화하는 모습에서 찾음으로써 상식을 깨뜨리는 글이다.

이첨 李詹

1345~1405년

본관은 신평(新平), 자는 중숙(中叔), 호는 쌍매당(雙梅堂)이다. 이색의 문인이다. 1368년(공민왕 17년) 문과에 장원으로 급제하여 정언(正言), 헌납(獻納) 등을 역임했다. 1375년 권신 이인임(李仁任)을 탄핵했다가 10년 동안 하동(河東)에 유배되었다. 유배에서 풀려난 이후 공조 판서(工曹判書), 지신사(知申事) 등을 역임했으며, 조선 건국에 협조하여 이조 전서(吏曹典書), 대제학 등을 지냈다.

문집 『쌍매당협장문집(雙梅堂篋藏文集)』이 전하며, 『동문선』에 다수의 시문이 실려 있다. 『삼국사략(三國史略)』 편찬에 참여했으며, 종이를 의인화한 가전체 소설 「저생전(楮生傳)」이 널리 알려져 있다.

인을 베푸는 집 　　　　　弘仁院記

삼경거사(三敬居士) 배덕표(裴德表) 군은 무신년(공민왕 17년, 1368년) 이후 병들어 벼슬하지 않고 김해(金海)의 주촌(酒村)으로 내려가 살았다. 작은 집을 짓고 집의 남쪽에는 정자를 지었다. 정자 남쪽에는 작은 못을 파고 그 주위에 매화, 대나무 등 여러 가지 나무를 심었다. 정자의 구조가 가옥과는 다른 데다 배 군이 마치 나그네가 잠시 머무르듯 자주 드나들었기에 원(院)이라고 이름 지었다. 홍인원(弘仁院)의 '홍인'은 배 군의 자호(自號)다.

배 군이 홍인원에 머물 적에는 향을 사르고 고요히 앉아 매화 앞에서 『주역』을 읽었다. 사덕(四德)의 으뜸인 인(仁)에 마음을 두고 사단(四端)의 첫 번째인 인을 음미하니, 인에 뜻을 두었다고 하겠다. 거문고와 비파를 곁에 두고 노래를 부르거나 휘파람을 불며 즐겁게 지내느라 근심을 잊고 노년이 다가오는 줄도 몰랐으니, 인을 좋아한다고 하겠다. 인을 베푸는 방법은 먼저 더운지 추운지 살피고 맛있는 음식을 마련하여 어버이를 봉양하는 데서 시작하였다. 찬 서리와 아침 이슬을 밟으며 제철 음식을 구해 제사를 지내고, 부지런히 농사짓고 가축을 길러 식구를 먹여 살리니, 인을 베푸는 방법에 근본이 있다고 하겠다.

여기에 더하여 약초를 캐고 약을 짓는 데 전념하여 마을에 병을 앓는 사람이 있으면 곧장 치료해 주고, 재물을 늘리는 데 힘을 쏟고 재물이 쌓이면 사람들을 위해 베풀 줄 알았다. 흉년이 들면 곡식을 내어 진휼했으며, 곤궁한 백성이 요역에 시달리는데도 하소연할 데가 없으면 대신 관청에 글을 올려 구해 주었으니, 인을 베푼 대상이 고르다고 하겠다. 심지어 때맞추어 가축을 잡고 때맞추어 약초를 재배하고 때맞추어 나무를 베었으니, 인을 베푼 대상이 넓다고 하겠다.

인을 베풀 때는 어버이를 친애하는 것부터 시작하여 백성을 아끼고 사물을 사랑하는 데로 나아가는 법이다. 그러므로 군자는 집 밖으로 나가지 않아도 나라에 교화가 이루어지게 할 수 있다. 효도로 임금을 섬기고 자애로 백성을 부리는 것은 물론, 널리 베풀어 여러 사람을 구제하고 새와 짐승, 풀과 나무, 물고기와 자라까지도 모두 제 본성대로 살아가게 하는 것 또한 전부 이 마음에서 나오는 것이다. 도의 근원은 하늘에서 나와 통하지 않는 곳이 없다. 그러므로 만물을 길러 하늘처럼 높은 것이 인이다. 삼백 항목에 이르는 중요한 예절과 삼천 항목에 이르는 사소한 예절까지도 어느 하나 인 아닌 것이 없으니, 배 군은 이를 잘 알고 있을 것이다.

신선의 몸으로 환골탈태하는 현묘한 이야기와 육신이 환상에 불과하다는 공허한 논의는 양생술의 한 방도이기는 하지만 배 군은 그 명칭을 빌렸을 뿐 실제로 마음을 두고 있지는 않다. 배 군은 병들어 항상 지황(地黃)을 복용하며 치료하느라 뜰에 지황을 길러서 호를 황정(黃庭)이라고 했다.

해설

배덕표가 김해에 지은 정자 홍인원의 기문이다. '원'은 본디 길 가는 나그네가 잠시 머무는 역원(驛院)을 의미한다. 배덕표는 이 집의 주인인데, 나그네처럼 수시로 드나든다는 뜻으로 원이라는 이름을 붙였다. 홍인(弘仁)은 인(仁)을 널리 베푼다는 말이다. 쉽게 말해 여러 사람을 사랑한다는 뜻이다.

배덕표는 이곳에서 부모를 봉양하고 처자를 먹여 살렸으며 어려운 이웃을 도왔다. 흉년이 들면 곡식을 내어 굶주린 이들을 구제하고, 약초를 길러 병든 이들을 치료했다. "어버이를 가까이하고서 백성에게 자애를 베풀고, 백성에게 자애를 베풀고서 사물을 사랑해야 한다."라는 맹자의 가르침을 실천했으며, "군자는 집을 나가지 않아도 나라에 교화를 이룬다."라는 『대학』의 효과를 거두었다. 가족과 사회, 천하와 국가를 관통하는 유교적 인의 개념을 명확히 제시한 글이다.

배덕표의 호 황정(黃庭)은 병 때문에 지황을 길러 약으로 먹는 데서 유래한 것이라 설명했다. 행여 도가의 『황정경(黃庭經)』을 연상하여 양생술을 연마한다는 오해가 있을까 해서 배덕표가 유가의 삶을 살아간다는 점을 분명히 한 것이다.

응방을 폐지한 닭　　　　　鷹鷄說

충혜왕 때 응방(鷹坊) 소속 관리가 닭을 매의 먹이로 주었다. 매가 날개 하나를 다 먹자 거의 죽어 가는 닭을 자루에 넣어 두었는데, 아침이 되자 그 닭이 울었다. 이 일을 아뢰자 성상께서 측은하게 여겼다. 그 뒤 조정에서 논의해 응방을 혁파했다. 닭이 우는 것은 본성이므로 듣는 사람은 아무렇지 않게 여긴다. 그러다가 다친 닭이 한번 울자 임금이 감동하고 나라에서 관청을 폐지했다. 여기에서 인(仁)이 원래부터 사람 마음에 있다는 사실을 알 수 있다.

　당시 사람들은 매를 잡느라 고생했다. 높은 곳에 사는 매를 잡으려다가 절름발이가 된 사람도 있었고, 바다에 사는 매를 잡으려다가 배가 가라앉으면서 빠져 죽은 사람도 있었다. 그물을 쳐서 매를 잡으면 이어서 매가 앉을 토시를 만들고, 집에서 기르며 먹이고 밭의 곡식이 짓밟혔다. 매의 폐단을 말하는 사람들의 호소가 어찌 닭 한 마리의 울음소리 정도에 그쳤겠는가.

　닭은 원래 사람처럼 영험하지 않다. 그런데 여러 사람이 하는 말은 믿지 않고 닭이 한번 울자 감동했다. 사람 이하로 노루, 토끼, 여우, 살쾡이처럼 털 있는 동물과 기러기, 고니, 오리, 비둘기처럼 날개 달린 동물이 모두 그 혜택을 입었다. 사람의 말은 의도가 있어서 나온 것이지만 닭의 울음은 의도 없이 나왔기 때문이다.

사람의 마음은 남이 하는 말에는 어둡지만 자기가 믿는 데는 밝은 법이다. 그러므로 제 선왕(齊宣王)은 한 마리 소가 죽는 것을 차마 보지 못했으니, 이는 어진 마음의 발로라 하겠지만 어진 정사를 펼치라는 맹자의 말은 살피지 못했다. 『서경』 「강고(康誥)」에 "어린아이를 돌보듯 하라." 하였다. 임금에게 평소 백성을 자식처럼 여기는 마음이 있었다면 어찌 닭이 울기를 기다린 뒤에야 측은하게 여기겠는가. 임금이 한창 매를 좋아할 때는 용방이나 비간과 같은 충신이 조정에서 간쟁했다 하더라도 필시 성을 내며 죽여 버렸을 것이니, 신하들도 모두 그렇게 될 줄 알고 있었다. 임금이 측은하게 여기는 마음이 들었을 때야말로 쉽게 간언할 기회였다. 그런데 응방을 혁파하라고 말하지 못하고 충혜왕이 악양(岳陽)으로 유배 가서 죽은 뒤에야 응방이 혁파되었다. 아, 이 또한 늦은 일이었다.

해설

응방은 사냥용 매를 담당한 관청이다. 처음에는 고려의 매를 요구하는 원나라의 요구에 의해 한시적으로 설치했는데, 고려 국왕들도 매 사냥을 즐기게 되면서 차츰 그 규모가 커지고 상설 기구로 자리 잡았다. 매를 잡고 기르는 데는 엄청난 비용이 들었으므로 그 폐해가 극심했다. 왕의 총애를 받은 응방의 관원들이 권력을 남용하는 일도 종종 일어났다. 신하들은 폐지를 주장했지만 왕은 허락하지 않았다. 어느 날 응방에서 기르던 매가 물어뜯은 닭이 산 채로 자루 속에 버려졌다. 날이 밝자 닭은 언제나 그러듯이 소리 높여 울며 새벽을 알렸다. 다친 몸으로도 제 할 일을 다 했던 것이다. 이 이야기를 듣고 감동한 왕이 응방의 폐지를 논의에 부쳤다.

미담 같아 보이는 이 사건을 두고 이첨은 논의를 개진했다. 수많은 신하들이 응방을 폐지해야 한다고 말할 때는 듣지 않다가 고작 닭 한 마리의 울음 때문에 생각을 바꾸었다. 이것이 백성을 자식처럼 여기는 임금의 도리라 하겠는가. 신하들도 그의 비판을 피할 수 없었다. 응방의 폐해가 심각할 때는 왕의 노여움을 두려워하여 간언하지 못했다는 것이다. 사냥과 유희에 몰두하던 충혜왕은 중국 남쪽 먼 지방으로 유배 가서 죽고 말았으니, 모두 신하들의 책임이라는 호된 질책이다.

임금을 따라 죽은 꿀벌

蜜蜂說

사람과 동물은 모두 하늘이 내린 본성을 타고났다. 사람은 원래 만물의 영장인데 동물의 행위를 사람이 도리어 따라잡지 못하는 이유는 무엇인가? 사람의 행위는 몹시 넓어 집중적이지 않다. 그러므로 지극히 어려운 상황에서는 할 일을 다 하지 못하는 경우가 있다. 이에 비해 동물의 본성은 치우치고 막혔다. 동물이 아는 것은 먹을거리를 다투고 이로운지 해로운지 따지는 데 지나지 않는다. 그렇지만 타고난 성질로 훤히 아는 것에 대해서만은 하늘이 내린 본성을 잃지 않는다. 그러므로 의리가 달린 일에 목숨을 바친다. 예컨대 벌과 개미가 군신의 관계를 지키고, 범과 이리가 부자의 관계를 지키며, 물수리가 제짝을 구분할 줄 알고, 수달이 제사를 지내는 것 등은 모두 타고난 본성에서 나온 것이며, 변고에 대처할 수 있는 것도 그 본성 때문이다.

밀양에 꿀벌을 기르는 사람이 있었다. 벌들 가운데 특별히 큰 것이 왕벌인데, 주인은 이를 몰랐다. 마침 왕벌이 밖에 있다가 벌집으로 들어가는 모습을 보고는 다른 종류의 벌이 꿀벌을 해치려 한다고 여겨 죽여 버렸다. 며칠 뒤 벌들이 한곳에 모여 다 함께 죽어 있었다. 주인은 이를 보고 눈물을 흘렸다. 나는 이 이야기를 듣고 슬퍼하며 이렇게 말했다.

"꿀벌은 무지한 벌레다. 왕벌에게 덕 보는 일이라고는 따라 날면서 집을 차지하고, 한집에 살며 꿀을 모으는 것뿐인데도 죽음으로 보답했다. 하물며 신하는 임금과 한 몸이 되어 하늘이 내린 지위를 함께 누리고 하늘이 내린 녹봉을 함께 먹으며 기쁨과 슬픔을 같이하고 생사를 함께하니, 의리상 임금을 위해 죽어 마땅하고 다른 임금을 섬겨서는 안 된다.

옛날 전횡(田橫)이 한(漢)나라의 신하가 되기를 거부하고 죽자 두 빈객이 뒤따라 죽었고, 섬에 남아 있던 오백 사람도 전횡이 죽었다는 소식을 듣고 모두 뒤따라 죽었는데, 『사기』에서 이를 찬미했다. 당나라 왕규(王珪)와 위징(魏徵)은 건성(建成)이 난리를 일으켰을 때 죽지 않고 태종(太宗)을 따랐는데, 옛 유학자는 이를 잘못이라고 하였다. 후세에 신하 된 자로서 꿀벌만도 못한 자가 많다. 시대의 운세가 바뀌는 때를 만나자 말을 바꾸고 얼굴을 고쳐서 섬기던 임금을 잊고 도리어 원수를 섬겨서 후세의 비난을 받은 자는 말할 것도 없다. 오직 미물만이 신하 된 자의 거울이 될 만하다."

해설

성리학에서는 인간의 윤리가 자연의 이치에 근본을 두고 있다고 주장한다. 주장의 근거는 자연계에서 발견되는 윤리의 단초이다. 벌과 개미는 임금에게 충성을 다하니 이는 군신유의(君臣有義)요, 범과 이리는 아비와 자식 사이가 각별하니 이는 부자유친(父子有親)이요, 물새는 일부일처를 고집하니 이는 부부유별(夫婦有別)이다. 그뿐만 아니라 제사라도 지내는 것처럼 잡은 물고기를 늘어놓는 수달에게서 조상을 추모하는 정성이 자연의 이치임을 확인할 수 있다는 것이다.

물론 이러한 주장은 당시 자연 과학의 한계에서 비롯된 것이다. 범과 이리는 새끼가 자라면 관계를 끊고, 벌과 개미는 간혹 반란을 일으키기도 한다. 물수리가 짝을 바꾸지 않는다는 것도 사실이 아니며, 수달이 제사를 지내지 않는다는 점은 말할 것도 없다. 동물에게는 윤리가 없다. 오직 본성에 따라 행동할 뿐이다. 그러나 본성에 충실한 동물의 모습은 때로 윤리를 상실한 인간의 귀감이 되기도 한다.

　이첨은 벌 떼가 여왕벌을 따라 죽은 이야기를 거론하며 신하 된 자들에게 경종을 울린다. 신하는 이처럼 임금을 위해 죽어 마땅하니, 다른 임금을 섬겨서는 안 된다는 것이다. 그러나 정작 이 글을 지은 이첨은 옛 임금을 버리고 새 임금을 섬겼다. 이첨의 문집에 이 글이 실려 있지 않은 것은 이 때문인지도 모르겠다. 『해동잡록(海東雜錄)』에는 권근의 글로 되어 있다.

이숭인 李崇仁

1347~1392년

본관은 성주(星州), 자는 자안(子安), 호는 도은(陶隱)이다. 목은(牧隱) 이색, 포은(圃隱) 정몽주와 함께 삼은(三隱)으로 불린다. 1362년 문과에 급제하여 박사(博士), 응교(應敎), 직강(直講) 등을 역임했다. 1375년 원나라 사신을 돌려보내도록 청했다가 경산(京山, 지금의 성주)에 유배되었다. 1386년 명나라에 사신으로 다녀온 후 창왕(昌王)을 추대해 즉위하게 했지만 권신 이인임의 인척이라는 이유로 유배되었고, 이후 윤이(尹彝), 이초(李初)의 옥사에 연루되어 청주(淸州)의 감옥에 갇혔다. 정몽주가 죽은 뒤로는 그의 당파라는 이유로 영남에 유배되었다가 정도전이 보낸 이들에 의해 죽임을 당했다.

젊어서부터 문학으로 명성을 떨쳐 스승 이색의 극찬을 받았다. 서거정의 『동인시화』에 따르면 이때 그가 지은 시 「오호도(嗚呼島)」가 이색에게 높은 평가를 받자, 정도전이 시기하여 훗날 그를 죽음으로 몰아넣었다고 한다. 조선 중기 문인 간이(簡易) 최립(崔岦)은 우리나라 시인 가운데 그가 으뜸이라고 평했다. 『동문선』에 다수의 시문이 실려 있으며, 문집 『도은집(陶隱集)』이 전한다.

좌천된 벗에게 　　送李侍史知南原序

이해득실은 느닷없이 찾아오지만 군자는 편안히 처신한다. 마치 추운 겨울에 가죽옷을 입고 더운 여름에 갈옷을 입는 것처럼 만나는 상황에 따를 뿐, 터럭만큼도 불만을 품지 않는다. 그러므로 공자는 "도가 망하려는가, 운명이로다."라 하였고, 맹자는 "내가 임금을 만나지 못한 것은 하늘의 뜻이다."라 하였던 것이다. 옛사람이 이렇게 할 수 있었던 까닭은 다름이 아니라 이해득실은 남에게 달린 것이지 나에게 달린 것이 아니라고 보았기 때문이다. 이른바 '나'라는 존재는 깨끗한 마음을 가지고 있다. 남에게 달린 것이 내 마음을 흔들면 미혹된 것이다. 그저 나에게 달린 것에 힘을 다할 따름이다.

완산(完山) 이 군은 군자다운 사람이다. 조정에서 벼슬한 지 십 년이 되었는데도 아직 제대로 쓰이지 못했다. 지난 신해년(1371년) 가을, 나라에서 역적을 제거하고 관료를 숙청하여 정치를 일신했다. 전하께서 재상에게 명하셨다.

"모든 관직에는 적임자를 임명해야 한다. 법관은 나의 귀와 눈이니, 관계가 더욱 중요하다. 신중히 선발하라."

재상이 공손히 명을 받들어 비서소감(秘書少監) 이이(李頤)를 추천했다. 성상께서 사헌시사(司憲侍史)에 임명하고 봉상대부(奉常大夫)의 품계를 내렸다. 이 군은 그날로 관복을 입고 대궐로 갔다. 띠를 드리우고 홀을 바로 드니 풍채가 준엄하고 단정했다. 그를 아는 사람이든 모르는 사람이든 서로 축하하며 "나라는 적임자를 얻었고 이 군은 때를 만났다. 윗사람은 함부로 관직을 주지 않았고, 아랫사람은 헛되이 받지 않았다." 라고들 했다. 그가 대단한 일을 건의하리라 기대했던 것이다.

그런데 몇 달 지나지 않아 이 군이 남원 군수(南原郡守)로 부임하게 되자 사람들은 몹시 의아해했다. 시사는 법률을 맡은 관리이고 남원은 작은 고을이다. 예전에 그에게 관직을 준 것도 국가요, 지금 내보내는 것도 국가다. 나까지도 의아하여 잠시 찾아가 만나 보았는데, 그는 안색이 밝고 말투가 온화하여 불평스러운 기색을 조금도 드러내지 않았다. 그야말로 편안히 처신하며 자기 할 일을 다하려는 사람이리라.

나는 이렇게 생각한다. 이 군이 처음에는 감찰(監察)의 부서로 들어와 이름난 어사(御史)가 되었고, 중간에는 임주(林州)를 맡아 어진 수령이 되었다. 또 안렴사(按廉使)가 되자 온 도가 그 혜택을 입었다. 이 군의 재주는 어디에 써도 통하고 아무리 써도 다하지 않는다. 이 군이 남원을 다스린다면 능란한 백정이 칼을 휘두르듯 여유가 있을 것이다. 세상에서 순리(循吏)라는 호칭이 사라진 지 오래이다. 훗날 남쪽 지방의 수령 중에 행정을 간략히 하고 부세를 가볍게 하여 백성이 그 땅에 편안히 살며 즐거이 생업에 종사하게 만든 사람을 말한다면 필시 이 군일 것이다. 그의 훌륭한 처신을 찬미하고, 또 치적을 이루기를 권면한다. 벗이 간곡한 마음으로 하는 말이다.

해설

유가에서는 이해득실을 외물(外物)이라고 한다. 이것은 밖에서부터 오는 것으로, 내가 어떻게 할 수 있는 것이 아니다. 힘써야 할 일은 내 안에 있는 덕을 닦는 것이다. 그러므로 공자는 "도가 시행되는 것도 운명이요, 도가 망하는 것도 운명이다."라 했고, 맹자는 "내가 노나라 임금을 만나지 못한 것은 하늘의 뜻이다."라 했다. 이해득실은 불가항력적인 운명이라는 것이다. 이숭인은 남원 부사로 부임하는 벗 이이에게 이러한 유가의 운명론을 설파했다. 사람이 할 수 있는 일을 다 하고 하늘의 명을 기다린다는 '진인사대천명'의 뜻을 말한 것이다.

이이는 임금 가까이에서 감찰의 중책을 맡고 있다가 하루아침에 먼 고을의 수령으로 부임하게 되었다. 좌천이나 다름없는 인사였다. 그러나 이이는 전혀 불평하지 않았다. 그는 이해득실에 초연한 유가의 운명론을 따르는 본보기였다. 이숭인은 과거 그가 어사가 되어 엄격히 법을 집행하고 안렴사가 되어 온 도에 혜택을 베풀었던 것처럼, 남원 부사로 부임하면 필시 치적을 이루어 훗날 역사에 도덕과 능력을 겸비한 순리로 기록될 수 있을 것이라고 하였다.

머지않아 돌아오는
서재

復齋記

옛사람이 공부할 적에는 반드시 정해진 장소가 있었다. 나라에는 학(學)이 있고, 큰 고을에는 상(庠)이 있고, 작은 고을에는 서(序)가 있고, 집안에는 숙(塾)이 있었다. 집안에 있던 숙이 없어진 뒤로는 재사(齋舍)가 생겼다. 재사를 지으면 이름을 붙이고, 이름을 붙이면 글을 써서 설명했다. 재사에 머물고자 하는 사람이 재사에 붙인 이름의 의미에 걸맞기를 생각한다면 공부에 어찌 보탬이 되지 않겠는가.

나의 벗 예문관 응교 서원(西原) 정만석(鄭曼碩) 씨가 자기 집에 복재(復齋)라는 편액을 걸고 나에게 기문을 부탁했다. 나는 『주역』의 복괘(復卦)를 읽고 옛 선비들의 설명을 살펴본 적이 있다. '복(復)'에는 세 가지가 있는데 음양(陰陽)의 관점에서 보면 천지의 '복'이 있고, 동정(動靜)의 관점에서 보면 성인의 '복'이 있고, 선악(善惡)의 관점에서 보면 보통 사람의 '복'이 있다고 한다.

복괘는 양(陽)이 위에서 모두 사라지고 아래에서 한창 자라나고 있는 형상이다. 순전한 음(陰)이 힘을 쓰는 시월에는 하늘과 땅 사이의 모든 세상 만물이 숨어 있다. 그러다가 양의 기운 하나가 싹트면 만물을 낳으려는 천지의 마음이 무럭무럭 나타난다. 그리하여 하늘의 명령이 두루 퍼지고 조물주가 만물을 길러 내니, 그 관문이 열리고 닫히는 계기가 여기에 있다. 이것이 이른바 "복괘를 통해서 천지의 마음을 알 수 있다."라는 것이다.

성인도 이와 같다. 사물을 접하기 전 성인의 마음은 텅 빈 거울이나 수평을 이룬 저울처럼 고요하여 귀신도 그 속을 엿볼 수 없다. 그러다가 사물과 접촉하면, 순임금은 남을 살리기를 좋아했고, 우임금은 물에 빠진 사람을 구했으며, 문왕은 백성을 다친 사람처럼 여겼다. 이것은 성인이 천지의 마음을 자신의 마음으로 삼았다는 사실이 움직임을 계기로 드러난 것이다.

이에 비해 보통 사람들은 타고난 자질이 잡박하고 물욕이 본성을 가려 제 마음을 잃어버리고도 모르는 경우가 대부분이다. 그렇지만 선한 본성은 그대로 남아 있으니, 마치 양의 기운이 완전히 사라지지 않고 반드시 돌아오는 것과 같다. 그러므로 사물과 접하는 대로 드러나서 저절로 막을 수가 없다. 아무리 곤궁한 사람이라도 혀를 차면서 업신여기며 주는 음식은 먹으려 하지 않고, 아무리 포악한 사람이라도 어린아이가 기어가 우물에 빠지는 모습은 차마 보지 못한다. 이것이 바로 선한 본성이 돌아오는 것이니, 감히 소홀히 해서는 안 된다.

'복(復)'의 뜻은 세 가지가 있는데 성인께서 보통 사람의 '복'을 간곡하고 자세하게 말씀하신 이유는 무엇인가. 천지의 기운은 고요함이 극에 도달하면 움직임이 생기니, 그 속에 '복'의 이치가 있다. 그러므로 『주역』에서 사람을 가르치면서 하늘의 도를 중시하면서도 사람의 마음을 더욱 중시한 것이다. 그리하여 초구(初九)에서는 "머지않아 돌아온다(不遠復)"라고 하였고, 육이(六二)에서는 "아름답게 돌아온다(休復)"라고 하였으며, 육삼(六三)에서는 "자주 돌아온다(頻復)"라고 하였고, 육사(六四)에서는 "홀로 돌아온다(獨復)"라고 하였으며, 육오(六五)에서는 "노력하여 돌

아온다(敦復)"라고 하였고, 상육(上六)에서는 "혼미하여 돌아오지 못한다
(迷復)"라고 하였다. 사람의 마음을 보존하기가 어찌 이다지도 어려운가.
성인이 '복'의 괘사(卦辭)에서는 천지자연의 '복'에 대해서만 설명했으나,
효사(爻辭)에서 사람 마음의 '복'에 대해 누누이 말했다. 먼 후세 사람이
그 효사를 보고 점괘의 의미를 찾아 길조를 찾고 흉조를 피하도록 만든
것이니, 지극하다고 하겠다.

비록 그러하나 공자께서 "머지않아 돌아온다"라는 효사 아래에 "이로
써 자신을 수양한다."라는 말을 덧붙이고, 안연이 여기에 해당한다고 하
셨다. 안연이 배운 것을 배우는 것이야말로 우리들의 소원이다. 지금 만
석 씨와 함께 "머지않아 돌아온다"라는 길조에 힘쓰고 "혼미하여 돌아
오지 못한다"라는 흉조를 깊이 경계한다면 도에 가까울 것이다.

회암(晦菴, 주희) 선생의 시에, "기미는 참으로 소홀히 할 수 없으니, 선
한 본성이 본디 면면히 이어지네. 마음을 단속하여 흔들리지 말고, 저
음유(陰柔)의 도를 끊어야 한다"라 하였다. 지극히 옳은 말이니, 만석 씨
는 기억하기 바란다.

해설

복재의 주인 정총(鄭摠)은 자가 만석(曼碩)이며 본관은 청주로, 고려의
이름난 문인 정포(鄭誧)의 손자이자 정추(鄭樞)의 아들이다. 삼대가 모두
문집을 남겼다. 복재는 그의 서재 이름이자 호이다.

복재의 뜻은 『주역』의 64괘 가운데 복괘(復卦)에서 나온 것이다. 복괘
는 다섯 개의 음효(陰爻) 아래 한 개의 양효(陽爻)가 있는 형상이므로 동

지(冬至)를 상징한다. 동지는 1년 중 밤이 가장 길고 날씨도 추워 음의 기운이 극도로 왕성한 때인 동시에 양의 기운이 처음으로 생기는 날이다. 어둡고 추운 음의 기운이 극도로 왕성한 가운데, 밝고 따뜻한 양의 기운이 처음 생겨나는 것이 자연의 이치다. 복괘의 단전(彖傳)에 "복괘에서 천지의 마음을 알 수 있다."라고 한 것은 바로 이 복괘가 음과 양이 늘어나고 줄어드는 음양소장(陰陽消長)의 이치를 나타내기 때문이다.

송나라 문인 유자휘(劉子翬)가 제자 주희에게 "나는 『주역』에서 도에 들어가는 문을 찾았다. 이른바 '머지않아 돌아온다'라는 말이 나의 세 글자 부적이다."라 하였다. 이로부터 복괘는 성리학자들에게 특별한 의미를 지닌 괘가 되어, 많은 사람들이 복(復)을 호로 삼거나 집 이름으로 삼았다. 이숭인 역시 '머지않아 돌아온다'라는 복괘의 핵심 의미를 바탕으로 복재의 의미를 풀이했다. 사람이 잘못을 저지르지 않을 수는 없다. 다만 잘못을 깨닫고 제자리로 돌아오는 것이 중요하다. 누구나 학문과 수양을 통해 선한 본성을 회복할 수 있다는 믿음이 바로 복괘에서 말하는 '불원복'의 의미라는 것이다.

가을에 아름다운 집　　秋興亭記

용산(龍山)은 평소 경치가 아름다운 곳으로 일컬어지며, 땅도 비옥해 모든 곡식이 잘 자란다. 강에 배를 띄우거나 육지에서 수레를 타면 이틀 만에 개성까지 닿는다. 그러므로 고귀한 사람들의 별장이 많다.

　전임 봉익대부(奉翊大夫) 김휘(金暉) 공이 벼슬을 그만두고 이곳으로 물러나 산 지 오래이다. 우연히 사는 곳 동쪽에서 언덕 하나를 발견했는데 둥글게 높이 솟아 마치 배를 뒤집은 듯한 형상이었다. 마침내 그 위에 정자를 지었다. 소나무로 서까래를 만들고 짚으로 지붕을 이었으며 울퉁불퉁한 땅을 평평하게 다지고 무성한 수목을 베어 내었다. 주위를 돌아다니고 사방을 돌아보는 데 불편한 것이 없었다. 비서감(秘書監) 김구용에게 정자의 이름을 지어 달라고 해서 '추흥정(秋興亭)' 세 글자로 편액을 걸고, 내게 기문을 청했다. 나는 한두 가지 그럴듯한 점을 찾아 글을 지었다.

　천지의 운행은 끝이 없고, 사계절의 경치는 같지 않다. 나의 즐거움도 그와 함께 한두 가지가 아니다. 내가 상상하기에 이 정자는 봄이면 햇살이 따뜻하여 봄바람이 솔솔 불어오고 숲과 들에 꽃과 풀이 선홍빛을 띠거나 짙푸를 것이다. 이때 소리 높여 노래하고 배회하노라면 "나는 증점(曾點)과 함께하겠다."라고 한 공자의 기상이 솟아날 것이다. 여름이 오면 쇠와 돌도 녹일 듯한 뜨거운 햇볕이 하늘에서 쏟아지고 대지가 용광로처럼 달아오를 것이다. 이때 아름다운 나무 그늘에서 맑은 바람을 쐬고 옷깃을 풀어헤친 채 산보하면 열어구(列禦寇)처럼 세상 밖을 노니는 듯한 느낌이 들 것이다. 겨울이 오면 차가운 북풍이 불고 기러기가 구름 속에서 울며 눈이 내려 강과 하늘이 한 빛깔이 될 것이다. 이때 일엽편주를 타고 오가면 고아한 흥취가 섬계(剡溪)를 방불케 할 것이다. 그런데 김 비서감은 어째서 가을의 흥취만 골라 이름을 지었는가.

여름은 덥고 겨울은 추우니 사람들이 모두 괴롭게 여긴다. 오직 화창한 봄과 시원한 가을만이 사람에게 알맞다. 비록 그렇지만 화창한 기운은 사람을 게으르게 만들기 쉽다. 가을이 와서 시원한 바람이 불면 하늘 끝부터 땅끝까지 맑게 탁 트인다. 그 기운이 사람에게 붙으면 부귀와 공명을 얻으려 애태우는 마음도 맑고 시원하게 바뀐다. 사계절의 경치 중에는 가을이 제일이고, 가을의 경치는 이 정자가 제일이니, 김 비서감이 이름 지은 뜻은 여기에 있으리라.

김 공은 장년의 나이로 원나라에서 벼슬했다. 그가 교유한 이들은 모두 부귀한 벼슬아치이며 그가 유람한 곳은 극도로 화려하고 거대했다. 그런데 지금은 편안한 마음으로 그런 생각을 가슴속에 접어 둔 채 한 점 티끌도 없이 소탈하게 살고 있으니, 맑은 사람이라고 하겠다. 추흥정이라는 편액이 과연 걸맞지 않은가.

어떤 이는 이렇게 말한다.

"이 정자에서 즐길 수 있는 봄과 가을, 겨울의 풍경은 그대가 남김없이 자세히 말했다. 그런데 가을 흥취가 좋은 이유는 말하지 않았으니 어째서인가?"

나는 이렇게 답하겠다.

"훗날 김 비서감을 데리고서 복건 차림에 명아주 지팡이를 짚고 이 정자에 올라 한 무제(漢武帝)의 「추풍사(秋風辭)」를 노래하고 반악(潘岳)의 「추흥부(秋興賦)」에 화답하면, 가을 흥취가 좋은 이유를 가까이에서 쉽게 찾을 수 있을 것이다."

이것으로 기문을 삼는다.

해설

서울 용산에 있었던 김휘의 정자 추흥정의 기문이다. 추흥정이라는 이름을 지은 이는 김구용이다. 김구용의 「추흥정시(秋興亭詩)」에 따르면 용산은 토질이 비옥해 모든 산물이 풍성하니 가을이면 고기 잡고 농사짓는 구경을 하기에 좋아 이렇게 이름했다고 한다.

그런데 추흥정의 아름다운 풍경과 흥취는 사계절이 한가지인데, 김구용이 정자의 이름에 유독 가을만을 택한 까닭이 무엇인가? 이숭인은 청량한 가을 기운이 부귀공명을 얻고자 애태우는 마음을 맑고 시원하게 바꾼다고 하면서 관직을 그만두고 물러나 소탈하게 살고 있는 김휘를 칭송했다.

이숭인은 추흥정에서 즐기는 사계절의 흥취를 탁월하게 묘사했다. 19세기의 문인 홍석모(洪錫謨)가 진고개에 있던 자신의 집 사의당(四宜堂)에 붙이는 글을 지을 때 이 글에서 사계절의 흥취를 묘사한 부분을 그대로 따왔을 정도다.

꿈에서 본 소나무　　星州夢松樓記

홍무 8년(우왕 1년), 의성(義城) 사또로 있던 정영손(丁令孫)이 선발되어 경산(京山, 지금의 성주)을 다스리게 되었다. 사또가 부임한 뒤로 정무가 순조롭고 농사가 풍년이라 백성이 즐거이 생업에 종사했다. 그리하여 관아 북쪽에 누각을 세웠다. 때맞추어 재목을 베고 기와를 구웠으며, 공사는 할 일 없는 사람들에게 일을 시켰다. 누각의 구조는 용마루와 서까래를 높여 전망을 넓히고, 단청을 단출히 하여 검소함을 드러냈다. 공사를 마치자 낙성식을 열고 그 위에서 여러 늙은 선생들에게 술을 대접하는 한편, 누각의 이름을 짓고자 했다. 술이 몇 순배 돌자 사또가 일어나서 말했다.

"누각이 완성되었으니 여러 선생들께서 이름을 지어 주십시오."

여러 공들은 이 누각을 사또가 지었다는 이유로 몽송(夢松)이라는 두 글자를 현판으로 걸자고 했다. 꿈에서 소나무를 보고 정승이 된 옛사람처럼 사또가 큰 업적을 이루고 높은 지위에 오르기를 기대하는 뜻이었다. 사또가 나를 돌아보며 말했다.

"여러 선생들이 이 누각의 이름을 지었으니, 그대가 기문을 지어 주었으면 하오."

내가 사양하지 못하고 이렇게 말했다.

"누대와 정자를 짓는 이유는 즐거움을 담기 위해서이다. 즐거움은 형체가 없으므로 반드시 어딘가에 담아야 형상이 드러난다. 이른바 즐거움이라는 것은 사람이 스스로 얻는 것이다. 자기가 즐거워하는 것을 확장하면 백성은 내 형제이며 만물은 내 벗이 되어, 그 즐거움이 스미고 녹아들어 미치지 않는 곳이 없을 것이다. 그저 놀러 다니면서 구경하는 데에만 열중하는 자들의 즐거움은 너무 협소하지 않은가. 그러므로 수령 된 자는 자기가 즐거워하는 것이 무엇인지 자세히 살펴야 한다.

지금 사또가 이 누각에 올라 보면 첩첩 산봉우리와 드넓은 평야가 자욱한 안개와 구름 사이로 어른거린다. 그러나 이는 멀리서 바라볼 수 있을 뿐, 책상에 놓인 것처럼 자세히 들여다볼 수는 없다. 농부는 들판에서 노래하고 나그네는 그늘에서 쉬며, 소와 말은 흩어져 있고 새들은 날아다니며 만물이 자기의 즐거움을 즐기고 있다. 이는 사또가 만물과 함께하는 즐거움이니, 한번 올려다보고 굽어보는 사이에 마음이 편안해지고 가슴이 벅차오를 것이다.

비록 그렇지만 사또가 이곳에 오게 된 것이 문서를 처리하는 업무에 능숙하기 때문만은 아니다. 훗날 사또가 으뜸가는 순리가 되어 조정으로 들어가 정승이 된다면, 여러 공들이 누각에 이름을 붙이면서 걸었던 기대가 실현될 것이다. 나는 원래 사또가 선정을 베풀어 기뻤는데 이번 일에 만물과 즐거움을 함께하려는 뜻이 있기에 기문 짓는 일을 굳이 사양하지 않았다."

어떤 이는 이렇게 물을지 모르겠다.

"『춘추』에서 토목 공사를 일으킬 때마다 반드시 기록했으니, 이는 인정하지 않는다는 뜻을 나타낸 것이다. 그런데 당신이 기문을 지은 이유는 무엇인가? 옛글에도 '어려운 시기에 사치스러운 일을 벌인다.'라 하지 않았는가?"

그러면 나는 이렇게 대답하리라.

"나의 기문은 춘추필법(春秋筆法)에서 똑같은 문자로 기록한 것이라 하더라도 그 내용을 들여다보면 좋고 나쁜 차이가 있는 경우에 해당한다."

해설

대규모 토목 공사로 멸망을 재촉한 군주들이 많았기 때문인지, 토목과 건축에 대한 문인들의 시각은 늘 비판적이었다. 더구나 경치를 감상하고 유흥을 즐기기 위한 누정이라면 비판을 의식하지 않을 수 없었다. 이 때문에 누정의 기문은 백성과 함께 즐거움을 누린다는 논리를 내세우곤 한다.

1375년 성주 부사로 부임한 정영손은 관청 북쪽에 누각을 짓고 몽송루(夢松樓)라는 이름을 붙였다. 소나무 꿈을 꾸고 정승에 올랐던 삼국 시대 오(吳)나라 정고(丁固)처럼 장차 정승의 자리에 오르기를 바라는 마음에서였다. 정영손은 성주 출신의 저명한 문인 이숭인에게 몽송루의 기문을 부탁했다.

이숭인은 정승의 자리에 오르겠다는 정영손의 개인적인 욕구를 만백성과 함께 즐거움을 누린다는 사회적 욕구로 한 차원 제고했다. 정영손이 선정을 베풀면 백성은 그 혜택을 입을 것이며, 정영손은 그 공으로 승진하리라는 말이다. 아울러 자칫 비난받을 수 있는 토목 공사를 변호한다. 『춘추공양전(春秋公羊傳)』에 "좋은 일과 나쁜 일을 같은 말로 기록하는 것을 꺼리지 않는다.(美惡不嫌同辭.)"라는 말이 있다. 기록 이면의 사실을 따져 봐야 한다는 뜻이니, 공사의 의미 또한 구별해야 한다는 취지로 이 말을 끌어 들었다.

정이오

鄭以吾

1347~1434년

본관은 진주(晉州), 자는 수가(粹可), 호는 교은(郊隱)이다. 이색과 정몽주에게 수학했다. 1374년 문과에 급제해 예문관 검열, 전교 부령(典校副令) 등을 역임했다. 조선 시대에 들어와서는 성균관 대사성, 예문관 대제학을 지냈고『사서절요(四書節要)』,『태조실록(太祖實錄)』 등을 편찬했다.

실록에 따르면 성품이 질박하고 꾸밈이 없었으며, 시문은 신속히 지으면서도 아름다웠다고 한다.『용재총화(慵齋叢話)』에『교은집(郊隱集)』 7권을 남겼다고 하지만 지금 전하지 않는다.『동문선』,『동국여지승람』에 상당한 시문이 실려 있으며, 20세기 초에 이를 모아 문집을 편찬했다.

눈치 빠른 갈매기　　　　　　謝白鷗文

예나 지금이나 사물을 읊는 시인들은 갈매기를 빌려 한적한 흥취와 자유로운 모습을 드러냈다. 일단 대가만 거론하더라도 두보의 문집에서 볼 수 있다. 내가 박 복파(朴伏波)를 따라 누선(樓船)을 타고 해안을 따라 남쪽으로 갔더니, 갈매기들이 날아와 모이는 곳은 늘 배가 정박하는 물굽이로 군사가 쉬는 곳이었다. 그 새는 목욕하지 않아도 희고 물들지 않아도 검다. 그 정신과 태도는 뜬구름처럼 아무런 마음이 없어 멀리서 볼 수는 있지만 새장에 가둘 수는 없다.

그런데 오랫동안 자세히 보았더니, 갈매기가 누선 가까이 오는 것은 오직 먹이를 구하기 위해서였다. 어떻게 아는가. 누선에 탄 군사들 중에는 고기 잡는 사람도 있고 사냥하는 사람도 있는데, 그들이 잡는 짐승과 물고기의 껍질과 내장을 모두 얻어먹을 수 있기 때문이었다.

나는 마음속으로 갈매기가 하는 짓을 못마땅하게 여겼다. 한편으로는 새나 짐승이 목숨을 잃는 것은 먹이를 구하려다가 당하는 일이라고 생각했다. 그리하여 무인에게 탄환을 얻어서 쏘려고 하였다. 어떻게 하는지 보고 싶어서였다. 그런데 내가 탄환을 가진 뒤로는 갈매기가 감히 누선 가까이 오지 않았다. 아마도 기미를 눈치챘기 때문일 것이다.『논어』에 "낯빛을 보고 날아오르더니 빙빙 돌다가 내려앉네."라 하였는데, 갈매기를 두고 한 말이다. 나는 그제야 시인들이 반드시 갈매기를 시로 읊은 이유가 있다는 것을 알았다. 아, 이익과 부귀를 탐내는 세상 사람들은 형벌에 저촉되는 줄도 모르니, 사람이 새만도 못해서야 되겠는가. 노래를 지어 사죄한다.

새 가운데 갈매기가 있어 구름보다 흰데
드넓은 바다로 사라지니 길들이기 어렵네.
사람 낯빛을 보고 날아올라 주살을 멀리하니
나면서부터 기미를 아는 네가 신통하구나.
내 이제 부끄러워 탄환을 버리고
왕래를 끊고서 마음을 졸인다네.
세상 사람은 웃음 속에 칼을 품었으니
갈매기가 아니면 내 누구와 함께 다니리오.
더구나 파리 떼 같은 이들 천지에 가득하니
내 마음을 그 누가 알아주리오.
강과 바다를 자유롭게 떠돌며
마침내 너와 함께하길 맹세하노라.

해설

갈매기는 한가로움을 상징하는 새다. 이백과 두보를 비롯한 역대 시인들은 모두 갈매기와 어울려 자유롭고도 한가롭게 살겠다는 시를 지었다. 이 글의 마지막 대목도 두보의 시 "갈매기가 아득한 바다로 사라지니,

만 리 밖 갈매기를 누가 능히 길들일까(鷗沒浩蕩, 萬里誰能馴)"에서 가져 온 것이다. 그러나 사실 갈매기는 결코 한가로운 새가 아니다. 갈매기가 한자리에 가만히 있는 이유는 물고기를 사냥하기 위해서이다. 고려 문인 이규보는 일찍이 이 점을 간파하고 "마음은 여전히 여울의 물고기에 있는데, 사람들은 기심(機心)을 잊고 서 있다 말하네(心猶在灘魚, 人道忘機立)"라 읊은 것이다.

갈매기의 기심은 『열자(列子)』「황제(黃帝)」에 나오는 고사다. 어떤 사람이 갈매기를 좋아해 매일 아침 바닷가로 나가 백여 마리의 갈매기와 어울려 놀았다. 하루는 그의 아버지가 갈매기 한 마리를 잡아 오라고 시켰다. 그런데 이튿날 그가 갈매기를 잡으려는 마음을 먹고 바닷가로 나갔더니, 한 마리도 가까이 오지 않았다. 그에게 기회를 보아 움직이려는 '기심'이 있다는 것을 갈매기들이 알아차렸기 때문이다. 『논어』에도 새가 사람의 얼굴 표정을 엿보고 날아올라 빙빙 돌며 자세히 살피다가 내려앉는다는 말이 있다. 위험을 미리 감지하고 피할 줄 안다는 것이다. 정이오는 이 고사를 거론하며 이익과 부귀를 탐내는 사람은 형벌이 다가오는 것도 깨닫지 못하니, 눈치 빠른 갈매기만도 못하다고 비꼬았다.

길재

吉再

1353~1419년

본관은 해평(海平), 자는 재보(再父), 호는 야은(冶隱)이다. 이색의 문인으로 1374년 생원시에 합격하고 1386년 진사시에 합격했다. 성균관 학정(學正), 박사(博士), 문하주서(門下注書) 등을 역임했다가 1390년부터 고향 선산(善山)에 은둔했다. 태종(太宗) 이방원(李芳遠)과 성균관에서 동문수학한 사이였는데, 1400년 세자로 있던 태종이 추천해 봉상 박사(奉常博士)에 임명되었지만 고사했다. 고려에 대한 절의를 지킨 인물로 조선 초기부터 추앙을 받았다. 문집으로 『야은선생언행습유(冶隱先生言行拾遺)』가 전한다.

산속에 사는 뜻 山家序

어려서 배우고 자라서 실천하는 것은 오래된 도(道)이다. 그러므로 예나 지금이나 배우지 않는 사람은 없다. 고고히 멀리 떠나 제 몸을 깨끗이 하느라 인륜을 어지럽히는 행위로 말하자면 어찌 군자가 하고 싶어서 하는 것이겠는가. 그러나 세상에 그리한 사람이 있으니, 안연은 누추한 마을에 살면서도 즐거워했다. 때를 만나지 못하면 강태공처럼 바닷가에 은거하기도 했다. 그렇다면 낚시하고 농사지은 그들을 비난할 수야 있겠는가.

내가 지정 연간(1341~1361년) 이곳에 집을 정한 지 이제 십여 년이다. 속세의 손님이 오지 않아 세상사를 듣지 못한다. 함께 다니는 사람은 산에 사는 승려뿐이고, 나를 아는 것은 강가의 새뿐이다. 명예와 이익을 잊고 수령이 있건 없건 내버려 둔 채 피곤하면 낮잠을 자고 즐거우면 시를 읊는다. 그저 해와 달이 뜨고 지며 강물이 쉬지 않고 흘러가는 모습만 볼 따름이다. 찾아오는 벗이 있으면 먼지에 덮인 평상을 쓸어 놓고 기다리고, 용렬한 자들이 문을 두드리면 평상에서 내려가 만나 본다. 사람들과 어울리지만 휩쓸리지 않는 군자의 기상을 볼 수 있다.

산등성이는 빽빽하게 둘러싸고 봉우리는 가파르게 솟았는데 기암괴석과 기이한 새, 짐승이 있고, 소나무에 바람 불고 덩굴에 달 비치면 학과 원숭이가 운다. 산은 싸늘해 가을이 오려 하고 달빛은 희미해 날이 저물려 한다. 이러한 때에는 상쾌한 마음으로 산천을 안정시킨 우임금의 공로를 생각한다. 바람이 없어 물결이 일지 않는 강에 드넓은 물살이 넘실거리면 흰 갈매기와 비단 같은 물고기가 여유롭게 움직이고 드문드문 바라보이는 상선에서 뱃노래를 주고받는다. 이러한 때에는 뱃전에서 낭랑히 시를 읊조리며 홍수를 다스렸던 우임금의 공로를 생각한다.

샘물이 졸졸 흐르니 갈증을 해소할 수 있고, 강물이 넘실거리니 갓끈을 씻을 수 있다. 술이 있으면 걸러 오고 없으면 사다가 혼자 따라 혼자 마시면서 혼자 노래하고 혼자 춤춘다. 산새는 나의 노래 친구요, 처마의 제비는 나의 춤 상대이다. 높은 곳에 올라 멀리 바라보며 태산(泰山)에 올랐던 공자의 기상을 떠올리고, 강가에서 시 읊으며 흘러가는 강물을 탄식한 공자를 본받는다. 거센 바람이 들이치지 않으니 좁은 집도 편안하고, 밝은 달이 뜰을 비추니 홀로 천천히 걸어 다닌다. 처마에서 빗물이 뚝뚝 떨어지면 베개를 높이 베고 꿈을 꾸며, 산에 눈이 날리면 차를 끓여 홀로 따르기도 한다.

봄 날씨가 따뜻해 새들이 지저귀고 초목이 무성해지면 천천히 나물을 캔다. 버들개지가 바람에 날리고 복숭아꽃 자두꽃이 피면 한두 동지를 데리고 기수(沂水)에서 목욕하고 무우(舞雩)에서 바람을 쐰다. 매와 사냥개를 데리고 백마를 타고서 활쏘기도 하고, 좋은 술과 안주를 들고 지팡이 짚고서 꽃과 대나무를 찾기도 한다. 찌는 듯한 여름이 사람을 괴롭히면 배를 타고서 강호에 가고, 초저녁 서늘해져 빗발이 흩날리면 쟁기를 메고서 전원으로 간다. 가을장마가 걷히고 무더위가 가시면 벼가 모두 익고 농어가 살찐다. 홀로 고깃배에 앉아 낚시를 드리우며 강물 따라 내려갔다가 거슬러 올라온다. 갈대꽃은 바람에 흔들리고 줄풀은 하늘거리며 안개비가 내렸다 그쳤다 한다. 구름 덮인 강물이 만 리에 넘실거리니 누가 막을 수 있겠는가. 또 눈보라가 창문을 때리고 겨울 추위가 혹독하면 화로를 끼고 앉아 술동이를 열기도 하고, 책을 펴고 마음을 가다듬기도 한다. 드넓은 천지에 홀로 서서 조용히 즐기는 것이야말로 은자의 즐거움이 아니겠는가. 그렇지만 이것을 어찌 즐거워하겠는가. 그러한 즐거움은 작은 것일 뿐이다.

어떤 손님이 와서 내게 말했다.

"제가 여기 와 보니 풍경이 천만 가지로 변화합니다. 그대는 재야에 사느라 사정에 어둡지만, 지금 이곳에 살면서 마음대로 집 안팎을 드나들고 있습니다. 집 밖으로 나가면 강에서 낚시하고 밭에서 농사지으며 부모 모시고, 집에 들어오면 책 읽고 도를 즐기며 옛사람을 벗으로 삼고 계시지요. 그렇다면 참으로 걱정이 없겠습니다."

내가 말했다.

"어찌 걱정이 없겠는가. 조정에 있으면 백성을 걱정하고, 멀리 강호에 있으면 임금을 걱정하는 법이라네. 나는 백성을 걱정하고 임금을 걱정하네."

잠시 후 반성하며 말했다.

"천명을 알고서 즐기니 내게 무슨 걱정이 있겠는가."

손님은 말없이 물러갔다.

해설

1615년 길재의 후손들이 간행한 『야은선생언행습유』의 주석에 따르면 이 글은 길재가 30세 이전에 지은 것이다. 당시 그는 이색, 정몽주 등에게 수학하며 과거를 준비하는 등 세상에 나아갈 준비를 하고 있었다. 이 글은 마치 산수에 은둔하는 즐거움을 말하는 것 같지만, 출사를 향한 강한 의지를 엿볼 수 있다.

산속에 살며 강을 마주하면 홍수를 다스려 백성을 구한 우임금의 공로를 생각하고, 산에 오르면 태산에 올라 천하를 작게 여겼던 공자의 기상을 떠올린다. 혼란한 세상을 구제하겠다는 의지를 피력한 것이다. 때로는 기수에서 목욕하고 무우에서 바람 쐬듯 한가로운 생활을 즐기기도 하지만, 그러한 즐거움은 작은 즐거움이라고 했다. 백성을 걱정하고 임금을 걱정한다는 언급에서 출사를 향한 의지가 분명히 드러난다.

그러나 선비의 출사와 은둔은 선택의 문제가 아니다. 그것은 천명에 달려 있다. 하늘이 주는 때를 만나면 출사하고, 때를 만나지 못하면 은둔하는 것이 선비의 처세이다. 훗날 때를 만나지 못한 저자는 결국 은둔을 결심한다. 길재는 관직에서 물러난 뒤 「후산가서(後山家序)」를 지어 부득이 은둔을 선택한 경위를 설명했다.

원효

분별 없는 깨달음 22쪽

- 삼공(三空) 불변하는 자아도 없는 인공(人空), 불변하는 실체도 없는 법공 (法空) 그리고 이 둘 자체도 없는 아법구공(我法俱空)을 이른다.
- 참됨(眞)과 속됨(俗) 출가하는 것을 진(眞)이라 하고 속세에 있는 것을 속 (俗)이라 한다.
- 속세에 물든 염(染)과 속세를 벗어난 정(淨) 애착에 빠진 것을 염이라 하고 여기에서 벗어나 해탈을 이룬 것을 정이라 한다.

설총

꽃의 왕을 경계하는 글 25쪽

- 맹가(孟軻, 맹자)는 불우하게 일생을 마쳤고, 풍당(馮唐)은 말단 관리로 늙고 말았습니다. 맹자는 전국 시대에 왕도정치의 실현을 위해 천하를 떠돌 며 여러 제후들을 만났으나 끝내 뜻이 맞는 군주를 만나지 못한 채 일 생을 마쳤다. 풍당은 한(漢)나라 사람으로 미관말직을 전전하다가 무제 (武帝) 때 현량(賢良)으로 천거를 받았으나 이미 나이가 아흔이 넘어 관 직을 맡지 못하였다.

녹진

인사의 원칙 29쪽

- 공손홍(公孫洪)처럼 동각(東閣)을 열고 조참(曹參)처럼 술자리를 마련해서 공손홍은 한나라 무제(武帝) 때의 정승이다. 집 안의 동각에 손님들을 초대해서 정치를 자문했다. 조참은 한나라 혜제(惠帝) 때의 정승이다. 그는 전임자 소하(蕭何)가 정해 놓은 법규를 충실하게 따를 뿐 자신의 의견을 내지 않았다. 누군가가 의견을 말하려고 찾아가면 술을 취하도록 먹여서 아무 말도 못 하게 했다고 한다.

최치원

황소를 토벌하는 격문 33쪽

- 유요(劉曜)와 왕돈(王敦)이 진나라를 엿보았고 유요는 흉노의 우두머리로서 진(晉)나라 회제(懷帝) 때 장안을 침공했으며, 왕돈은 진나라 원제(元帝) 때 무창(武昌)에서 반란을 일으켰다.
- 안녹산(安祿山)과 주자(朱泚)가 황가(皇家)를 괴롭혔다. 안녹산은 당나라 현종(玄宗) 때 반란을 일으킨 인물이며, 주자는 당나라 덕종(德宗) 때 반란을 일으키고 황제를 참칭했다.
- 진(晉)나라 도 태위(陶太尉)처럼 적을 부수는 데 날래고 수나라 양 사공(揚司空)처럼 엄숙하여 신이라 부를 만하니 도 태위는 진(晉)나라 도간(陶侃)으로 남만(南蠻)을 토벌한 인물이며, 양 사공은 수나라 양소(楊素)로 진(陳)나라를 칠 때 배를 타고 양자강(揚子江)을 내려가자 사람들이 강신(江神)

과 같다고 하였다.

- 석두성(石頭城)에서 뱃줄을 풀어 놓으면 손권(孫權)이 후군(後軍)이 될 것이요, 현산(峴山)에서 돛을 내리면 두예(杜預) 같은 장수가 선봉을 설 것이라. 진(晉)나라 군대가 오나라를 정벌하기 위해 석두성에 도착했는데, 이때 오나라 군주 손권이 그를 맞아 싸우고자 후군이 되었다. 진나라 두예는 훗날 현산에서 오나라를 크게 이기고 삼국을 통일하는 데 큰 공을 세웠다.

죽은 병사들을 애도하며 38쪽

- 두회(杜回) 진(秦)나라 장수 두회는 진(晉)나라로 쳐들어가다가 타고 있던 말이 누군가가 얽어 놓은 풀에 걸려 사로잡히고 말았다. 진(晉)나라의 대부 위과(魏顆)가 서모(庶母)를 순장하지 않고 살려 주었기 때문에 서모 아버지의 혼령이 풀을 얽어 보답했기 때문이다. 결초보은(結草報恩)의 고사가 이로부터 나왔다. 여기에서는 죽은 장사들의 혼령에게 결초보은의 고사를 본받아 죽은 뒤에도 나라에 충성하라는 뜻이다.
- 온서(溫序) 온서는 한나라 교위(校尉)이다. 외효(猥囂)의 장수에게 잡혀서 목이 잘리게 되자 온서는 수염을 입에 물고 "이미 적에게 잡힌 몸이 되었으니, 수염이나 더럽히지 말아야 되겠다."라 했다.

김부식

혜음사를 새로 짓고서 44쪽

- 환부(萑苻) 춘추 시대 정(鄭)나라의 못 이름. 정자산(鄭子産)의 아들 대숙(大叔, 太叔)이 모질지 못하여 환부에서 도적이 들끓자 나중에 이를 토벌했다.

- 황지(潢池) 한(漢)나라 때 발해에서 민란이 일어났을 때 태수로 있던 공수(龔遂)가 추위와 굶주림에 시달리는 백성을 구휼하지 않았다. 그런 연유에서 백성들이 황지에서 병기를 희롱하게 된 것이므로 엄하게 다스려서는 안 된다고 한 황지농병(潢池弄兵)의 고사가 있다.

- 무주상(無住相) 법(法)이 자성(自性)이 없으므로 머무는 바 없이 인연에 따라서 일어나는 것을 이르는 말로, 아무런 조건 없이 보시하고 마음에 담아 두지 않는 것을 말한다.

- 유몽득(劉夢得) 당(唐)나라 유우석(劉禹錫)의 자. 그의 「구침지(救沈志)」에 이 내용이 나온다.

- 소자첨(蘇子瞻) 송(宋)나라 소식(蘇軾)의 자. 그의 「전당육정기(錢塘六井記)」에 이 내용이 보인다. 육정(六井)은 당나라 이필(李泌)이 서호(西湖)의 물을 끌어 들여 만든 여섯 개의 우물을 말한다.

- 대병(代病) 여덟 번 굶주린 백성을 구제한 고사가 송나라 찬녕(贊寧)의 『송고승전(宋高僧傳)』에 실려 있는데, 대병은 당나라 때의 승려. 통혜 선사(通慧禪師)와 그의 저술은 확인할 수 없다.

- 공숙문자(公叔文子) 춘추 시대 위(衛)나라의 대부로, 이 내용이 『예기』에 보인다.

권적

지리산 수정사의 유래 63쪽

- 동림(東林) 동진(東晉) 때 여산(廬山) 동림사(東林寺)의 승려 혜원(慧遠)이 도잠(陶潛), 육수정(陸修靜) 등과 함께 결성한 백련사(白蓮社)를 말한다.
- 서호(西湖) 송나라 성상 대사(省常大師)가 재상 왕탄(王坦) 등과 함께 결성

한 정행사(淨行社)를 말한다.

• 『점찰업보경(占察業報經)』 당나라 때 유행한 불경으로, 목륜으로 길흉을 점
쳐 선악의 업을 관찰하고 참회하는 데 사용했다. 신라의 원광(圓光)이 가
지고 왔고 진표(眞表)에 의해 독특한 형식으로 발전되었다.

임춘

돈의 일생 72쪽

• 홍로경(鴻臚卿) 외국의 조공, 연회 등을 맡은 홍로시(鴻臚寺)의 장관. 유비(劉
濞)는 한 고조의 조카로, 사사로이 구리를 캐서 돈을 주조하고 소금을 만
들어 부를 축적했으며, 후에 반란을 일으켰다가 피살되었다.

• 부민후(富民侯) 전천추(田千秋)가 임금의 뜻에 영합하여 승상(丞相)에 임명
되고 부민후에 봉해진 고사가 있는데 탐관오리의 전형이다. 공근(孔僅)은
한 무제 때 상홍양(桑弘羊)과 함께 염철의 전매를 통하여 국가의 재정을
확충한 바 있다.

• 공우(貢禹) 한나라 원제 때의 명신으로 사치를 엄단하고 부세를 줄이며 화
폐를 폐지할 것을 주장했다.

• 곡량학(穀梁學) 『춘추곡량전(春秋穀梁傳)』을 연구하는 학문을 말한다. 곡량
이 곡식을 뜻하는 말이므로 끌어온 것이다.

• 화교(和嶠) 가산이 많았지만 인색하여 전벽(錢癖)이 있다는 평가를 받았고
아우가 그의 집에서 자두를 따 먹자 남은 씨를 계산해서 돈을 받아 냈다
는 계핵책전(計核責錢)의 고사도 있다.

• 노포(魯褒) 금전만능을 풍자하여 돈의 위력이 신물(神物)과 같다는 「전신
론(錢神論)」을 지었다.

- 완적(阮籍) 죽림칠현(竹林七賢)의 한 사람으로 황씨의 술집에서 술을 마신 황공주로(黃公酒壚)의 고사가 있다.
- 왕연(王衍) 청담(淸談)을 즐겨 했으며, 돈이라는 말 대신 이것이라는 뜻의 아도물(阿堵物)이라 부른 고사가 있다.
- 유안(劉晏) 탁지(度支), 염철(鹽鐵), 조용(租庸), 상평(常平) 등을 맡아 민생을 안정시켰다.
- 청묘법(靑苗法) 왕안석(王安石)이 내세운 신법(新法)으로, 춘궁기에 저리로 농민에게 돈을 빌려주는 제도다. 이를 지지한 여혜경(呂惠卿) 등을 신법당이라 하고 사마광(司馬光), 소식(蘇軾) 등 이를 반대한 당파를 구법당이라한다.

만족의 집 81쪽

- 치질을 핥아 주어 수레 다섯을 얻고 시장에 가서 황금을 훔치는 자처럼 진(秦)나라 왕이 치질이 있었는데 이를 핥아서 낫게 해 준 자가 있어 다섯 대의 수레를 주었다는 고사가 있다. 또 제(齊)나라 사람이 금을 가지고 싶어서 의관을 정제하고 저자의 금은방에 들러 그 금을 움켜쥐고 달아나다가 관리에게 붙잡혔는데, 금을 훔칠 때에는 사람은 보이지 않고 금만 보여 훔쳤다고 한 고사가 있다.

이인로

도연명처럼 눕는 집 95쪽

- 맹가가 "시대를 거슬러 올라가 옛사람과 사귄다.(尙友千古.)"라 한 이유이니

『맹자』에 다음 구절이 나온다. "천하의 훌륭한 선비와 벗하는 것으로 만족하지 못하여, 다시 거슬러 올라가서 옛사람과 토론을 한다. 그 시를 외고 그 글을 읽으면서도 그 사람을 알지 못한다면 될 말인가? 이 때문에 그 시대를 논하게 되는 것이니, 바로 옛 시대로 올라가서 벗을 삼는 이유이다."

• 옛날 안연(顔淵)은 "순(舜)임금은 어떤 사람이고 나는 어떤 사람인가? 순임금처럼 되려고 노력하는 자는 또한 그렇게 될 수 있다."라 하였다. 『맹자』에 안연이 말했다. "순임금은 어떤 사람이며 나는 어떤 사람인가? 순임금이 되려고 노력하는 자는 또한 순임금같이 될 것이다."

• "닭이 울면 일어나서 부지런히 선(善)을 실천하는 것이 순임금의 마음이니, 어찌 다른 방법이 있겠는가?" 역시 『맹자』에 나오는 말이다. "새벽에 닭이 울자마자 일어나서 부지런히 선행을 힘쓰는 자는 순임금을 따르는 사람이다.(雞鳴而起, 孳孳爲善者, 舜之徒也.)"

• 옥구슬을 잃지 않고 온전히 다시 조나라로 가져오면서 진(秦)나라 사람이 속수무책으로 바라보게 했다. 『사기(史記)』에 따르면 조나라 왕이 아름다운 구슬 화씨벽(和氏璧)을 얻었는데, 진(秦)나라의 왕이 이를 탐내 열다섯 개의 성과 바꾸자고 했다. 조나라의 장군 인상여가 화씨벽을 가지고 진나라에 갔으나 진나라 왕이 화씨벽을 뺏고 성은 내주려 하지 않자, 인상여는 구리 기둥에 자신의 머리를 부딪쳐 화씨벽과 함께 부수어 버리겠다고 하였다. 이에 진나라 왕이 화씨벽이 손상될까 해서 도로 가져가게 했다. 완벽(完璧)의 고사가 여기에서 나왔다.

• 진나라의 왕을 꾸짖어 질장구를 두들기게 하고 조나라의 사관(史官)에게 이를 기록하게 했다. 『사기』에 전하는 이야기이다. 민지(澠池)의 연회에서 진나라의 왕이 조나라 왕에게 비파를 연주하라고 모욕을 주었다. 자리에 있던 인상여가 진나라 왕에게 진나라의 악기인 질장구를 연주하라고 요구하자 그는 이를 거부했다. 인상여는 자신의 목을 찔러 그 피를 진나라 왕

에게 뿌리겠다고 하면서 눈을 부릅뜨고 꾸짖었다. 이에 진나라 왕이 질장
구를 치고 술자리를 파했으며, 그 후 인상여를 두려워하여 감히 조나라를
공격하지 못했다고 한다.

- 위엄 있는 자사(刺史) 왕홍(王弘)이 친히 중도에 마중을 나왔고, 선풍도골(仙
風道骨)을 지닌 여산(盧山)의 혜원까지도 백련사로 불러 주었다. 왕홍은 강주
태수(江州太守)로 있을 때 도연명을 존경하여 만나고자 했는데 도연명이
여산에 온다는 말을 듣고 술을 준비하여 중도인 율리(栗里)로 나가 만났
다는 고사가 있다. 또 고승 혜원이 여산 동림사(東林寺)에서 승속(僧俗) 열
여덟 사람과 더불어 백련사를 결성한 뒤에 도연명을 초청했는데, 혜원이
술을 좋아하지 않는 것을 알고 도연명이 술 마시는 것을 허락하면 응하겠
다고 해서 허락을 받고 찾아간 고사가 있다.

이규보

세상에서 가장 두려운 것 104쪽

- 백의(白蟻) 주나라 목왕(穆王)의 팔준마(八駿馬) 가운데 하나로, 명마를 의
미한다.
- 못생긴 주미(犨麋)가 미남 자도(子都)와 나란히 앉아 있다오. 주미는 춘추 시
대 진(陳)나라의 추남이고, 자도는 정(鄭)나라의 미남이다.
- 육정(六丁) 도교에서 말하는 여섯 명의 신으로, 상제의 부림을 받는다.
- 주(周)나라 성왕(成王)일지라도 넋을 잃고 주나라 성왕이 관숙(管叔)과 채숙
(蔡叔)의 모함으로 주공(周公)을 의심하자, 천둥과 번개가 치고 바람이 불
어 벼가 쓰러지고 나무가 뽑히는 변고가 일어났다.
- 모두들 숟가락을 떨어뜨리고는 어찌할 줄 모르니 유비(劉備)가 조조(曹操)

와 술을 마시며 천하의 영웅을 논하는데, 조조가 "지금 천하 영웅은 그대와 나뿐이다."라고 하자 유비가 놀라서 숟가락을 떨어뜨렸다. 마침 우레가 쳤으므로 유비는 우렛소리에 놀라 숟가락을 떨어뜨렸다고 변명했다.

- 그 누가 기둥에 기대어 태연자약할 수 있겠소? 진(晉)나라 하후현(夏侯玄)이 기둥에 기대 글을 쓰는데 갑자기 벼락이 쳤다. 기둥이 벼락에 부서지고 옷이 불타는 가운데 하후현은 태연하게 계속 글을 썼다고 한다.

- 칼춤을 추는 항장(項莊)도 대수롭지 않게 여기고 초(楚)나라 항우(項羽)의 종제(從弟)인 항장은 홍문연(鴻門宴)에서 칼춤을 추면서 한나라 패공(漢沛公)을 습격하려 했지만 항백(項伯)에게 저지당했다.

- 누군가가 얼굴에 침을 뱉으면 마를 때까지 기다리고 당(唐)나라 사람 누사덕(婁師德)의 아우가 지방관으로 부임하게 되었는데, 누사덕이 어떻게 처신할 것인지 묻자 아우는 "누군가가 얼굴에 침을 뱉어도 손으로 닦기만 하겠습니다."라고 하였다. 그러자 누사덕은 "침을 닦으면 그 사람이 더욱 화를 낼 것이니 저절로 마를 때까지 기다려야 한다." 하였다.

- 다리를 벌리고 그 밑으로 지나가라고 하면 기어 나간다오. 한 고조(漢高祖) 때의 장군 한신(韓信)은 젊은 시절에 함양(咸陽)의 무뢰한이 다리 밑으로 기어가라고 요구하자 순순히 따랐다.

- 입을 꿰맨 쇠 인형 공자가 주나라에 갔다가 쇠로 만든 인형을 보았는데, 입이 세 겹으로 꿰매져 있었다. 인형의 등에는 "옛날에 말을 조심했던 사람이다."라고 새겨져 있었다.

- 담장에도 귀가 있다는 시 『시경(詩經)』 소반(小弁)에 "군자는 말을 함부로 하지 않으니, 담장에도 귀가 있다."라고 하였다.

- 역이기(酈食其)는 이 때문에 삶겨 죽었고 역이기는 한 고조의 책사이다. 역이기가 제(齊)나라 왕을 설득하여 한 고조에게 항복하게 했는데, 한신이 이를 상관하지 않고 제나라를 공격하자 제나라 왕은 역이기가 자신을 속였다며 끓는 솥에 넣어 삶아 죽였다.

- 오피(伍被)는 이 때문에 사형을 당했으며 오피는 한나라 회남왕(淮南王) 유안(劉安)의 빈객으로, 회남왕이 모반을 일으키려 하자 계책을 알려 주었다가 반란이 진압되어 죽고 말았다.
- 예형(禰衡)은 이 때문에 몸을 망쳤고 예형은 후한(後漢) 사람으로 변론에 능하여 조조를 꾸짖기도 했다. 결국 강하 태수(江夏太守) 황조(黃祖)와 말다툼을 하다가 죽임을 당했다.
- 관부(灌夫)는 이 때문에 시신이 저자에 버려졌다오. 관부는 한 무제(漢武帝) 때 재상을 지내고 물러났는데, 조정 관원들과 함께한 술자리에서 무안후(武安侯) 전분(田蚡)에게 대들다가 결국 불경죄를 짓고 처형당해 시신이 저자에 버려졌다.
- 북을 치면서 도망가는 사람을 쫓아가는 것과 무엇이 다르겠소?『장자(莊子)』「천도(天道)」에 나오는 "무엇하러 인의를 내걸고 마치 북을 울리며 도망간 사람을 찾는 것처럼 하는가?"라는 말을 인용한 것이다. 북을 울리면서 찾으면 도망간 사람은 북소리를 듣고 더욱 깊이 숨는다.

새로운 말을 만드는 이유 111쪽

- 성병(聲病), 여우(儷偶), 의운(依韻), 차운(次韻), 쌍운(雙韻) 성병은 성률(聲律)을 지나치게 따지는 병폐를 이르고, 여우는 대(對)를 정밀하게 맞추는 것이다. 의운과 차운은 원래의 시와 같은 운자로 시를 짓는 것인데 차운은 반드시 운자와 동일한 글자를 두어야 하지만 의운은 같은 운의 글자를 두는 것이 허용된다. 쌍운은 홀수 구는 홀수 구끼리, 짝수 구는 짝수 구끼리 동일한 운을 사용하는 것을 이른다.

바퀴 달린 정자 117쪽

- 육기(六氣) 맑고 흐리고 바람이 불고 비가 오고 밝고 어두운 여섯 가지 자연적인 기후 현상을 이르는 말.
- 이왕(貳王) 왕을 보좌한다는 뜻으로, 여기에서는 재상을 이른다.

우렛소리 122쪽

- 화보(華父) 중국 춘추 시대 송나라 사람이다. 길에서 공보(孔父)의 아내를 만났는데, 너무나 아름다워 눈을 떼지 못했다고 한다.

추녀의 가면을 씌우리라 129쪽

- 주나라의 포사(褒姒), 오나라의 서시(西施), 진(陳)나라 후주(後主)의 여화(麗華), 당나라 현종의 양귀비(楊貴妃) 주나라 유왕(幽王)은 포사를 총애하여 그녀가 낳은 아들을 태자로 세웠다가 신하에게 죽임을 당했다. 서시는 월(越)나라 임금 구천(句踐)을 돕기 위해 오나라 임금 부차(夫差)가 국사를 돌보지 않도록 만들어 나라를 망하게 했다. 장여화(張麗華)는 진나라 후주의 무릎에 안겨 정사를 농단하다 수(隋)나라 군사에게 죽임을 당하고 나라도 망하게 되었다. 당나라 현종은 양귀비를 총애하여 국정에 소홀했는데 이 때문에 난리가 일어나 왕위에서 물러났다.
- 녹주(綠珠)의 아리따운 교태가 석숭(石崇)을 망치고 손수(孫壽)의 요사스러운 모습이 양기(梁冀)를 현혹했으니 진나라의 권신 손수(孫秀)는 대부호 석숭이 총애하던 첩 녹주를 달라고 요구했으나 거절당하자 석숭을 모함하여 죽였다. 한나라 양기의 처 손수(孫壽)가 아름다운 용모로 교태를 부렸는데 이가 아픈 것처럼 얼굴을 찡그리는 우치소(齲齒笑), 허리를 꺾고 흔들

면서 걷는 절요보(切要步), 머리를 한쪽으로 묶어 드리우는 추마계(墜馬髻)
등의 고사가 그로부터 나왔다.

- 모모(嫫母)와 돈흡(敦洽) 모모는 황제(黃帝)의 넷째 부인으로 용모가 몹시
추했다 하며, 돈흡 역시 춘추 시대 진(陳)나라의 추녀이다.

- 광평(廣平) 광평은 당나라 재상 송경(宋璟)의 자이다. 몹시 강직해서 '쇠로
만든 심장과 돌로 만든 창자(鐵心石腸)'를 가졌다는 평을 받았다.

- 모장(毛嬙) 서시와 함께 춘추 시대의 미인인데 『장자』에 물고기가 그를 보
면 물속으로 깊이 들어가고 새가 그를 보면 높이 날아가며 사슴이 그를
보면 달아나 버린다고 하였다.

충지

거란 대장경을 보수하고 156쪽

- 반야(般若)의 광채를 드러내고 글자마다 비로자나(毘盧遮那)의 깨달음을 나
타내니 반야는 분별과 망상에서 벗어나 참모습을 아는 지혜를 이르고, 비
로자나는 석가모니의 이름으로 광명(光明)이 세상을 두루 비춤을 뜻한다.

- 해장(海藏) 본디 바다 용궁의 보물을 말하지만, 여기에서는 바다처럼 방대
한 불경을 의미한다.

- 용수(龍樹) 인도의 승려로, 대승 불교의 성립에 공헌한 인물이다. 그의 가
르침은 구마라습(鳩摩羅什)에 의해 중국에 전해졌다.

- 법란(法蘭) 역시 인도의 승려로, 불경과 불상을 백마에 싣고 와 중국에 불
교를 전했다고 한다.

- 법륜(法輪) 막힘없이 구르는 바퀴처럼 중생의 번뇌를 제거하는 불교의 가
르침을 의미한다.

안축

남쪽 지방에서 으뜸가는 누각 160쪽

• 함지(咸池)와 소소(簫韶) 함지는 요임금의 음악이며 소소는 순임금의 음악
  이다.

최해

괄목상대할 그날을 기다리며 164쪽

• 배신(陪臣) 제후의 신하가 천자에 대해 자신을 일컫는 말로, 중국 황제에
  대한 고려 관원의 호칭이다.

넓은 세상으로 나가는 후배에게 176쪽

• 분황(焚黃) 죽은 사람에게 관직이 내리는 경우, 후손이 묘소에서 그 임명
  장을 불태우며 고하는 의식을 말한다.
• 장경(長卿)과 옹자(翁子) 장경은 한나라 문인 사마상여(司馬相如)의 자다. 사
  마상여가 중랑장(中郞將)이 되어 고향 촉군(蜀郡)으로 가니 그 태수가 직
  접 쇠뇌를 등에 지고 앞장서서 달리는 등 존경의 뜻을 표한 고사가 있다.
  옹자는 한나라의 문인 주매신(朱買臣)으로, 무제(武帝)가 만년에 월(越) 땅
  인 회계(會稽)의 태수에 임명하고 "부귀한 몸이 되고도 고향에 돌아가지
  않으면 비단 옷을 입고 밤에 다니는 것과 같아 알아주는 사람이 없다."라
  는 항우의 말을 인용한 고사가 있다.

- 주금당(畫錦堂) 송나라 재상 한기(韓琦)가 고향 상주(相州)를 다스릴 때 지은 집이다. '주금(畫錦)'은 금의야행(錦衣夜行)이라는 고사성어에서 유래한 표현으로, 출세해 고향에 돌아와 자랑한다는 뜻이다.

이제현

선비는 배와 같다 188쪽

- 전숙(田叔)과 한안국(韓安國) 전숙은 한나라 사람으로 한나라의 제후국 조나라 왕 장오(張敖)의 신하가 되었다. 경제(景帝) 때 경제의 아우 양 효왕(梁孝王)이 두 태후(竇太后)의 총애를 믿고 역모를 꾸민다는 소문이 돌자 경제가 전숙을 보내 조사하게 했는데, 전숙은 관련 자료를 모두 없애고 돌아와 말했다. "양 효왕을 죽인다면 태후께서 드시지도 주무시지도 못할 것이니 이는 폐하의 근심입니다." 경제는 그를 현명하게 여겨 노나라 재상에 임명했다. 한안국은 양 효왕의 신하인데, 양 효왕이 방자하게 행동하다가 경제에게 미움을 받자 사신으로 가서 진노를 풀도록 했다.

천하를 주유한 승려 191쪽

- 세 차례나 투자산(投子山)에 오르고 아홉 차례나 동산(洞山)을 찾으며 투자산은 당나라 대동 선사(大同禪師)가 투자사(投子寺)를 세운 곳이며, 동산은 당나라의 양개(良价)가 조동종(曹洞宗)을 일으킨 곳으로 보제선사(普濟禪寺)가 세워졌다. 송나라 원오극근(圓悟克勤)의 『벽암록(碧巖錄)』에 설봉(雪峯)이 세 번 투자산을 오르고 아홉 번 동산에 이르렀다는 기록이 보인다.

- 의심스럽고 어려운 점을 해결하고야 『동문선』에는 '거정투계(去挺投禊)'로, 『익재난고』에는 '거정발설(去挺拔禊)'로 되어 있는데 후자로 보아야 할 듯 하다. 못과 쐐기를 뺀다는 타정발설(抽釘拔禊)과 같은 뜻으로, 의심스럽거 나 어려운 것을 해결한다는 비유로 쓰이는 말이다.

구름과 비단처럼 아름다운 집 195쪽

- 사영운(謝靈運)이 길을 내자 백성이 놀라고, 허사(許氾)가 집터를 구하자 호방 한 선비들이 비난했다. 산수를 좋아한 남조(南朝) 송(宋)나라의 사영운은 수백 명의 인부를 동원하여 시령(始寧)의 남산(南山)에서부터 임해(臨海)까 지 나무를 베어 내고 곧바로 길을 내었는데, 이를 두고 임해 태수 왕수(王 琇)가 산적(山賊)이라 한 고사가 있다. 또 삼국 시대 위(魏)나라의 허사를 두고 유비(劉備)가 고사(高士)의 명망이 있으면서 나라에 충성할 마음은 갖지 않고 농토나 구하고 집터나 물었기 때문에 박대를 당한다고 한 고사 가 있다.

승려들의 힘으로 지은 절 199쪽

- 요임금과 순임금이 세상을 다스릴 적에 신하 고요(皐陶)가 형벌을 내리면서 형벌 내리는 일이 없기를 바란 것과 같다. 순임금이 고요에게 "형벌을 내릴 적에는 형벌을 내리는 일이 없기를 바라야 한다."라고 한 말이 『서경』「대 우모(大禹謨)」에 실려 있다.

천 리를 가는 사람을 위해 204쪽

- 휘로(暉老)와 배 승상(裴丞相), 만공(滿公)과 백 소부(白少傅) 휘로는 당나라의

고승 황벽 선사(黃檗禪師, 희운(希運)이라고도 한다.)를 이르는 듯하다. 당시의 재상 배휴(裵休)가 그의 어록을 정리했다. 만공은 당나라 향산(香山)의 승려 여만(如滿)으로 태자 소부(太子少傅)를 지낸 백거이와 향산사(香山社)를 결성했다.

이곡

홍수와 가뭄의 원인 208쪽

• 구 년 동안 홍수가 계속되고 칠 년 동안 가뭄이 계속되어도 백성이 그다지 어렵지 않았다. 요임금 때는 9년 동안 홍수가, 탕임금 때는 7년 동안 가뭄이 계속되었다.

스승의 도리 215쪽

• 관에 오줌을 싸거나 방석에 바늘을 꽂는 일 한 고조(漢高祖)는 선비를 싫어해 그들을 만나면 갓을 벗기고 그 속에 소변을 보았고, 진(晉)나라 두석(杜錫)은 강직한 성품으로 태자에게 바른말을 자주 했는데 이를 싫어한 태자가 그가 앉는 자리에 바늘을 꽂아 두어 피를 흘리게 했다는 고사가 있다.

임금을 모시러 가는 벗에게 219쪽

• 동호(董狐)의 직필 동호는 춘추 시대 진(晉)나라의 사관(史官)이다. 직필로 유명하며 공자의 칭송을 받았다.

- 관중(管仲)은 제 환공(齊桓公)을 패자(覇者)로 만들었고, 정공(鄭公)은 당나라를 일으켰으며, 발제(勃鞮)는 공로를 세워 속죄했고, 배구(裴矩)는 아첨하다가 끝내 충신이 될 수 있었다. **관중은 춘추 시대 제나라의 정승으로 환공을 보좌해 제후들의 패자로 만들었다. 정공은 정국공(鄭國公) 위징(魏徵)으로, 당 태종(唐太宗)을 도와 치세를 이룩했다. 발제는 춘추 시대 진(晉)나라의 환관이다. 공자(公子) 중이(重耳)를 죽이려고 했지만, 중이가 오랜 망명 생활 끝에 귀국해서 문공(文公)이 되자 역모를 고발해 용서를 받았다. 배구(裴矩)는 수나라 사람으로 폭군 양제(煬帝)에게 아첨했으나 훗날 당나라에 귀순해서 충성을 다했다.**

공녀의 비극 225쪽

- 옛날 동해(東海)에 원망하는 여인이 있어 삼 년 동안 큰 가뭄이 들었습니다. **한나라 때 동해군(東海郡)에 사는 여인이 모함을 받고 억울하게 죽자 3년 동안 가뭄이 들었다.**

형제를 위한 계 231쪽

- 「상체(常棣)」 **『시경』 소아(小雅)에 실려 있는 시로, 형제의 우애를 노래하는 내용이다.**
- 문정공(文正公) 범중엄(范仲淹) **송나라 재상 범중엄은 토지 1000무(畝)를 떼어 의전이라 이름하고, 어려운 친척을 도와주는 밑천으로 삼았다.**

의심을 푸는 법 235쪽

- 직불의(直不疑)는 한 방에 있던 사람이 금을 잃어버리자 따지지 않고 보상해

주었다. 직불의는 한나라 사람이다. 어떤 이가 고향으로 내려가면서 직불의와 같은 방을 쓰던 낭관(郎官)의 금을 잘못 가지고 갔다. 낭관이 직불의를 의심하자, 직불의는 사죄하고 보상해 주었다. 그 뒤 금을 잘못 가져간 사람이 금을 돌려주어 사실이 드러나자 낭관이 몹시 부끄러워했다.

- 장인을 때렸다는 의심을 받았지만 나중에 장인이 없다는 사실이 드러나면 그 의심이 거짓임을 알 수 있다. 후한(後漢) 사람 제오륜(第五倫)은 장인을 때렸다는 소문이 돌았다. 광무제(光武帝)가 제오륜을 불러 사실인지 묻자, 제오륜은 세 번 혼인을 했으나 모두 장인이 없었다고 해서 헛소문임을 밝혔다.

- 증삼(曾參)이 살인을 저질렀다는 의심을 받았는데 살인자가 그 증삼이 아니라는 사실이 확인되면 그 의심이 거짓임을 알 수 있다. 증삼은 공자의 제자이다. 증삼과 이름이 같은 자가 살인을 저질렀는데, 어떤 이가 증자의 어머니에게 "증삼이 사람을 죽였다."라고 하였다. 증자의 어머니는 "내 아들은 그럴 사람이 아니다."라 말했으나, 세 사람이 연달아 같은 말을 전하자 짜던 베를 내팽개치고 담을 넘어 달아났다.

이색

황금 보기를 돌같이 하라 248쪽

- 하남(河南) 고려 시대 충청도 공주(公州), 운주(運州)를 말한다.
- 흥왕사(興王寺)에서 난리를 평정하고 1363년 김용(金鏞)이 반란을 일으켜 흥왕사 행궁(行宮)을 습격하자 최영이 진압한 일을 말한다.
- 차가운 얼음물 마시고/ 쓰디쓴 황벽나무 씹었네 어려운 가운데 청렴한 지조를 지키는 것을 비유하는 말이다.
- 덕은 쉬운데 실천하는 이 드물다네 "사람들이 말하기를, 덕은 털처럼 가벼

우나 드는 사람이 드물다 하네."라는 『시경』 「증민(烝民)」의 구절을 인용한 것이다.

나의 목자 석가모니 252쪽

- '지금 어떤 사람이 남의 소와 양을 맡아서 대신 기른다면 반드시 목장과 목초를 구하려고 할 것이다. 목장과 목초를 구해도 찾지 못한다면 원래의 주인에게 돌려주겠는가, 아니면 가만히 서서 죽는 꼴을 지켜보겠는가?' 『맹자』 「공손추 하(公孫丑下)」에 나오는 대목이다. 맹자는 하늘을 대신해 백성을 다스리는 군주를 남의 소를 맡아 기르는 목자에 빗댔다.

- 육도(六道) 불교에서 중생이 윤회한다고 하는 여섯 장소인 천도(天道), 인도(人道), 아수라도(阿修羅道), 축생도(畜生道), 아귀도(餓鬼道), 지옥도(地獄道)이다.

- 십력(十力) 부처가 가진 지혜의 힘이다. 옳고 그름을 아는 '처비처지력(處非處智力)', 삼세인과를 아는 '업이숙지력(業異熟智力)', 선정과 삼매의 순서와 깊이를 아는 '정려해탈등지등지지력(靜慮解脫等持等至智力)', 중생의 근기를 아는 '근상하지력(根上下智力)', 중생의 바람을 아는 '종종승해지력(種種勝解智力)', 중생의 성질을 아는 '종종계지력(種種界智力)', 모든 세계의 원인과 결과를 아는 '편취행지력(遍趣行智力)', 지난 생을 기억하는 '숙주수념지력(宿住隨念智力)', 지난 생의 삶과 죽음을 아는 '숙주생사지력(宿住生死智力)', 모든 번뇌를 끊는 '누진지력(漏盡智力)'이다.

- 사바세계의 다섯 가지 더러운 것 오탁(五濁), 즉 수명이 짧아지는 명탁(命濁), 복이 없어지는 중생탁(衆生濁), 애욕을 탐하는 번뇌탁(煩惱濁), 사악한 견해에 물든 견탁(見濁), 질병과 전쟁으로 고생하는 겁탁(劫濁)이다.

백성의 밥과 옷을 위한 책 260쪽

• 다섯 마리 닭과 두 마리 돼지 『맹자』에 다섯 마리의 암탉과 두 마리의 암 돼지가 새끼를 칠 때를 놓치지 않으면 노인이 고기를 먹지 못하게 될 우 려가 없다는 말이 있다. 닭 다섯 마리와 돼지 두 마리가 있으면 8인 가구 의 기본적인 육식을 해결할 수 있다는 데서 나온 숫자다.

천하를 누빈 익재 선생 264쪽

• 삼광(三光)과 오악(五嶽) 삼광은 일(日), 월(月), 성신(星辰)을 이르고, 오악은 동악(東嶽) 태산(泰山), 서악(西嶽) 화산(華山), 남악(南嶽) 대산(岱山), 북악(北 嶽) 항산(恒山), 중악(中嶽) 숭산(崇山)을 가리킨다.

• 호탕하고 기이한 기상이 거의 사마천 못지않았다. 사마천은 20세 무렵부 터 천하를 두루 여행했는데, 이는 훗날 『사기(史記)』를 편찬하는 바탕이 되었다. 그로 인해 먼 여행은 문장가의 기를 배양하는 필수 경험으로 간 주되곤 한다.

• 숙향(叔向)과 자산(子産) 숙향은 진(晉)나라 정승 양설힐(羊舌肸), 자산은 정 나라 정승 공손교(公孫僑)이다. 두 사람 모두 종주국인 주나라에서는 벼슬 하지 못했지만 각기 제후국에서 명재상으로 이름을 떨쳤다.

세상의 동쪽 끝에서 272쪽

• 「삼봉연엽도(三峯蓮葉圖)」 「태을진인연엽도(太乙眞人蓮葉圖)」를 말하는 듯하 다. 신선이 두건을 벗고 맨머리를 드러낸 채 연잎을 타고 바다를 건너가는 모습을 그린 그림이다. 여기에서는 신선의 그림을 비유한 것이다.

아버지의 바둑돌 275쪽

- 원동방정(圓動方靜) 둥근 하늘은 움직이고 모난 땅은 고요하다는 뜻이다. 당나라 현종이 장열(張說)과 바둑을 두고 있는데 이필(李泌)이 들어왔다. 장열이 원동방정의 이치를 설명하며 "모난 것은 바둑판과 같고 둥근 것은 바둑돌과 같으며, 움직임은 바둑돌이 살아 있는 것 같고 고요함은 바둑돌이 죽은 것과 같다."라고 하였다. 그러자 이필이 대답했다. "모난 것은 의리를 행하는 것과 같고 둥근 것은 지혜를 사용하는 것과 같으며, 움직임은 재주를 부리는 것과 같고 고요함은 뜻을 얻는 것과 같다."
- 이형맹세(羸形猛勢) 형체는 약해 보이지만 기세는 맹렬하다는 뜻으로, 바둑 두는 원리를 설명한 말이다.

식영암

천하제일의 검 293쪽

- 천백억 비제하(毗提訶)를 칼끝으로 삼고, 천백억 염부제(剡浮提)를 칼날로 삼고, 천백억 울단월(鬱單越)을 칼등으로 삼고, 천백억 구야니(瞿邪尼)를 칼자루로 삼고, 천백억 소미로(蘇彌盧)를 날밑으로 삼는다오. 불교의 우주관에 따르면 수미산을 중심으로 동서남북 사대주(四大州)가 있는데 비제하는 동쪽, 염부제는 남쪽, 울단월은 북쪽, 구야니는 서쪽이다. 소미로는 곧 수미산을 말한다.
- 위로는 실제(實際)를 극진히 하고 아래로는 환주(幻柱)를 엄중하게 하여 법계(法界)를 받쳐 움직이지 않게 하여야 하오. 실제는 시간과 공간으로 한계가 없는 것을 이르고, 환주는 덧없는 인간 세상을 이른다.

- 삼무수겁(三無數劫) 보살이 성불할 때까지 걸리는 무수한 시간을 말한다.

- 오십오위 『화엄경』에서 선재동자(善財童子)가 불도를 구하기 위해 차례로 찾아간 55인의 선지식(善知識)을 말한다.

- 사지(四智) 불교에서 말하는 네 가지 지혜이다. 대원경지(大圓鏡智), 평등성지(平等性智), 묘관찰지(妙觀察智), 성소작지(成所作智)이다. 고(苦), 집(集), 멸(滅), 도(道)의 사성제(四聖諦)를 말하기도 한다.

- 사변(四辯) 사무애변(四無礙辯)이라고도 한다. 네 가지 막힘없는 지혜인 법무애(法無礙), 의무애(義無礙), 사무애(辭無礙), 요설무애(樂說無礙)이다.

- 육도(六度) 수행의 여섯 가지 덕목인 보시(布施), 지계(持戒), 인욕(忍辱), 정진(精進), 선정(禪定), 지혜(智慧)이다.

- 대원(大願) 부처가 중생을 구제하려는 크나큰 소원을 말한다.

- 대행(大行) 보살이 성불하기 위해 수많은 선행을 쌓는 것을 말한다.

- 이과(二果) 습과(習果)와 보과(報果) 두 가지 과보를 말한다.

- 이우(二愚) 두 가지 집착에서 일어나는 미혹이다.

- 삼인(三寅) 삼인은 인년(寅年) 인월(寅月) 인일(寅日)이다. 이 시각에 맞추어 제조한 검을 삼인검이라 한다.

- 이요(二曜)와 구성(九星) 이요는 해와 달, 구성은 동서남북 사방과 수, 목, 금, 화, 토의 다섯 별이다.

대나무를 좋아하는 이유 298쪽

- 속이 빈 대나무에서 공성(空性)을 보고, 겉모습이 곧은 대나무에서 실상(實相)을 이야기할 수 있습니다. 공성은 분별과 차별이 없어진 상태를 이르고 실상은 대립과 차별을 떠나 있는 그대로의 모습을 이른다.

이첨

인을 베푸는 집 303쪽

- 사덕(四德)의 으뜸인 인(仁)에 마음을 두고 사단(四端)의 첫 번째인 인을 음미
  하니 사덕은 『주역』 건괘(乾卦)의 원(元), 형(亨), 이(利), 정(貞)이며, 사단은
  맹자가 말한 인간의 본성에 내재한 측은지심(惻隱之心), 수오지심(羞惡之
  心), 사양지심(辭讓之心), 시비지심(是非之心)이다.

응방을 폐지한 닭 306쪽

- 제 선왕(齊宣王)은 한 마리 소가 죽는 것을 차마 보지 못했으니, 이는 어진
  마음의 발로라 하겠지만 제 선왕은 새로 주조한 종에 피를 바르는 의식에
  서 희생으로 쓸 소가 애처롭게 우는 소리를 듣고 측은한 마음에 양으로
  바꾸도록 했다. 맹자는 이 일을 거론하며 제 선왕에게 어진 정치를 할 수
  있는 자질이 있다고 했다.

임금을 따라 죽은 꿀벌 309쪽

- 옛날 전횡(田橫)이 한(漢)나라의 신하가 되기를 거부하고 죽자 두 빈객이 뒤
  따라 죽었고, 섬에 남아 있던 오백 사람도 전횡이 죽었다는 소식을 듣고 모
  두 뒤따라 죽었는데, 『사기』에서 이를 찬미했다. 전횡은 진(秦)나라 말에 제
  (齊)나라 왕이 되어 한 고조와 천하를 다투다가 패배하여 섬으로 들어갔
  는데, 한 고조가 투항을 권유하자 자결했다. 전횡을 따르던 빈객 두 사람
  은 그를 장사 지낸 뒤 무덤에서 자결했고, 섬에 남아 있던 전횡의 무리 오
  백 명도 전횡이 죽었다는 소식을 듣고 자결했다.

- 당나라 왕규(王珪)와 위징(魏徵)은 건성(建成)이 난리를 일으켰을 때 죽지 않고 태종(太宗)을 따랐는데, 옛 유학자는 이를 잘못이라고 하였다. 건성은 당고조(唐高祖)의 태자로, 훗날 태종이 된 이세민(李世民)의 형이다. 왕규와 위징은 건성을 섬겼지만 건성이 반란을 일으켰다가 죽임을 당하자 태종을 섬겼다.

이숭인

머지않아 돌아오는 서재 316쪽

- 나라에는 학(學)이 있고, 큰 고을에는 상(庠)이 있고, 작은 고을에는 서(序)가 있고, 집안에는 숙(塾)이 있었다. 학(學), 상(庠), 서(序), 숙(塾)은 모두 학교의 규모에 따른 이름이다.
- "복괘를 통해서 천지의 마음을 알 수 있다." 『주역』 복괘(復卦) 단전(象傳)에 나오는 말이다.
- 순임금은 남을 살리기를 좋아했고, 우임금은 물에 빠진 사람을 구했으며, 문왕은 백성을 다친 사람처럼 여겼다. 죄가 의심스러울 때는 가벼운 쪽으로 처벌하고 공적이 의심스러울 때는 엄중한 쪽으로 상을 주었으며, 무고한 사람을 죽이기보다는 차라리 형법대로 집행하지 않는다는 비난을 감수하고자 했다는 순임금의 고사가 『서경』에 보인다. 우임금은 물에 빠진 사람이 있으면 자신이 밀어뜨린 것처럼 여겼다는 고사도 있다. 또 문왕이 백성들을 다친 사람 보는 것처럼 가엾게 여겨 보살펴 주었다는 고사가 『맹자』에 있다.

가을에 아름다운 집 320쪽

- "나는 증점(曾點)과 함께하겠다." 『논어』 「선진(先進)」 편의 이야기이다. 공자의 제자 증점이 "늦은 봄에 봄옷이 지어지면 젊은이 대여섯 명과 어린이 예닐곱 명을 데리고 기수(沂水)에서 목욕하고 무우(舞雩)에서 바람 쐰 뒤 노래하며 돌아오겠습니다."라고 하자, 공자가 "나는 증점과 함께하겠다."라고 하였다.
- 열어구(列禦寇) 열어구는 『장자』 「소요유(逍遙遊)」에 등장하는 신선의 이름이다. 바람을 타고 하늘로 올라가 보름 동안 노닐다가 돌아오곤 했다.
- 섬계(剡溪) 눈 내리는 밤, 섬계에 살던 진(晉)나라 왕휘지(王徽之)가 문득 벗 대규(戴逵)가 생각나서 배를 타고 그의 집에 갔다가 돌아온 적이 있다.

꿈에서 본 소나무 323쪽

- 몽송(夢松) 중국 삼국 시대 오(吳)나라 정고(丁固)가 자기 배에서 소나무가 자라는 꿈을 꾸었다. 그는 송(松)을 파자(破字)하면 십팔공(十八公)이니, 18년 뒤 공의 자리에 오를 것이라고 해몽했다. 훗날 과연 그 꿈대로 되었다.
- 백성은 내 형제이며 만물은 내 벗이 되어 송나라 학자 장재(張載)의 「서명(西銘)」에 나오는 유명한 말이다.
- '어려운 시기에 사치스러운 일을 벌인다.' 『사기』 「한세가(韓世家)」에 다음과 같은 이야기가 있다. 전국 시대 한나라 소후(昭侯)가 높은 문을 새로 짓자 굴의구(屈宜臼)가 말했다. "작년에는 진(秦)나라가 의양(宜陽) 땅을 빼앗고 금년에는 가뭄이 들었는데 소후는 백성을 돌보지 않고 더욱 사치를 부리니, 이것이 바로 어려운 시기에 큰일을 벌이는 것이다."

원문
原文

元曉

金剛三昧經論序 22쪽

夫一心之源, 離自無而獨淨, 三空之海, 融眞俗而湛然. 湛然融二而不一, 獨淨離邊而非中. 非中離邊, 故不有之法, 不卽住無, 不無之相, 不卽住有. 不一而融二, 故非眞之事, 未始爲俗, 非俗之理, 未始爲眞也. 融二而不一, 故其俗之性, 無所不立, 染淨之相, 莫不備焉. 離邊而非中, 故有無之法, 無所不作, 是非之義, 莫不周焉. 爾乃無破而無不破, 無立而無不立, 可謂無理之至理, 不然之大然矣. 是謂斯經之大意也. 良由不然之大然, 故能說之語, 妙契環中, 無理之至理, 故所詮之宗, 超出方外. 無所不破, 故名金剛三昧, 無所不立, 故名攝大乘經. 一切義宗, 無出是二, 是故, 亦名無量義宗. 且擧一目, 以題其首, 故言金剛三昧經也.(『東文選』卷83)

薛聰

諷王書 25쪽

臣聞昔花王之始來也, 植之以香園, 護之以翠幕, 當三春而發艶, 凌百花而獨出. 於是自邇及遐, 艶艶之靈, 夭夭之英, 無不奔走上謁, 唯恐不及. 忽有一佳人, 朱顔玉齒, 鮮粧靚服, 伶俜而來, 綽約而前曰: "妾履雪白之沙汀, 對鏡淸之海面, 沐春雨以去垢, 快淸風而自適, 其名曰薔薇. 聞王之令德, 期薦枕於香帷, 王其容我乎?"又有一丈夫, 布衣韋帶, 戴白持杖, 龍鍾而步, 傴僂而來曰: "僕在京城之外, 居大道之旁, 下臨蒼茫之野景, 上倚嵯峨之山色, 其名曰白頭翁. 竊謂左右供給, 雖足膏粱以充腸, 茶酒以清神. 巾衍儲藏, 須有良藥以補氣, 惡石以蠲毒. 故曰: '雖有絲麻, 無弃菅蒯, 凡百君子, 無不代匱.' 不識王亦有意乎?" 或曰: "二者之來, 何取何捨?" 花王曰: "丈夫之言, 亦有道理, 而佳人難得, 將如之何?" 丈夫進而言曰: "吾謂王聰明識理義, 故來焉耳, 今則非也. 凡爲君者, 鮮不親近邪佞, 疎遠正直. 是以孟軻不遇以終身, 馮唐郎潛而皓首. 自古如此, 吾其奈何?" 花王曰: "吾過矣, 吾過矣."(『東文選』卷52)

祿眞

上角干金忠恭書 29쪽

祿眞聞, 上大等坐政事堂, 注擬內外官, 退公感疾, 召國醫診脉, 曰: "病在心臟, 須服龍齒湯." 遂告暇三七日, 杜門不見賓客. 祿眞造而請見, 門者拒焉. 祿眞非不知相公移疾謝客, 須獻一言於左右, 以開鬱悒之慮. 祿眞伏聞, 寶體不調, 得非早朝晚罷, 蒙犯風露, 以傷榮衛之和, 失支體之安乎? 然則公之病, 不須藥石, 不須針砭, 可以至言高論, 一攻而破之也, 公將聞之乎?

　彼梓人之爲室也, 材大者爲梁柱, 小者爲椽榱, 偃者植者, 各安所施, 然後大廈成焉. 古者賢宰相之爲政也, 又何異焉? 才巨者置之高位, 小者授之薄任, 內則六官百執事, 外則方伯連率郡守縣令, 朝無闕位, 位無非人, 上下定矣, 賢不肖分矣, 然後王政成焉.

　今則不然, 徇私而滅公, 爲人而擇官, 愛之則雖不材, 擬送於雲霄, 憎之則雖有能, 圖陷於溝壑. 取捨混其心, 是非亂其志, 則不獨國事溷濁, 而爲之者亦勞且病矣. 若其當官淸白, 莅事恪恭, 杜貨賂之門, 遠請託之累, 黜陟只以幽明, 予奪不以愛憎, 如衡焉不可枉以輕重, 如繩焉不可欺以曲直, 如是則刑政允穆, 國家和平, 雖日開孫弘之閤, 置曹參之酒, 與朋友故舊, 談笑自樂可也. 又何必區區於服餌之間, 徒自費日廢事爲哉?(『東文選』卷57)

崔致遠

檄黃巢書 33쪽

廣明二年七月八日, 諸道都統檢校太尉某告黃巢. 夫守正修常曰道, 臨危制變曰權. 智者成之於順時, 愚者敗之於逆理. 然則雖百年繫命, 生死難期, 而萬事主心, 是非可辨. 今我以王師則有征無戰, 軍政則先惠後誅. 將期剋復上京, 固且敷陳大信. 敬承嘉諭, 用戢奸謀.

且汝素是遐甿, 驟爲勃敵, 偶因乘勢, 輒敢亂常. 遂乃包藏禍心, 竊弄神器, 侵凌城闕, 穢黷宮闈. 旣當罪極滔天, 必見敗深塗地. 噫, 唐虞已降, 苗扈弗賓. 無良無賴之徒, 不義不忠之輩, 爾曹所作, 何代而無? 遠則有劉曜王敦, 覬覦晉室, 近則有祿山朱泚, 吠噪皇家. 彼皆或手握强兵, 或身居重任. 叱咤則雷奔電走, 喧呼則霧塞烟橫. 然猶暫逞奸圖, 終殲醜類. 日輪闊輾, 豈縱妖氛? 天網高懸, 必除兇族. 況汝出自閭閻之末, 起於隴畝之間. 以焚劫爲良謀, 以殺傷爲急務. 有大愆可以擢髮, 無小善可以贖身. 不唯天下之人皆思顯戮, 抑亦地中之鬼已議陰誅. 縱饒假氣遊魂, 早合亡神奪魄. 凡爲人事, 莫若自知, 吾不妄言, 汝須審聽.

比者我國家, 德深含垢, 恩重棄瑕. 授爾節旄, 寄爾方鎭. 爾猶自懷鴆毒, 不歘梟聲, 動則齧人, 行唯吠主. 乃至身負玄化, 兵纏紫微, 公侯則犇竄危途, 警蹕則巡遊遠地. 不能早歸德義, 但養頑凶. 斯則聖上於汝, 有赦罪之恩, 汝則於國, 有辜恩之罪. 必當死亡無日, 何不畏懼于天? 況周鼎非發問之端, 漢宮豈偷安之所? 不知爾意, 終欲奚爲? 汝不聽乎? 道德經云: "飄風不終朝, 驟雨不終日." 天地尚不能久, 而況於人乎? 又不聽乎? 春秋傳曰: "天之假助不善, 非祚之也, 厚其凶惡而降之罰." 今汝藏奸匿暴, 惡積禍盈. 危以自安, 迷以不復. 所謂燕巢幕上, 漫恣騫飛, 魚戲鼎中, 即看燋爛. 我緝熙雄略, 糺合諸軍, 猛將雲飛, 勇士雨集. 高旌大旆, 圍將楚塞之風, 戰艦樓船, 塞斷吳江之浪. 陶太尉銳於破敵, 楊司空嚴可稱神. 旁眺八維, 橫行萬里. 既謂廣張烈火, 爇彼鴻毛, 何殊高舉泰山, 壓其鳥卵? 即日金神御節, 水伯迎師. 商風助肅殺之威, 晨露滌昏煩之氣. 波濤既息, 道路即通. 當解纜於石頭, 孫權後殿, 佇落帆於峴首, 杜預前驅. 收復京都, 剋期旬朔.

　但以好生惡殺, 上帝深仁, 屈法伸恩, 大朝令典. 討官賊者, 不懷私忿, 諭迷途者, 固在直言. 飛吾折簡之詞, 解爾倒懸之急. 汝其無成膠柱, 早學見機, 善自爲謀, 過而能改. 若願分茅列土, 開國承家, 免身首之橫分, 得功名之卓立, 無取信於面友, 可傳榮於耳孫. 此非兒女子所知, 實乃大丈夫之事. 早須相報, 無用見疑. 我命戴皇天, 信資白水. 必須言發響應, 不可恩多怨深. 或若狂走所牽, 酣眠未寤, 猶將拒轍, 固欲守株, 則乃批熊拉豹之師, 一麾撲滅, 烏合鴟張之衆, 四散分飛. 身爲齊斧之膏, 骨作戎車之粉. 妻兒被戮, 宗族見誅. 想當燃腹之時, 必恐噬臍不及. 爾須酌量進退, 分別否臧. 與其叛而滅亡, 曷若順而榮貴? 但所望者, 必能致之. 勉尋壯士之規, 立期豹變, 無執愚夫之慮, 坐守狐疑. 某告.(『桂苑筆耕集』卷11)

寒食祭陣亡將士 _{38쪽}

嗚呼, 生也有涯, 古今所歎. 名之不朽, 忠義爲先. 爾等彍弩勞身, 蒙輪逞力. 奮
氣於熊羆之列, 忘形於鵝鸛之前. 能衒勇於干戈, 固免慙於袱第. 今也野草綠
色, 林鶯好音. 杳杳逝川, 空流恨而無極, 纍纍荒塚, 誰驗魂之有知? 我所念兮
舊功勞, 我所傷兮好時節. 俾陳薄酹, 用慰冥遊. 共謀抗賊於杜回, 無効懷歸於
溫序. 能成壯志, 是謂陰功.(『桂苑筆耕集』卷16)

金富軾

進三國史記表 _{41쪽}

臣某言, 古之列國, 亦各置史官以記事. 故孟子曰: "晉之乘, 楚之檮杌, 魯之春
秋, 一也." 惟此海東三國, 歷年長久, 宜其事實, 著在方策. 乃命老臣, 俾之編
集, 自顧缺爾, 不知所爲. 伏惟聖上陛下, 性唐堯之文思, 體夏禹之勤儉, 宵旰餘
閒, 博覽前古, 以謂今之學士大夫, 其於五經諸子之書, 秦漢歷代之史, 或有淹
通而詳說之者. 至於吾邦之事, 却茫然不知其始末, 甚可歎也. 況惟新羅氏高句
麗氏百濟氏, 開基鼎峙, 能以禮通於中國. 故范曄漢書, 宋祁唐書, 皆有列傳, 而
詳內略外, 不以具載. 又其古記, 文字蕪拙, 事迹闕亡. 是以君后之善惡, 臣子之
忠邪, 邦業之安危, 人民之理亂, 皆不得發露, 以垂勸戒. 宜得三長之才, 克成
一家之史, 貽之萬世, 炳若日星. 如臣者本匪長才, 又無奧識, 泊至遲暮, 日益昏
蒙. 讀書雖勤, 掩卷卽忘, 操筆無力, 臨紙難下. 臣之學術荒淺如此, 而前言往
事幽昧如彼. 是故疲精竭力, 僅得成編, 訖無可觀, 祇自媿耳. 伏望聖上陛下, 諒

狂簡之裁, 赦妄作之罪, 雖不足藏之名山, 庶無使墁之醬瓿, 區區妄意, 天日照臨.(『三國史記』)

惠陰寺新創記 44쪽

峯城縣南二十許里, 有一小寺, 弛廢已久, 而鄉人猶稱其地爲石寺洞. 自東南百郡趣京都, 與夫自上流而下者, 無不取道於此, 故人磨肩馬接跡, 憧憧然未嘗絶. 而山丘幽遠, 草木蒙翳, 虎狼類聚, 自以爲安室利處, 潛伏而傍睨, 時出而爲害. 非止此而已, 間或有寇賊斂攘之徒, 便其地荒而易隱, 人畏而易劫, 爰來爰處, 以濟其奸. 二邊行者, 躊躇莫之敢前, 相戒以盛徒侶, 挾兵刃而後過焉, 而猶或不免以死焉者, 歲數百人.

先王睿王在宥十五年己亥秋八月, 近臣少千奉使南地迴, 上問若此行也, 有所聞民之疾苦乎, 則以是聞之. 上惻然哀之曰: "如之何可以除害而安人?" 奏曰: "殿下幸聽臣, 臣有一計. 不費國財, 不勞民力, 但募浮圖人, 新其廢寺, 以集淸衆. 又爲之屋廬於其側, 以著閒民, 則禽獸盜賊之害自遠, 行路之難平矣." 上曰: "可, 汝其圖之." 於是, 以公事抵妙香山寺, 告於衆中曰: "某所有巨害, 上不忍動民以土木營造之事, 先師見遘難者, 必施無畏, 疇克從我, 有事於彼乎?" 寺主比丘惠觀隨喜之, 其徒欲從者一百人. 惠觀老不能行, 擇勤恪有技能者證如等十六人, 資送之. 以冬十一月到其所, 作草舍以次之. 上命比丘應濟, 主典其事, 弟子敏淸副之, 利器械鳩材瓦, 經始於庚子春二月, 至壬寅春二月, 工旣告畢. 齋祠息宿, 以至廚庫, 咸各有所. 又謂若乘輿南巡, 則不可知其不一幸而駐蹕於此, 宜其有以待之, 遂營別院一區, 此亦嘉麗可觀. 至今上卽位, 賜額爲惠陰寺.

噫, 變深榛爲精舍, 化畏途爲平路, 其於利也, 不其博哉? 又佇以米穀, 舉之取利, 設粥以施行人, 至今幾於息焉. 少千意欲繼之於無窮, 精誠有感, 檀施荐來. 上聞之, 惠捨頗厚, 王妃任氏亦聞而悅之曰: "凡其施事, 我其尸之." 增其委積之將盡者, 補其什物之就缺者, 然後事無不備者矣. 或曰: "孟子言堯之時, 洪水橫流, 使禹治之, 鳥獸之害人者消, 然後人得平土而居之, 使益烈山澤而焚之, 鳥獸逃匿. 周公相武王, 驅虎豹犀象而遠之, 天下大悅. 其或春秋時, 鄭國多盜, 取人於萑苻之澤, 子大叔除之. 漢時渤海民飢, 弄兵於潢池之中, 龔遂安之. 其他以盜賊課寄名於史傳者, 無代無之, 則逐虎豹除盜賊, 亦公卿大夫之任也. 而少千下官也, 應濟敏清開土也, 非所謂官治其職, 人憂其事, 乃無所陵者也. 其可記之以話於後乎. 又釋氏之施貴於無住相, 莊周亦云, 施於人而不忘, 非天布也, 則區區小惠, 亦宜若不足書."

答曰: "不然, 唐貞元季年夏大水, 人物蔽流而東, 若木栿然, 有僧愀焉, 援溺救沈, 致之生地者數十百, 劉夢得志之. 宋熙寧中, 陳述古知杭州, 問民之所病, 皆曰: '六井不治, 民不給於水.' 乃命僧仲文子珪辨其事, 蘇子瞻記之. 君子樂道人之善如此, 豈可以廢乎? 而又人之爲善, 自忘可也. 不有傳者, 何以勸善? 其經論所言, 不可縷敍, 至若唐僧代病, 作施食道塲, 前後八會, 通慧師載之僧傳, 至於儒書亦有之. 如禮記云: '衛公叔文子爲粥, 與國之餓者, 不亦惠乎?' 則此又不可不書者也." 少千姓李氏, 父晟, 善屬文登科, 爲左拾遺知制誥卒. 少千仕至七品官, 公事餘閒, 事佛尤謹, 今則麻衣蔬食, 自號爲居士, 勤苦其行, 爲上所知, 故有所立如此. 應濟住持日淺, 敏清繼之, 訖用有成, 可謂能矣. 其所資用, 皆出於上所賜及諸信施, 其名目具如陰記云爾. 時甲子春二月日記.(『東文選』卷64)

金后稷傳 _{49쪽}

金后稷, 智證王之曾孫. 事眞平大王, 爲伊飡, 轉兵部令. 大王頗好田獵, 后稷諫曰: "古之王者, 必一日萬機, 深思遠慮, 左右正士容受直諫, 孳孳矻矻, 不敢逸豫. 然後德政醇美, 國家可保. 今殿下, 日與狂夫獵士, 放鷹犬逐雉兔, 奔馳山野, 不能自止. 老子曰: '馳騁畋獵, 令人心狂.' 書曰: '內作色荒, 外作禽荒, 有一于此, 未或不亡.' 由是觀之, 內則蕩心, 外則亡國, 不可不省也. 殿下其念之." 王不從. 又切諫, 不見聽. 後后稷疾病將死, 謂其三子曰: "吾爲人臣, 不能匡救君惡. 恐大王遊娛不已, 以至於亡敗, 是吾所憂也. 雖死, 必思有以悟君, 須瘞吾骨於大王遊畋之路側." 子等皆從之. 他日, 王出行, 半路有遠聲, 若曰: "莫去." 王顧問: "聲何從來?" 從者告云: "彼后稷伊飡之墓也." 遂陳后稷臨死之言. 大王潸然流涕曰: "夫子忠諫, 死而不忘, 其愛我也深矣. 若終不改, 其何顔於幽明之間耶?" 遂終身不復獵.(『三國史記』卷45)

溫達傳 _{52쪽}

溫達高句麗平岡王時人也. 容貌龍鍾可笑, 中心則睟然. 家甚貧, 常乞食以養母, 破衫弊履, 往來於市井間, 時人目之爲愚溫達. 平岡王少女兒好啼, 王戲曰: "汝常啼聒我耳, 長必不得爲士大夫妻, 當歸之愚溫達." 王每言之. 及女年二八, 欲下嫁於上部高氏, 公主對曰: "大王常語, 汝必爲溫達之婦, 今何故改前言乎? 匹夫猶不欲食言, 況至尊乎? 故曰: '王者無戲言.' 今大王之命謬矣, 妾不敢祗承." 王怒曰: "汝不從我敎, 則固不得爲吾女也. 安用同居? 宜從汝所適矣."

於是, 公主以寶釧數十枚, 繫肘後, 出宮獨行, 路遇一人, 問溫達之家, 乃行至其家, 見盲老母, 近前拜, 問其子所在. 老母對曰: "吾子貧且陋, 非貴人之所可近. 今聞子之臭, 芬馥異常, 接子之手, 柔滑如綿, 必天下之貴人也. 因誰之佫以至於此乎? 惟我息不忍飢, 取楡皮於山林, 久而未還." 公主出行至山下, 見溫達負楡皮而來, 公主與之言懷. 溫達勃然曰: "此非幼女子所宜行, 必非人也, 狐鬼也, 勿迫我也." 遂行不顧. 公主獨歸宿柴門下, 明朝更入, 與母子備言之. 溫達依違未決, 其母曰: "吾息至陋, 不足爲貴人匹, 吾家至窶, 固不宜貴人居." 公主對曰: "古人言, 一斗粟猶可春, 一尺布猶可縫, 則苟爲同心, 何必富貴然後可共乎?" 乃賣金釧, 買得田宅奴婢牛馬器物, 資用完具. 初買馬, 公主語溫達曰: "愼勿買市人馬, 須擇國馬病瘦而見放者, 而後換之." 溫達如其言, 公主養飼甚勤, 馬日肥且壯.

　　高句麗常以春三月三日, 會獵樂浪之邱, 以所獲猪鹿, 祭天及山川神. 至其日, 王出獵, 群臣及五部兵士皆從. 於是, 溫達以所養之馬隨行, 其馳騁常在前, 所獲亦多, 他無若者. 王召來問姓名, 驚且異之. 時後周武帝出師, 伐遼東, 王領軍逆戰於肄山之野, 溫達爲先鋒疾鬪斬數十餘級, 諸軍承勝奮擊大克. 及論功, 無不以溫達爲第一. 王嘉歎之曰: "是吾女婿也." 備禮迎之, 賜爵爲大兄, 由此寵榮尤渥, 威權日盛. 及陽岡王卽位, 溫達奏曰: "惟新羅割我漢北之地爲郡縣, 百姓痛恨, 未嘗忘父母之國. 願大王不以臣愚不肖, 授之以兵, 一往必還吾地." 王許焉. 溫達臨行誓曰: "鷄立峴竹嶺已西, 不歸於我, 則不返也." 遂行與新羅軍戰於阿旦城之下, 爲流矢所中, 路而死. 欲葬, 柩不肯動, 公主來撫棺曰: "死生決矣, 於乎歸矣." 遂擧而窆. 大王聞之悲慟.(『三國史記』卷45)

朴堤上傳 57쪽

朴堤上〔或云毛末〕, 始祖赫居世之後, 婆娑尼師今五世孫, 祖阿道葛文王, 父勿品波珍. 堤上仕爲歃良州干. 先是實聖王元年壬寅, 與倭國講和, 倭王請以奈勿王之子未斯欣爲質. 王嘗恨奈勿王, 使己質於高句麗, 思有以釋憾於其子, 故不拒而遣之. 又十一年壬子, 高句麗亦欲得未斯欣之兄卜好爲質, 大王又遣之. 及訥祇王卽位, 思得辯士, 往迎之. 聞水酒村干伐寶靺, 一利村干仇里, 利伊村干波老三人有賢智, 召問曰:"吾弟二人, 質於倭麗二國, 多年不還, 兄弟之故, 思念不能自止, 願使生還, 若之何而可?"三人同對曰:"臣等聞良州干堤上, 剛勇而有謀, 可得以解殿下之憂."

於是徵堤上使前, 告三臣之言而請行, 堤上對曰:"臣雖愚不肖, 敢不唯命祇承?"遂以聘禮入高句麗, 語王曰:"臣聞交國之道, 誠信而已, 若交質子, 則不及五霸, 誠末世之事也. 今寡君之愛弟在此, 殆將十年, 寡君以在原之意, 永懷不已. 若大王惠然歸之, 則若九牛之落一毛, 無所損也, 而寡君之德大王也, 不可量也, 王其念之."王曰:"諾."許與同歸, 及歸國, 大王喜慰曰:"我念二弟, 如左右臂, 今只得一臂, 奈何?"堤上報曰:"臣雖奴才, 旣以身許國, 終不辱命, 然高句麗大國, 王亦賢君, 是故臣得以一言悟之. 若倭人不可以口舌諭, 當以詐謀, 可使王子歸來, 臣適彼則請以背國論, 使彼聞之."乃以死自誓, 不見妻子, 抵栗浦, 汎舟向倭. 其妻聞之, 奔至浦口, 望舟大哭曰:"好歸來."堤上回顧曰:"我將命入敵國, 爾莫作再見期."

遂徑入倭國, 若叛來者, 倭王疑之. 百濟人前入倭, 讒言新羅與高句麗謀侵王國, 倭遂遣兵, 邏戍新羅境外, 會高句麗來侵, 幷擒殺倭邏人, 倭王乃以百濟人言爲實. 又聞羅王囚未斯欣, 堤上之家人, 謂堤上實叛者, 於是出師將襲新羅, 兼差堤上與未斯欣爲將, 兼使之鄕導. 行至海中山島, 倭諸將密議, 滅新羅後, 執堤上未斯欣妻以還. 堤上知之, 與未斯欣乘舟遊, 若捉魚鴨者, 倭人見之, 以謂無心喜焉. 於是堤上勸未斯欣潛歸本國, 未斯欣曰:"僕奉將軍如父, 豈可獨歸?"堤上曰:"若二人俱發, 則恐謀不成."未斯欣抱堤上項, 泣辭而歸. 堤上獨眠室內晏起, 欲使未斯欣遠行, 諸人問:"將軍何起之晚?"答曰:"前日行舟勞困,不得凫與." 及出, 知末斯欣之逃, 遂縛堤上, 行舡追之, 適煙霧晦冥, 望不及焉.
歸堤上於王所, 則流於木島, 未幾使人以薪火燒爛支體, 然後斬之. 大王聞之
哀慟, 追贈大阿, 厚賜其家, 使末斯欣娶其堤上之第二女爲妻以報之. 初末斯欣
之來也, 命六部遠迎之, 及見握手相泣, 會兄弟置酒極娛, 王自作歌舞, 以宣其
意, 今鄕樂憂息曲是也.(『三國史記』卷45)

權適

智異山水精社記 ^{63쪽}

人之迷久矣, 喪不貸之樸, 逐無窮之欲, 終身汨沒而不能自出者, 天下皆是也.
有人焉, 視富貴如糞土, 棄功名如弊屣, 樂獨喜寂, 灰心槁形, 求解脱之道曰:
"我自度而已, 何知度人哉?" 是其自爲則善矣而未大也. 若夫憫天下之如彼, 求
所謂解脱之道, 旣自得之, 又欲與人同之, 期至於不退而後已, 不出一堂而二利
俱足, 惟大士爲然, 此水精結社所由作也.

　社主諱津億, 俗姓李氏, 父晟, 祕書監, 母全氏, 龍宮郡夫人. 八歲斷葷血,
十一出家, 投玄化寺, 慧德王師受業. 二十六擧大選優中, 學行日進, 衆所推伏.
然性不喜世事, 嘗與同門僧慧約輩嘆曰: "夫出家者, 期一解脱耳. 苟託此而爲高
名厚利, 豈本心哉?" 自爾有長往志, 乃欲結淨社於名山, 追東林西湖之風, 而
難其處. 聞智異山有廢寺曰五臺. 蓋智異爲海東巨鎭, 高深博大, 天下無匹, 而
五臺又居山之陽, 其山起伏五重, 隱隱如累臺然, 故取以爲寺號. 千峯環衛, 百
谷會同, 若有仙聖隱處乎其中, 觀者不覺目眩而心醉. 大覺國師嘗南遊至其所,
徘徊周覽曰: "此大法住處也." 師聞而勇往, 往而得所, 欲因留而除地焉. 海印

寺住持僧統翼乘, 功倍寺住持僧錄瑩碩, 大捨私財, 以助其費. 自宗室相府而下, 縉紳雅望, 禪講高流, 以至清信士女, 願入社者, 無慮三千人. 比丘曇雄至雄募集檀信, 順賢躬率工人, 操斤斧疾作.

凡爲屋八十有六間, 堂殿宇舍, 清淨整頓, 使人超然生淨土想. 首座法延安無量壽鑄像一軀, 僧統翼乘安石塔, 禪師永誠安印本藏, 凡資生務道之具, 纖悉皆備. 老有所安, 病有所養, 一會之衆, 雝雝然肅肅然, 訶非揚善, 互相激發, 晝夜苦倒, 共期西方. 其有逸人耆德, 栖身社院者, 不拘常法, 諷經念佛, 坐禪修慧, 惟意所適, 使之優遊而自得也. 凡與於入社者, 無問存亡, 刻名爲簡, 每值半月, 依占察業報經說, 出簡擲輪, 占善惡之報, 以所得善惡, 分爲兩函, 其陷惡報者, 會衆爲之代懺, 還復擲輪, 得善報乃已. 又慮其有初得善報而後墮惡報, 乃復於每年, 一擲輪以占之, 如或顚墜, 則復代懺如初, 欲與雲集之衆, 同一解脫, 限未來際, 傳無盡燈, 所謂不出一堂, 而二利俱足者也. 師乃索水精一枚, 懸無量壽像前, 以表明信, 因以名其社.

經始於大宋宣和五年癸卯七月, 至建炎三年己酉十月告畢, 設落成法會三日, 請嚴川寺首座性宣說經. 上命東南海按察副使起居舍人知制誥尹彦頤行香, 仍賜銀二百兩, 因以嘉之. 自是遠近歸心, 緇素輻湊, 道化之盛, 近世已來, 未之有也. 師以社事旣集, 與大衆謀, 請命于朝, 立爲彝則. 自今以成德居社院者, 輪爲社主, 限三數年相代, 無敢違越, 蓋持久之道也. 紹興七年丁巳, 師具狀陳請曰: "出家非難, 行道爲難, 非行道難, 能得其時斯爲難. 津億等幸値朝廷清明, 邊鄙無事, 恢洪大道之時, 得安居修淨業. 昔慧遠立社凡六百年, 而後有省常, 省常立社百四十有餘年, 而後今水精興焉, 蓋時之難得也如此. 且東林之會, 彭城劉遺民爲誓文, 西湖之會, 廣平宋白爲碑銘. 今結社之盛, 與東林西湖, 異代而同貫. 欲命儒臣, 錄其首末, 爲不朽之傳, 亦聖朝一美事也." 上可其請, 賜純金塔一座, 穀一千斛, 特降親書社碑, 爲無前光寵, 復遣中使, 奉安佛牙, 以示崇尙之意, 仍命臣適爲之記. 臣不敏, 亦嘗備數爲社客, 聞命戰慄, 無可籍口以辭, 姑識其歲月云.(『東文選』卷64)

戒膺

食堂銘 69쪽

食者, 僧所倚以修道業, 而此所由以成過咎也, 於是乎銘其堂云: 謂食以宜, 道洋銅灌口. 謂食以不宜, 乳蘗或取. 惟藥之設, 視疾之宜. 必甘必苦, 非狂卽癡. 物於其物, 物無非賊. 無物之物, 物或成德. 苟存諸中, 有無俱泯. 先覺有言, 口口作念.(『東文選』卷49)

林椿

孔方傳 72쪽

孔方, 字貫之, 其先嘗隱首陽山, 居崛穴中, 未嘗出爲世用. 始黃帝時, 稍採取之, 然性强硬, 未甚精練於世事. 帝召相工觀之, 工熟視良久曰: "山野之質, 雖磽聒不可用, 若得遊於陛下之造化爐錘間, 而刮垢磨光, 則其資質當漸露矣. 王者使人也器之, 願陛下無與頑銅同棄爾." 由是顯於世, 後避亂, 徙江湝之炭鑪步, 因家焉. 父泉周大宰, 掌邦賦.

方爲人, 圓其外方其中, 善趨時應變. 仕漢爲鴻臚卿, 時吳王濞驕僭專擅, 方與之爲利焉. 虎帝時, 海內虛耗, 府庫空竭, 上憂之, 拜方爲富民侯, 與其徒充鹽鐵丞僅, 同在朝, 僅每呼爲家兄不名. 方性貪污而少廉隅, 旣捴管財用, 好權子母輕重之法, 以爲便國者, 不必古在陶鑄之術爾. 遂與民爭錙銖之利, 低昂物價, 賤穀而重貨, 使民棄本逐末, 妨於農要. 時諫官多上疏論之, 上不聽. 方又巧事權貴, 出入其門, 招權鬻爵, 升黜在其掌, 公卿多擾節事之. 積實聚斂, 劵契如山, 不可勝數. 其接人遇物, 無問賢不肖, 雖市井人, 苟富於財者, 皆與之交通, 所謂市井交者也. 時或從閭里惡少, 以彈碁格五爲事. 然頗好然諾, 故時人爲之語曰: "得孔方一言, 重若黃金百斤."

元帝卽位, 貢禹上書以爲方久司劇務, 不達農要之本, 徒興管権之利, 蠹國害民, 公私俱困. 加以賄賂狼籍, 請謁公行. 蓋負且乘致寇至, 大易之明戒也, 請免官以懲貪鄙. 時執政者, 有以穀粱學進, 以軍資乏, 將立邊策, 疾方之事, 遂助其言. 上乃領其奏, 方遂見廢黜. 謂門人曰: "吾頃遭主上, 獨化陶鈞之上, 將以使國用足而民財阜而已. 今以微罪乃見毀棄, 其進用與廢黜, 吾無所增損矣. 幸吾餘息, 不絕如綫, 苟括囊不言, 容身而去, 以萍遊之迹, 便歸于江淮別業, 垂緡若冶溪上. 釣魚買酒, 與閩商海賈, 拍浮酒船中, 以了此生足矣. 雖千鍾之祿, 五鼎之食, 吾安肯以彼而博此哉? 然吾之術, 其久而當復興乎." 晉和嶠聞其風而悅之, 致貲巨萬, 遂愛之成癖. 故魯褒著論非之, 以矯其俗. 唯阮宣子以放達, 不喜俗物, 而與方之徒, 杖策出遊, 至酒壚, 輒取飲之. 王夷甫口未嘗言方之名, 但稱阿堵物耳, 其爲清議者所鄙如此.

唐興, 劉晏爲度支判官, 以國用不贍, 請復方術, 以便於國用, 語在食貨志. 時方沒已久, 其門徒遷散四方者, 物色求之, 起而復用. 故其術大行於開元天寶之際, 詔追爵方朝議大夫少府丞. 及炎宋神宗朝, 王安石當國, 引呂惠卿同輔政, 立青苗, 時天下始騷然大困. 蘇軾極論其弊, 欲盡斥之, 而反爲所陷, 遂貶逐, 由是朝廷之士不敢言. 司馬光入相, 奏廢其法, 薦用蘇軾, 而方之徒稍衰減而不復盛焉. 方子輪, 以輕薄獲譏於世, 後爲水衡令, 贓發見誅云.

史臣曰: "爲人臣而懷二心, 以邀大利者, 可謂忠乎? 方遭時遇主, 聚精會神, 以握手丁寧之契, 橫受不貲之寵, 當興利除害, 以報恩遇. 而助澟擅權, 乃樹私黨, 非忠臣無境外之交者也. 方沒, 其徒復用於炎宋, 阿附執政, 反陷正人. 雖脩短之理, 在於冥冥, 若元帝納貢禹之言, 一旦盡誅, 則可以滅後患也. 而止加裁抑, 使流弊於後世, 豈先事而言者, 嘗患於不見信乎?"(『西河集』卷5)

與趙亦樂書 76쪽

某頓首師友趙先生足下. 昨者與安定皇甫沉見顧病中, 哀悵惻怛, 形於辭色, 自非卓然獨見, 不以進退出處爲念者, 誰肯辱與往還哉? 僕性本曠達, 好問大道, 不樂爲世俗應用文字, 但少爲父兄所强, 未免作之, 自遭難廢而不爲者久矣. 今旣寒窘, 思其所以取仕進, 而具裘葛養孤窮者, 非此術莫可. 故出而迺取時所謂場屋之文者讀之, 工則工矣, 非有所謂甚難者, 誠類俳優者之說. 因自計曰, 如是而以爲文乎, 則雖甲乙, 可曲肱而有也. 曾不知邊爲造物小兒所困, 遂奪之志也, 此天命要不可逃.

嗟乎! 自古賢人才士, 例多窮厄矣, 而無有如僕者. 子美之流落, 韓愈之幼孤, 摯虞之飢困, 馮唐之無時, 羅隱之不第, 長卿之多病, 古人特犯其一, 而亦已爲不幸人, 僕今皆犯之, 豈不悲哉? 夫達人以窮達爲寒暑, 未嘗不任眞推分, 怡然自愛, 僕學此久矣. 故不欲以憂患細故, 介吾胸次. 且一涉世故, 懲而不再者智士也. 僕旣屢困場屋, 將自誓不復求之, 所願者時時從足下, 問易大旨, 以不忘吾聖人道耳. 謹啓.(『東文選』卷59)

足庵記 81쪽

凡亢爽奇壯之珍觀者, 天作而地藏之, 必在乎山區海陬荒邊側壤, 而有衝波急
湫隤崖落石之所壓覆, 龍蛇虺蝎虎豹之所抵觸. 故莫不贏粮戒途, 奔朝走夜,
變更寒暑, 而後得至焉. 若其不出都邑, 不畚土不輂石, 以增其高厚, 而坐得勝
槩者, 曠千祀而罕有矣. 王輪寺之西偏, 有一庵, 上人闍師者居之. 庵之制皆撓
桶曲桓, 因其天姿, 而不黝不堊, 蓋得華質之中也. 臨其上以望, 則孝豁虛明,
飛鳥之背可視矣. 重岡複嶺, 帨帶而繚繞, 荒蹊細逕, 高低而晻曖, 遊人之往來
相續者, 皆不能逃乎一几一席之內, 眞王都之佳處也. 公自南國躑虛而來, 旋于
京師, 居是庵凡二歲. 嘗喟然歎曰: "吾不幸生末法中, 宗門衰廢, 知聖道之將
夷, 而荷擔如來秘藏, 宜長揖人世, 豈逃谷隱, 以老吾生耳."

於是將振五樓之金策, 飄然獨往, 搜訪名山, 登臨諸天. 而搢紳先生之素與
公遊者, 咸樂其道, 而不欲去焉. 故未免如志, 而行不爲牽, 止不爲柅, 如閑雲
無心, 任其去留. 常斂迹庵中, 閉目燕坐, 淡泊如也. 晨昏焚頌之外, 閑而無事,
每天淸景融, 引諸賓客, 摘實于林而香可割, 擷芳于畦而美可茹, 盤有嘉餚, 樽
有旨酒, 使淸風掃階, 明月侍座, 碾春茗而香泉甘, 弄素琴而幽鳥窺. 或醉者淋
漓, 歌者激烈, 或靜觀微步, 傲睨物表, 逍遙徜徉, 以適其適. 雖所遇之樂不同,
而得於心者亦皆自足矣. 先是居斯者, 不書所作, 以貽林澗之愧久矣. 余嘗謁
公于是庵, 公欣然屬之曰: "自古秀異之境, 必遇高才以極其詞, 子其爲吾名而
記之."

余牢讓不獲, 強名之爲足庵. 公意若薄其名者而曰: "夫華榱綵楯, 藻井綺疏,
連雲煥日, 而千門洞開, 垣墻數百里者, 有長楊五柞之宮, 此室宇之宏大壯麗者
也. 驚濤怒浪, 排空無際, 閩商海賈, 飛帆鼓楫, 出入於煙雲杳靄之間者, 有洞
庭彭蠡之湖, 此景物之魁偉秀絶者也. 今以是庵爲足, 得無小乎?" 余應之曰:

"夫物無窮而身有涯, 必欲盡物而後爲足耶, 則彼舐痔而得車, 入市而攫金者,
役役至死, 而猶不知足矣. 苟虛其心委其分, 而安之若命, 則一枝滿腹, 烏往而
不足哉? 以居是庵之側僻湫隘, 纔庇風雨, 而優游逸樂乎其中, 則不待夫涼臺
燠舘之比棟連甍, 璀璨錯峙, 而足以容吾身也. 又庵之下, 有溪瀉出, 聽其聲潨
然可愛, 則不待夫三江七澤之洶湧轟磕, 驚裂地軸, 若萬軍之怒號, 而足以淸吾
耳也. 庵之前有峯環互, 望其氣蔚然可挹, 則不待夫嵩高泰華之陽崖陰壑, 晦明
變化, 有濃雲迅雷之俱發, 而足以適吾目也, 謂足者如是而已. 雖然, 有實而後
有名, 有我而後有物, 公方將遺物忘形, 而立於獨, 則自身不有, 而況於是庵乎?"
(『東文選』卷65)

浮屠可逸名字序 85쪽

人恃氣以生, 氣恃息以存焉, 隨子午順陰陽而出入, 未始有止也. 方且以聲色臭
味藥其外, 思爲智慮柴其內, 則幾何其不壅而殆哉? 故君子之於事, 無勞其神,
無暴其氣, 逸以待之而已. 古之人有靜默可以補病, 揃搣可以休老, 此勞者之事
也. 至於逸者, 則未嘗動, 安用靜? 未嘗繁且熾, 安用揃搣? 淡然無爲, 以守眞
氣, 則不爲事物之所擾也. 李氏子有去而爲浮屠者, 種性銳甚, 如新生之駒未受
控勒, 其荷法之才, 他日未易量也. 然而其求道大切, 用志大速, 吾懼其未免於
陰陽之寇, 因其求易名也, 擧是以告之曰可逸, 吾又懼其逸之過則弛也. 字之曰
法耽, 其爲學, 耽而不至於暴其氣則幾矣.(『東文選』卷83)

李仁老

題李佺海東耆老圖後 _{88쪽}

詩與畫, 妙處相資, 號爲一律. 古之人以畫爲無聲詩, 以詩爲有韻畫. 蓋模寫物象, 披割天慳, 其術固不期而相同也. 僕嘗讀杜子美飲中八仙歌, 怳然若生於天寶間, 得與八仙交臂而同遊焉. 其時畫工, 作八仙圖, 以與子美之歌, 相爲表裏, 用傳於世者, 蓋不少矣. 乃何闃然無一人傳之, 以至於今耶! 是知解衣磅礴之巧, 其不及詞人一嘯之功審矣. 今見李佺所畫海東耆老圖, 蒼顔華髮, 輕裘緩帶, 琴碁詩酒, 欠伸偃仰之態, 無不得其妙者, 雖不見標誌, 可知其人, 則足以垂名於不朽矣, 況乎太尉公作詩以增益其光價歟! 李佺崇班存夫之子, 世以畫名海東云. 謹跋. (『東文選』卷102)

太師公娛賓亭記 _{91쪽}

孔文擧嘗曰: "座上客常滿, 樽中酒不空, 吾無憂矣," 則眞天下偉人也. 然漢末天下橫潰, 蒼生嗷嗷, 望豪傑之拯己, 不啻如飢. 而融不能出一奇計, 安劉氏於累卵之餘, 徒事杯觴, 揄揚酒德, 欲以逸氣制曹公焉, 此所謂志大而才疎, 昧於趨時之變也. 韓退之上裴晉公詩云: "園林窮勝事, 鐘鼓樂淸時." 蓋晉公自平淮之後, 海內無事, 自知功高而位極, 不可以久居, 出鎭東都, 與劉白輩, 日夜縱歡於綠野堂, 是以退之作詩, 以美其知幾也.

今大師公, 厭富貴薄功名, 引年而告老, 開小軒於圓覺泉之上, 命之曰娛賓, 謂門人仁老曰: "名以制義, 義以正名. 今我命亭之意, 冀借君筆, 俾後世君子皆知之." 僕卽整冠斂衽, 膝行而前, 告于公曰: "公之始垂髫也, 常在獨立之下, 日聞寶訓, 孜孜矻矻, 目不交睫, 寓寸陰於尺璧, 比宴安於鴆毒, 雖車馬敲門, 傲然若不聽, 天下皆謂之書淫. 公於此時, 雖欲以娛賓, 得乎? 公之入誥苑也, 軍國之詔令, 元勳貴戚之爵命, 殊邦別域之羽書, 一出於手, 馳毫驟墨, 不啻若風雲之快, 硯池屢渴, 吏腕皆脫. 於是朝趍禁掖, 明星晢晢, 夜還玉堂, 金燭煌煌, 公於此時, 雖欲以娛賓, 得乎? 公之位冢宰也, 憂國如家, 用人惟己, 雖垂紳正笏, 不動聲氣, 而足以運天下於掌握之上, 使士民日入於忠厚之域, 無敢有犯禁而干紀者. 朝夕納誨, 則傅說之相殷也, 夙夜匪懈, 則山甫之佐周也, 一人注想, 萬民具瞻, 公於此時, 雖欲以娛賓, 得乎? 及乎名既遂矣, 寵已極矣, 兒孫竹立, 金紫交映, 凡人之所以汲汲求之而不得者, 無不厭飫, 悠悠身世, 汎然若長空一片浮雲. 公於此時, 何爲而不自得哉? 客至則相與登斯亭, 臨泉賦詩, 抵暮而罷, 非但自娛而已, 實與賓友相娛也, 則公之進退以時, 明哲保身, 可見於斯亭." 謹記.(『東文選』卷65)

臥陶軒記 95쪽

讀其書, 考其世, 想見其爲人, 怳然如目擊, 相與遊於語默之表, 此孟軻所謂尙友也, 誠不以古今爲阻. 昔顔子曰: "舜何人也? 予何人也? 有爲者亦若是." 且舜以匹夫, 受帝堯之禪, 五十載垂衣而理天下, 至今仰之如日月. 而顔子陋巷中一瓢之士也, 自以爲鷄鳴而起, 孜孜爲善, 卽舜之用心也, 何遠之有哉? 此雖名分不同, 而以意慕之者也. 司馬長卿, 慕藺相如之爲人, 自以爲名. 夫相如, 趙之勇將也, 完璧還趙, 而使秦人束手, 叱秦擊缶, 而令趙史亦書, 其雄姿偉膽, 凜凜猶生. 而長卿迺一介白面生耳, 豈可以得其髣髴哉? 然觀其二賦之作, 雄偉不常, 則其氣足以呑咸陽於胷中, 而視秦皇不啻如机上肉, 可知矣. 此則事業不同, 而以氣慕之者也.

夫陶潛晉人也, 僕生於相去千有餘歲之後, 語音不相聞, 形容不相接, 但於黃卷間, 時時相對, 頗熟其爲人. 然潛作詩, 不尙藻飾, 自有天然奇趣, 似枯而實腴, 似疎而實密, 詩家仰之, 若孔門之視伯夷也. 而僕呻吟至數千篇, 語多滯澁, 動有痕纇, 一不及也. 潛在郡八十日, 卽賦歸去來, 乃曰: "我不能爲五斗米折腰向鄕里小兒." 解印便去, 而僕從宦三十年, 低徊郎署, 鬚髮盡白, 尙爲齪齪樊籠中物, 二不及也. 潛高風逸迹, 爲一世所仰戴, 以刺史王弘之威名, 親邀半道, 廬山遠公之道韻, 尙呼蓮社. 而僕親交皆棄, 孑然獨處, 常終日無與語者, 三不及也. 至若少好閑靜, 懶於參尋, 高臥北窓, 淸風自至, 此則可以拍陶潛之肩矣. 是以闢所居北廡, 以爲棲遲之所, 因取山谷集中臥陶軒以名之. 或者疑之曰: "子於陶潛, 所同者無幾, 而所不可及者多矣, 猶自以比之, 宜歟?" 僕應之曰: "夫騏驥之足, 一日千里, 駑馬十駕亦至. 溪澗之水萬折而東流, 終至於海. 僕雖不及陶潛高趣之一毫, 苟慕之不已, 則亦陶潛也. 不猶愈於以意慕舜, 而以氣慕藺者乎? 李太白有詩云: '陶令日日醉, 不知五柳春. 淸風北窻下, 因謂羲皇人.' 雖於我亦云可也." 記.(『東文選』 卷65)

李奎報

春望賦 100쪽

欣麗日之方酣, 聊登高以游目. 穀雨始晴兮, 濯濯樹容之新沐. 遠水蕩漾, 麴塵浮綠. 鳩鳴拂羽, 鷽集珍木. 衆花敷兮錦幛張, 雜以靑林兮一何斑駮? 草芊兮碧滋, 牛布野兮散牧. 女執筐兮採穉, 桑擾柔枝兮手如玉. 俚歌相和, 何譜何曲? 行者坐者去者復者, 感陽熙熙, 其氣可掬. 鬱予望之止玆, 何區區而齪齪?

有若丹禁日長, 萬機多簡. 感韶光之駘蕩, 時登覽乎飛觀. 羯鼓聲高, 紅杏齊綻. 望神州之麗景, 宸歡洽兮玉觴滿, 此則春望之富貴也. 彼王孫與公子, 結豪友以尋芳. 後乘載妓, 茜袂紅裳. 隨所駐兮鋪筵, 吹瑤管兮吸玉簧. 望紅綠之如織, 擡醉眼以倘佯, 此則春望之奢華也. 有美婦人兮守空閨, 別宕子兮千里. 恨音塵之迢遞, 情搖搖其若水. 望漆鴦之雙飛, 倚雕檻而流淚, 此則春望之哀怨也. 故人遠遊兮送將行, 雨浥輕塵兮柳色青. 三疊歌闋, 別馬嘶鳴. 登崇丘兮望行色, 煙花掩苒兮蕩淸, 此則春望之別恨也. 至若征夫邈寄乎關山, 見邊草之再榮. 逐客南遷乎湘水, 望靑楓之冥冥. 莫不翹首延佇, 抱恨忡忡, 此則春望之羈離也.

吾知夫夏之望兮拘於蒸暑, 秋專蕭瑟, 冬苦凝陰, 玆三者之偏兮, 若昧變而一泥. 唯此春望, 隨物因勢. 或望而和懌, 或望而悲悵. 或望而歌, 或望而涕. 各觸類以感人兮, 紛萬端與千緒, 若隴西子者何爲哉? 醉而望也樂, 醒而望也哀. 窮而望則雲霧塞, 達而望則天日開. 可以喜則喜, 可以悲則悲. 誠能遇境沿機, 與物推移, 而不可以一揆測知者乎!(『東國李相國集』卷1)

畏賦 104쪽

有獨觀處士, 杜門端居, 常若有畏. 顧形而畏, 顧影而畏. 舉手動足, 無一不畏. 冲默先生造焉, 問其所以. 處士曰: "堪輿之內, 物孰無畏? 戴角挿牙, 翼狓足趌. 蠕蠕蠢蠢, 厥種繁熾. 慳生嗇命, 各讐非類. 鳥畏鷹於天, 魚畏獺於水. 免畏虪, 狼畏兕. 鹿脅于猵, 蛇慴于豕. 猛莫猛兮虎豹, 遇猣狋而奔避. 何玆類之孔多兮, 羌難爬縷而備記. 物固然矣, 人亦有焉. 莫尊者君, 猶畏上天. 祇栗齊肅, 夙夜以虔. 惟君惟臣, 若堂陛然. 由陛及地, 窊崇亦懸. 卑者畏高, 後者畏先. 揆尺計寸, 莫不畏旃. 胡世路之嶮巇兮, 紛理緖之倒顚. 冠苴履兮在底, 甀先鼎兮居前.

跛驢踸踔兮將白蟻共軛, 犨㹊腔䀎兮與子都同筵. 下慢而淩上, 佞近而踈賢. 鑽皮之謗日熾, 射影之毒遐纏. 矧予瑣屑之微質兮, 跡有衆之攸寘. 彼巧我拙, 我一彼千. 踏地生梗, 皆成畏途. 苟縱驅而不懼兮, 殆十步而九擠. 慄乎懼乎, 能不畏乎? 吾將介立高蹈, 背耦離徒, 遊乎壙埌之墟, 子以爲何如?"

冲默先生傲然憑几而笑曰: "僕則異於是. 上天之威, 吾不畏矣. 萬乘之貴, 吾不畏矣. 暴客攘臂, 吾不畏矣. 猛虎切齒, 吾不畏矣." 言未旣, 處士愕然起曰: "過矣, 子之不自揆也. 何談之容易哉? 於皇上帝, 降監善惡. 設或震怒, 雷霆暴作. 烈風間之, 飛沙走石. 盲海聾山, 激薄忽霍. 電刃所掣, 遺光儵爚. 劃若天裂, 剨似地拆. 擊六丁以增威, 雖周成猶褫魄. 皆失匕以罔圖, 孰倚柱而自若? 是上天之威赫赫也, 子言無畏, 何也?" 先生曰: "守正不欺, 則天不吾威, 吾何畏于玆?" 處士曰: "金床晃晃, 幄座密勿. 嚴更巡于徼道, 羽林列於雙闕. 參旗井鉞, 出警入蹕. 左憲臺兮凜鐵冠, 右執法兮秉丹筆. 肅肅詻詻, 百辟咸秩. 於是振雪霜於威怒, 馳風雷於咄叱. 一有不悋, 族赤禍溢. 是天子之威栗栗也, 子亦無畏耶?" 先生曰: "夫君尊臣卑, 勢若冠屨. 居下事上, 趨蹌中矩. 望則跽脚, 拜則頓首. 聞命益僂, 當局善守. 若此則君何威爲, 臣何畏有?" 處士曰: "若夫賁育之輩, 怒而狼顧. 一唓一咶, 風激雲騖. 白日刺人, 血流市路. 餘威未渫, 飛揚跋扈. 目欲裂兮星迸, 髮直衝兮棘竪. 足踏虎兮截皮, 手拉熊兮裂股. 小項莊之劍舞, 卑藺生之睨柱. 此刺客之強暴也, 子亦無畏耶?" 先生曰: "唾面待乾, 出胯俛就. 虛心而行乎世, 我不彼忤, 彼何自怒哉? 此亦無足畏也." 處士曰: "乳虎出穴, 擇肉舐血. 淬牙磨爪, 其聲鎗钀. 一嘯兮風生, 一矆兮電瞥. 不翼而飛, 萬里一輟. 雖馮婦之善搏, 亦神喪而氣奪. 此猛虎之咆勃也, 子其何如?" 先生曰: "有挾有設, 此不足愕也."

處士曰: "然則子之所畏, 果何物乎? 有乎無乎?" 先生曰: "僕亦安得而無乎? 僕之所畏, 不在諸物, 特關於己. 俯頷戴鼻, 中齰外哆. 一闔一闢, 維門之似. 物入由是, 聲出由是. 誠不可不有, 而亦不可不畏之地也. 銘可鑑兮金緘口, 詩可觀兮垣屬耳. 一語一默, 榮辱所自. 食其以之而烹, 伍被以之而死. 禰衡以之而敗身, 灌夫以之而棄市. 是以聖人不畏於人, 唯畏於口. 苟愼其口, 於行世乎何有? 今處士騁舌吐辭, 鋒攢屑霏. 談世路之嶮易, 議人間之是非. 誠辯則辯矣, 奇而又奇. 然口能覆身, 言出禍隨. 子以此求免於時, 亦猶擊鼓而求亡者也, 其何益於迅馳哉? 僕竊笑處士聲其畏而實無有也, 惡其禍而祇自招之." 處士聞之, 避席逡巡, 聳然作貌曰: "小子不肖, 今聞先生之敎, 曉然若披肓而見大曜也."(『東國李相國集』卷1)

自誡銘 110쪽

無曰親昵, 而漏吾微. 寵妻嬖妾兮, 同衾異意. 無謂僕御兮輕其言, 外若無骨兮, 苞蓄有地. 況吾不媟近, 不驅使者乎(『東國李相國集』卷19)

答全履之論文書 111쪽

月日某頓首履之足下, 間濶未覿, 方深渴仰, 忽蒙辱損手敎累幅, 奉翫在手, 尙未釋去. 不惟文彩之瞱然, 其論文利病, 可謂精簡激切, 直觸時病, 扶文之將墮者, 已甚善甚善. 但書中譽僕過當, 至況以李杜, 僕安敢受之? 足下以爲世之紛紛效東坡, 而未至者已不足道也. 雖詩鳴如某某輩數四君者, 皆未免效東坡, 非特盜其語, 兼攗取其意, 以自爲工. 獨吾子不襲蹈古人, 其造語皆出新意, 足以驚人耳目, 非今世人比. 以此見襃, 抗僕於九霄之上, 玆非過當之譽耶? 獨其中所謂之創造語意者, 信然矣. 然此非欲自異於古人而爲之者也, 勢有不得已而然耳. 何則? 凡效古人之體者, 必先習讀其詩, 然後效而能至也. 否則剽掠猶難, 譬之盜者先窺諜富人之家, 習熟其門戶墻籬, 然後善入其室, 奪人所有, 爲己之有, 而使人不知也. 不爾未及探囊胠篋, 必見捕捉矣, 財可奪乎?

僕自少放浪無檢, 讀書不甚精, 雖六經子史之文, 涉獵而已, 不至窮源, 況諸家章句之文哉? 旣不熟其文, 其可效其體盜其語乎? 是新語所不得已而作也. 且世之學者, 初習場屋科擧之文, 不暇事風月, 及得科第, 然後方學爲詩, 則尤嗜讀東坡詩. 故每歲牓出之後, 人人以爲今年又三十東坡出矣, 足下所謂世之紛紛者是已. 其若數四君者, 效而能至者也, 然則是亦東坡也. 如見東坡而敬之可也, 何必非哉? 東坡近世已來, 富贍豪邁, 詩之雄者也. 其文如富者之家金玉錢貝, 盈帑溢藏, 無有紀極. 雖爲寇盜者所嘗攘取而有之, 終不至於貧, 盜之何傷耶? 且孟子不及孔子, 荀楊不及孟子; 然孔子之後, 無大類孔子者, 而獨孟子效之而庶幾矣. 孟子之後, 無類孟子者, 而荀楊近之. 故後世或稱孔孟, 或稱軻雄荀孟者, 以效之而庶幾故也. 向之數四輩, 雖不得大類東坡, 亦效之而庶幾者也. 焉知後世不與東坡同稱, 而吾子何拒之甚耶?

然吾子之言, 亦豈無所蓄而輕及哉? 姑藉譽僕, 將有激於今之人耳. 昔李翶曰: "六經之詞, 創意造言, 皆不相師. 故其讀春秋也, 如未嘗有詩, 其讀詩也, 如未嘗有易, 其讀易也, 如未嘗有書. 若山有恒華, 瀆有淮濟." 夫六經者, 非欲夸徇詞華, 要其歸率, 皆談王霸論道德, 與夫政敎風俗, 興亡理亂之源者也. 其辭意宜若有相襲, 而其不同如此. 所謂今人之詩, 雖源出於毛詩, 漸復有聲病麗偶依韻次韻雙韻之制, 務爲雕刻穿鑿, 令人局束, 不得肆意, 故作之愈難矣. 就此繩檢中, 莫不欲創新意臻妙極, 而若攘取古人已道之語, 則有許底功夫耶?

請以聲律以來, 近古詩人言之, 有若唐之陳子昂, 李白, 杜甫, 李翰, 李邕, 楊, 王, 盧, 駱之輩, 莫不汪洋閎肆, 傾河淮倒瀛海, 騁其豪猛者也. 未聞有一人效前輩某人之體, 刲剝其骨髓者. 其後又有韓愈, 皇甫湜, 李翶, 李觀, 呂溫, 盧仝, 張籍, 孟郊, 劉, 柳, 元, 白之輩, 聯鑣竝轡, 馳驟一時, 高視千古, 亦未聞效陳子昂若李, 杜, 楊, 王, 而屠割其膚肉者. 至宋又有王安石, 司馬光, 歐陽脩, 蘇子美, 梅聖兪, 黃魯直, 蘇子瞻兄弟之輩, 亦無不撑雷裂月, 震耀一代, 其效韓氏, 皇甫氏乎? 效劉, 柳, 元, 白乎? 吾未見其刲剝屠割之迹也. 然各成一家, 梨橘異味, 無有不可於口者. 夫編集之漸增, 蓋欲有補於後學, 若皆相襲是杏本也, 徒耗費楮墨爲耳. 吾子所以貴新意者, 蓋此也.

然古之詩人, 雖造意特新也, 其語未不圓熟者, 蓋力讀經史百家古聖賢之說, 未嘗不熏鍊於心, 熟習於口. 及賦詠之際, 參會商酌, 左抽右取, 以相資用. 故詩與文雖不同, 其屬辭使字一也, 語豈不至圓熟耶? 僕則異於是, 旣不熟於古聖賢之說, 又恥效古詩人之體, 如有不得已及倉卒臨賦詠之際, 顧乾涸無可以備用, 則必特造新語, 故語多生澁可笑. 古之詩人, 造意不造語, 僕則兼造語意無愧矣. 由是世之詩人, 橫目而排之者衆矣. 何吾子獨過美, 若是之勤勤耶? 嗚呼, 今世之人, 眩惑滋甚, 雖盜者之物, 有可以悅目, 則第貪翫耳, 孰認而詰其所由來哉? 至百世之下, 若有人如足下者, 判別其眞贋, 則雖善盜者, 必被擒捕, 而僕之生澁之語, 反見褒美, 類足下今日之譽, 亦所未知也. 吾子之言, 久當驗焉, 不宣, 某再拜.(『東國李相國集』卷26)

四輪亭記 117쪽

承安四年, 予始畫謀, 欲立四輪亭於園上, 俄有全州之命, 未得果就. 越辛酉, 自全州入洛閑居, 方有命搆之意, 又以母病未就. 恐因此不能便就, 且失其謀畫, 遂記之云. 夫四輪亭者, 隴西子畫其謀而未就者也. 夏之日, 與客席園中, 或臥而睡, 或坐而酌, 圍碁彈琴, 惟意所適, 窮日而罷, 是閑者之樂也. 然避景就陰, 屢易其座, 故琴書枕簟, 酒壺碁局, 隨人轉徙, 或有失其手而誤墮者. 於是始設其計, 欲立四輪亭, 使童僕曳之, 趨陰而就, 則人與碁局酒壺枕席, 摠逐一亭而東西, 何憚於轉徙哉? 今雖未就, 後必爲之, 故先悉其狀.

四其輪, 作亭於其上, 亭方六尺, 二梁四柱, 以竹爲椽, 以簟蓋其上, 取其輕也. 東西各一欄, 南北亦如之, 亭方六尺, 則摠計其間凡三十有六尺也. 請圖以試之, 則縱而計之, 橫而計之, 皆六尺, 其方如碁之局者亭也. 於局之內, 又周回而量各尺, 尺而方如碁之方罫.〔罫線道間方井也.〕罫各方一尺, 則三十六罫, 乃三十有六尺也. 以此而處六人, 則二人坐於東, 人坐四罫, 各方焉縱二尺橫二尺, 摠計二人凡八尺也. 餘四罫之方者, 判而爲二, 各縱二尺, 以二尺置琴一事, 病其促短, 則跨南欄而半竪, 彈則加於膝者半焉, 以二尺置樽壺盤皿之具. 東摠十有二尺, 二人坐於西亦如之, 餘四罫之方者虛焉, 欲使往來小選者, 必由此路. 西摠十有二尺, 一人坐於北四罫之方者, 主人坐於南亦如之, 中四罫之方者, 置碁一局. 南北中摠十二尺, 西之一人小進, 而與東之一人對碁, 主人執酌, 酌以一杯, 輪相飲也. 凡肴菓之案, 各於坐隙, 隨宜置焉. 所謂六人者誰? 琴者一人, 歌者一人, 僧之能詩者一人, 碁者二人, 并主人而六也. 限人而坐, 示同志也. 其曳之也, 童僕有倦色, 則主人自下袒肩而曳之, 主人疲則客遞下而助之. 及其酒酣也, 隨所欲之而曳之, 不必以陰, 如是而侵暮, 暮則罷, 明日亦如之.

或曰: "已言亭方六尺, 則其所以計之之意, 非有難曉者, 何至詳計曲算, 以碁罫爲喩而期人之淺耶?" 曰: "天圓地方, 人所皆知, 然說陰陽者, 以蓋輿爲喩. 至於縱橫步尺, 無不摠擧者, 欲論萬物之入於方圓, 皆應形器也. 今以是亭計人而坐, 至於陬隙中邊, 無使遺漏, 皆入於用, 則非詳計曲算而何耶? 其以碁罫爲喩者, 方圖畫之初, 私自爲標, 以備不惑耳, 非款款指人也." 曰: "作亭而輪其下, 有古乎? " 曰: "取適而已, 何必古哉? 古者巢居, 不可以處, 故始立棟宇以庇風雨. 至於後世, 轉相增制, 崇板築謂之臺, 複欄檻謂之榭, 構屋於屋謂之樓, 作谽然虛敞者謂之亭, 皆臨機商酌, 取適而已. 然則因亭而輪其下, 以備轉徙, 庸有不可乎? 雖曰取適, 亦豈無謂? 下輪而上亭者, 輪以行之, 亭以停之, 時行則行, 時止則止之義也. 輪以四者, 象四時也, 亭六尺者, 像六氣也, 二梁四柱者, 貳王贊政, 柱四方之意也." 嗚呼, 亭成之後, 當邀同志者落之, 使各賦詩以記其 詳, 今取大槪, 先夸於朋友, 欲令魁首而待成耳. 辛酉五月日記.(『東國李相國集』 卷23)

雷說 122쪽

天鼓震時, 人心同畏, 故曰雷同. 予之聞雷, 始焉喪膽, 及反覆省非, 未覓所嫌, 然後稍肆體矣. 但一事有略嫌者, 予嘗讀左傳, 見華父目逆事, 未嘗不非之. 故 於行路中, 遇美色則意不欲相目, 迺低頭背面而走, 然其所以低頭背面, 是迺不 能無心者, 此獨自疑者耳. 又有一事未免人情者, 人有譽己則不得不喜, 有毁之 則不能無變色, 此雖非雷時所懼, 亦不可不戒也. 古人有暗室不欺者, 予何足以 及之?(『東文選』卷96)

蝨犬說 124쪽

客有謂予曰:"昨晚見一不逞男子, 以大棒子椎遊犬而殺者, 勢甚可哀, 不能無 痛心, 自是誓不食犬豕之肉矣." 予應之曰:"昨見有人擁熾爐捫蝨而烘者, 予不 能無痛心, 自誓不復捫蝨矣." 客憮然曰:"蝨微物也, 吾見厖然大物之死, 有可 哀者故言之, 子以此爲對, 豈欺我耶?" 予曰:"凡有血氣者, 自黔首至于牛馬猪羊 昆蟲螻蟻, 其貪生惡死之心, 未始不同, 豈大者獨惡死, 而小則不爾耶? 然則犬 與蝨之死一也, 故擧以爲之對, 豈故相欺耶? 子不信之, 盍齕爾之十指乎? 獨拇 指痛, 而餘則否乎? 在一體之中, 無大小支節, 均有血肉, 故其痛則同. 況各受氣 息者, 安有彼之惡死而此之樂乎? 子退焉, 冥心靜慮, 視蝸角如牛角, 齊斥鷃爲

大鵬, 然後吾方與之語道矣."(『東文選』卷96)

鏡說 127쪽

居士有鏡一枚, 塵埃侵蝕掩掩, 如月之翳雲, 然朝夕覽觀, 似若飾容貌者. 客見而問曰: "鏡所以鑑形, 不則君子對之, 以取其淸. 今吾子之鏡, 濛如霧如, 旣不可鑑其形, 又無所取其淸. 然吾子尙炤不已, 豈有理乎?" 居士曰: "鏡之明也, 姸者喜之, 醜者忌之, 然姸者少醜者多, 若一見, 必破碎後已, 不若爲塵所昏. 塵之昏, 寧蝕其外, 未喪其淸, 萬一遇姸者而後磨拭之, 亦未晩也. 噫, 古之對鏡, 所以取其淸, 吾之對鏡, 所以取其昏, 子何怪哉?" 客無以對.(『東國李相國集』卷21)

色喩 129쪽

世有惑於色者, 所謂色者, 紅耶白耶? 靑耶黦耶? 日月星宿, 煙霞雲務, 草木鳥獸, 皆有色也, 玆能惑乎? 曰, 非也. 曰, 金玉之美者, 衣裳之異者, 宮室棟宇之泰侈者, 錦繡羅縠之纖靡者, 皆色之尤備者也, 玆亦能惑乎? 曰, 幾乎猶未也. 夫所謂色者, 人之色也. 鬖綠膚晳, 飾以脂澤, 心挑目逆, 一笑傾國, 見之者皆迷, 遇之者皆惑. 及其嬖愛, 雖兄弟親戚莫若也. 然其嬖之也乃斥, 其愛之也乃戒. 子不聞乎? 眼之嬌者斯曰刃, 眉之曲者謂之斧, 頰之豐者毒藥也, 肥之滑者隱蠹也. 斧以伐之, 刃以觸之, 隱蠹以食之, 毒藥以苦之, 玆非害之酷者乎? 害之作敵, 其能克乎? 故曰賊. 遇賊而殂, 能復親乎? 故曰斥. 外之害旣如玆, 內[*]

---

[*] 저본에는 外(외)로 되어 있으나 문맥을 고려하여 바로잡았다.

之害又甚斯. 聞色之美, 則破家産而求之不疑, 被色之誘, 則犯虎狼而赴之勿辭, 畜好色則人猜衆妬, 著美色則功落名隳. 大則君王, 小焉卿士, 覆邦喪家, 靡不由此. 周之襃姒, 吳之西子, 陳後主之麗華, 唐玄宗之楊氏, 皆迷君眩主, 滋育禍胎. 周以之蹶, 吳以之頹, 陳唐以之崩摧. 小則綠珠之嬌態敗石崇, 孫壽之妖粧惑梁冀, 若此之類, 又何勝記? 嗚呼, 吾將搖轊扇炭, 鑄嫫母敢治之貌千千萬萬, 盡錮其姚娙之面, 然後刀矐華父之目, 而易以正直之矚, 鐵作廣平之腸, 而納之於淫奢者之腹, 則雖有蘭澤脂粉之具, 糞溷也泥土也, 雖有毛嬙西施之秀, 敦治嫫母也, 又何惑之有?(『東文選』卷107)

異相者對 **132쪽**

有相者不知何自而來, 不讀相書, 不襲相規, 以異術相之, 故謂異相者. 搢紳卿相, 男女幼長, 爭邀競往, 無不使相焉. 相富貴而肥澤者曰:“子之貌甚瘠矣, 族之賤莫子若也.” 相貧賤而癯羸者曰:“子之貌肥矣, 族之貴若子者稀矣.” 相盲者曰:“明者也.” 相捷而善走者曰:“跛躄而不能步者也.” 相婦人之色秀者曰:“或美或醜也.” 相世所謂寬而且仁者曰:“傷萬人者也.” 相時所謂酷之尤深者曰:“悅萬人之心者也.” 其所相率皆類是, 非特不能言倚伏所自, 其察容止, 皆左視也. 衆譁傳以爲詭人, 欲執而鞫, 理其僞. 予獨止之曰:“夫言有先逆而後順者, 外近而內遠者. 彼亦有眼, 豈不知肥者瘠者瞎者, 而指肥爲瘠, 指瘠爲肥, 指瞎爲明者乎? 此必相之奇者也.”

　於是沐浴灌漱, 整襟合紐, 造相者之所寓, 遂屛左右曰:“子相某人某人, 其曰某某何也?” 對曰:“夫富貴則驕傲陵慢之心滋, 罪之盈也, 天必反之, 將有糠糗不給之期, 故曰瘠也. 將儳然爲匹夫之卑, 故曰子之族賤矣. 貧賤則降志貶己, 有憂懼修省之意, 否之極焉, 泰必復矣, 肉食之兆已至, 故肥也. 將有萬石十輪之貴, 故曰子之族貴矣. 窺妖姿美色而觸之, 覿珍奇玩好以欲之, 化人爲惑, 枉人爲曲者目也. 由此而至不測之辱, 則妓非不明者乎? 唯瞎者, 淡然泊然, 無欲無觸, 全身遠辱, 過於賢覺, 故曰明者也. 夫捷則尙勇, 勇則陵衆, 其終也或爲刺客, 或爲姦首. 及廷尉繫之, 獄卒守之, 桎在足, 木貫脰, 雖欲逸走, 得乎? 故曰跛躄而不能步者也. 夫色也, 淫侈忕異者視之, 則瓊瑤之秀也. 直方淳質者視之, 則泥土之醜也. 故曰或美或醜也. 夫所謂仁人者, 其死之時, 蠢蠢蚩蚩, 思慕涕洟, 怊乎若嬰兒之失母慈, 故曰傷萬人者也. 所謂酷者, 其死也, 塗歌巷和, 羊酒相賀, 有笑而口未闔者, 有抃而手欲破者, 故曰悅萬人者也." 予瞿然起曰: "果若吾辭, 此實相之奇者也. 其言可以爲銘爲規, 豈此夫沿色隨形, 說貴則曰龜文犀角, 說惡則曰蜂目豺聲, 滯曲循常, 自聖自靈者乎?" 退而書其對.(『東文選』卷105)

狂辨 136쪽

世之人皆言居士之狂, 居士非狂也. 凡言居士之狂者, 此豈狂之尤甚者乎? 彼且聞之歟? 視之歟? 居士之狂何似乎? 裸身跣足, 其水火是軼乎? 傷齒血吻, 其沙石是齧乎? 仰而訐天呫呫乎? 俯而叱地勃勃乎? 散髮而號喝乎? 脫褌而奔突乎? 冬而不知其寒乎? 夏而不知其熱乎? 捉風乎, 捕月乎? 有此則已, 苟無焉, 何謂之狂哉? 噫, 世之人當閑處平居, 容貌言語人如也, 冠帶服飾人如也. 及一旦臨官蒞公, 手一也而上下無常, 心一也而反側不同, 倒目易聰, 質移西東, 眩亂相蒙, 不知復乎中, 卒至喪轡失軌, 僵仆顚躓然後已. 此則外能儼然, 而內實狂者也. 玆狂也不甚於向之軼水火齧沙石之類耶? 噫, 世之人, 多有此狂, 而不能救己也, 又何假笑居士之狂哉? 居士非狂也, 狂其迹而正其意者也.(『東文選』卷105)

天因

天冠山記 139쪽

通天下一氣也, 泄爲川瀆, 積成山岳, 則嶺之南濱海之地, 古烏兒縣之境, 有天冠山. 尾踏荒陬, 首漫大洋, 起伏穹隆, 距數州之壤, 其氣積之大者乎? 相傳云, 此山亦名支提山, 如華嚴經說有菩薩住處名支提山, 現有菩薩, 名曰天冠是也. 山之陽, 有累石屹立數仞者, 是西竺阿育王, 假聖師神力, 建八萬四千塔, 此其一也. 塔前斷崖之上, 有層臺斗起丈餘者, 是吾佛與迦葉宴坐處也. 按佛願記云: "我與迦葉宴坐之所, 有阿育王, 於我滅後, 起塔供養." 蓋此所也.

新羅孝昭王在宥之時, 有浮石尊者, 卜居其下, 今義湘庵也. 面勢得要, 淸秀甲天下, 開戶而下瞰, 湖山萬朶, 倂入於几案閒坐, 使人心凝形釋, 入希夷之境. 是知吾佛與迦葉宴坐于此, 眞不虛也. 後有通靈和尙, 創寺于塔之東, 今塔山寺也. 是師嘗夢, 北岬從地而湧, 所持錫杖飛過山頂, 至北岬而植焉. 於勞髣髴植杖處, 剪榛莽而創迦藍, 今天冠寺是也. 新羅神虎王, 爲太子時, 適遭天譴, 流山南莞島. 華嚴洪震師, 素善太子, 聞東宮事急, 走依是寺, 日夜精勤, 禮唱華嚴. 神衆因感, 諸神衆隨唱而應, 遍列寺南峯, 今神衆嵓是也. 自寺南而望之, 巖石尤奇, 峭然而挺立者, 幢巖也. 突然而孤懸者, 鼓巖也. 傴然如鞠躬聽受者, 側立巖也. 跪然如獅子頤伸者, 獅子巖也. 纍纍乎如供具飣餖者, 上積下積巖也. 巍巍乎中峙而獨尊者, 舍那巖也. 峨峨焉分擁而補缺者, 文殊普賢巖也. 良以華嚴大德, 所履踐處, 依正互現, 物我全眞, 則其所狀類而目之者, 非苟然也.

自天冠寺南行而上五百步, 有小庵介于崖广之下, 含九巖之精, 因號九精庵. 若住庵之人心不淨者, 神必怖之, 不得住, 若其心眞淨, 必感星月入襟懷. 或聞金鐘響巖谷, 凡修定習慧者, 必果其願. 是以南嶽法亮師, 嘗來止住, 初聞鐘聲, 次見星光, 至三七日, 得陁羅尼, 時稱慧解第一. 自庵竇緣崖而上百餘步, 有石臺盤陁者曰歡喜臺. 以登陟者, 困於危險, 憩乎此則歡喜也. 臺前林薄之間, 有古路成蹊, 尋蹊而上, 至山椒, 四望豁如也. 雲霞澄鮮, 草木韡曄, 殘山剩水, 排青螺曳白練, 如指諸掌. 自山巔南走一舍許, 有仙巖寺, 寺北巖叢, 是地仙所居之處, 殆丹崖翁黃石公之流亞也. 寺南別峯頭彌陁庵之北, 有靈石, 高大僅一尋, 手推則動如有情, 吁可駭也. 又有蒲巖在其西, 上有方井, 可深一尺, 靈泉泓澄, 四時不渴, 靑蒲數叢, 生于石罅, 如有物護焉. 自餘恢詭譎怪, 有兀者亞者窪者呀者崛起者隱伏者, 碨磊犖确, 胚渾簇縮, 千態萬狀, 奇哉異乎, 不可殫記也. 豈造物者鍾粹於此, 限以大海而莫之越逸乎?

  噫, 古之人性, 酷愛山水, 有蠟屐而上, 倒驢而還, 或信宿而忘歸, 長往而不返者, 非唯目嵯峨耳潺湲, 務快其情而已. 蓋寓意山水之間, 從仁智之樂, 將復其性而適其道也. 況在諸大士普眼境界, 華藏莊嚴, 當處現前, 百城諸友, 跬步可尋, 則雖盈縮造化, 吞吐山海, 皆其餘事也, 無足恠焉. 嚮者庚子秋七月, 予嘗遊此山, 搜訪聖迹, 塔山主公曇照, 示予古迹曰: "此草木遺落在山後民家, 偶往而得之, 歲久破爛, 文多蓋闕. 若紬繹而新之, 照示於後, 斯亦流通之一段也." 時予方赴他請, 未遑屬思, 後有湛一者, 又以此本遺予, 委在篋中久矣. 今於暇日, 偶獲檢閱, 粗記其梗槩, 以副其意, 幷其本而歸之.(『東文選』卷68)

立浮圖安骨祭文 144쪽

嗚呼, 有解者未必有行, 爲己者未必爲他, 善始者未必善終, 惟宗師備三者然後, 足以命世而起家焉. 師之自行也, 解爲目行爲足, 德與之容, 道與之飾, 毀之而不加損, 譽之而不加益, 可謂自知明而信道篤也. 師之化物也, 淸風振而甘露潤, 邪者返正, 違者亦順, 一國尊爲師, 四衆咸歸信. 其來也知機而化度大行, 其去也知時而解脫從容, 昭昭乎日月, 不足以喩其明, 巍巍乎山嶽, 不足以類其功. 可謂解行相資, 自他兼利, 而善始令終者也.

弟子自念曩昔, 何等因緣, 値我大宗師, 獲聞一大事, 承法乳之深恩, 荷法王之重寄? 慶幸之心, 有加無已. 但予天性本踈闊, 樂獨善寂, 未得晨夕侍巾錫, 奉事無斁. 中年幹善根數出遊獵, 於冬夏講次, 又未遑服膺請業, 意謂我師翁雖老矣猶健, 更四五年, 未足深憂. 曾知其如此, 豈肯一日去左右而浪遊乎? 非不知世出世間, 法住法位, 一去一住, 死此生彼, 皆全性而起, 本來自爾. 以予奉侍日淺, 大期已逼, 辜負法恩, 悔將何及? 今於本院之西, 小峯左穴, 得一頃地, 可安靈骨. 是用擇吉日督工役, 其礱錯之器, 鍊他山之石, 窾土爲窆, 累石爲塔. 有堵礙而無層級, 內圓外方, 取天地之象, 銳首豊足, 類人物之相, 增損延衰, 一依古制. 封而識之, 敬而祭之, 禮也. 所恨自力旣薄, 外緣又闕, 權唐舊庵, 以至碁月. 臨事蒼黃, 菲薄斯呈, 冀垂慈憫, 享于克誠.(『東文選』卷109)

一然

始祖東明聖帝 148쪽

始祖東明聖帝, 姓高氏諱朱蒙. 先是北扶餘王解夫婁, 避地于東扶餘. 夫婁薨金蛙嗣位, 于時得一女子於太伯山南優渤水, 問之云: "我是河伯之女名柳花, 與諸弟出遊, 有一男子, 自言帝子解慕漱, 誘我於熊神山下鴨綠邊室中, 私之而往不返.〔壇君記云: "君與西河河伯之女要親, 有産子, 名曰夫婁." 今按此記, 則解慕漱私河伯之女, 而後産朱蒙. 壇君記云: "産子名曰夫婁." 夫婁與朱蒙異母兄弟也.〕父母責我無媒而從人, 遂謫居于此." 金蛙異之, 幽閉於室中, 爲日光所照. 引身避之, 日影又逐而照之. 因而有孕, 生一卵大五升許. 王弃之與犬猪, 皆不食. 又弃之路, 牛馬避之. 弃之野, 鳥獸覆之. 王欲剖之, 而不能破, 乃還其母. 母以物裹之, 置於暖處, 有一兒破殼而出, 骨表英奇. 年甫七歲, 岐嶷異常, 自作弓矢, 百發百中. 國俗謂善射爲朱蒙, 故以名焉.

金蛙有七子, 常與朱蒙遊戲, 技能莫及. 長子帶素言於王曰: "朱蒙非人所生, 若不早圖, 恐有後患." 王不聽, 使之養馬. 朱蒙知其駿者, 減食令瘦, 駑者善養令肥. 王自乘肥, 瘦者給蒙. 王之諸子與諸臣將謀害之, 蒙母知之告曰: "國人將害汝, 以汝才畧, 何往不可? 宜速圖之." 於是蒙與烏伊等三人爲友行, 至淹水〔今未詳〕告水曰: "我是天帝子河伯孫, 今日逃遁, 追者垂及, 奈何?" 於是魚鼈成橋, 得渡而橋解, 追騎不得渡. 至卒本州〔玄菟郡之界〕遂都焉. 未遑作宮室, 但結廬於沸流水上居之, 國號高句麗, 因以高爲氏.〔本姓解也. 今自言是天帝子承日光而生, 故自以高爲氏.〕時年十二歲, 漢孝元帝建昭二年甲申歲, 即位稱王. 高麗全盛之日二十一萬五百八戶(『三國遺事』卷1)

金現感虎 151쪽

新羅俗, 每當仲春, 初八至十五日, 都人士女, 競遶興輪寺之殿塔爲福會. 元聖王代有郎君金現者, 夜深獨遶不息, 有一處女, 念佛隨遶, 相感而目送之, 遶畢, 引入屛處通焉. 女將還, 現從之, 女辭拒而强隨之. 行至西山之麓, 入一茅店, 有老嫗問女曰: "附率者何人?" 女陳其情. 嫗曰: "雖好事不如無也! 然遂事不可諫也. 且藏於密, 恐汝弟兄之惡也." 把郎而匿之奧. 小選有三虎咆哮而至, 作人語曰: "家有腥膻之氣, 療飢何幸?" 嫗與女叱曰: "爾鼻之爽乎! 何言之狂也?" 時有天唱: "爾輩嗜害物命尤多, 宜誅一以徵惡!" 三獸聞之, 皆有憂色. 女謂曰:

"三兄若能遠避而自懲, 我能代受其罰." 皆喜俛首妥尾而遁去.

女入謂郎曰: "始吾恥君子之辱臨弊族, 故辭禁爾, 今旣無隱, 敢布腹心. 且賤妾之於郎君, 雖曰非類, 得陪一夕之歡, 義重結褵之好. 三兄之惡, 天旣厭之, 一家之殃, 予欲當之. 與其死於等閑人之手, 曷若伏於郎君刃下, 以報之德乎? 妾以明日入市爲害劇, 則國人無如我何, 大王必募以重爵而捉我矣. 君其無怯, 追我乎城北林中, 吾將待之." 現曰: "人交人, 彝倫之道, 異類而交, 蓋非常也. 旣得從容, 固多天幸, 何可忍賣於伉儷之死, 僥倖一世之爵祿乎?" 女曰: "郎君無有此言. 今妾之壽夭, 蓋天命也, 亦吾願也, 郎君之慶也, 予族之福也, 國人之喜也. 一死而五利備, 其可違乎? 但爲妾創寺, 講眞詮, 資勝報, 則郎君之惠莫大焉." 遂相泣而別.

次日果有猛虎入城中, 剽甚無敢當. 元聖王聞之, 申令曰: "戡虎者爵二級." 現詣闕奏曰: "小臣能之." 乃先賜爵以激之. 現持短兵, 入林中, 虎變爲娘子, 熙怡而笑曰: "昨夜共郎君繾綣之事, 惟君無忽. 今日被爪傷者, 皆塗興輪寺醬, 聆其寺之螺鉢聲則可治." 乃取現所佩刀, 自頸而仆, 乃虎也. 現出林而託曰: "今玆虎易搏矣." 匿其由不洩, 但依諭而治之, 其瘡皆效. 今俗亦用其方. 現旣登庸, 創寺於西川邊, 號虎願寺, 常講梵網經, 以導虎之冥遊, 亦報其殺身成己之恩. 現臨卒, 深感前事之異, 乃筆成傳, 俗始聞知, 因名論虎林, 稱于今. (『三國遺事』卷5)

沖止

丹本大藏經讚疏 156쪽

道絶名貌*, 法離見聞. 然渡海渡河, 要由船筏, 凡得魚得兔, 必借筌蹄. 而況文文攄般若之光, 字字揭毗盧之印, 豈離黃卷, 別討玄機? 竊以結盡潮音, 號爲海藏. 龍樹誦傳於西竺, 法蘭馱入於中華, 雖九牛之一毛, 尙千函而萬軸. 故難雕印, 莫廣流通. 間或得而經營, 例皆失於精妙. 念玆大寶, 來自異邦. 秩簡部輕, 函未盈於二百, 紙薄字密, 冊不滿於一千. 殆非人巧所成, 似借神巧而就. 大抵或盛或衰者物之理, 有成有壞者事之常. 月散日亡, 函脫卷卷脫幅, 塵侵蠹蝕, 行缺字字缺文. 將無孑遺, 良可深痛.

弟子竊聞修舊實倍圖新. 自寅禪源, 始發誠於修緝, 洎移松社, 終竭力於繕完. 函卷之脫則印之使全, 字行之缺則書而令具. 得檀橐之金而自書其目, 受御帑之帛而使貴其衣. 盛以琅函, 安於寶藏. 雖似綴瑕而完錦, 庶同鍊石以補天. 光彩更生, 莊嚴悉備. 比及厥功之告畢, 擬憑簡事以落成. 集千指之禪流, 開九旬之海會. 發藏演經, 則手將眼應, 尋詮得旨, 則口與心同. 或專定慧而照見自心, 或勤禮念而懺除宿障. 法輪大轉, 智鏡普周. 伏願云云. 德日連佛日以齊輝, 仁風共禪風而竝扇. 金輪益固, 膺景祚於萬年, 玉葉寢昌, 播餘芳於百世.(『東文選』卷112)

---

* 저본에는 邈(막)으로 되어 있으나 문맥을 고려하여 바로잡았다.

安軸

寄題丹陽北樓詩 160쪽

飽膏粱之食者, 無適口之味, 飫咸韶之樂者, 無盈耳之音. 類此而推之, 則人之
於天下之物, 心之所樂目之所翫, 莫不皆然. 余自關東遊覽以後, 樓臺山水之美
極矣. 心自度之, 以謂自今以往, 凡四方所稱奇勝之地, 必無容目者也. 余到箕
城, 人有稱丹陽北樓之美者, 余心所度者如彼, 而未之信也. 今年夏四月, 自箕
城歸覲桑鄕, 道于丹陽, 歷訪所謂北樓者, 其奇觀勝致, 皆可貪翫, 而與關東異
者寡矣. 私怪而觀其形勢, 蓋丹陽在關東之尾而境相接也, 其山水之美溢乎關
東, 若將奔突于南, 而丹陽勒止之. 故其氣勢雄盤壯畜於斯, 而不敢過爾. 自是
以南, 雖有漏脫者, 皆支流餘裔, 而不足觀也. 彼人之未遊關東者, 以斯樓爲南
州之最, 不爲過也. 南有觀魚臺, 余之二十年前所嘗遊, 時日已久, 未遑尋訪, 登
樓顧望而不忍去也. 有鄕先生勸余留詩, 旣領其請, 因忽忽未暇就也. 厥後數
月, 未嘗一日斯樓忘也. 今六月, 又到箕城, 思欲再登斯樓而不可得, 因寄題長
句四韻詩, 樓丹陽守故李公朝隱所營也.(『東文選』卷84)

崔瀣

送鄭仲孚書狀官序 164쪽

三韓古與中國通, 文軌未嘗不同然, 其朝聘不以歲時, 故寵待有出於常夷, 蓋所
以來遠人也. 每遣人使, 必自愼簡官屬, 其帶行或至三五百人, 少亦不下於一百.

使始至中國, 遣朝官接之境上, 所經州府, 輒以天子之命致禮餼. 至郊亭, 又迎勞, 到館撫問, 除日支豐腆. 自參至辭, 錫讌內殿, 設食禮賓, 御札特賜, 茶香酒果, 衣襲器玩, 鞍馬禮物, 便蕃不絕. 而隨事皆以表若狀, 稱陪臣伸謝, 而其私覿宰執, 又多啓箚往復, 故書記之任, 非通才, 號難能. 中古國相若朴寅亮金富軾輩, 皆嘗經此任, 而爲中國所稱道者. 自臣附皇元以來, 以舅甥之好, 視同一家, 事敦情實, 禮省節文, 苟有奏稟, 一个乘傳, 直達帝所, 歲無虛月. 故使不復擇人, 恩至渥也, 獨於年節, 例以表賀, 而且有貢獻, 故國卿充其使副, 而粗如舊貫焉. 書記之名亦苟存, 而其翰墨無所責也. 是以邇年, 僥倖無恥者, 往往冒利而爭爲之, 故行人將校, 至不以淸望待之. 噫, 書記之任, 雖無時用, 而其名猶在, 豈若人所妄處, 而若輩所輕視哉?

今年四月十七日, 爲天壽聖節, 當遣使入賀, 而王親選在僚, 任蔡密直以使事. 又以書記近非其人, 命密直自擧, 乃以典儀寺直長鄭誧仲孚應焉. 仲孚於是騰裝將就道, 以予爲老友見過, 且告以行. 予語之曰: "士生用弧矢, 匏繫不食, 又非君子之志. 矧今天下一姓, 薄海內外, 梯險航深, 輻湊輦下, 而奉邦君之命, 參盛禮於明廷, 士之慶幸, 孰大於此? 昔蘇穎濱讀百氏之書, 不足激其志氣, 捨去遊京師, 觀宮闕倉廩府庫城池苑囿之大, 見歐陽公, 聽議論之宏辯, 而又見韓太尉, 願承光耀, 以盡天下之大觀而無憾也. 仲孚旣朝京闕, 其巨麗之觀, 當不讓於穎濱矣. 第未知得謁今之豪傑偉人如韓歐二公者, 有以激發而成就之乎? 他日歸來, 必有異於今日所見矣. 士別三日, 刮目相待, 豈虛言也哉? 其書記之責, 與古昔不同, 又不足爲吾仲孚道也. 雖然, 予非仲孚, 亦不能發斯言矣, 仲孚其忽諸?"(『東文選』卷84)

送張雲龍國琛西歸序 168쪽

予在少日始讀書, 蓋知有天下之廣, 則有四方之志焉. 及仕王國, 酒爲職麼, 切抱飛不越階之歎. 至治中, 濫應賓興, 觀光天子之庭, 喜或其如願. 顧因科劣, 得倅下州, 碌碌奔走, 非性所堪, 移病而免. 今玆下喬入幽, 跧伏里閭, 敻不與天朝士夫相訊, 已有十五年之久. 於戲, 士生一世, 有志不就, 齒髮日益衰, 君子之棄, 小人之歸, 能無鬱鬱於此乎? 是故, 時聞有客至自中原, 則輒往候之, 冀得餘論, 以寫平生之懷焉. 咸有偉量, 善自爲謀, 至如胷襟坦蕩, 而無苟然者, 予未得覿也.

　豫章張國琛以今年七月, 至寓王京一覽樓者數月, 予徵諸主人, 國琛終日危坐, 若無言者. 有來問以事, 則亦一一說之, 其學本吾儒, 兼通蒙古字語, 旁出入術數中. 自言嘗爲江西擧子入其選, 又爲朝貴薦, 祗勑欽宣者再. 其遊觀幾遍天下, 由都南至庾嶺, 西至華峯, 北至和林, 其間風俗異同, 皆採而有記, 名山勝境, 無不登覽. 自去年東遊, 歷遼陽抵王京, 玆又西歸. 其來也無求, 其去也亦無所戀, 卷舒自由, 翔集有所, 要之非池籠中可畜養者也. 予旣不遂四方之志, 則得四方之士而與之遊斯可矣. 愛莫從之, 情見于辭. 其辭曰: "有美斯人兮來從西, 翩然散步兮下雲階. 星月爲佩兮帶虹霓, 有美斯人兮從西來. 愛此松山兮乍徘徊, 忽然輕擧兮不可陪. 我齒方壯兮志四方, 縱觀九州兮歸故鄉, 而今身老兮願未償, 惜此美人兮我欲留. 留不肯住兮却掉頭, 獨立道周兮雙淚流."(『東文選』卷84)

東人文序 172쪽

東方遠自箕子始受封于周, 人知有中國之尊. 在昔新羅全盛時, 恒遣子弟于唐,置宿衛院以肄業焉. 故唐進士有賓貢科, 牓無闕名. 以逮神聖開國, 三韓歸一, 衣冠典禮, 寔襲新羅之舊. 傳之十六七王, 世修仁義, 益慕華風. 西朝于宋, 北事遼金, 薰陶漸漬, 人才日盛, 粲然文章, 咸有可觀者焉. 然而俗尙淳厖, 凡有家集, 多自手寫, 少以板行, 愈久愈失, 難於傳廣. 而又中葉失御武人, 變起所忽, 崐岡玉石, 遽及俱焚之戚. 爾後三四世, 雖號中興, 禮文不足, 因而繼有權臣擅國, 貧君罔民, 曠弃城居, 竄匿島嶼, 不暇相保. 國家書籍, 委諸泥塗, 無能收之. 由玆已降, 學者失其師友淵源, 又與中國絶不相通, 皆泥寡聞, 流于浮妄. 當時豈曰無秉筆者? 其視承平作者, 規模蓋不相侔矣.

幸遇天啓皇元, 列聖繼作, 天下文明, 設科取士, 已七擧矣. 德化丕冒, 文軌不異, 顧以予之踈賤, 亦嘗濫竊, 掛名金榜, 而與中原俊士, 得相接也. 間有求見東人文字者, 予直以未有成書對, 退且耻焉. 於是始有撰類書之志, 東歸十年, 未嘗忘也. 今則搜出家藏文集, 其所無者, 徧從人借, 裒會採掇, 校厥異同, 起於新羅崔孤雲, 以至忠烈王時, 凡名家者, 得詩若干首, 題曰五七. 文若干首, 題曰千百. 倂儷之文若干首, 題曰四六. 摠而題其目曰東人之文. 於戲, 是編本自得之兵塵煨燼之末, 蠹簡抄錄之餘, 未敢自謂集成之書, 然欲觀東方作文體製, 不可捨此而他求也. 又嘗語之曰: "言出乎口, 而成其文, 華人之學, 因其固有而進之, 不至多費精神, 而其高世之才, 可坐數也. 若吾東人, 言語旣有華夷之別, 天資苟非明銳, 而致力千百, 其於學也, 胡得有成乎? 尙賴一心之妙, 通乎天地四方, 無有毫末之差, 至其得意, 尙何自屈而多讓乎彼哉? 觀此書者, 先知其如是而已."(『東文選』卷84)

送奉使李中父還朝序 176쪽

翰林李中父, 奉使征東, 已事將還, 過辭予, 因語之曰: "進士取人, 本盛於唐. 長慶初, 有金雲卿者, 始以新羅賓貢, 題名杜師禮牓. 由此以至天祐終, 凡登賓貢科者, 五十有八人. 五代梁唐, 又三十有二人, 蓋除渤海十數人, 餘盡東土. 逮我高麗, 亦嘗貢士於宋, 淳化孫何牓, 有王彬崔罕, 咸平孫僅牓, 有金成績, 景祐張唐卿牓, 有康撫民. 政和中, 又親試, 權適金端等四人, 特賜上舍及第, 擧是可見東方代不乏才矣. 然所謂賓貢科者, 每自別試, 附名牓尾, 不得與諸人齒, 所除多卑冗, 或便放歸. 欽惟聖元, 一視同仁, 立賢無方, 東土故與中原俊秀竝擧, 列名金牓, 已有六人焉. 中父雖後出, 迺擢高科, 除官禁省, 施及二親, 俱霑恩命, 光捧詔書, 來使故國, 謁母高堂, 焚黃先隴, 爲存歿榮, 得志還鄉, 不獨長卿翁子夸于蜀越矣.

吾家文昌公年十二西游, 十八登咸通十五年第, 歷尉中山, 佐淮南高侍中幕, 官至侍御史內供奉, 二十八奉使歸國, 鄉人至今傳以爲美談. 當是時也, 屬於唐季, 四海兵興, 而公以羈旅孤蹤, 寄食于藩鎭, 雖授憲秩, 職非其眞. 及乎東歸, 國又大亂, 道梗不果復命. 論其平生, 可謂勞勤, 而其爲榮, 無足多者, 曷若吾中父遇世休明, 致身華近? 而且年方強壯, 志愈謙光, 其前途有未易量者, 則顯榮家國, 豈止此一時? 必見富貴苦逼, 功名滿天下, 晝錦之堂, 將大作於東韓, 未識後來視中父, 昔東人爲何如也. 復記在至治元年, 亦自猥濫, 與計而偕, 是年擧子尙未滿額, 登龍牓者, 纔四十三人. 予幸忝第二十一名, 拜蓋牟別駕, 赴官數月, 以病求免. 今玆退安里巷, 十有三年, 壯志日消, 無復飛騰之勢矣. 比見中父, 益知予之終於自棄而無成也. 慚負聖朝, 又奚言哉? 中父尙勉旃, 毋以一簀進止而虧九仞之高也. 予與中父厚, 旣美其行, 且訟予拙而勸復之云.”(『東文選』卷84)

猊山隱者傳 180쪽

隱者名夏屆, 或稱下逮, 蒼槐其氏也. 世爲龍伯國人, 本非覆姓, 至隱者, 因夷音之緩, 倂其名而易之. 隱者方孩提, 已似識天理, 及就學, 不滯於一隅, 纔得旨歸, 便無卒業, 其汎而不究也. 稍壯, 慨然有志於功名, 而世莫之許也. 是其性不善於伺候, 而又好酒, 數爵而後, 喜說人善惡. 凡從耳而入者, 口不解藏, 故不爲人所愛重, 輒擧輒斥而去. 雖親友惜其欲改, 或勸或責, 不能納. 中年頗自悔, 然人已待以非可牢籠, 未果用, 而隱者亦不復有意於斯世矣. 嘗自言吾所嘗往來者皆善人, 而其所不與者多, 欲得衆允難矣. 此其所短, 迺其所以爲長也. 晚從師子岬寺僧, 借田而耕開園曰取足, 自號猊山農隱. 其銘座右曰: "爾田爾園, 三寶重恩. 取足奚自? 愼勿可諼." 隱者素不樂浮屠, 而卒爲其佃戶, 蓋訟夙志之爽, 以自戲云.(『東文選』卷100)

李齊賢

上伯住丞相書 184쪽

月日, 熏沐齋戒, 百拜上書于丞相執事. 禹思天下有溺者, 如己溺之, 稷思天下有飢者, 如己飢之. 天下之溺與飢者, 非禹手擠之而稷遏其餔也, 何其心斷然自以爲己責而不辭哉? 天之降任於大人, 本欲使之濟斯民也. 苟視困窮無告者, 恬不爲救, 豈天之降任意耶? 此所以忘胼胝之苦, 躬稼穡之勤, 宅九土粒烝民, 左右堯舜, 而澤及萬世者也. 設有一人焉, 不幸而轉溝壑, 陷濤瀨, 禹稷而見之, 將圖其斯須之活而已耶? 吾知其必爲之計, 使之不復憂飢與溺, 然後其心安焉.

恭惟丞相執事, 光輔聖天子, 不動聲色, 措天下於泰山之安, 戴白之老, 以爲復見中統至元之理, 人之生于此時, 可謂大幸矣. 如是而有一人焉, 困窮之勢, 甚於飢溺, 執事其何以處之哉?

往歲我老瀋王遭天震怒, 措躬無所, 執事哀而憐之, 生死肉骨於雷霆之下, 得從輕典, 流有遠方, 再造之恩, 有踰父母. 然其地甚遠且僻, 語音不同, 風氣絶異, 盜賊之不虞, 飢渴之相逼, 支體羸瘠, 頭鬢盡白, 辛苦之狀, 言之可爲流涕, 執事忍視之耶? 語其親則世皇之親甥也, 語其功則先帝之功臣也, 又其祖考, 爰自太祖聖武皇帝草創之時, 慕義先服, 世著勤王之效, 其功不可忘也. 雖執迷不悟, 罪至罔加, 原其本心, 固亦無他. 竄謫以來, 已及四年, 革心改過, 亦已多矣. 伏望執事, 旣嘗力救於初, 無忘終惠於後, 敷奏黈聰, 導宣天澤, 俾還故國, 以終餘年, 其爲感激, 豈止轉溝壑者飫美食, 陷濤瀨者履坦途而已哉? 若謂時未可也, 姑徐爲之, 日延月引, 而爲賢且有力者所先, 天下之士, 將謂執事見事獨遲, 小國之人, 將謂執事爲德不竟, 竊爲執事惜之.(『東文選』卷62)

送辛員外北上序 188쪽

士之行斯世也, 其猶舟乎! 有其才爲之楫, 有其命爲之順風, 然後利有攸往矣. 有才與命, 其志之或卑, 猶之楫完風利, 而操舟者非其人, 烏能任萬斛之重, 致萬里之遠, 以濟其不通乎? 員外辛侯, 束髮讀書, 敏而好問, 揚鑣翰墨之場, 游刃簿書之藪, 可謂有其才矣. 筮仕不幾年, 歷提學代言, 遷密直僉議, 仍爲星郞東省, 可謂有其命矣. 引舊故同升諸公, 咨耆艾以諧庶政, 正色匡君主, 推誠待賓旅, 可謂有其志矣. 今以朝官被召, 騰裝而西笑, 才之奇命之達志之大, 將於是乎益見矣.

權贊善而下二十有八家, 用鄭愚谷謝宴詩, 分韻聯章, 以美其行, 屬予爲序. 予執爵而前, 請畢舟之說. 夫江河之與溟渤, 大小則殊, 舟於其中者同也. 檣而帆之, 所以進也, 纜而碇之, 所以止也. 又必有衣袽焉, 所以備漏濡者也. 王國, 江河也. 天子之邦, 溟渤也. 侯之舟, 由江河而溟渤之之也. 苟能檣其義, 帆其信, 纜其禮, 碇其智, 衣袽其敬愼廉勤, 何重之不任, 何遠之不致, 何不通之不濟乎? 昔田叔韓安國, 以梁趙之臣, 立於漢廷, 揚名當時, 流譽後世, 吾今侯焉是望矣.(『東文選』卷85)

送大禪師瑚公之定慧社詩序 191쪽

古之學禪之士, 有三上投子, 九到洞山, 往返千里, 不能自休, 蓋欲以其所得, 質諸先覺而去挺投禩然後已, 故其勤如此也. 處今之世, 配古之人, 足以無媿, 惟吾瑚公大禪師乎. 公旣登僧選, 騰聞叢林, 卽往楓岳, 精修己事, 時有西域指空師若岸然, 以菩提達磨自比, 國人奔走, 爭執弟子之禮, 公亦來造焉. 指空曰: "我燒一炷, 子便脫去. 我喝一聲, 子便却來." 答曰: "請和尙先焉. 某甲提笠子相隨." 其徒指目以爲不遜, 欲加以非禮, 公拂袖不顧而去. 遂北觀京師, 南遊江浙二廣, 四川甘肅雲代, 炎涼幾年, 靡所不至. 所見者廓然, 則所立者卓然矣, 所驗者灼然, 則所守者確然矣. 於是乎悠然而歸, 澹然而止, 向之疑者恖, 譏者服矣.

公曰: "疑而譏者, 果可謂非耶? 恖而服者, 果可謂是耶? 是與非在人, 吾不自知也." 上聞而益重之, 命主定慧之社, 諸學士以東坡身行萬里半天下, 僧卧一菴初白頭二句, 韻其字聯詩十四篇, 爲其行之贈. 公又索言於益齋居士, 俾題其端, 居士耄矣, 何能言乎? 唐文暢每從名公卿, 以求詠歌其志, 後世所傳, 唯韓柳二序而已. 司馬丞相, 又獨取韓之數語者, 以其正大也. 暢徒喜文辭者也, 公豈暢之儔乎? 諸學士各以詩詠歌之, 爲能達其志乎? 益齋之文, 爲能稱其索乎?

司馬丞相, 世固莫有也, 使有之, 益齋之文之語, 有所取乎否也? 益齋亦不自知也. 乃一笑而書之.(『東文選』卷85)

雲錦樓記 _{195쪽}

山川登臨之勝, 不必皆在僻遠之方, 王者之所都, 萬衆之所會, 固未嘗無山川也. 爭名者於朝, 爭利者於市, 雖使衡廬湖湘, 列于跬步俯仰之內, 將邂逅而莫之知有也, 何者? 逐鹿而不見山, 攫金而不見人, 察秋毫而不見輿薪, 心有所專而目不暇他及也, 其好事而有力者, 蹂關津卜田里, 規規於丘壑之遊, 自以爲高. 康樂之開道, 小民之所驚, 許氾之問舍, 豪士之所諱, 又不若不爲之爲高也. 京城之南, 有池可方百畝, 環而居者, 閭閻烟火之舍, 鱗錯而櫛比. 負戴騎步, 道其傍而往來者, 絡繹而后先, 豈知有幽奇閑廣之境, 迺在其間耶? 后至元丁丑夏, 荷花盛開, 玄福君權侯見而愛之, 直池之東, 購地起樓, 倍尋以爲崇, 參丈以爲袤, 不礎而楹取不朽, 不瓦而茨取不漏. 桶不斲不豐而不撓, 堊不饌不華而不陋. 大約如是, 而一池之荷, 盡包而有之. 於是請其大人吉昌公與兄弟姻婭, 觴于其上, 怡怡愉愉, 竟日忘歸, 子有能大書者, 使之書雲錦二字, 揭爲樓名.

余試往觀之, 紅香綠影, 浩無畔岸, 狼藉風露, 搖曳烟波, 可謂名不虛得者矣. 不寧惟是, 龍山諸峯, 攢靑抹綠, 輻湊簷下, 晦明旦夕, 每各異狀. 而嚮之閭閻烟火之舍, 其面勢曲折, 可坐而數. 負戴騎步之往來者, 馳者休者顧者招者, 遇朋儔而立語者, 値尊長而趨拜者, 亦皆莫能遁形, 而望之可樂也. 在彼則徒見有池, 不知有樓, 又安知樓之有人? 信乎登臨之勝, 不必在僻遠, 而朝市之心目邂逅而莫之知有也. 抑亦天作地藏, 不輕示於人耶? 侯腰萬戶之符, 席外戚之勢, 齒不及古人強仕之年, 宜於富貴利祿, 寢酣而夢醉, 乃能樂乎仁知之所樂, 不見驚于民, 不見諱于士, 而奄有幽奇閑曠之境於市朝心目之所不及, 樂其親以及於賓, 樂其身以及於人, 是可尙也已. 益齋居士某記.(『東文選』卷69)

重修開國律寺記 199쪽

龔惟我太祖旣一三韓, 有利家邦, 事無不擧, 謂釋氏可以贊理道化暴逆, 不氓其徒, 俾闡其敎. 凡立塔廟, 必相夫山川陰陽逆順之勢, 要有以損益壓勝者, 然後爲之, 非如梁氏畏慕罪福, 求媚于佛也. 都城東南隅, 其門曰保定, 其路自楊廣全羅慶尙江陵四道, 而來都城者, 與夫都城之之四道者, 憧憧然罔晝夜不息也. 有川焉, 城中之水, 澗溪溝澮, 近遠細大, 咸會而東. 每夏秋之交, 雨潦旣集, 則崩奔汪濊, 若三軍之行, 吁可畏也. 有山焉, 根乎鵠峯, 邐迤而來, 若頰而起, 若驚而止, 猶龍虎之變動, 而氣勢之雄也. 世號斯地爲三鉗, 豈以是哉?

　淸泰十八年, 太祖用術家之言, 作寺其間, 以處方袍之學律乘者, 名之曰開國寺. 時征役甫定, 萬事草創, 募卒伍爲工徒, 破戈楯充結構, 所以示偃兵息民之意也. 火于壬辰, 莫爲重新, 僧寮佛宇, 無以風雨, 戒壇墟矣, 講肆蕪矣, 日月以損, 幾至於無矣. 然而物不可以恒痗, 得時而榮, 道不可以終否, 待人而興. 故我南山宗師木軒丘公, 以辨才義解, 賜號定慧妙圓慈行大師, 惟振起頹綱是任. 一日, 集衆而告曰: "吾儕寓跡王土, 不桑不稼, 衣足以禦寒暑, 食足以度朝暮, 吾君之賜, 吾相之施, 亦已至矣. 今國家非曩日之比, 必欲使例舊修吾廬, 難矣. 且夫藩缺而責補於隣, 非義也, 田蕪而望耘於人, 非智也." 衆聞而喩其意, 扼腕從臾, 牒宗門諸刹, 科徵役徒, 夷窊崇刌菑翳, 繩墨曲直, 筵几寬狹, 棟而梲之, 塈而艧之. 峙峻殿于上方, 引脩廡于兩傍, 樓兩廡之端而軒焉, 廊兩樓之間而門焉. 其西則學徒之舍, 監師之堂, 曰廚曰庫, 各有攸位, 約而周, 儉而固, 酌旣往計可久, 增損而適宜者也. 自至理癸亥, 迄泰定乙丑, 三秋而畢功, 作慶會以落

410

厥成, 見聞者莫不嘆賞焉. 於是其徒之老[*], 圖所以不朽, 踵余門求記甚勤.

余惟近世浮圖之流, 有所經爲, 必假勢於權豪之家, 毒民病國, 徒務亟成, 而不知種福爲斂怨也. 木軒大師則不然, 言發于誠, 衆樂爲用, 不縻國秋毫之財, 不藉民食頃之力, 其所樹立如是, 是可書也. 而玆寺之始創, 太祖蓋欲以利乎家邦, 非如梁氏之爲者, 亦不可使來者不察, 故粗敍梗槩云. 若夫律乘之爲道, 其抑非趣善, 猶堯舜之政, 而有咎繇之刑期于無刑而已. 微辭奧義, 則余未嘗學, 不敢强爲言.(『東文選』卷69)

白華禪院政堂樓記 204쪽

默^{**}菴坦師, 作精舍于龍宮郡之天德山, 有二樓, 西曰觀空, 其徒之老, 號雲叟者記之. 東曰政堂, 以政堂韓宰相嘗南遊登其上, 故名之. 政堂之歸, 師屬以索文於予, 爲樓之榮. 已而師繼至, 予相見問焉曰: "菩提達磨, 以造塔起寺, 爲有爲之福, 而獨照常知, 爲眞功德, 雖以天子之尊, 不見容而不恤也. 師師達磨, 顧乃勞心土木, 以壯屋室^{***}, 托名達官, 以侈游觀, 其亦有說乎?"

師曰: "今夫有人, 將適千里, 怠而莫有率之, 半塗而不進, 昧而莫有導之, 由徑而不達. 吾觀擧今世吾徒, 所以學道, 得古人糟粕之餘, 居然自肆, 醺酣聲利, 不幾乎半塗之怠者歟? 或凍餒山林, 刻志修悟, 欵啓聽瑩, 靡所取正, 不幾乎由逕之昧者歟? 吾爲是發憤結社, 庶幾糾合吾徒, 捨聲利之醺酣, 免山林之凍餒, 率其怠導其昧, 則於吾師所謂獨照常知之理, 必有默契而懸解者焉. 吾將以大吾師之道也, 非故爲有爲之福也. 若夫暉老之於裵相國, 滿公之於白少傅, 唱酬

---

[*] 저본에는 來(래)로 되어 있으나 『익재난고』에 근거하여 수정했다.

^{**} 저본에는 然(연)으로 되어 있으나 『익재난고』에 근거하여 수정했다.

^{***} 室(실) 자는 저본에는 없으나 『익재난고』에 근거하여 보충했다.

問答, 叢林傳爲盛事, 曷嘗避嫌於達官哉? 吾樓之名, 得自韓公, 世有古今, 其致
一也." 余旣聞而謝之, 書其語爲記. 其山川之勝, 面勢之宜, 經始落成之歲月,
雲叟曳言之, 此不復云.(『東文選』卷69)

李穀

原水旱 208쪽

水旱果天數乎? 果人事乎? 堯湯未免, 天數也, 休咎有徵, 人事也. 古之人修人
事以應天數, 故有九七年之厄而民不病, 後之人委天數而廢人事, 故一二年之
災, 而民已轉于溝壑矣. 國家非惟省歲月日, 且有儲備, 人事可謂修矣. 自去年
之水旱而民甚病, 多方救療之, 不得其要, 何哉?

嘗聞之父老, 曰移民移粟, 食飢飮渴, 僅足以紆目前之急. 若欲因其已然之
迹, 而防其未然之患, 盍亦究其原? 夫民之寄命者有司, 凡有利害, 必赴而訴之,
若子於父母. 然父母之於子, 祛其害而已, 豈計其利己乎? 今之有司則不然, 設
二人爭訟, 甲若有錢, 乙便無理, 其民安得不死冤? 其氣安得不傷和乎? 此所由
召水旱也.

監有司曰監司, 凡有貪廉, 卽按而誅賞之. 監監司曰監察, 凡有賢否, 卽察而
黜陟之. 今皆不然, 間有志古者, 反不見容於時. 蓋今日之監司, 卽前日監察, 今
日之監察, 卽前日有司, 相扳援, 相蔽覆, 故如此. 苟使今之民, 一見古之有司,
今之有司, 一見古之監司, 今之監司, 一見古之監察, 則吾赤子庶免溝壑矣. 然
則天數也人事也, 其要去貪而已. 如欲去貪, 則有成憲具在, 擧而行之, 在乎宰
天下者耳, 作原水旱.(『東文選』卷105)

借馬說 211쪽

余家貧無馬, 或借而乘之, 得駑且瘦者, 事雖急, 不敢加策, 兢兢然若將蹶躓, 值溝塹則下, 故鮮有悔. 得蹄高耳銳駿且駛者, 陽陽然肆志, 着鞭縱靶, 平視陵谷, 甚可快也, 然或未免危墜之患. 噫, 人情之移易一至此邪? 借物以備一朝之用, 尙猶如此, 況其眞有者乎? 然人之所有, 孰爲不借者? 君借力於民以尊富, 臣借勢於君以寵貴, 子之於父, 婦之於夫, 婢僕之於主, 其所借亦深且多, 率以爲己有, 而終莫之省, 豈非惑也? 苟或須臾之頃, 還其所借, 則萬邦之君爲獨夫, 百乘之家爲孤臣, 況微者邪? 孟子曰: "久假而不歸, 烏知其非有也?" 余於此有感焉, 作借馬說, 以廣其意云.(『東文選』卷96)

市肆說 213쪽

商賈所聚, 貿易有無, 謂之市肆. 始予來都, 入委巷, 見冶容誨淫者, 隨其妍媸, 高下其直, 公然爲之, 不小羞恥, 是曰女肆, 知風俗之不美也. 又入官府, 見舞文弄法者, 隨其重輕, 高下其直, 公然受之, 不小疑懼, 是曰吏肆, 知刑政之不理也. 于今又見人肆焉, 自去年水旱民無食, 强者爲盜賊, 弱者皆流離, 無所於餬口. 父母鬻兒, 夫鬻其婦, 主鬻其奴, 列於市, 賤其估, 曾犬豕之不如, 然而有司不之問. 嗚呼, 前二肆, 其情可憎, 不可不痛懲之也. 後一肆, 其情可矜, 亦不可不早去之也. 苟三肆之不罷, 予知其不美不理者將不止於此也.(『東文選』卷96)

師說 215쪽

師之說多矣, 然其道不一, 而其位不同者, 亦不可不知也. 以道而言, 有聖人賢人愚人之師焉, 以位而言, 有天子諸侯卿士庶人之師焉. 其事則德義也術藝也句讀也, 自天子至於庶人, 未有不資其師而成其名者也. 天子諸侯卿士庶人, 其位雖不同, 聖人賢人愚人, 其道雖不一, 而所以磨礪其事業, 變化其氣質者, 未嘗不係其師, 而德義術藝句讀之敎則一也. 訓之句讀以習其文, 傳之術藝以適其用, 傳之德義以正其心, 師之爲師, 亦勤矣哉.

姑以庶人之師言之, 必將喩以孝悌忠信, 使之親其親死其長, 至於巫醫樂師百工之技, 其數雖小, 亦不專心致志則不能矣. 爲之師者, 威之可也, 扑之可也, 委而去之可也. 如不得敎之之道, 則強者必梗, 弱者必怠, 遷業而廢事, 辱父母, 惡鄕黨, 姦宄竊發, 而獄訟繁興. 等而上之卿大夫士, 其爲害也, 必倍於是矣. 又等而上之諸侯, 以至于天子, 其道愈大而其任愈重, 其位愈高而其責愈深矣. 夫天子諸侯, 生于富貴, 長于逸豫, 志滿而勢尊, 奴視士夫, 而其外傅之嚴, 未若左右之狎. 或效聲色狗馬, 或獻珍奇異味, 盲聾其耳目, 淫蠱其心志, 而戕賊其德義者, 輻湊而不已, 應接之不暇. 其裒衣博帶, 難進易退之士, 而與佞倖便嬖, 搖尾乞憐之人, 較親疎爭得失, 戞戞乎其難矣. 古之爲敎者, 雖天子諸侯之子, 必使之入學, 日與端人正士, 游居息食, 薰陶德性, 知上齒貴德之義, 而無溺冠鍼罿之事, 故師道可行也. 雖然, 凡爲人師, 必先正己, 未有己不正而能正人者也.

潭陽田正夫, 同年士也. 今王之入宿衛也, 實從之. 時王爲世子, 而正夫以句讀進, 今旣正王位, 而猶春秋甚富, 實古之就外傅之時. 其句讀之訓, 術藝之敎, 德義之傳, 尤不可偏廢也. 比之庶人, 比之卿大夫士, 尤不可不重也. 期至于聖若賢, 尤不可不勉也. 上有天子, 下有卿士庶人, 尤不可不愼也, 爲之師不亦勤矣哉. 正夫其必先正其己, 而正王心, 毋爲聲色狗馬珍奇異味之所先, 毋爲佞倖便嬖之所奪, 斯可已. 是其道大故任重, 德高故責深, 豈若庶人之師, 而威之扑之委而去之乎? 豈直卿士之師而其害倍於庶人而已乎? 孟子曰: "惟大人, 格君心之非. 一正君而國定矣." 大人者, 蓋師嚴道尊之謂也. 正夫之從王而之國也, 責予贈言, 予爲師說而終之以孟子之言, 正夫以爲如何?(『東文選』卷96)

臣說送李府令歸國 219쪽

傳曰: "爲臣不易." 可不愼之哉? 雖得之君, 不得之民, 爵祿之豊則有之, 不能不取怨於民矣. 雖譽於今, 不譽於後, 功業之多則有之, 不能不取譏於後矣. 古之爲臣者, 寧不得於君, 不敢取怨於民, 爵祿非所急也. 寧不譽於今, 不敢取譏於後, 功業非所計也. 其取怨取譏, 而惟爵祿功業是急是計, 已非爲臣之道. 況其所謂爵祿未可必豊, 功業未可必多者乎?

　大凡言臣之目, 有重臣權臣者, 有忠臣直臣姦臣邪臣者焉. 其重臣者予知之, 如主少國危, 衆志未定, 或變生倉卒, 事涉虞疑, 而能魁然確然, 持一節主大義, 不以死生禍福爲一身慮, 人賴以安, 事得以濟. 古之人有行之者, 伊周平勃是也. 若權臣則倚勢以成其私, 挾主以市其恩, 陰倒其柄而貪制之, 人雖怨憤而不敢言, 亦能鎭一時之安危, 其與重臣迹似而心不同. 然其利害之間, 霄壤不侔矣, 是以先儒嘗論之. 且其爲忠臣, 國耳忘家, 公耳忘私, 主憂身辱, 主辱身死, 奮不自顧, 惟義之從. 古之人有爲之者, 漢之紀信, 晉之嵇紹是也. 姦臣反是, 巧言令色, 陰謀詭計, 欺慢其君, 愚弄其民, 利入於己, 怨歸於上, 卒有緩急, 君先身後, 從而擠之, 又下石焉. 其不手刃者才一間耳, 必不脫董狐之筆矣. 何謂直臣? 君有過則强諫之, 事有闕則昌言之, 惟恐其君陷於不義, 惟慮其民死於無辜, 謇謇諤諤, 斃而後已. 龍逢比干, 當爲稱首. 邪臣則不然, 不遵大道, 不由正路, 千蹊萬徑, 曲邀橫結, 吮癰舐痔, 無所不爲, 禍亂作而危亡隨之, 其佞倖貪淫者, 皆姦邪之流也. 苟非人君明聽廣納, 愛而知惡, 憎而知美, 則未必不以忠直爲姦邪, 姦邪爲忠直者矣. 昔唐德宗曰: "人言盧杞姦邪, 朕但覺其嫵媚耳." 故曰:"此其所以爲姦邪也." 古今國家治亂, 民生休感, 察於斯而已矣.

嗟乎, 人才如此其不齊也, 一否一泰一進一退如此其不一也, 亦係其人君所尙爲如何耳. 故管仲霸齊, 鄭公興唐, 勃鞮之功, 可贖其罪, 裴矩之佞, 卒化爲忠, 玆非所尙之然歟? 予每讀書, 未嘗不慨然於此也. 永州李君予友也, 質樸無華, 夷險不易, 雖不敢自比重臣之目, 亦自許不在忠臣之下. 其視姦邪之所爲, 不啻若狗彘然. 惟其不遇, 是以歷仕三王而不得展其所蘊也. 今新嗣王將之國, 旣戒其行矣, 上選於從臣, 命李君先驅, 諭國人所以更張之意, 而慰來蘇之望. 凡與君游者皆賦詩, 請予題其端. 予作臣說以勖之, 且問之曰:"吾民引領新君, 拭目新政, 若飢渴之待食飲, 其吾子將務豊其爵祿歟? 務多其功業歟? 所望吾子者, 不在此而在彼, 可不愼之哉?"(『東文選』卷96)

代言官請罷取童女書 225쪽

云云, 竊聞古之聖王其治天下也, 一視而同仁. 雖人力所至, 文軌必同, 而其風土所宜, 人情所尙, 則不必變之, 以爲四方荒徼, 風俗各異, 苟使同之中國, 則情不順而勢不行也. 情不順勢不行而善治之, 雖堯舜不能矣. 昔我世祖皇帝臨御天下, 務得人心, 尤於遠方殊俗, 隨其習而順治之. 故普天率土, 歡欣皷舞, 重譯來王, 惟恐或後, 堯舜之治, 蔑以加也. 高麗本在海外, 別作一國, 苟非中國有聖人, 邈然不與相通. 以唐太宗之威德, 再擧伐之, 無功而還. 國朝肇興, 首先臣服, 著勳王室, 世祖皇帝釐降公主, 仍賜詔書奬諭曰:"衣冠典禮, 無墜祖風." 故其俗至于今不變.

方今天下, 有君臣有民社, 惟三韓而已. 爲高麗計者, 當欽承明詔, 率祖攸行, 脩明政教, 朝聘以時, 與國咸休可也. 而乃使其婦寺之流, 根據中國, 寔繁有徒, 怙恩恃寵, 反撓本國. 至有冐于內旨, 爭馳傳遽, 歲取童女, 絡繹輦來. 夫其

416

取人之女以媚于上, 爲己之利, 此雖高麗自取之也, 旣稱有旨, 豈不爲國朝之累乎? 古昔帝王, 發一號施一令, 天下顒顒, 望其德澤, 故稱詔旨曰德音. 今屢降特旨, 奪人室女, 甚爲不可.

夫人之生子, 鞠之育之, 將以望其反哺也. 無尊卑之別, 華夷之間, 其爲天性一也. 抑彼風俗, 寧使男異居, 女則不出, 若爲秦之贅壻然, 凡致養于父母者, 有女之尸焉. 故其生女也, 恩斯勤斯, 日夜望其長能有以奉養, 而一旦奪之懷抱之中, 送之四千里外, 足一出門, 終身不返, 其爲情何如也? 今高麗婦女在后妃之列, 配王侯之貴, 而公卿大臣, 多出於高麗外甥者, 此其本國王族及閥閲豪富之家特蒙詔旨, 或情願自來, 且有媒聘之禮焉, 固非常事, 而好利者援以爲例. 凡今使其國者, 皆欲妻妾, 非但取童女而已. 夫使于四方, 將以宣布上恩, 詢咨民隱. 詩不云乎? "周爰咨詢, 周爰咨諏." 今乃使于外國, 貨色是黷, 不可不禁也. 側聞高麗之人生女者卽祕之, 惟慮不密, 雖比隣不得見, 每有使臣至自中國, 便失色相顧曰: "胡爲乎來哉? 非取童女者耶? 非取妻妾者耶?" 已而軍吏四出, 家搜戶探, 若或匿之, 則係累其隣里, 縛束其親族, 鞭槌困苦, 見而後已. 一遇使臣, 國中騷然, 雖雞犬不得寧焉.

及其聚而選之, 姸醜不同, 或啖其使臣而飽其欲, 雖美而舍之, 舍之而它求, 每取一女, 閲數百家, 惟使臣之爲聽, 莫或敢違, 何者? 稱有旨也. 如此者歲再焉, 或一焉間歲焉, 其數多者至四五十: 旣在其選, 則父母宗族相聚哭泣, 日夜聲不絶, 及送于國門, 牽衣頓仆, 攔道呼號, 悲慟憤懣, 有投井而死者, 有自縊者, 有憂愁絶倒者, 有血泣喪明者, 如此之類, 不可殫紀. 其取爲妻妾者, 雖不若此, 逆其情取其怨, 則無不同也.

書曰: "匹夫匹婦不獲自盡, 民主罔與成厥功." 恭惟國朝德化所及, 萬物咸遂, 高麗之人獨有何罪而受此苦乎? 昔東海有冤婦, 三年大旱, 今高麗有幾冤婦乎? 比年其國水旱相仍, 民之飢殍者甚衆, 豈其怨嘆能傷和氣乎? 今以堂堂天朝,豈不足於後庭, 而必取之外國乎? 雖承恩於朝夕, 猶懷父母鄕黨, 人之至情也. 而乃置之宮掖, 愆期虛老, 時或出之而歸之寺人, 終無孕者十之五六, 其怨氣傷和又何如也? 事有小弊而爲國之利者, 容或爲之, 然不若無弊之爲愈也. 況無益於國家, 取怨於遠人, 而其爲弊不小者哉? 伏望渙發德音, 敢有冒干內旨, 上瀆聖聽, 下爲己利而取童女者, 及使于其國而取妻妾者, 明示條禁, 絶其後望, 以彰聖朝同仁之化, 以慰外國慕義之心, 消怨致和, 萬物育焉, 不勝幸甚.(『東文選』卷62)

義財記 231쪽

牛峯李敬父問於余曰: "朋友與兄弟孰親?" 曰: "兄弟親." "然則世之人皆急於朋友而緩於兄弟, 何也?" 曰: "此從欲之害而好利之弊也. 請爲君言之可乎? 蓋孩提愛親, 及長敬兄, 擴而充之, 由內及外者, 天性之眞而人道之常也. 且如粟米魚肉麻縷絲絮, 衣食之常也. 苟或從欲好異, 必求難繼之物非常之味, 以適於口腹, 以便於身體, 不惟不適不便, 將不勝其害矣. 人於兄弟, 曰惟其常, 流於褻慢, 而不務於愛敬, 甚者猜嫌忿鬩, 而無所不至. 至於它人, 或勢利以相咶, 貨財以相通, 酒食以相歡, 親愛之篤, 結託之固, 而亦無所不至. 雖然, 旣曰勢利矣, 勢利之竭, 則其相咶者適足以相害耳, 貨財酒食之細, 曷足道耶? 此從欲之害而好利之弊者也.

人之倫有五而聖人序之, 其目曰君臣, 曰父子, 曰夫婦兄弟, 而朋友居其終. 朋友比四者, 其勢若後, 而其用實先. 蓋責善輔仁, 而能致乎人倫之懿者, 皆朋友之力也. 然其本末固有秩然而不可易者, 此常棣之詩所由作也. 其首章曰: '常棣之華, 鄂不韡韡. 凡今之人, 莫如兄弟.' 至於三章曰: '脊令在原, 兄弟急難. 每有良朋, 況也永嘆.' 五章曰: '喪亂旣平, 旣安且寧. 雖有兄弟, 不如友生.' 自古兄

弟朋友之間, 其理不過如此, 詳味此詩, 則聖人之意可見矣. 君謹愼好學, 其於
人倫輕重親疎之分, 講之熟矣. 今之言蓋有爲而發之耳."

李君嘆曰: "然, 吾有親兄弟遠兄弟二十餘人而與之游, 切切焉怡怡焉. 而又
今各出錢若干, 命之曰義財, 歲更二人而迭主之, 月取其息, 以備慶吊迎餞之用.
苟有羨餘, 將以爲救恤賙贐之資, 俾子孫守之此法而勿失焉, 蓋慕范文正公義
田之遺意也. 其與世之援路人爲兄弟, 視同氣如仇讎者, 則有間矣, 子爲我記
之." 余樂其言之合理而有激于世俗, 而有動于余心者, 乃作義財之記, 而其兄
弟年齒名氏, 具錄于左.(『東文選』卷70)

釋疑 235쪽

人之疑己以所無, 必明之可也. 然或有不必者, 蓋急則其疑益甚, 緩之然後自有
可解之理焉. 有女奴爲其主乳兒者, 旣而有身, 旣免而覺, 其主母怒, 將撻而鞠
之曰: "凡乳法, 絶諱男子, 爲其懷孕而妨於所乳也, 汝罪一. 自汝乳兒, 足不令出
閾, 日夜抱負在室, 敢爾納人, 汝罪二." 女奴恐, 且作曖昧語, 則指其主夫, 主母
默不復言. 時主夫方游燕, 半歲而歸, 聞其言曰: "噫, 吾於美者尙不近, 況汝乎?
雖然, 吾豈與汝辨者?" 其後女奴亦不自首, 主母疑終不釋, 而主夫自若也.

予聞而釋之曰: "縱使女奴自首, 予知主母之疑不可卽釋, 宜主夫之自若也.
直不疑之償同舍亡金, 豈逆料其誤持者出, 而己得以明之耶? 其意蓋曰: '人之
疑我者, 以素行不能取信於人也. 吾非不知憤憤其心, 譊譊其口, 訟之官府, 質
之神明, 期於必明而後已. 吾寧外受虛名而內修實德, 積而發之而人皆心服焉,
則雖眞爲盜, 而今日之美, 足以蓋前日之惡, 況其所無者乎?' 此古人貴於自反
也. 苟自反而信之, 天地鬼神將信之, 吾於人何慮之爲? 然就所無中有不必明
者, 又有難明之者. 若樀婦翁, 審其無妻則可知矣. 若曾參殺人, 知其非眞曾參

則可明矣. 聞之而易疑, 疑之而難辨, 辨之而愈文者, 惟姦盜爲然. 作律者尤嚴其條, 凡耳聞之而心疑之者禁不問, 然其疑之在人心者, 非法令所可遏, 則不若不明之爲愈也. 故不疑敢爲之, 若眞爲然者, 又幸其誤持者之歸. 於是金主自恨疑之之失, 無地以措身, 無面目以視人, 而不疑長者之譽, 藹一時而溢於簡冊, 主夫之自信蓋近之. 余又因惡其女奴之覥自免而嫁惡於主夫也, 此足爲爲人下者之戒耳. 夫婢妾之於主, 子之於父母, 臣之於君, 其義一也.

聞之蘇秦曰: '客有遠爲吏而其妻私人者, 其夫將來, 私者憂之.' 其妻曰: '勿憂, 吾已作藥酒待之.' 居三日而其夫果至, 妻使妾擧而進之, 妾欲言之, 則恐其逐主母也, 欲勿言乎, 則恐其殺主夫也. 於是乎佯僵而棄酒, 主夫怒, 笞其妾五十; 此所謂以忠信得罪於上者也. 今此女奴, 以詐免罪, 又欲構釁於主父母. 嗚呼, 小人之心, 眞可畏哉."主夫, 三韓名家, 號陽坡先生者, 與余善, 今之同在都下也. 語次及其事, 一莞之餘, 作釋疑, 因引季子之言, 以爲爲人下者之規.(『東文選』卷107)

白文寶

栗亭說 240쪽

尹相君初卜宅於坤岡之陽, 宅東西, 栗林稠密, 因構屋曰栗亭. 今又少西而新購宅, 栗林愈蕃焉. 城居罕植栗, 尹公購宅, 則惟栗是取, 嘗謂余曰: "春則枝疏, 相映於花卉, 夏則葉密, 可憩乎其陰, 秋則實美, 足充乎吾口, 冬則房墜, 通燒乎吾堗, 吾是用取栗焉." 余曰: "火就燥, 水流濕, 同氣相求, 理固必然. 蓋其所尙, 則物我之無間, 有不得不然者, 何也? 天地之間, 草木之生, 均是一氣. 然其根苗花實, 有難易先後之不一, 獨是栗最後於萬物之生, 栽甚難長, 而長則易壯, 葉甚遲發, 而發則易蔭, 花甚晚開, 而開則易盛, 實甚後結, 而結則易收, 蓋其爲物, 有虧盈謙益之理矣."

尹公與予同年登科, 年已三十有餘, 而踰四十始霑一命, 人皆以爲晩, 而公就仕尤謹. 及知遇於先君之大用, 一日九遷, 登顯仕, 作司命, 不待矯揉而蔚乎其達矣. 其所立者先難, 而其所就者後易, 蓋有同於是栗之花實, 余請以理喩. 夫草木之句土, 其萌深而其折遲, 折則芽, 芽而枝, 必成乎幹矣. 水泉之盈科, 其出漸而其流止, 止則滙, 滙而淵, 必達乎海矣. 故其遲必將以速也, 其止必將以達也, 則虧可以盈, 謙可以益者, 亦何異哉? 可格其一物而質焉, 亦足以觀. 人之所尙, 則火燥水濕, 物我之無間者, 不得不然矣. 然則公之榮達, 則栗之生長, 而栗之收藏, 則公之卷舒. 其長也, 有輔世之道焉, 其藏也, 有養生之用焉. 余於是亭, 故表其理而爲之說.(『東文選』卷96)

李達衷

愛惡箴 244쪽

有非子造無是翁曰: "日有群議人物者, 人有人翁者, 人有不人翁者. 翁何或人於人, 或不人於人乎?" 翁聞而解之曰: "人人吾, 吾不喜, 人不人吾, 吾不懼. 不如其人人吾, 而其不人不人吾. 吾且未知人吾之人何人也, 不人吾之人何人也. 人而人吾, 則可喜也, 不人而不人吾, 則亦可喜也. 人而不人吾, 則可懼也, 不人而人吾, 則亦可懼也. 喜與懼, 當審其人吾不人吾之人之人不人如何耳. 故曰: '惟仁人, 爲能愛人能惡人.' 其人吾之人, 仁人乎? 不人吾之人, 仁人乎?" 有非子笑而退,無是翁因作箴以自警, 箴曰: "子都之姣, 疇不爲美? 易牙所調, 疇不爲旨? 好惡紛然, 盍求諸己?"(『東文選』卷49)

李穡

判三司事崔公畫像贊 248쪽

洪武十二年夏四月乙丑, 中官傳旨, 若曰: "判三司事崔瑩, 事我先考, 竭力奮義, 扞我外侮, 克至于今日休, 予甚嘉之. 今其麾下, 圖鴻山破陣之狀, 將垂示無窮, 汝穡其贊之." 臣穡竊惟國家之用文武臣也, 腹心以養元氣, 爪牙以禦外侮, 而天下之人, 隨時安危而注意焉. 至於出將入相, 朝廷倚之爲重, 邊鄙賴之以寧, 奸猾畏威而摧伏, 寇盜聞風而退縮, 求之今日, 判三司尤其傑然者也.

　判三司事, 卽尙書令, 自庚寅年以來, 禦寇海隅, 敵愾河南, 定難興王, 驅儈北鄙, 大小戰八十七次, 批亢*擣虛, 遇險出奇. 而年過六十, 氣益不衰, 非天錫勇智, 何以至此? 三司之先世, 以文章佐我王國, 位宰相, 司貢擧, 歷歷可數. 而三司公獨用兵略, 當艱難多故之日, 立雄偉不常之功, 往往橫槊賦詩, 氣蓋一世. 又以先考視黃金如土塊之訓, 銘之于心, 故其淸白之操, 老而益堅, 三司公, 文武忠孝可謂兼之矣. 洪惟聖上殿下邈追先志, 崇德報功, 激礪精明剛毅之氣, 以濟否運, 以迓大平, 宜三司公之首膺光寵, 如此其至也, 猗歟休哉. 臣穡不知手之舞之, 足之蹈之, 長言之, 其詞曰: "有烈威聲, 惟剛惟明. 海盜震怖, 國之干城. 土豪屛縮, 民之司平. 受封開府, 惟仕之臕. 惟公之心, 心于乃父. 惟氷之淸,

---

* 저본에는 元(원)으로 되어 있으나 『목은고(牧隱稿)』에 근거하여 수정했다.

422

惟檗之苦. 峨峨鴻山, 鼓勇陣間. 英姿颯爽, 氣振區寰. 圖形惟肖, 以聳瞻觀. 惟古有語, 德輶鮮舉. 舉之惟公, 非公誰歟? 庶幾康強, 在我王所."(『東文選』卷51)

息牧叟讚 252쪽

息牧, 不知所出. 中庵云: "牛, 人畜也. 牧之則遂其天, 不牧則斃焉耳. 故曰: '今有人受人之牛羊而爲之牧之者, 則必求牧與芻矣. 求牧與芻而不得, 則反諸其人乎? 抑亦立而視其死歟?' 吾師牟尼出現於世, 視衆生猶牛焉. 衆生爲無明所主, 奔馳六道, 猶風馬牛也. 吾師多方便, 馴之於正識, 使其飽而肥腯, 終其身而無患. 以是而觀, 則吾師, 牧者也, 衆生, 牛也. 衆生之情識有高下, 地位有淺深, 於是取牛之色以區別焉. 惡一也, 善一也, 故牛也有純黑焉, 有純白焉. 或偏於善, 或偏於惡, 故牛也有半白半黑焉. 衆生之品有四, 而吾師以十力牧之. 牛雖無知, 不得不從於牧者, 衆生雖無知, 不得不從於吾師. 此圖之所以明諭夫五濁, 而吾之取以自號也. 子幸爲我作讚焉, 吾當朝夕觀之以自儆."

予曰: "予未之前聞也, 然其理明, 其譬甚近. 中國聖人繼天立極, 司徒之職, 典樂之官, 敎人以中和之德, 救其氣質之偏者, 粲然如日星. 而猶世變風移, 敝華邪麗, 驕淫矜誇, 是何也? 聖人不繼作故也, 牟尼之出亦罕矣, 牛之不馴于牧也, 何足責焉? 中庵, 日本人也, 號息牧, 則絶學無爲閑道人矣, 予甚慕焉, 予甚敬焉." 迺作讚曰: "彼何人斯? 蓑笠于牧. 麾之以肱, 牛耳濈濈. 旣馴以升, 豐草平麓. 大平風月, 童子短笛."(『東文選』卷51)

寄贈柳思菴詩卷序 256쪽

君子有終身之樂, 一朝之樂, 不足以爲我樂也. 無適無莫, 動靜俯仰, 怍與愧不少萌, 則所謂我者, 湛乎其中存焉. 死生壽夭, 天也, 吉凶榮辱, 人也, 皆非我也. 而我以爲喜懼則情勝矣, 情勝不已, 天始滅矣. 如是而曰我有終身之樂, 吾不信也. 爵之所以貴我也, 祿之所以富我也, 富我者, 必能窮我, 貴我者, 必能賤我, 而我不敢不聽命焉, 以其在彼而不在我也. 是以素非我有而一旦加乎我, 雖窮貴極富, 而我不以爲喜也, 喜且不可, 況以爲終身可樂乎? 所謂可樂者, 吾自知之爾. 父不得予之子, 夫不得奮諸婦, 夫天下之至親而至密者, 莫如父子夫婦, 而猶且不得而相予相奪, 其必有所以然者矣. 不徒知之, 又踐之必, 外患於是乎絶矣, 思菴先生蓋近之.

居京師十一年, 同列推其行高, 與國政十四年, 同朝服其量弘, 由布衣位台鼎, 亦可謂盛矣. 然而無一毫自得之意形於言動, 視其居處, 視其服食, 視其所與游, 盡一世之號爲富貴者, 視其貌則猶布衣時, 其不以一朝之樂爲可樂者歟? 十數年間, 巍然赫然, 能保其終者蓋寡, 先生從容進退, 不以軒冕在亡爲榮辱. 昔也居廟堂, 樂其道之行, 今也在田里, 樂其身之全, 身全道亦全矣. 追惟前日, 如行雲流水, 已無蹤迹, 獨其愛君之心與吾終身之樂, 不可須臾之相離也. 可離, 豈吾所謂可樂者哉? 成均司藝康子野, 先生之門人也, 將求詩諸公間, 而爲考槃之助, 以予深知先生, 屬以紋, 余故略言其大槪. 周不云乎? 逃空虛者, 聞人足音跫然而喜, 矧吾文乎? 其必擊節而歎曰: "相知之不可無於世也如此夫." (『東文選』卷86)

農桑輯要後序 260쪽

高麗俗拙且仁, 薄於理生産, 農之家一仰於天. 故水旱輒爲菑, 自奉甚約, 無問貴賤老幼, 不過蔬菜鱐脯而已. 重秔稻而輕黍稷, 麻枲多而絲絮少, 故其人中枵然而外不充, 望之若病而新起者, 十之八九也. 至於喪祭, 素而不肉, 燕會則槌牛殺馬, 取足野物. 夫人旣有耳目口鼻之體, 則聲色臭味之欲生焉, 輕煖之便於身, 肥甘之適於口, 欲嬴餘而惡匱乏, 五方之人, 其性則均也, 高麗豈獨若是之異哉? 豐不至侈, 儉不至陋, 本之仁義, 爲之度數者, 聖人之中制, 而人事之所以爲美也. 五鷄二*彘之畜, 於人而無所用則不忍, 牛馬之代人力有功甚大則忍之, 田驅之勞, 或殘支體殞性命則敢爲, 芻豢之取諸牢則不敢. 其不識輕重, 害義壞制, 失其本心如此, 又豈民之罪哉? 予竊悲之, 蓋制民產, 興王道, 予之志也, 而竟莫能行, 奈之何哉?

奉善大夫知陝州事姜著走書於予曰:"農桑輯要, 杏村李侍中授之外甥判事禹確, 著又從禹得之. 凡衣食之所以足, 貨財之所由豐, 種蒔孶息之所由周備者, 莫不門分類聚, 縷析燭照, 實理生之良法也. 吾將刻諸州理, 以廣其傳. 患其字大帙重, 艱於致遠, 已用小楷謄書, 而按廉金公湊又以布若干相其費矣, 請志卷末." 予於是書也, 蓋嘗玩而味之矣. 憫吾俗, 慮之非不深, 立于朝非一日, 不一建白刊行, 是吾之過也. 雖然, 姜君之志, 同於予者, 於此可知也. 制民產, 興王道, 其事又不止此, 姜君亦嘗講之乎? 如欲必行, 當自闢異端始, 不然, 吾俗無由變, 此書所載, 亦爲徒文矣, 姜君尙勉旃.(『東文選』卷87)

益齋先生亂藁序 264쪽

元有天下, 四海旣一, 三光五嶽之氣, 渾淪磅礴, 動盪發越, 無中華邊遠之異. 故有命世之才雜出乎其間, 沈浸醲郁, 攬結粹精, 敷爲文章, 以賁飾一代之理, 可謂盛矣. 高麗益齋先生生是時, 年未冠, 文已有名當世, 大爲忠宣王器重, 從居輦轂下, 朝之大儒搢紳先生若牧菴姚公, 閻公子靜, 趙公子昂, 元公復初, 張

---

* 저본에는 一(일)로 되어 있으나 『목은고』에 근거하여 수정했다.

公養浩, 咸游王門. 先生皆得與之交際, 視易聽新, 摩厲變化, 固已極其正大高明之學. 而又奉使川蜀, 從王吳會, 往返萬餘里. 山河之壯, 風俗之異, 古聖賢之遺跡, 凡所爲閎博絕特之觀, 旣已包括而無餘, 則其疏蕩奇氣, 殆不在子長下矣. 使先生登名王官, 掌帝制優游臺閣, 則功業成就, 決不讓向之數君子者. 歛而東歸, 相五朝, 四爲冢宰, 東民則幸矣, 其如斯文何?

雖然, 東人仰之如泰山, 學文之士, 去其麤陋而稍爾雅, 皆先生化之也. 古之人雖不登名王官, 而化各行於其國, 餘風振於後世, 如叔向子産, 何可少哉? 佐天子號令天下, 人孰不慕之? 而名之傳否, 有不在彼而在此, 尙何恨哉? 先生著述甚多, 嘗曰: "先東菴尙未有文集行於世, 況少子乎?" 故於詩文, 旋作旋棄, 人輒藏之. 季子大府少卿彰路, 長孫內書舍人寶林, 相與裒集爲若干卷, 謀所以壽之梓, 命予序. 余曰: "先生所撰國史, 尙不免散逸于兵, 矧片言隻字爲人笥篋者, 煨燼何疑? 則若干卷, 不可不亟刊行也, 二君其勉之." 嗚呼, 余豈知言者哉? 仍父子爲門生, 不敢讓, 姑志所見云.(『東文選』卷86)

南谷記 268쪽

龍駒之東有南谷, 吾同年李先生居之. 或問: "先生隱乎?" 予曰: "非隱也." 曰: "仕乎?" 曰: "非仕也." 或者疑之甚, 又問: "非仕非隱則何居?" 予曰: "吾聞隱者不獨隱其身, 又必名之隱, 不獨隱其名, 又必心之隱. 此無他, 畏人知而不使人知也. 仕者則反是, 身必立朝廷之上, 而軒裳圭組以華之, 名必聞海宇之內, 而文章道德以實之, 則其心之所存, 形于政事, 被于歌詩, 而灼于四方矣. 心可隱乎哉? 予以是知南谷非隱之地也. 今先生居南谷, 有田有廬, 冠婚賓祭之取足, 無心於勢利也久矣, 然非以隱自居也. 故歲至京都, 訪舊故縱飲談笑往來途中, 羸僮瘦馬, 豎鞭吟詩, 而白髯如雪, 紅頰浮光, 使善畫者傳其神, 未必讓三峯蓮葉圖矣.

南谷, 山可採水可釣, 足以無求於世而自足也, 而山明水綠, 境幽人寂, 舉目悠
然. 雖曰神游八極之表, 亦不爲過矣, 宜先生有以自樂於是也. 予之衰病久矣,
每欲歸去來而未果也, 有田而近於海, 有廬而薄於田, 思得兩全而終吾身, 予之
望也, 而豈可易而致之哉? 先生之爲正言也, 僕忝諫大夫, 同言事忤宰相諸公,
皆外遷, 獨穡也叨蒙異擢, 至今令人愧赧. 先生屢斥屢起, 位纔至三品, 然遺愛
存於民心, 華聞孚於物望, 永之李氏, 罕有儷美焉, 是必鳴騶入南谷矣, 異日立
大策, 決大議, 上贊南面之化, 如諸葛公起於南陽, 可必也, 抑未可必也, 皆天
也."先生名釋之, 先稼亭公門生及第也, 嘗與予同中辛巳進士科云. 丁巳臘八
日記.(『東文選』卷72)

流沙亭記 272쪽

流沙, 禹貢所載, 聲敎所被者也, 然以名亭, 則吾莫得而知之矣. 古之人, 扁其游
燕居息之地, 固有託之名山水, 或揭大美大惡, 寓勸戒意, 或就其先代鄕里, 以
志不忘本. 若遼絶之域, 卑惡之鄕, 中國人物之所不出, 舟車之所不至, 如流沙
者, 人且厭道而羞稱之, 矧肯大書特書, 載之戶牖間哉? 予知吾兄措意必有出
人者矣. 天下之大, 聖人之化, 與之無窮, 此猶外也. 人身之小, 天下之大, 與之
相同, 此其內也. 自其外者觀之, 東極扶桑, 西極崑崙, 北不毛, 南不雪, 聖人
之化, 漸之被之曁之也. 然混一常少, 而分裂常多, 固不能不慨然於予心焉. 自
其內者觀之, 筋骸之束, 情性之微, 而心處其中, 包括宇宙, 酬酢事物, 威武不
能離, 智力不能沮, 巍然我一人也, 則雖潛伏幽蟄於一偏之極, 而其胸次度量,
則聖化所被, 四方之遠, 無得而外之也, 兄之志其亦若是乎? 予嘗有志四方之
游, 今已倦矣. 辛丑冬, 避兵而東, 始得至寧海府, 是吾外家, 而吾兄居之. 寧海

東臨大海, 與日本爲隣, 實吾東國之極東也. 今吾幸得至一隅, 以極其極, 他可及也, 矧流沙相對之地哉? 擧酒其上, 就索爲記, 欣然書之, 至正壬寅.(『東文選』卷72)

記碁 275쪽

先正於他藝, 一不留意, 獨於碁粗得其妙, 而當世之能者或見推焉, 然家不留其具也. 予始孤, 自都下還, 鬱邑廢業, 旣練, 整書秩, 因得碁子視之. 其一海介, 質白文黃, 其一石, 而玉潤且黑, 磨礱精巧, 團團如星, 可謂儒有席上珍矣. 然其子僅二百, 以波淘石充之始足. 一日, 孫君見訪曰: "此吾得之釋戒弘者, 令先大夫綵侍之日, 吾兒起所進者也." 因取而枚數之曰: "始者三百六十裕如也, 今存者何其若是之少乎?" 余觀其意, 似不能不慨然於其懷. 予乃紬繹而思之, 雖蕞爾小物, 亦必有數存乎其間, 君子不可不知也. 泝流而求之, 自弘而上, 成之者誰歟? 傳之者又誰歟? 自弘而孫, 自孫而李, 其亡失者已半之半, 不知過此以往, 傳之何人乎? 漸以散逸而頓失於何人之手乎? 抑不知吾儒者用之乎? 或爲膏粱豪俠之所戲謔者乎? 慨念古今, 細思物理, 能不潸然乎? 圓動方靜之機, 贏形猛勢之論, 不暇及也. 謹記之曰: 白子百四十; 黑子百單九, 因書二通, 一以與孫君, 使知其碁之所寓. 一以自藏, 志其碁之所自來, 且冀其無或失墜云.(『東文選』卷72)

鄭樞

圓齋銘 279쪽

無形子以其生於無形, 故西原鄭公權氏自號之也. 扁其居曰圓齋, 或贊之曰: "天以形圓, 故其旋也生物不息, 日以形圓, 故其行也成歲不窮, 圓之義大矣哉." 無形子笑曰: "君將以諛我耶! 夫物生於無形而梏於形, 梏於形則難乎變, 難乎變則理有缺矣. 予則主乎無形而尙其變者也. 故所謂圓, 無滯無缺之爲貴也. 君之言形也, 奚足尙哉? 雖然, 有是形則有是理, 若分而二之, 必也捨形而求其理, 則烏得爲圓也? 旣君之言, 足以起予, 宜乎以是而銘諸座側也." 乃爲銘, 銘曰: "器之觚也, 易爲缺兮. 轂之周也, 何所弗達兮? 苟予學圓兮, 不滯於一隅, 夫何險之足虞兮."(『東文選』卷49)

鄭夢周

惕若齋銘 282쪽

惟天之行, 日九萬程. 須臾有間, 物便不生. 逝者如斯, 袞袞無已. 一念作病, 血脉中否. 君子畏之, 夕惕乾乾. 積力之極, 對越在天.(『東文選』卷49)

祭金得培文 284쪽

嗚呼皇天, 此何人哉? 蓋聞福善禍淫者天也, 賞善罰惡者人也. 天人雖殊, 其理則一. 古人有言曰: "天定勝人, 人衆勝天." 亦何理也? 往者紅寇闌入, 乘輿播越, 國家之命, 危如懸綫. 惟公首倡大義, 遠近嚮應, 身出萬死之計, 克復三韓之業, 凡今之人, 食於斯寢於斯, 伊誰之功歟? 雖有其罪, 以功掩之可也. 罪重於功, 必使歸服其罪, 然後誅之可也. 奈何汗馬未乾, 凱歌未罷, 遂使泰山之功, 轉爲鋒刃之血歟? 此吾所以泣血而問於天者也. 吾知其忠魂壯魄, 千秋萬歲, 必飮泣於九泉之下. 嗚呼命也, 如之何如之何?(『東文選』卷109)

李存吾

論辛旽疏 287쪽

臣等伏値三月十八日於殿內設文殊會, 領都僉議辛旽不坐宰臣之列, 敢與殿下並坐, 間不數尺, 國人驚駭, 罔不洶洶. 夫禮所以辨上下, 定民志也, 苟無禮焉, 何以爲君臣, 何以爲父子, 何以爲國家乎? 聖人制禮, 嚴上下之分, 謀深而慮遠也. 竊見旽過蒙上恩, 專國政而有無君之心, 當初領都僉議判監察命下之日, 法當朝服進謝, 而半月不出, 及進闕庭, 膝不少屈, 常騎馬出入紅門, 與殿下並據胡床. 在其家, 宰相拜床下, 皆坐待之, 雖崔沆金仁俊林衍之所爲, 亦未有如此者也. 昔爲沙門, 當置之度外, 不必責其無禮, 今爲宰相, 名位已定, 而敢失禮毁常若此, 原究其由, 必托以師傅之名. 然兪升旦高王之師, 鄭可臣德陵之傅, 臣等未聞彼二人者敢若此也. 李資謙, 仁王之外祖, 仁王謙讓, 欲以祖孫之禮相見, 畏公論而不敢, 蓋君臣之分素定故也. 是禮也, 自有君臣以來, 亘萬古而不易, 非旽與殿下之所得私也. 旽是何人, 敢自尊若此乎?

洪範曰: "惟辟作福, 惟辟作威, 惟辟玉食. 臣而有作福作威玉食, 必害于家而凶于國, 人用側頗僻, 民用僭忒." 是謂臣而僭上之權, 則有位者皆不安其分, 而小民化之, 亦踰越其常也. 忳作福作威, 又與殿下抗禮, 是國有兩君也. 陵僭之至, 驕慢成習, 則有位者不安其分, 小民踰越其常, 可不畏哉? 宋司馬光曰: "紀綱不立, 奸雄生心." 然則禮不可不嚴, 習不可不慎, 若殿下必敬此人而民無災害, 則髠其頭緇其服削其官, 置之寺院而敬之. 必用此人而國家平康, 則裁抑其權, 嚴上下之禮, 以使之民志定矣, 國難紓矣.

且殿下以忳爲賢, 自忳用事以來, 陰陽失時, 冬月而雷, 黃霧四塞, 彌旬日黑, 子夜赤祲, 天狗墮地, 木冰太甚, 淸明之後, 雨雹寒風, 乾文屢變, 山禽野獸, 白日飛走於城中. 忳之論道爕理功臣之號, 果合於天地祖宗之意乎? 臣等職在諫院, 惜殿下相非其人, 將取笑於四方, 見譏於萬世, 故不得嘿嘿, 庶免不言之責, 旣以言矣, 敬聽所裁.(『東文選』卷52)

息影庵

劍說 293쪽

中丘先生, 遺道者劍, 道者甚寶之, 日則把玩手不釋, 至夜輒置于寢處. 夜將艾, 有一士儒顔武服, 來自外, 入門不趨, 見道者不拜. 道者曰: "士來, 奚以敎道者?" 士曰: "士之氏名莊周, 周頗善劍. 昨見趙文王, 試敎劍, 王以周之劍爲無敵天下, 遂牽周上殿, 賜飮食之. 今又聞道者喜劍, 故以劍見道者." 道者曰: "士奚劍?" 曰: "周以三劍, 謂天子劍, 諸侯劍, 庶人劍." 其辭云云, 道者曰: "止. 士之劍, 皆劍之末也, 抑有別乎? 止是乎?" 三問不對, 愀然有間曰: "敢請道者奚劍?" 曰: "道者有劍, 如士之劍之數而又加一焉, 皆劍之本也. 嗚呼, 旣其末, 未旣其本, 安所謂善劍者乎?"士乃拜, 三拜起立, 曲腰磬折, 稱弟子啓曰:"弟子願承教, 何名四劍?"曰:"四劍者, 如來劍一也, 菩薩劍一也, 祖師劍一也, 道者劍四也."

曰:"如來劍何如?"曰:"如來劍者, 以千百億毗提訶爲鋒, 千百億剡浮提爲鍔, 千百億欎單越爲鐔, 千百億瞿耶尼爲鋏, 千百億蘇彌盧爲鐔. 大時分不能包, 大空量不能裹, 大塩海不能遠, 大鐵山不能帶. 制之以淸淨法性土, 論之以圓滿智報土, 開之以差別應化土. 持之以一體, 行之以十力, 直之無前, 擧之無上, 按之無下, 運之無旁. 此劍一用, 上窮實際, 下嚴幻柱, 柱法界不動矣, 此如來劍也."菩薩劍何如?"曰:"菩薩劍者, 以勇猛心爲鋒, 銳利心爲鍔, 正直心爲鐔, 安忍心爲鋏, 堅固心爲鐔. 包以三無數劫, 裹以五十五位, 遠以大三昧海, 帶以大功德山. 制以四智, 論以四辯, 開以六度, 持以大願, 行以大行. 直之亦無前, 擧之亦無上, 按之亦無下, 運之亦無旁. 此劍一用, 上取二果, 下斬二愚, 距佛地不遠矣, 此菩薩劍也."祖師劍何如?"曰:"祖師劍者, 無鋒而進, 無鍔而斷, 無鐔而倚, 無鋏而固, 無鐔而植, 無敢有包者裹者遠者帶者. 制莫制, 持莫持, 論莫論, 開莫開, 行莫行. 欲直不可直, 欲按不可按, 欲擧不可擧, 欲運不可運. 此劍一用, 如來側目, 菩薩削跡, 隻立寶宇, 無與當者, 此祖師劍也."道者劍何如?"曰:"道者劍者, 握起劍云, 卽此是已, 鐵刃銀裝, 三寅所鑄鋄, 二曜九星, 以文其鋏鏤, 二龍以飾其口, 赤木之把, 靑絲之緱, 長不越一尺, 闊不盈一寸."

言未卒, 士躍然問曰:"與吾庶人劍, 何別?"曰:"士果庸人也, 惡乎知乎? 庶人劍, 末之末, 道者劍, 本之本. 其分不趐霄壤, 姑聽之. 此劍時大時小時柔時剛, 如來用之, 如來劍, 菩薩用之, 菩薩劍, 祖師用之, 祖師劍, 天子與諸侯與至庶人用之, 皆其劍也, 而不離乎道者一用, 死却天下人, 由己也, 活却天下人, 亦由己也, 士信乎末?"以劍劃一劃, 士瞿然自失, 瞿然返走, 追之, 栩栩然胡蝶也.(『東文選』卷97)

432

月燈寺竹樓竹記 298쪽

華山月燈寺西南隅, 有竹樓, 樓西阿, 有竹數千竿挺立, 環寺後林林如也. 主老大禪侯, 嘗酷愛之. 一日會客樓上, 主老指竹而謂客曰: "二三子盍各言竹之美?" 或對曰: "竹之筍, 食物之嘉也. 方其芽苗然出, 節縮而促, 笨肥而充. 於是乎斧斫之刀宰之, 銅鼎以烹熬, 鑪竈以燔炮, 香甘脆旨, 吻膏腹腴, 薄牢夌體節之膳, 蔑狸互膻腥之饗, 崇朝而畀之, 亦不獲厭, 竹之味然也." 或對曰: "竹剛不剛柔不柔, 適人之用, 故卷而製之, 爲籔簏爲笐箱, 纖而緯之, 爲箔籬于戶, 笈而織之, 爲筵拵于堂, 劈而剟之, 爲衣竹. 與食簞與酒籮與飯牛之筥, 飲馬之筦. 筐筥筬籚之屬, 皆竹之出, 竹之材然也." 或對曰: "竹之籬也, 群立伍列, 角少長齒後先, 始而笭笭焉, 頃而簜簜焉, 迨夫玳瑁之箬旣盡, 琅玕之筋旣脩, 粉銷玉廋, 素節森嚴, 翠煙不散, 泠風自産, 篷篷而吟, 筩筩而蔭, 夕影弄月, 寒姿戴雪, 賞之尤也. 自春徂臘, 日以哦咏, 可以排悶, 可以驅興, 竹之致然也." 或對曰: "竹之高千丈曰籌, 圍數常曰笧, 文其頭曰箸, 黑其質曰箘, 有箹曰笆, 有毛曰籤. 邛之節, 蘄之笛, 江漢之簹, 巴渝之桃, 荔浦之笆, 沅湘之斑, 篔簹箟箖之類, 名與狀隨土而不一焉. 然其海凍而不凋, 金流而不焦, 蒼然翁然, 四時不變換者同也. 故聖人尚焉, 君子傚焉, 不以土以時而易其志, 竹之操然也."

息影庵曰: "夫以味以材以致以操而愛之竹, 玆謂得其粗, 遺其精者也. 則見玆竹生而便秀, 知先悟之機頓進也, 見玆竹老而益勁, 知後修之力漸增也, 以竹之虛其中, 觀乎空性, 以竹之貞其外, 譚乎實相. 笋之化龍, 成佛之喩, 篊之餧鳳, 利人之道. 公之愛之, 非于彼, 蓋于此也." 公曰: "旨哉若之言, 若誠竹之益友也, 敢請識諸板, 爲後來愛竹者模範也."(『東文選』卷65)

李詹

弘仁院記 303쪽

三敬居士裴君德表, 自前朝戊申以後, 病而不仕, 退居于金之酒村, 構小舍. 舍之南, 作亭, 亭之又南, 鑿小池, 種梅竹雜樹於其間. 其制作, 不與私第同, 而裴君乍出乍入, 若行旅之寄宿, 故名之曰院. 弘仁者, 裴君之自謂也. 裴君之寓於斯院也, 焚香靜坐, 對梅讀易, 游心於四德之元, 玩味乎四端之一, 可謂志仁矣. 琴瑟在側, 或謳或嘯, 樂以忘憂, 不知老之將至, 可謂好仁矣. 仁之所施, 始於愼溫凊, 具甘旨, 以奉高堂, 履霜露, 取時物, 以供祭祀, 勤稼穡, 殖畜産, 以養家口, 所施可謂有本矣. 至若採掘鄕藥, 專心劑和, 鄕里有患病者, 輒命理之, 務於生財, 積而能散, 年分或饑歉, 卽發賑之. 窮民困於徭役, 無所控告, 立言於官以捄之, 仁之所及, 可謂周矣. 以至家畜以時宰之, 花藥以時栽之, 竹木以時伐之, 仁之所施, 可謂弘矣. 夫仁之所施, 自親親而仁民而愛物, 故君子不出家而成敎於國. 孝可以事君, 慈可以使衆, 雖博施濟衆, 曁鳥獸草木魚鼈咸若, 皆由此心之推也. 道之大原, 出於天而無所不貫, 故育萬物, 極于天者, 仁也. 禮之經三百曲三千, 亦無一事之非仁也, 裴君悉能知此矣. 若夫談玄於蛻骨, 論空於幻化者, 雖涉養性鍊精之方, 裴君特假其名耳, 實非其心之所存也. 裴君病, 常餌地黃以治之, 因養黃于庭, 號黃庭云.(『東文選』卷77)

鷹鷄說 306쪽

永陵朝, 隷鷹坊吏, 嘗以鷄餌鷹, 唶鷹一趟且盡, 垂死納諸橐中, 鷄至朝乃鳴. 事聞, 上惻然, 其後朝議罷之. 夫平鷄之鳴, 其性然也, 人之聽自若也, 至於傷

434

雞一鳴, 則人主感而國廢局, 是知仁本人心之固有也. 是時, 人役於鷹, 掾喬者
値人蹲蹲, 産海者陷舟淪溺, 罦罬之役旣興, 韛鞰之備係作, 家畜而飼之, 田禾
而蹂之, 人之言不便鷹者, 豈啻一雞之鳴而已哉? 雞固不靈於人也, 人衆言而
不見信, 雞一鳴而感于人, 自人而下, 毛而獐兎狐狸, 羽而鴻鵠鳧鳩, 咸受其賜
者, 以人言之有爲, 而鷄之鳴, 固無爲也. 大抵人心昧於言說, 而明於自信, 故齊
宣王不忍一牛, 是仁心也, 而不察孟子之言爲仁政也. 康誥曰: "如保赤子." 上如
素有子民之心, 則豈待鳴之以雞, 然後惻然哉? 上方好鷹, 假使龍逢比干, 廷爭
之, 必怒且僇之, 群臣亦皆知此矣. 上旣爲之惻然, 是當納約自牖之時, 而不言
之罷, 以待岳陽之擧, 然後罷之. 嗚呼, 亦晚矣.(『東文選』卷98)

蜜蜂說 309쪽

人與物, 同得天命之性, 人固靈於萬物, 而物之所爲, 人反有不可及者, 何也?
蓋人之所爲, 甚博而不專, 故於所當爲, 不能致其至難. 物性則偏塞, 其所知者,
不過飮食利害而已. 但其性之開明處, 則能不失天命之原, 故義之所在, 則致
死焉. 若蜂蟻之君臣, 虎狼之父子, 雎鳩之有別, 豺獺之報本, 皆出於性之本然,
而其能處變也, 亦固其性也.

  密人有養蜜蜂者, 其特大於衆蜂者曰君, 而主人未之知也. 適自外飛入其窠,
以爲蜂之異類者, 欲害蜜蜂殺之. 後數日, 衆蜂完聚一處, 團欒而死, 主人爲
之流涕. 余聞而悲之曰: "夫蜜蜂, 虫之無知者, 其賴於君也, 惟隨飛占窠耳, 同
窠催蜜耳, 尙能以死報之. 況臣之於君, 同爲一體, 共享天位, 共食天祿, 同休
戚, 俱存亡, 義固爲君有死無二也. 昔田橫不臣於漢而死, 二客從之, 其餘在海
島中者五百人, 聞橫死, 亦皆死, 而漢史美之. 唐之王珪魏徵, 不死於建成之難,
而從太宗, 先儒罪之. 後世之爲人臣, 不及蜜蜂者多矣. 至若當時運推遷之際,

變辭革面, 忘君事讎, 貽譏後世者, 不足與議也. 惟微物足以爲人臣者之鑒矣."
(『東文選』卷88)

李崇仁

送李侍史知南原序 313쪽

得喪利害, 其來也無時, 君子處之安焉. 如冬寒而裘, 夏暑而葛, 惟所遇耳, 未嘗有毫髮不自得. 故曰: "道之將廢也歟, 命也." 又曰: "予之不遇, 天也." 古之人所以能若此者, 無他, 蓋得喪利害, 在外而不在我也. 所謂我者, 湛乎其中存焉. 夫固在外, 而我以有動於中則惑也, 惟盡其在我者而已. 完山李君, 君子人也. 仕於朝十年, 用尙未究. 越辛亥秋, 國家誅除逆亂, 淸庶僚以新政化. 殿下命宰相若曰: "凡厥有位, 惟其人. 憲臣吾耳目, 所係尤重, 其愼簡之." 宰相承命祇懼, 迺以秘書少監李頤, 上授司憲侍史, 階奉常. 李君卽日朝服, 謁宮庭, 垂紳正笏, 風采峻整. 識與不識, 交相慶曰: "國家得人, 李君得時, 上不妄授, 下不虛受矣." 固將望其大有所建白也.

　未數月, 出知南原郡, 人頗疑之. 侍史憲臣, 南原下郡, 昔也官李君者國家, 今也出李君者國家, 雖予亦疑之, 間一往見, 其貌盎然, 其言溫然, 無聊不平, 略不形於幾微, 其處之安而能自盡者與. 予惟李君, 初入監察, 爲名御史, 中知林州, 爲賢守令, 又爲按廉, 一道賴焉. 夫李君之才, 施無不達, 用之不窮, 以君而治南原, 恢恢乎有游刃地矣. 循史之無稱於世也久, 他日有言, 南方守令, 政簡賦輕, 使民安其土樂其業以生者, 必李君也乎夫. 旣美其自處之善, 又勉之以治效, 朋友惓惓之義也.(『東文選』卷88)

復齋記 316쪽

古之人肄業, 必有其地, 若國之有學, 黨之有庠, 術之有序, 家之有塾是已. 自家塾之廢而齋舍作焉, 夫旣齋而名之, 旣名而稱述之, 蓋欲居是齋者, 思有以稱其名齋之義焉, 則其於肄業, 豈不有所增益者哉? 吾友藝文應敎西原鄭曼碩氏, 扁其所居曰復齋, 求余文記之. 余嘗讀易復之一卦, 因以參考先儒之說, 以爲復有三. 繇陰陽, 有天地之復焉, 繇動靜, 有聖人之復焉, 繇善惡, 有衆人之復焉. 蓋復之爲卦, 陽之消極於上, 而方息於下者也. 孟冬之月, 純陰用事, 俯仰兩間, 品彙歸藏. 旣而一陽復萌, 生物之心, 盎然呈露, 乃天命流行, 造化發育, 機緘之動, 實始於此, 所謂復其見天地之心乎!

維聖人亦然, 其未感物也, 此心之鑑空衡平於寂然中者, 雖鬼神亦莫得而窺也. 及夫酬酢之際, 如舜之好生, 禹之拯溺, 文王之視民如傷, 是乃聖人所以心天地之心, 而人因其動而見者也. 若夫衆人之生, 氣稟旣駁矣, 物欲又蔽矣, 喪其心而不自知者皆是. 然其本然之善固在, 如陽之未嘗盡而必復也, 故隨感而見, 自有所不可遏者焉. 雖至窮者, 不能或屑於嗟來之食, 至暴者, 不能或忍於匍匐之入, 此其善端之復, 而不敢忽者也.

夫復之義有三, 而聖人之辭, 拳拳焉致詳於衆人之復者何哉? 蓋天地之氣, 靜極而動, 自當有復之之理. 是故, 易之敎人, 雖歸重於天道, 而尤歸重於人心焉. 初之不遠復, 二之休復, 三之頻復, 四之獨復, 五之敦復, 上之迷復, 何其人心之難保也如此哉? 聖人於復之卦辭, 只明天地自然之復, 而於六爻, 皆言人心之復, 不一而足, 使萬世之人, 觀其辭翫其占, 能有以趨吉而避凶, 可謂至矣. 雖然, 吾夫子於不遠復下, 又贊之曰, 以脩身也, 又以顏氏之子當之. 夫學顏子之學, 固吾儕之所願也. 今與曼碩氏從事於不遠復之元吉, 而深戒乎迷復之凶, 其殆庶幾乎! 晦菴先生有詩曰: "幾微諒難忽, 善端本綿綿. 閉關息商旅, 絶彼

柔道牽." 至哉言乎! 曼碩氏識之.(『東文選』卷76)

秋興亭記 320쪽

龍山素稱有湖山之樂, 土且肥衍宜五谷, 水運舟陸行車, 再霄晝達京都, 貴人故多治別業焉. 前奉翊金公退休此久矣, 偶於所居東得一丘, 高亢穹隆, 狀如覆舟, 遂作亭於其上. 椽取之松, 蓋取之茨, 地嶢确者夷之, 樹木翳者疏别之, 周行四顧, 無所不可. 於是請名於金祕監, 書秋興亭三字為扁, 而屬予記. 予求其一二之似而文之曰:

"天地之運無窮, 四時之景不同, 吾之樂亦與之不一而足焉. 吾想夫玆亭也, 春日載陽, 東風扇和, 林花野草, 紅鮮綠縟. 於是浩歌倘佯, 悠然有吾與點也之氣像矣. 畏景流空, 銷金爍石, 大地烘爐. 於是蔭佳木乘清飈, 披襟散步, 汗漫若御冠之游矣. 朔氣凝沍, 孤鴻叫雲, 滕六效技, 江天一色. 於是扁舟往來, 高懷雅致, 髣髴剡中之行矣. 祕監獨何秋興之取哉? 蓋夏炎而冬冽, 人皆苦之矣, 唯春之和秋之清宜於人也. 雖然, 和之氣使人易入於怠惰矣. 至若蓐收司令, 清商報律, 乾端坤倪, 澄明軒豁. 其氣之着於人也, 雖功名富貴之所以熱夫中者, 亦變而為清涼矣. 四時之景莫宜於秋, 秋之景莫勝於玆亭, 祕監之命名, 其在此歟.

金公年旣壯, 仕上國, 其所交皆膏梁軒冕之儔, 其所游觀盡崇侈博大之極, 今乃休休焉卷而懷之方寸之間, 灑落無一點塵, 蓋清者也. 秋興之扁, 不亦宜乎?" 或曰: "春夏冬之勝於玆亭者, 子曲暢無餘矣, 秋興之所以為勝者, 引而不發何也?" 他日携金祕監, 幅巾藜杖, 從公于玆亭, 歌茂陵之辭, 和安仁之賦, 秋興之說, 當取之左右而逢其原矣, 是為記.(『東文選』卷76)

星州夢松樓記 323쪽

洪武紀元之八年, 義城丁侯以選治京山. 旣下車, 政通歲熟, 民以樂事. 迺於治
之北, 起樓焉. 斬材陶瓦以時, 而工則役游手者. 樓之制, 高甍桷以紆其望, 薄
丹雘以昭其儉. 工訖, 觴諸老先生于其上以落成, 且圖所以名之也. 酒半, 侯起
而言曰: "樓成矣, 名請之諸先生." 諸公以樓爲侯所起, 揭夢松二字以扁之, 蓋
亦以古人事業名位望侯云. 侯望顧謂予曰: "諸先生名樓竟, 子其記." 余辭不獲,
則曰:

"凡樓觀臺榭之設, 所以寓其樂也. 樂無形也, 必寓夫彼而後形焉. 所謂樂者,
人自得之, 而推廣其所樂, 則民同胞物吾與, 薰蒸融液, 無所不至. 彼徒務游觀
而已者, 其爲樂不旣狹矣乎? 是故, 爲人牧者審其所樂何如耳. 今侯之登兹樓
也, 聯峯疊嶂, 長川平楚, 隱映出沒於煙雲杳靄之間, 可望而不可致詰者, 如在
机案. 若夫樵歌于林, 農謳于野, 行旅息于蔭, 以至牛馬之散布, 禽鳥之游翔, 物
皆有以樂其樂, 而侯之所以與物共者, 亦悠然怡然於一俯仰也. 雖然, 侯之得
至於此, 蓋有在簿書丹墨之外者矣. 他日侯以循吏最, 入爲公相, 則諸公所以名
樓者, 尤爲有徵矣. 余喜侯之政固善, 而今此擧有與物共樂之義, 故記不牢辭
焉." 或曰: "春秋每興作必書, 不予也, 子之記何居? 傳不曰: '時詘而擧羸'乎?"
余記其在春秋, 亦從同同而美惡殊者也.(『東文選』卷76)

鄭以吾

謝白鷗文 327쪽

古今諷物詩人墨客, 皆假其鷗, 以況其閑適之趣, 飄逸之態, 姑擧大家而言之,
如老杜集中可見已. 予從朴伏波, 乘樓船, 遵海而南, 則鷗之翔集, 每於泊船之
灣, 休師之次. 其爲鳥也, 不浴而白, 不染而濁, 其精神態度, 漠然如浮雲之無心,
可遠觀而不可籠也. 旣久而熟視之, 其所以近船者, 惟飮啄是求焉耳. 何以言之?
凡師于樓船者, 有漁者, 有獵者, 其鳥獸魚鼈鱗甲肝腎, 皆得而食之故也. 遂於心
不屑其所爲, 且以爲凡禽獸之失身者, 蓋爲稻粱謀也. 於是從武夫, 索彈丸欲射
之, 以觀其狀焉. 自予得彈丸而有之, 鷗亦不敢近船, 意者其知幾乎. 語有之曰:
"色斯擧矣, 翔而後集." 鷗之謂矣. 予然後知詩人墨客, 必播詠於詩而有所取也.
鳴呼, 世之貪利祿饕富貴者, 觸刑辟而不知, 可以人而不如鳥乎? 作文以謝之.
其辭曰: "鳥有鷗兮白於雲, 沒浩蕩兮難乎馴. 色斯擧兮遠矰繳, 爾之生兮知幾其
神. 我且愧兮棄彈丸, 莫往來兮心惇惇. 世之人兮咲中有刀, 捨白鷗兮吾誰與行?
矧蒼蠅之滿天地兮, 我衷孰明? 飄飄江海兮, 終與爾同盟."(『東文選』卷56)

吉再

山家序 331쪽

夫幼而學之, 壯而行之, 古之道也. 是以古今之人, 莫不有學焉. 若夫高踏遠引, 潔
身亂倫, 豈君子之所欲哉? 然世旣有人, 則有如顔子陋巷自樂者焉, 時有不合, 則

有如太公隱處海濱者焉. 然則其釣其耕, 詎敢譏哉? 余以至正之中, 卜宅于玆, 於今十餘年矣. 俗客不至, 塵事未聽, 伴我者山僧也, 識我者江鳥也. 忘名利之榮勞, 任太守之存亡, 慵則晝眠, 樂則吟哦, 但見日月之往來, 川流之不息. 有朋訪我, 則掃塵榻以待之, 庸流扣門, 則有下床而接之, 可以見君子和而不流之氣象也.

觀夫衆峀森列, 群峯嵯峨, 怪石奇巖, 幽鳥異獸, 松風蘿月, 鶴唳猿啼, 山寒欲秋, 月淡將夕. 於斯時也, 寒心爽志, 想其神禹奠高山之功也. 江風不起, 波濤不興, 蕩蕩洋洋, 浩浩湯湯, 白鷗錦鱗, 悠然而逝, 商帆相望, 漁歌互答. 於斯時也, 棹頭浪吟, 想其神禹治洪水之功也. 泉水淵淵, 可以療渴, 河水浼浼, 可以濯纓. 若夫有酒醑我, 無酒酤我, 獨酌獨飮, 自唱自舞, 山鳥是我歌朋也, 簷燕是我舞雙也. 登高望遠, 則想吾夫子登泰山之氣象, 臨流賦詩, 則學吾夫子在川上之咏歎. 飄風不起, 容膝易安, 明月臨庭, 獨步徐行. 簷雨浪浪, 或高枕而成夢, 山雪飄飄, 或烹茶而自酌.

若乃春日暄妍, 禽鳥和鳴, 草樹菲菲, 採蘂祈祈, 楊柳絮飄, 桃李花開, 携其一二同志, 浴乎沂風于舞雩. 或以蒼鷹猛犬, 騎白馬而發金鏃, 或以綠蟻嘉肴, 策藜杖而趁花竹. 夏日薰蒸, 暑炎逼人, 則駕雲帆歸江湖, 薄暮微涼, 踈雨散絲, 則荷耒鋤歸田園. 至於秋霖初霽, 酷熱已解, 百稻皆熟, 鱸魚初肥, 偏坐漁舟, 直下絲綸, 從流而下, 溯流而上. 蘆花索索, 菰風細細, 煙雨明滅, 雲水汪洋, 浩蕩萬里, 其誰能馴? 又其風雪打窓, 冬氣慄烈, 或擁爐而開酒甕, 或開卷而事天君, 卓乎無邊而從容自樂者, 豈非隱者之所樂哉? 然所樂豈在是歟? 箇中之樂, 吁其微矣哉.

有客來告於余曰: "今余到此, 氣象千萬, 子於此而闊於事情者也. 今又一循乎外, 而出入起居, 惟意所適, 出則釣于江耕于歷, 以承順父母, 入則講其書樂其道, 以尙于古, 然則眞無憂者也." 余應之曰: "何以無憂乎? 居廟堂之上, 則憂其民, 處江湖之遠, 則憂其君. 我則憂其民憂其君." 尋自反之曰: "樂天知命, 我何憂乎?" 客忘言而退.(『冶隱集』卷上)

한국 산문선 전체 목록

한국 산문선 1

우렛소리

1판 1쇄 펴냄 2017년 11월 24일
1판 3쇄 펴냄 2018년 1월 2일

지은이   이규보 외
옮긴이   이종묵, 장유승
발행인   박근섭, 박상준
펴낸곳   (주)민음사

출판등록 1966. 5. 19. (제16-490호)
주소   서울시 강남구 도산대로1길 62
          강남출판문화센터 5층 (06027)
대표전화 515-2000─팩시밀리 515-2007
홈페이지 www.minumsa.com

ISBN 978-89-374-1567-8 (04810)

      978-89-374-1576-0 (세트)